오피스 괴담

오피스 괴담

범유진

최유안

김진영

김혜영

전혜진

오버타임 크리스마스

범유진

"우리 회사는 야근은 절대 금지랍니다."

아무래도 그 말이 결정적이었다. 물론 다른 부분도 살필 수 있는 건 가능한 살폈다. 예를 들면 휴게실 소파에 담요가 있는지 없는지, 밥솥이 있는 건 아닌지, 화장실이 남녀 공용인지 아닌지 그런 것. 살펴봐야 할 부분은 그런 것보다는 계약서가 아니냐고 할지도 모르지만 25세의 무경력 구직자 앞에 내밀어지는 1년짜리 계약서는 대부분 비슷했다. 과연 이게 합법일까 싶을 정도의 근무시간과 복지를 제공하고 계약 연장을 미끼로 이 정도는 감내해야지, 라고 거들먹거리는 문장들로 가득한 계약서다.

처음 면접에 붙어 계약서를 받았을 때는 인터넷을 뒤져 낯선 용어를 찾아보고 나서 이런 말도 안 되는 근무조건은 노동자 탄압이라고 분노하며 입사 거절 메일을 보냈다. 그러나 그 후, 여섯 군데의 서류 심사에서 탈락하고, 면접까지 간 회사 두 군데에서는 신입 사원을 뽑는 것은 맞지만 아예 경력이 없는 건 난처하다는 기묘한 사유로 탈락한 뒤 불타는 노동자의 혼은 사그라졌다. 대학을 졸업한 지 어느새 1년이 가까워지고 있었다. 구직활동을 시작한 직후에는 월세와 교환되는 어머니의 잔소리 섞인 전화를 견디는 것이 가장 괴로웠지만 그 정도는 대학 졸업 후 아무런 경력도 쌓지 못한 이른바 '취업 재수생'이 될 수 있다는 불안감에 비하면 곧 별것 아닌 것이 되었다. 구직자가 모이는 인터넷 게시판에서는 취업 절벽에 대한 성토가 매일 올라왔다. 대학을 졸업하고 3년이 지나도록 취업은 못 하고 스펙만 높이고 있다는, 그러나 결국 면접을 보면 나이가 많다는 이유로 떨어진다는 게시 글을 읽고 있노라면 어떤 호러영화를 봤을 때보다도 더한 서늘함이 몰려왔다.

그렇게 취업 절벽의 끝에 서서 휘청거리던 중에 회사 두 곳에서 면접을 보러 오라는 연락을 받았다. 친환경 애슬레저 웨어를 기획하는 회사 '포커온'과 반려동물용 의류 수입업체인 '펫펫'이었다. 고만고만한 두 회사 중 '포커온'을 선택한 건 면접 때 팀장이 한 말 때문이었다. 야근은 절대 금지라는 그 말. 설령 빈말이라 하더라도 무턱대고 회사에 일상을 갈아 넣으라는 분위기를 풍기는 것보다야 낫지 싶었다. 게다가 '펫펫'의 사무실에는 작은 환기창이 하나뿐인 것에 비해 '포커온'의 사무실 도로 쪽 창문은 커다란 통창이었다. 환기 하나는 확실히 되겠구나 싶었다.

'수입보다야 기획 쪽이 전공을 살릴 기회도 더 많을 테지.'

내가 디자인한 옷이 베스트셀러가 되어 회사에서 "웰컴! 정직원!"을 외치는 상상은 눈가리개가 되었다. 눈가리개는 많은 것을 보고도 보지 못한 척하게 만들었다. 탕비실 개수대에 씻지 않은 컵이 한가득 쌓여 있는 것이나 자리마다 파티션이 설치되어 있지 않은 것, 출입문 옆에 놓인 쓰레기통에 처박혀 있는 클럽 전단지 같은 것들 말이다.

오버타임 크리스마스

가져온 물건을 배정받은 자리에 두려는데 모니터 옆에 놓인 선인장 화분이 눈에 띄었다. 밥그릇 크기의 화분에 심어진 선인장은 원래 어떤 모양이었는지 알기 힘들 정도로 누렇게 말라 축 늘어져 있었다.

　　"선인장이 말라 죽을 수도 있구나…."

　　무심코 중얼거렸다. 그저 혼잣말이었다. 텀블러를 내려놓는 소리보다 별반 크지도 않았다. 그렇기에 혼잣말을 한 순간 사무실 안에 정적이 내려앉은 것은 우연의 일치겠거니 여겼다.

　　"유수빈 씨. 짐 정리 다 했어요?"

　　장현우가 내 자리로 다가와 섰다. 장현우는 내 사수다. "같은 계약직이니까 알려 줄 거 잘 가르쳐 주고, 옆에서 대충 보살펴. 막내 탈출해서 좋지?"라는 팀장의 말에서 유추하건대 내가 입사하기 전까지 이 사무실의 막내였고 나와 같은 계약직이다. 서른 살이 넘은 남자가 막내라니 어지간히 신입을 뽑지 않은 모양이다.

　　"예. 정리는 다 했습니다."

　　"저건?"

　　장현우가 선인장 화분을 가리켰다.

　　"버리지 그래요. 새 출발에 어울리지 않잖아. 다 죽은 건."

　　"이따가요. 흙 버리려면 비닐봉지도 필요하고요."

　　"그런가? 그럼 일단…."

　　드디어 업무 시작이다. 첫 업무는 무엇일지 기대와 긴장이 뒤섞여 장현우의 입술 모양이 변하는 게 슬로모션으로 보일 지경이었다.

　　"설거지 좀 하세요. 자기가 쓴 컵은 직접 씻으라고 아무리 말해도 사람들이 듣지를 않아. 사내놈들만 있으면 이게 문제라니깐.

우리가 이것 때문에 이번 계약직은 꼭 여자로 뽑자고 우겼잖아."

"설거지요?"

"그래. 설거지. 탕비실은 저기."

장현우의 손가락 끝에 떠밀리듯 탕비실로 향했다. 개수대 앞에 서서 닳아 빠진 수세미로 컵을 벅벅 문질렀다. 문지른 건 컵인데, 쓸려 나간 건 내 위인 듯 배 안쪽이 따끔거렸다.

'원래 입사하고 한동안은 잡일만 하는 게 보통이라잖아.'

그러니 이건 이상한 게 아니다. 컵 바닥에 눌어붙은 끈적이는 뭔가를 손톱 끝으로 긁어내며 몇 번이고 되뇌었다. 설거지를 마친 후에도 배의 통증은 가라앉지 않았다. 탕비실을 정리하고 나오는 몇 걸음 사이에 약국에서 진통제라도 사 올까, 약국 갔다 온다는 말은 누구에게 해야 하나, 첫날부터 땡땡이치는 걸로 보이면 어쩌지, 그런 생각이 머릿속을 우다다 달려 지나갔다. 결국 사무실 문밖으로 한 발자국도 나가지 못하고 자리에 앉아 손바닥으로 배를 꾹꾹 눌렀다. 그러는 사이 사무실 사람들은 우르르 몰려 나갔다가 돌아왔다. 돌아온 이들에게서는 역한 담배 냄새가 났다. 자리에서 일어나 창가로 향했다. 사무실의 통창은 중심축을 밀면 창문이 바깥쪽으로 돌며 열리는 회전창이었다. 하지만 아무리 밀어도, 창문은 꼼짝도 하지 않았다.

"그거 잠겨 있어서 안 열려요."

장현우의 말에, 창문과의 씨름을 멈췄다. 장현우가 자기 자리에 앉은 채 무언가를 흔들어 보였다. 열쇠였다.

"창문이 좀 설치가 잘못되어 가지고, 조금만 무게가 실려도 확 돌아가요. 그래서 열쇠로 잠가 놓고 열지 않기로 했어요. 통창인 덕분에 열지 않아도 빛이 잘 들어오니깐."

"그럼 환기는⋯."

"군이 환기할 필요 없잖아요. 우리가 사무실에서 밥을 먹는 것도 아닌데."

사무실 사람들의 시선이 내게 쏠렸다.

"왜요? 우리한테서 무슨 냄새라도 나요?"

장현우의 웃음 섞인 말은 질문이 아닌 질책이었다. 조용히 자리에 가 앉았다. 간헐적으로 콧김을 뿜어내는 것으로 냄새를 밀어내면서 마우스만 만지작거렸다. 모니터 배경 화면을 바꾸고, 모니터 왼쪽에 정렬되어 있는 단축 아이콘을 하나씩 눌렀다. 엑셀과 PDF 에디터, 워드, 메신저. 메신저 아이콘을 클릭하자 로그인 창이 떴다. 출근 첫날부터 메신저나 하는 건 나도 바란 일이 아니지만, 달리 무엇을 해야 할지 알 수가 없었다. 메신저 로그인 창에 커서를 가져다 대자 'AKSTP'라는 아이디가 자동완성으로 떴다.

'이전에 이 자리 썼던 사람 아이디인가 보네. 무슨 뜻이지?'

이런저런 뜻을 유추해 보다가 키보드를 한글 모드로 설정한 뒤 한 글자씩 눌러 보았다. ㅁㅋㅏㅅㄴㅜㅅㅔ. 만세. 만세다. 이 자리를 썼던 사람의 이름일까. '만세'라니 특이한 이름이다. 이름이 아니라면 뭔가 다른 뜻이 있는 걸까. 잠시간 추측해 보다가 딜리트 키를 눌렀다. 얼굴도 본 적 없는 누군가의 흔적을 더듬는 일은 시간 때우기용 놀이일 뿐이다. 하지만 만세 씨의 아이디는 아무리 키보드를 눌러도 사라지지 않았다. 메신저의 오류인가 싶어, 설치 파일을 삭제한 후 다시 다운받아 재실행시켜도 마찬가지였다. 로그인 창의 아이디 입력 칸을 차지한 다섯 글자 알파벳은 요지부동, 흡사 이곳은 내 자리라 주장하기라도 하는 듯 사라지지 않았다.

'여긴 이젠 내 자리라고요.'

어떻게든 로그인을 하고야 말겠다는 오기가 치솟았다. 포털 사이트에서 검색을 하고, 메신저의 온갖 기능을 살펴보았다. 아무런 성과가 없었다. 답답한 마음에 양손으로 키보드를 꾹 내리누르는데 디링, 경쾌한 효과음이 울리며 로그인이 되었다.

'뭐야? 비밀번호도 입력하지 않았는데, 왜?'

로그인 창이 사라지고 그 자리에 나타난 채팅창에는 대화 상대가 아무도 없었다. 프로필을 클릭해 봤지만 아무것도 뜨지 않았고, 이모티콘 보기나 상점으로 바로 가기 등 그 어떠한 기능도 작동하지 않았다. 그저 'AKSTP'라는 아이디가 대화 상대로 표시된 채팅창 하나만이 모니터에 생겨난 창문처럼 덩그마니 떠 있을 뿐이었다. 로그인된 아이디도 AKSTP. 나타난 대화 상대도 AKSTP. 그러니깐 이건 '나와의 대화창'이었다. 만세 씨는 아무래도 자기 자신 이외에는 메신저로 대화할 상대가 없었던 모양이다.

: 케이크를

채팅창에는 메시지가 남아 있었다.

: 저 새끼 얼굴에

단 세 줄 뿐인 메시지 옆에는 보낸 날짜도, 시간도 표시되어 있지 않았다.

: 던졌어야 했는데.

케이크? 먹는 케이크? 도통 무슨 뜻인지 알 수 없는 메시지였다. 어차피 오류가 날 바에야, 적어도 담배 냄새를 없애는 방법쯤은 쓰여 있다면 좋았을 텐데. 메시지 창 우측 상단의 엑스 자를 꾹 눌렀다. 만세 씨의 대화창은 사라졌다. 메신저 오류를 고칠 방법을 찾기 전까지는 휴대폰으로 메신저를 사용할 수밖에 없겠다.

"유수빈 씨. 점심 먹으러 갑시다."

장현우가 사무실 문 앞에 서서 나를 불렀다. 사무실 안은 어느새 텅 비어 있었다.

"이 건물 근처에 식당이 별로 없어서 택시 타고 밥 먹으러 좀 멀리 나갈 때가 많아요. 형들은 정규직이라 점심 식대 금액 제한 없거든요. 나와 유수빈 씨는 계약직이니깐 만 원 제한 있고요. 월말에 팀원들이 영수증 모아서 제출하면 경비 처리하는 것도, 앞으로 유수빈 씨가 하셔야 할 일이에요."

장현우가 앞장서 계단을 내려갔다. 4층짜리 건물에는 엘리베이터가 없었고 '포커온'의 사무실은 4층 꼭대기에 위치해 있었다. 각 층의 비상구 문을 열 때마다 철문이 끼익거리며 낡은 비명을 질렀다.

"영수증이요? 전 상품 기획으로 입사했는데요. 경리가 아니라."

"저도 경리 아닌데 했어요. 그러려니 하세요. 계약직은 까라면 까야죠."

숨이 찼다. 고작 4층 계단을 내려가는 것뿐인데 이렇게까지 숨이 찰 일인가 싶게 숨이 찼다. 무거운 잠수복을 입고 산소통 없이 바다 아래로 잠겨 내려간 것만 같았다.

"여기 건물이, 한 층의 출입문을 잠그면 그 층 전체가 소등되는 시스템이에요. 그래서 제일 마지막에 나가는 사람이 문을 잠그게 되어 있어요. 올해 초에 3층 쓰던 가구 회사가 나가서 공실 상태예요. 그래서 거기 열쇠까지 제가 관리하게 되었죠."

"대표님이나 팀장님이 관리하는 게 아니고요?"

"열쇠 관리는 팀의 막내가 하기로 정해져 있어요. 제일 마지막에 나가는 사람이 문을 잠가야 하니깐. 팀장님이 보조 열쇠는 가지고 있는데, 그건 출입문만 열 수 있어요. 불은 못 켜요."

그럼 앞으로 열쇠 관리도 내가 해야 하는 것이 아닌가. 그렇게 물으려 했지만, 장현우는 말을 마치곤 빠른 걸음으로 계단을 내려가 버렸다. 숨차다는 느낌 없이 이 계단을 내려가게 되는 게 먼저일까, 계약기간이 끝나는 게 먼저일까. 간신히 장현우를 따라잡아 회사 건물을 나섰다. 장현우는 건물을 나서자마자 바로 옆에 있는 설렁탕 가게로 들어갔다. 장현우가 자리를 잡고 앉아 설렁탕 두 개를 주문하고, 찬물을 들이켤 때까지 내게는 어떠한 선택권도 주어지지 않았다.

"저, 메신저 말인데요."

"메신저? 아, 그 자리 컴퓨터 좀 이상하죠. 포맷 싹 하고 프로그램도 다 다시 깔았는데, 이상하게 메신저 설치가 안 되더라고요. 회사 내부 연락은 아웃룩으로 하니깐 크게 문제는 없을 거예요."

설렁탕 두 그릇이 탁자에 놓였다. 장현우는 설렁탕이 놓이자마자 두 그릇에 모두 깍두기 국물을 들이부었다. 뽀얀 국물이 순식간에 시뻘겋게 물들었다. 장현우가 한 그릇을 자기 앞에 놓고 숟가락질을 시작했고, 나는 시뻘건 국물 안에서 소면을 건져 냈다.

"아. 그리고 여기선 절대 지켜야 할 규칙이 있어요. 저녁 8시 이전에는 반드시 퇴근을 할 것."

"면접 때 들었습니다. 야근 금지라고요. 사내 복지가 무척 좋네요."

"복지요?"

부지런히 움직이던 장현우의 숟가락이 허공에 멈췄다.

"그런 거 아닌데. 나와서 그런 건데."

"나온다고요? 뭐가요?"

오버타임 크리스마스

"있어요. 그런 게. 여하튼 가능한 한 지켜요. 규칙."

장현우는 그 말만을 반복하곤 다시 설렁탕을 들이켰다.

'메신저 설치가 안 된다면, 내 자리에 설치된 건 뭐지?'

대체 뭐가 나온다는 건지, 내 자리에만 다른 메신저가 설치된 건지, 무엇보다 도대체 내 업무는 무엇인지 물어보고 싶은 게 한가득이었다. 그러나 설렁탕 그릇에 얼굴을 파묻은 장현우가 내 질문에 성심성의껏 대답해 줄 것 같진 않았다.

'차차 알게 되겠지.'

이 불안은 출근 첫날이기에 겪는, 의례적인 통과 의식일 뿐이다. 나는 스스로를 다독거리며 소면과 불안을 함께 빨아들였다.

의례적인 통과 의식은 무슨.

나는 내 감을 믿었어야 했다.

*

네모난 SNS 피드 속의 여자는 사무실 책상 귀퉁이에 걸터앉아 서류를 들여다보고 있다. H라인의 정장 치마에 후드티를 입은 차림새는 어떻게 봐도 코디 미스, 그 이상으로는 보이지 않는다. 그럼에도 피드에 무수히 많은 '좋아요'가 눌려 있는 건, 여자가 입은 옷을 어디서 구매할 수 있냐는 댓글이 수두룩한 건 사진의 주인공이 '아리'이기 때문이다. 팔로워 20만 명의 인플루언서. 120kg에서 48kg으로 기적의 다이어트에 성공한 뒤 배낭 하나 메고 세계 일주를 떠난 명랑 걸. 아리의 팔로워들은 그가 힘들게 운동을 하고, 파리에서 길거리 화가에게 사기를 당하고, 마다가스카르에 가다가 설사병에 걸려 죽을 뻔한 모습을 모두 지켜보았다. 자기 덕분에

아리가 변신에 성공했다고 믿는 사람들과 아리처럼 되고 싶다
열망하는 사람들은 아리의 게시물을 사방에 퍼뜨렸다. SNS를 맛집
찾는 데에만 이용하는 나도, 아리의 피드를 본 적이 있을 정도다.
설마 그 아리가 나의 숨겨진 보스였다니. 회의실의 기다란 책상 끝에
앉아, 커다란 스크린에 뜬 아리의 사진을 보고 있는 동안 확신했다.
이 회사는 글렀다.

　　바야흐로 인플루언서가 웬만한 연예인보다 파급력이 좋은
시대에, 인플루언서 사진을 프레젠테이션 자료로 쓰는 게 뭐가
문제냐고? 당연히 그건 문제가 아니다. 피드 속 아리도, 아리가 입고
있는 옷도 문제가 아니다. 문제는 책상을 둘러싸고 앉은 사람들
사이에서 오가고 있는 한심한 대화였다.

　　"이게 제일 '좋아요' 수가 많으니깐, 이걸로 하면 될 것 같은데요.
이번 주력 상품이요. 어차피 아리 씨 채널에서 공구하면 기본 수량은
팔리잖아요."

　　"그러자고. 칼라 좀 여자들이 좋아할 만한 색으로 다양하게 뽑아."

　　"아리 씨가 수정할 곳이 있으면 알려 달라고 하셨는데, 어떻게
할까요?"

　　팀장은 손사래를 쳤다.

　　"아서. 디자인 전공자도 아닌데 이렇게나 잘해요! 이러면서
천재 행세하는 게 인생의 낙인 애잖아. 괜히 지적해서 기분 상하게
하지 말자고. 상품이 좀 불편해도 쟤 시녀들은 좋아라고 입어. 전에
못 봤어? 클레임 건 손님한테 우르르 달려가서 물어뜯는 거. 소비자
센터가 필요 없다니깐."

　　"그건 그래요. 아리 씨가 입고 엉덩이랑 가슴 강조한 사진 몇 장
올려 주면 그걸로 게임 끝이죠. 우리가 기획이고 뭐고 해 봤자 그

판매량 못 이기죠."

"내 말이. 대표도 말이지. 거래처를 뚫겠다, 백화점에 입점을 하겠다, 그런 욕심을 버리면 괜히 고생 안 하고 좋을 텐데 말이야. 기생오라비처럼 생긴 놈이 욕심은 많아 가지고."

그러니깐 회사 '포커온'은 인플루언서 아리의 원맨쇼 기업이었다. 여행을 마치고 대한민국에 돌아와 광고대행사를 세워 승승장구하던 아리는 클럽에 갔다가 지금의 남자 친구와 사랑에 빠졌다. 그 연인이 '포커온'의 대표다. 대표가 생각하는 자신의 단점은 핸섬은 한데 리치하지 않은 것이었으나, 아리가 생각하는 대표의 단점은 클럽과 친구를 너무 좋아한다는 거였다. 그래서 아리는 남자 친구에게 대표 자리를 안겨 주기로 마음먹었다. 바빠지면 클럽을 덜 갈 테니깐. 그런 단순한 이유로 '포커온'이 탄생했다. 대표는 친한 형을 팀장 자리에 앉히고 사무 총괄은 팀장, 외부 협력과 미팅은 대표가 하는 것으로 역할을 나누었다. 대표는 부자가 되고 싶었던 만큼 맡은 일을 성실하게 해냈다.

문제는 팀장이었다. 팀장은 놀라울 정도로 의욕이 없었다. 팀장은 아리가 디자인한 의류를 컨펌 절차 하나 없이 그대로 생산해서, 아리의 SNS 채널을 통해 판매하는 것에 만족했다. 기획서를 작성해 올리면 무시, 대표가 팝업스토어를 열자고 하면 결사반대, 컴플레인이 들어오면 나 몰라라 했다. 그런데도 누구 하나 이의를 제기하지 않은 건, 직원 여덟 명 중 나를 제외한 일곱 명이 팀장의 '친한 동생'들이었기 때문이다.

"참. 신상 나오니깐 오픈 파티를 해야지. 이번엔 S클럽 통으로 빌리자."

팀장이 유일하게 열의를 보이는 대상은 이벤트였다. 정확히는 이벤트를 핑계로 클럽을 대관하는 데 열심이었다. 팀장은 이른바 클럽 죽돌이로, 대표와 친해진 것도 클럽에서였고 사무실 직원들도 모두 클럽에서 만나 호형호제를 하게 된 사이라 했다. 때문에 '포커온'의 이벤트는 모두 클럽에서 열렸다. 신상 론칭 파티도 클럽, 매출 달성 축하 파티도 클럽, 독자 참여 체험 쇼도 클럽에서 진행되었다.

"M클럽이 아니라요? 요즘 거기가 제일 핫하다던데요."

"무슨!"

회의가 시작된 후 처음으로 팀장이 언성을 높였다. 의자 등받이에 등을 기대고 반쯤 누운 듯 앉아 있던 팀장이 벌떡 몸을 일으켜 세웠다.

"M클럽, 거기는 완전 엉망이야. 내가 입뺀을 먹었다니깐? 보틀 주문한다고 했는데도 비싸게 굴더라고. 나이가 들어 보인다니, 그게 말이 되냐고. 내가 마흔 살이긴 해도 액면가는 스물여덟, 많아 봤자 서른 살 이상으로는 안 보이잖아. 그렇지?"

그럼요. 그렇고말고요. 팀장님은 타고난 동안이시죠. 직원들이 입을 모아 팀장을 추켜세우는 동안, 나는 서류 아래 숨겨 둔 휴대폰을 몰래 들여다봤다. 구직 사이트에 이력서를 등록해 놓은 터였다.

"어떻게 생각해, 막내?"

아무리 새로고침을 해도 도착한 알림은 없었다. 역시 이 회사에서 1년은 버텨서, 이력서에 쓸 한 줄의 경력을 만들어야만 한다. 몇백 번은 곱씹은 탓에 뇌 안쪽에 들러붙은 생각이 껌처럼 부풀어 올라 주변과 나 사이에 얇은 막을 만들었다. 이제까지 몇 번이고 비슷한 회의가 열리는 동안, 오고 가는 대화에 한 번도 인상을 쓰지 않을 수 있었던 건 이 막 덕분이었다. 주변의 말을 몽땅 흘려듣는 스킬을 익힌 셈이다.

"아, 어떻게 생각하냐고! 계약직, 너!"

하지만 책상을 내리치며 지르는 고함까지 차단할 정도로 스킬 레벨이 높지는 않았다.

"저요?"

"그럼 막내가 너지, 누구야!"

"장현우 선배 부르시는 줄 알았습니다."

팀장이 나를 부르는 호칭은 그의 기분에 따라 때마다 달라졌다. 가뭄에 콩 나듯이 기분이 좋을 때는 막내였고 보통은 계약직이었으며 폭언을 퍼부을 때는 뚱땡이였다.

"그래서, 어떤 것 같아? 계약직이 보기에도 내가 입뺀당할 외모야?"

물론이죠. 씩씩하게 그렇게 외칠 뻔했다. 팀장은 40대 남자 평균 비만율 57.7%에 일조하고 있는 배 나온 아저씨다. 하지만 주변의 모두가 팀장님은 동안이라고 외치는 가운데 나 혼자 진실을 말할 수는 없었다. 때로 진실이란 다수결로 정해진다. 다수의 안에, 원하는 답을 가진 사람이 있고 그 사람이 강한 권력을 가지고 있는 경우에는 더욱 그렇다.

"아뇨. 그러니깐…. 예. 뭐, 클럽이 잘못했네요. 나이 가지고 사람 차별하면 안 되죠. 우리나라 클럽은 예전부터 그게 참 문제예요. 그렇죠!"

내가 횡설수설하는 동안 팀장의 목덜미는 점점 붉어졌다.

"야. 네가 무슨 사회부 기자야? 누가 클럽 운영 비판하래? 내 얼굴! 동안인지 아닌지 물었잖아. 똑바로 봐!"

팀장의 검지와 중지가 집게발처럼 허공을 찔렀다. 원하는 대답을 뱉어 내지 않으면 집게발이 쏜살같이 날아와 내 두 눈을 찌를 것만 같았다.

"예. 그러니깐…."

월세와 학자금대출 이자. 계약직이라도 취직이 되었으니 얼마나 다행이냐는 엄마의 목소리. 울리지 않는 구직 사이트의 알람.

'1년이야. 딱 1년. 계약이 끝날 때까지 어떻게든 이력서에 적을 만한 뭔가를 건지고야 말겠어.'

책상에 올려 둔 휴대폰을 꽉 움켜쥐었다. 두 눈을 질끈 감을 수는 없는 노릇이니깐.

"그러니깐, 동안이시죠! 저랑 동창회 가셔도 다들 속을 정도죠."

엄지까지 척 들어 보인 후에야 집게발은 사라지고, 회의실에는 평화가 돌아왔다. 팀장은 다시 느긋하게 의자에 등을 대고 앉았다.

"S클럽에 컨택해. 모델 몇 명 섭외해서 애슬레저 웨어 코드의 클럽 파티를 열자고. 신상 론칭 파티는 무조건 화려해야지."

천재적이십니다. 역시 팀장님. 또다시 찬사의 물결이 출렁거렸다. 이번에는 나도 기꺼이 물결의 일부가 되었다.

'오피스 룩에 애슬레저 웨어를 결합한 신상인데 클럽 파티라고? 이게 진짜 맞아?'

출렁거리면서, 나는 대나무 숲에서 '임금님 귀는 당나귀 귀'를 외쳤다는 사람의 심정을 이해했다. 외치고 싶었다. 우리 팀장은 바보다, 라고. 그러나 어디에도 말할 수가 없었다. 직원들 중 누군가에게 말한다는 선택지는 애초에 없었다. 나만 빼고 다 같이 담배를 피우러 나가는 직원들 중 내 편이 있을 거란 환상을 품을 정도로 어리석진 않다. 부모님? 패스. 당당한 불효녀가 되기엔 나와 부모님의 관계가 좀, 너무나 전형적인 대한민국 부모 자식 간의

오버타임 크리스마스

그것이었다. 부모는 자식을 위해 자신의 삶을 바쳤으니 기대에 부응하라 하지만, 자식은 대체 뭘 줬기에 자꾸 이자를 지불하라는 거냐고 외치는 관계. 그러면서도 정말 내가 이자를 연체하고 있는 건가 싶어 되도록 착한 딸 노릇을 하려 하는 관계. 그렇기에 결국 서로에게 속마음을 털어놓지 못하게 되는 끈적끈적하지만 퍼석한 이상한 관계. 대학에 다닐 때에 힘든 일이 생기면 부모에게 전화해 엉엉 우는 친구가 있었는데, 나는 그 친구의 그런 행동을 볼 때마다 신기했다. 쟤네 부모님은 쟤한테 이자 달라고 하지 않는 걸까, 그런 집도 있는 건가 싶었다.

그렇다면 남은 건 친구뿐이다. 자고로 친구는 대나무 숲을 찾고 싶어질 때면 목록 가장 위쪽에 위치하게 되는 존재다. 특히나 생활환경이 비슷할 경우라면 더욱 그렇다. 회사원 3, 4년 차만 되어도 그다지 공감해 주지 않는다는 신입 사원의 푸념에 공감해 주는 건 같은 신입 사원뿐이다. 나와 비슷한 시기에 취업에 성공한 친구는 네 명. 그 네 명이 만든 단톡방도 있다. 친구들은 이미 그 단톡방을 대나무 숲으로 이용하고 있는 중이다. 그렇다면 나는 왜 그곳을 대나무 숲으로 이용하지 않느냐. 친구들의 푸념을 보면 볼수록 이상함을 느끼게 되었기 때문이다. 이상하다는 것을 감지한 순간 그곳에는 도저히 무엇도 털어놓을 수 없게 되었다.

이상함. 그 이상함은 곧 의혹이 되었다.

"그리고 MMS에서 콜라보 제안이 왔는데 이건 어떻게 할까요?"

MMS라고? 귀가 번쩍 뜨였다. MMS는 요즘 가장 인지도 높은 스트리트 패션 셀렉트 숍이다. 명품보다는 디자인이 특색 있는 제품을 선호하는 젊은 세대의 욕구를 겨냥한 사이트로, 이곳에 입점하기만 하면 이른바 '핫'한 브랜드 인증 도장을 받는 셈이라

입점 경쟁이 치열했다.

"그거? 메일 보낸 거 보니 건방지기 짝이 없더만. 우리 쪽에서 기획서 작성하고 프레젠테이션까지 하면 자기들 쪽에서 검토한 다음 진행할지 안 할지 통보하겠다 이거 아냐. 우리가 그렇게 굽히고 들어갈 필요가 뭐 있어?"

"날짜도 급해요. 기획서를 10월 초까지 달라고 하던데요. 지금이 8월이니깐 2개월밖에 안 남았는데."

"그런데 이거, 대표님이 꼭 추진하라고 신신당부를 하셔서…."

팀장이 말을 꺼낸 직원에게 눈을 흘겼다.

"그럼 네가 하든가. 싫지? 대표한테는 저쪽에서 우리 깠다고 하면 돼."

눈앞에 'MMS와의 콜라보레이션 기획 진행'이라고 쓰인 이력서가 어른거렸다.

'저질러, 말아? 아무리 그래도 이런 방법이 통할까…?'

통하면 그건 그거대로 문제다. 하지만 이 기회를 놓칠 수는 없었다.

"저기, 저요! 제가 그 기획서 작성해 보겠습니다!"

순간 회의실 안 사람들의 시선이 따갑게 날아와 박혔다. 모두가 교생 선생님의 첫사랑 이야기를 외칠 때, 수업 진도 나가자고 말해도 그 정도로 날 선 시선은 받지 않을 거다. 역시 안 되는 건가 싶었다.

'그래. 아무리 회사가 개판이어도 이런 식으로 대표 허락도 없이 아무한테나 프로젝트를 맡길 리가 없지. 대학교 프로젝트도 이렇게는 안 하는걸.'

실망과 안도가 동시에 몰려왔다. 어디든 내밀어 볼 만한 이력서가 사라졌다는 실망감과 그래도 내가 입사한 회사가

최소한의 체계는 갖추고 있는 곳이라는 안도감. 상반된 감정을
드러내지 않으려 무표정하게 앞만 바라봤다. 그러다 팀장과 시선이
마주쳤다. 팀장은 손가락으로 귀를 후비고는 후, 허공에 귀지를 불어
날렸다.

"그래. 그럼 뭐, 해 보든가. 대신 MMS에 메일 발송할 때는 회사
아웃룩 통해서, 공통 계정으로 보내. 야, 계약직한테도 공통 계정
비번 알려 줘라. 그래야 내가 나중에 확인을 하지."

선심을 쓰듯 던진 팀장의 말에, 내 의혹은 확신으로 바뀌었다.
똥통이다. 이 회사는 똥통이다. 거대한 똥통. 친구들과의 단톡방을
대나무 숲으로 삼지 못한 이유는 이거였다. 단톡방에 올라오는
친구들의 푸념이 내 입장에서는 푸념이 아니었던 거다.

친구 왈. 하루 종일 복사만 시켜. 그게 고민이라니! 난 복사라도
시켜 줬으면 했다. 뭐든 좋으니 서류를 보고 싶었다. 친구 왈.
사수가 거래처 연락처를 잘못 가르쳐 줘 놓고는 나더러 실수했다고
타박했어. 사수가 거래처 연락처를 가르쳐 줘? 사수가 그런 것도
가르쳐 주는 존재였다니. 장현우는 첫날 이후로는 내게 무엇도
알려 주지 않았다. 친구 왈. 팀장이 파티션 뒤에서 계속 내가 일하는
걸 감시하는 것처럼 힐끔거리지 뭐야. 팀장이 직원을 살펴보다니!
'포커온'의 팀장은 점심시간 다 되어 출근해서는 '팀장 룸'이라 적힌
나무 명패가 걸린 방 밖으로 좀처럼 나오지 않았다. 그 방 안에 뭐가
있는지 너무 궁금해서 누구보다 일찍 출근한 날에 슬쩍 들어갔다가
1분도 안 되어 뛰쳐나왔다. 퀴퀴한 냄새가 코를 찔러서 도저히 오래
있기가 힘들었다.

친구들 왈. 진짜 회사 생활 똥 같아. 똥통이야, 똥통. 그러나 나는
알았다. 진짜 똥통에 빠진 건, 단톡방에 한 마디 푸념조차 할 수 없는

나뿐이라는 것을. 나는 그곳에서 묵묵히 대나무 역할만을 수행했다. 친구들은 종종 내게 좋은 회사 다니는 것 같다고, 불평할 거리가 없는 거냐고 농담 섞인 타박을 했다. 나는 그저 웃는 이모티콘만 띄웠다. 여긴 너무 더럽다고 하소연해 봤자, 결국 내가 똥통 밖이 아닌 안에 있음을 확인할 뿐이라는 걸 이미 몇 번의 경험으로 알고 있었기에 웃을 수밖에 없었다.

　　"아니…. 계약직이 맡기엔 너무 큰 프로젝트 아닐까요."

　　장현우의 말에, 팀장은 귀찮다는 듯 손을 내저었다. 그래도 이 회사가 진짜로, 엄청난 똥통은 아닐 수도 있잖아. 애써 그렇게 여기려 했던 내 노력은 그 손짓에 날아가 버렸다. 동시에 결심했다. 어떻게든 MMS와의 프로젝트를 성공시켜서 여기를 떠나고야 말겠노라!

　　"어차피 버리는 프로젝트니깐 상관없어. 저쪽에서 누가 하라고 지정해 온 것도 아닌데 뭐 어때. 아니면 내 결정이 불만이라는 거야, 지금?"

　　"… 아닙니다. 그런 게 아니라요."

　　"그럼 닥치고 있어."

　　회의가 끝나자 장현우는 내 어깨를 세게 밀치며 회의실 밖으로 나갔다. 부딪힌 어깨를 문지르며 자리에 앉아 팀장이 했던 말을 곱씹었다. 정규직만 프로젝트 진행을 해야 한다는 규정? 없다. 그리고 대나무 숲이 꼭 사람이어야 할 필요? 역시 없다. 나는 모니터를 가만히 바라보았다.

　　있었다. 대나무 숲으로 삼기에 딱 좋은 것이.

오버타임 크리스마스

하루 중 직장인이 가장 괴로운 시간은 언제일까. 도저히 눈이 뜨이지 않는 아침 7시? 만원 전철에 시달려야 하는 출퇴근 시간? 점심시간 끝나기 5분 전? 졸음이 몰려오는 오후 2시? 누군가 내게 묻는다면 망설이지 않고 답할 것이다. 오후 3시라고.

"오늘의 간식 대령입니다. 백화점 팝업으로 팀장님 드시고 싶어 하시던 르블랑제리가 입점한 걸 제가 딱 캐치했지 말입니다. 베스트 메뉴로 픽해 왔어요."

장현우가 양손 가득 들고 있던 케이크 상자를 사무실 한쪽 탁자 위에 내려놓았다. 그러곤 탕비실에서 팀장 전용의 웨지우드 2단 케이크 트레이를 들고나와 티슈로 한 번 조심스럽게 닦고, 케이크 상자를 열었다. 달콤한 냄새가 사무실 안에 번졌다. 장현우는 조각 케이크를 각 단에 두 개씩 담아, 한 손으로는 위쪽 핸들을 잡고 한 손으로는 트레이 아래쪽을 받쳐 들고 천천히 걸어가 팀장 룸의 문을 노크했다. 트레이를 든 채 발끝을 이용해 문을 여는 장현우의 몸놀림은 드라마에 나오는 집사처럼 한 점 군더더기가 없었다.

"야. 역시 우리 막내. 디저트 고르는 솜씨는 정말 네가 최고다, 최고!"

장현우가 방 안에 들어가자 곧, 팀장의 기분 좋은 웃음소리가 흘러나왔다. 잠시 후, 장현우는 자유로워진 양손을 흔들며 사무실로 나왔다. 나는 메신저 로그인 버튼을 눌렀다.

"유수빈 씨. 뭐 해요? 빨리 와서 접시에 케이크 담아요. 사람들 기다리잖아."

로그인이 채 되기도 전에 장현우가 나를 불렀다. 대답 없이 자리에서 일어나 탕비실로 갔다. 일회용 접시와 포크, 커다란 쟁반을 가지고 나와 탁자에 놓고 묵묵히 케이크를 하나씩 옮겨 담았다. 사무실 인원은 나를 포함해 모두 여덟 명이지만, 케이크는 일곱 개뿐이었다. 접시를 쟁반에 모두 담은 뒤 앉아 있는 직원들의 책상에 하나씩 내려놓았다. 곧 모두의 자리에 케이크가 놓였다. 내 자리만 빼고.

"오늘 케이크 진짜 맛있네."

"안 달고 좋네. 막내가 고생이다."

막내. 사무실의 막내는 여전히 장현우다. 팀장이 나를 부르는 호칭이 막내였다 뚱땡이였다 널을 뛰는 동안에도 다른 직원들이 나를 부르는 호칭은 오직 '유수빈 씨'였다. 사무실 사람들이 서로를 큰형이니 삼촌이니 소꿉놀이라도 하듯 친밀한 호칭으로 부르는 걸 보고 있노라면 내가 남의 집에 염치없이 눌러앉은 불청객이 된 것만 같았다.

팀원들이 나를 '막내'라고 부른 날이 딱 하루 있었다.

입사한 첫날이었다. 오후 3시가 되자 장현우가 양손 가득 케이크를 들고 와 탁자에 늘어놓았다. 팀장이 방에서 나와 오늘 신입 사원이 들어왔다며 박수를 치자고 했다. 사람들이 박수를 치는 동안, 장현우는 탕비실에서 일회용 접시를 가지고 나와 케이크를 하나씩 옮겨 담았다. "그럼 이젠 유수빈 씨가 막내인 거네." "현우 드디어 막내 졸업이야?" 사람들의 웃음소리가 달콤한 냄새에 뒤섞였다. 가족 같은 회사는 그냥 좆같은 회사라지만, 이런 분위기도 썩 나쁘지는 않다고 여기게 되는 화기애애함이었다. 팀장이 탁자 위에 놓인 케이크를 보고 왜 여덟 개냐고 묻기 전까지만 해도 그랬다. 장현우는 여덟 명이라 여덟 개인데 왜 여덟 개인지 물으시면 어찌 답해야 하나는 표정으로 팀장의 눈치를 살폈다. 팀장은 일회용 접시에 놓인 케이크 하나를 집어 들어 한 입 크게 베어 물었다. 케이크는 일곱 개가 되었다. 장현우는 팀장님 몫은 따로 있다며 허둥거렸고, 팀장은 장현우에게 따라오라고 손짓을 했다. 두 사람이 팀장 룸 안으로 사라지고 난 뒤 사무실 안에는 적막이 내려앉았다. 잠시 후 장현우가 팀장 룸에서 나와 탁자에 놓인 케이크를 사람들에게 하나씩 나누어 주었다. 나만 빼고. 그때까지도 막내라는 호칭과 박수 소리의 여운에 취해 있던 나는 장현우에게 저는요, 라고 물었다. 장현우는 내 쪽으로 몸을 기울여, 내 귓가에 입술을 바짝 가져다 대고 속삭였다. "팀장님이." 뜨거운 콧김이 기분 나빠 얼굴을 뒤로 빼고 싶었지만 엄청난 비밀 이야기를 할 듯 손으로 자신의 입가를 가리기까지 하는 장현우의 태도에 꾹 참고 다음 말을 기다렸다.

··· 팀장님이 계약직에게 비싼 케이크 간식이 가당키나 하냐고 하시네요. 혼났어요, 저. 저도 계약직이긴 하지만 아무래도 저와 유수빈 씨의 입장이 같지는 않죠. 전 곧 정규직 될 거고, 팀에서 막내이기도 하고요.

팀장님이, 에서 말을 끊고 한참이나 숨만 내쉬던 장현우의 말이 랩처럼 쏟아져 나왔다. 피부에 닿던 장현우의 콧김이 사라지고 사람들이 각자의 자리에 앉아 수다를 떨며 케이크를 먹는 동안, 나는 키보드만 쳤다. 해야 할 업무가 없어서 메모장을 켜 놓고 가나다라마바사를 반복해서 입력했다. 다음 날에도 사무실 사람들은 깍듯이 나를 '유수빈 씨'라고 불렀고, 점심을 먹으러 갈 때에 같이 가자고 권하지 않았다. 내가 함께 가도 되냐고 묻자 서로 눈치를 보더니 유수빈 씨가 불편할 텐데, 라며 웃었다. 그건 곧 불편하니 끼어들지 말라는 의미였다. 그날 오후 3시에 장현우는 내게 단팥빵 하나를 내밀었다. 다음 날도, 그다음 날도 장현우는 내게 단팥빵을 줬다. 그러곤 일주일이 지나자 내게 간식 나누어 주는 걸 도우라고, 앞으로 그것이 내 업무 중 일부가 될 거라고 했다. 그건 사랑받는 막내의 일이 아닌가요, 라고 묻고 싶었지만 입 밖으로 나온 말이라곤 그저 예, 한 마디뿐이었다. 나는 장현우가 주는 단팥빵을 먹는 척 포장지만 뜯고 가방 안에 처박았다가 퇴근 전 화장실에 버렸다.

장현우는 내가 MMS와의 콜라보 프로젝트를 시작한 이후 더 이상 단팥빵을 건네지 않는다. 그것만으로도 오후 3시를 버티기가 약간은 쉬워졌다. 무엇보다 이젠 메모장에 한글을 주구장창 치고 있지 않아도 된다. 대나무 숲이 생겼으니깐. 로그인된 메신저 창에는 내가 쏟아부은 하소연이 어느새 한가득 쌓였다. 탁. 탁. 탁. 내가 엔터를 칠 때마다 사람들의 대화는 간헐적으로 끊겼다. 머리카락을 귀 뒤로 넘길 때에도, 서랍에서 지갑을 꺼낼 때에도, 반쯤 벗고 있던 신발을 제대로 신으려고 몸을 숙일 때에도 그랬다. 오후 3시의 가장 진절머리 나는 점은 이거였다. 공모한 다수가 벌이는 관음증적인 관찰. 처음에는 사람들이 양심에 찔려 내 눈치를 본다고 여겼다. 그러나 그런 착각을 이어 가기에는 남녀 화장실의 방음 상태가 통 좋지 않았다. 여자 화장실에서 손을 씻는 동안, 그들이 내가 내는 한숨 소리와 작은 부스럭거림을 언급하며 낄낄대는 것을 들었다. 그들은 간식 시간마다 케이크 한 조각에 우월감을 얹어 나와 함께 씹어 넘기고 있었다.

"저 잠깐 나갔다 올게요."

나는 자리에서 일어나며 장현우에게 보고했다. 장현우는

크림을 포크로 박박 긁으며 나를 올려다봤다.

"또? 만날 어디를 나가? 자꾸 이러면 곤란해. 근무시간에 10여 분씩을 나가 있으면 어쩌라고. 이거 근태야. 근무 태만."

"커피 사러 가는 건데요."

"탕비실에 믹스 있잖아. 하여간 여자들은 왜 저리 사치스러운지 몰라. 카페 커피나 믹스커피나 똑같은 카페인이구만."

장현우는 오후 3시마다 비슷한 대화를 반복하는 것이 지겹지도 않은 모양이었다.

"전 담배를 안 피우잖아요."

장현우는 크림이 잔뜩 묻은 포크를 쭉 빨고는 히죽 웃었다.

"담배랑 커피가 같아? 담배는 어쩔 수 없이 피우는 거야. 피워야만 하는 거. 그리고 담배는 다 같이 피우잖아. 우리 그 시간에 노는 거 아냐. 담배 피우면서도 업무 이야기 한다고."

아니면 지겨운 건 나뿐이었을까. 지난 며칠간 "전 담배를 안 피우잖아요."라고 말하면 귀찮다는 듯 다녀오란 장현우의 대답으로 마무리되었던 대화가 길어졌다.

"어쨌든 근무지 이탈은 맞잖아요. 담배를 피워야만 하는 건 중독자인 흡연자들 사정이고요. 그냥 사무실에서 해도 될 이야기, 담배 피워야 하니까 나가서 하는 거 아닌가요. 저도 커피 마셔야 업무 잘돼요."

"사무실에선 할 수 없는 이야기도 있게 마련이야. 유수빈 씨에겐 흘릴 수 없는 기밀도 있고. 번거롭지만 우리가 나가 주는 거라고."

"그 이야기 지금, 제가 나간 후에 하시면 되겠네요."

"뭐?"

"오늘 담배 피우러 나가지 않으셔도 되겠네요. 번거로울 일 하나

더셨네요. 그럼 나갔다 오겠습니다.”

　　장현우의 얼굴에서 웃음이 사라졌다. 나는 책상 한쪽에 놓아둔 분무기를 집어 들어 선인장에 물을 뿌렸다. 메신저를 대나무 숲으로 사용하기로 정한 날부터, 선인장을 돌보기 시작했다. 메신저를 설치하고 간, 이 자리의 전 주인 만세 씨에게 고마움을 표하는 내 나름의 방법이었다. 메신저 너머에 아무도 없다는 걸 아는데도, 메신저 위에 쓰인 아이디를 볼 때면 만세 씨와 대화를 나누는 기분이 들었다.

　　‘화분 버리지 않기를 잘했어.’

　　선인장은 아직도 누렜지만 처음 발견했을 때보다는 생기가 돌았다. 분무기를 내려놓고 사무실을 나왔다. 늘 가는 테이크아웃 전문 카페로 향하는데, 사무실 건너편의 편의점 문에 붙어 있는 문구가 눈에 들어왔다. 얼음 컵과 아이스커피 세트로 1000원. 카페보다 500원이나 쌌다. 주저 없이 편의점 안으로 들어갔다. 커피와 얼음 잔을 계산대에 올려놓는데, 카운터 포스기 옆에 선인장 화분이 놓여 있었다. 내 자리에 있는 것과 비슷하게 작았지만 이쪽은 싱싱한 초록을 뽐내고 있었다.

　　“1000원입니다. 저기요, 손님?”

　　내 것과는 너무 다른 선인장의 생기에 정신을 빼앗겨 편의점 직원의 말을 듣지 못하고 있다가 허둥지둥 카드를 단말기에 꽂았다.

　　“선인장이 참 예쁘네요. 제가 어쩌다가 선인장 화분을 돌보게 되었는데, 그게 영 시들시들하다 보니 눈길이 갔어요.”

　　“열심히 돌봤거든요.”

　　편의점 직원은 잠시간 왠지 망설이는 표정을 짓다가, 결심한 듯 말을 이었다.

"사장님은 불길하다면서 갖다 버리라고 하는데, 도저히 그럴 수가 없더라고요."

"불길하다고요?"

무슨 소리인가 싶어 편의점 직원을 바라보았다. 편의점 직원은 내 또래이거나 나보다 조금 더 어린 것 같아 보였다. 입가에는 피로가 쌓여 있었지만 주황색 립글로스를 바른 입술만은 반짝반짝 빛났다.

"이거, 저기….”

편의점 직원은 손가락으로 편의점 바깥쪽을 가리켰다. 그곳에 있는 건 '포커온'의 사무실이 있는 건물뿐이었다.

"저기서 사고 있었잖아요. 4층에 있는 회사. 그 언니가 준 화분이거든요. 추락사로 판명 나긴 했지만 이 근처 사람들은 대부분 뭐가 더 있다 생각해요. 거기 대표가 돈 써서 추락사로 처리한 거 아니냐고."

편의점 직원이 목소리를 낮추더니, 카운터 너머 내 쪽으로 약간 몸을 기울였다.

"… 저도 증언했거든요. 분명히 그 회사 사람이 그날 케이크 사서 저 건물 들어갔다고요. 그런데 사무실 직원들이 그날 저녁에 사무실 간 사람 없다고 서로 증언했다는 거예요. 분명 누군가 거짓말을 하고 있는 거니깐, 수사에 참고해 달라고 용기 내서 말했죠. 그날 사장님한테 혼났어요. 쓸데없는 말 하지 말라고, 잘못하면 명예훼손으로 고소당한다고. 겁나서 그 뒤론 아무 말도 못 하겠더라고요."

내게 물건을 건네는 편의점 직원의 표정이 어두워졌다.

"언니가…. 돌아가신 분이요. 자주 오셨어요. 커피랑 얼음 컵 사러요. 좋은 사람이었어요. 취한 아저씨들이 라면 국물 바닥에

다 쏟고 진상 부릴 때 쫓아내 주고 그랬어요. 이 선인장을 나한테 주면서 그러더라고요. 힘들면 만세를 외치라고. 만세를 하면 몸이 커지잖아요. 사람은 힘들수록, 공간을 많이 차지해야 주눅이 덜 든대요."

"그랬군요…."

"죄송합니다. 갑자기 이런 말을 해서요. 그 사건 이후로 누구에게도 언니에 대한 이야기를 할 수가 없었거든요. 고소당할까 봐 무섭고…. 선인장 칭찬을 받으니깐 갑자기 울컥했어요. 그냥, 이 근처 사람들 중 한 명이라도 언니가 어떤 사람이었는지 알아줬으면 해서요."

나는 직원이 손에 든 얼음 컵과 커피를 받아 들었다. 건네받은 얼음 컵은 이상하리만치 서늘했다.

"저기요. 저 지금 하신 말씀이 무슨 이야기인지 잘 모르겠어요."

편의점 직원이 멈칫, 말을 멈추고 당황한 듯 나를 바라보았다.

"어…. 그 일은 당연히 아실 줄 알았어요. 이 근처 사람들은 다 아니깐."

"그러니깐 그 일이 뭔데요?"

편의점 직원은 선생님에게 반 친구를 고자질하는 아이처럼 몇 번이고 주변을 둘러보고는 작게 속삭였다.

"작년 크리스마스이브 날, 그 언니가 사무실 창에서 떨어져 죽었어요."

*

재앙은 낙엽이 물들어 갈 때에 손님과 함께 찾아왔다.

오버타임 크리스마스

"사무실 아담하니 좋네. 대표라고 했나? 아, 대표는 기생오라비 개라고 했지. 너 호구 하나 잘 잡아서 사람 구실 하고 사네."

루이비통 카디건을 입고 찾아온 손님. 그가 방문하기 전부터 팀장의 행동이 심상치 않았다. 사무실을 청소하라고 소리를 질렀고, 꽃을 사 와 사무실 탁자에 장식하게 했다. 장현우는 오후 3시가 되지 않았는데도 백화점에서 마카롱 세트를 사 왔다. 아주 바쁜 척해야 해. 알았지. 팀장은 팀원들에게 몇 번이고 신신당부했다. 그러곤 나를 보고 혀를 차며 립스틱이라도 바르라고 했다. 엄청나게 중요한 투자자라도 오는 건가 싶었다. 똥 마려운 강아지처럼 안절부절못하는 팀장의 모습은 찾아올 손님에 대한 궁금증을 증폭시켰다.

설마, 고작 결혼 청첩장을 건네러 온 친구일 줄이야.

"모르는 사람이 들으면 내가 이전엔 사람 구실 못 한 줄 알겠다. 내가 동생 도와주는 거지. 아니면 이런 작은 회사에 있겠냐."

"주식 좀 복구했어? 자신만만하네."

"… 밖에서 만나서 받는다니깐 뭐 굳이 사무실로 와서는."

"난 이젠 클럽 안 다녀. 우리 자기가 싫어해."

루이비통은 품 안에서 청첩장을 꺼내 탁자에 내려놓았다.

'평소엔 방에 처박혀 있더니 왜 사무실에 나와서 저러는 걸까?'

손님에 대한 궁금증이 사그라진 시점에서, 궁금한 건 오직 그뿐이었다. 다른 팀원들은 모니터 너머로 힐끔힐끔 팀장이 앉은 쪽을 곁눈질했지만 내겐 그럴 여유가 없었다. 팀장이 바쁜 '척'을 하라고 했지만 '척'할 필요가 없게 바빴으니깐. MMS에 보낼 기획서 마감일까지는 고작해야 한 달 정도가 남았고 해야 할 일은 산더미였다. 근무시간 전부를 쏟아부어야 할 판국이었으나 그럴

수가 없었다. 장현우가 계속 잡일을 시켜서였다. 정수기 아래
물기를 닦아라, 화분에 물을 줘라, 탕비실 냉장고 청소를 해라 등등.
방해하려는 의도가 다분한 분주함이었다. 그뿐만이 아니었다.
장현우는 내가 USB에 자료를 옮길 때마다 "회사 자료를 함부로
가져가면 안 되죠."라며 인상을 썼다. 나는 장현우가 인상을 쓰든
말든, 꿋꿋이 집으로 자료를 가져가 기획서 작성에 매달렸다. 그래도
절대적으로 시간이 부족했다.

　　미친 듯이 키보드를 두드리는데 쿡, 누군가 내 등을 찔렀다.
장현우였다. 장현우는 내게 따라오라는 손짓을 했다. 장현우의 뒤를
따라 탕비실에 들어가자, 2단 트레이에 완벽하게 세팅된 마카롱이
보였다.

　　"이거 가지고 가서 손님에게 내드려요."

　　"선배가 가지고 가세요. 평소엔 이 트레이 손도 못 대게
하잖아요."

　　장현우는 인상을 쓰고 나를 노려보았다.

　　"나라고 유수빈 씨에게 이렇게 중요한 일 맡기고 싶은 줄 알아?
하지만 팀장님이, 손님 올 때는 다과를 여자가 내와야 폼이 난다는데
어쩌겠어. 그러니깐 잘해요. 저 손님, 진짜 중요한 사람이거든."

　　"중요하다고요?"

　　다과를 손님에게 내가는 것과 손님 중 어느 쪽도 그다지 중요해
보이지 않았던지라 그렇게 물을 수밖에 없었다.

　　"중요하지. 저 손님, 팀장님하고 중학교 때부터 친구거든요. 네
명이 함께 다니는데, 팀장님이 그 친구들 중 누구에게도 지는 걸 못
견딘단 말이지. 이전에 팀장님, 렉서스로 차 바꾸고 두 달밖에 안
되었는데 친구가 아우디로 바꾸었다고 바로 따라서 차 바꿨잖아.

오버타임 크리스마스

그리고 이전에 계약직으로 있던….”

장현우는 갑자기 말허리를 끊었다. 이전에 있던 계약직. 그건 분명 사무실 창문에서 떨어졌다는 여자일 터였다. 그리고 아마도 그 여자는 만세 씨일 확률이 높았다. 나는 장현우의 말이 이어지기를 기다렸다.

“립스틱이라도 좀 바르고 나가요.”

그러나 잘린 말허리는 이어지지 않았다.

“그러니깐 중요하다는 게….”

“팀장님 기분이 상하지 않게 조심하란 거야.”

마카롱이 담긴 트레이. 그 트레이를 들고 상사에게 간식을 바치는 것이 장현우의 ‘중요한 것’일까. 한 손에 트레이를 들고 나가면서 다짐했다. 이직이다. 역시 이직뿐이다.

“드세요.”

트레이를 탁자에 두자 루이비통이 나를 올려다봤다.

“신입? 기생오라비가 허락해 주디? 또 여자 뽑는 거?”

“그 새긴 말만 대표지, 내 꼭두각시야.”

“그래도 말썽 생기지 않게 신경은 쓴 것 같네. 이전의 개보다 이게 영.”

루이비통이 손바닥을 얼굴 앞에 흔들어 보였고, 팀장은 낄낄 웃었다. 못 본 척 뒤돌아서는데 루이비통이 나를 불러 세웠다.

“아가씨. 학교 어디 나왔어요? 몇 살?”

“그걸 왜 물어보십니까?”

“어이구, 딱딱해라. 덩치가 크면 귀염성이라도 있어야지. 어려 보여서 아직 학생인가 싶어 물어본 거야.”

“얘 스물다섯인가 그래. 맞지, 신입? 학교는….”

팀장은 말을 하다 말고 마카롱 하나를 집어 들었다. 내가 어느 학교를 나왔는지 모르는 게 분명했다. 하지만 루이비통 앞에서 모른다는 말을 하고 싶지 않은 거다. 이제껏 대표는 바지 사장이고, 자기가 일을 다 하는 것처럼 떠들었으니 그럴 만도 했다. 내가 대답 없이 멀뚱히 서 있자, 대표는 마카롱을 하나 더 집어 들었다. 하나 더, 그리고 또 하나 더. 팀장이 마카롱을 네 개째 입에 넣자 장현우가 허둥지둥 달려왔다.

"유수빈 씨 S대 나왔습니다. 작년 졸업이고요. 맞죠? 어른이 질문을 하면 대답을 해야지, 가만히 있으면 어떻게 합니까. 죄송합니다. 사수인 제가⋯."

"괜찮아. 뭐 그런 걸로 어린애 기죽게 타박을 줘?"

루이비통이 손을 내저었고, 팀장은 장현우에게 눈을 흘기며 자리로 돌아가라고 했고, 장현우는 나를 노려보고는 자신의 자리로 돌아갔다. 누군가를 노려봐야 하는 건 일방적으로 신상 공개를 당한 내 쪽이 아닐까. 하고 싶은 말을 목구멍 아래로 꿀꺽 삼켰다. 계약기간은 아직 많이 남았고, 이직할 수 있을지 없을지도 모르는 상황이었다. 사수인 장현우에게 밉보였다가는 그렇지 않아도 왕따 신세인 회사 생활이 두세 배는 더 힘들어질 터였다.

"작년 졸업이면 내 와이프 될 사람이랑 아는 사이일 수도 있겠네. 걔도 S대 나왔거든. 혹시 알아요? 영문학과 하영주."

나는 고개를 가로저었다.

"아뇨. 전 디자인과라서요. 미대 건물이랑 인문대 건물이랑 꽤 멀어요. 교양 겹치는 것도 많지는 않고요."

"그렇구나. 그래도 같은 대학이라니 반갑네. 야, 너 신입한테 잘해 줘라. 내 와이프 동기시다."

오버타임 크리스마스

팀장은 커피를 입에 쏟아부어 가글할 때처럼 끄르륵, 입 안을 헹구었다.

"너 민정이랑은 헤어졌냐? 7년 사귀었잖아."

"청첩장 좀 잘 봐라. 이름이 다르잖냐. 민정이 걔가 돈도 많고 집안도 영주보다 괜찮긴 해. 몸매도 얼굴도 민정이가 더 낫지. 그래도!"

루이비통은 중대 선언이라도 하는 듯, 탁자를 가볍게 내리쳤다.

"결혼 상대는 역시 어려야지! 돈이야 나도 모자라지 않고 얼굴이나 몸매는 돈 들이면 이뻐지게 되어 있어."

"그런가?"

"그럼. 게다가 영주가 성실하거든. 나랑 같은 회사라서 잘 알지."

"같은 회사?"

"우리 회사 신입이었어. 사내 연애로 결혼! 이거야말로 남자들의 진정한 로망 아냐?"

루이비통은 그 후에도 한 시간쯤 주절거리다가 돌아갔다. 팀장은 퇴근 시간이 되기 직전까지 팀장 룸에 틀어박혀 있다가 불쑥 나와, 퇴근하는 내 앞을 가로막고 섰다.

"우리 수빈 씨. 나랑 저녁 같이 먹고 가지?"

재앙의 시작이었다.

*

점심시간에 혼자 밥을 먹는 것? 괜찮다. 삼삼오오 어울려서 밥을 먹는 게 당연하다 여기는 고등학생도 아니니깐. 포커온에 입사하고 나서는 쭉 혼자 먹은 덕에 혼밥하기 좋은 식당 목록을

두루 꿰게 되었다. 휴대폰 데이터가 간당간당해서 동영상 보기가
망설여지거나 포털 사이트 스크롤을 아무리 내려도 읽을 만한 게
없을 때에는 직장 동료와 시답잖은 수다를 떨면서 밥을 먹는, 옆자리
사람들이 부럽긴 했었다.

"어허. 우리 수빈 씨는 내 맞은편에 앉아야지. 아니면 옆에
앉든가."

그래도 아홉 명이 백반집에 둘러앉아 팀장의 눈치를 보는
점심시간보다야 혼자 먹는 쪽이 백 배는 좋았다. 팀장의 말에도
내가 가장 바깥쪽에 앉은 채 움직이지 않자, 장현우가 내 옆구리를
찔렀다. 동시에 다른 팀원들은 파도타기 응원이라도 하듯 한 명씩
무릎을 오므려 내가 지나갈 공간을 마련해 주었다. 이러면 자리를
옮기지 않을 수가 없다. 어쩔 수 없이 팀장의 앞에 가 앉았다. 2주째,
점심시간마다 반복되고 있는 '유수빈 대이동'이다.

"이제 곧 10월인데 아직도 덥냐. 이모, 여기 선풍기 좀! 자, 다들
먹자고."

루이비통이 다녀가고 얼마 지나지 않아 팀장이 앞으로 점심은
팀원 모두가 같이 먹자고 제안했다. 팀장의 갑작스러운 변화는
그뿐만이 아니었다.

"우리 수빈 씨. 밥 절반만 먹어. 살 빼야지."

가장 끔찍한 변화, 그건 나를 부르는 호칭이었다. 묵묵히 고개를
숙이고 보란 듯이 밥 한 공기를 다 먹었다. 팀장은 식사하는 내내
남녀는 나이 차이가 좀 나야 잘 산다더라, 나는 여자 성격만 본다,
너희 괜히 수빈 씨 고생시키지 마라 등등 이미 한 말을 돌림노래처럼
하고 또 했다. 체할 것 같았다.

"팀장님도 하여간, 여자 급도 따지지 않고 달려드는 버릇 고쳐야

하는데.”

화장실 벽 너머에서 들려오는 목소리들은 점점 커졌다.

“그러게. 또 친구가 뭐라고 했나 보지.”

“이전 개한테는 왜 들이댔더라? 가난한 집 여자한테 키다리 아저씨 행세해 주는 친구 보고 꽂힌 거였지? 그래도 걘 이쁘기라도 했지.”

“사귀려면 밖에서 좀 사귀든가. 왜 만날 사무실 계약직하고 저래.”

“진짜 사귀면 어쩌지?”

“미쳤냐? 막아야지. 저딴 계집애한테 설설 기면서 살래? 아리한테 아리 씨, 이렇게 불러야 하는 것도 짜증 나 죽겠는데.”

화장실에서 이를 닦고 나오자마자 메신저를 켰다.

[죽고 싶어.]

생각할 틈도 없이 손가락이 감정을 밀어 올렸다.

[미쳤나 봐.]

[하루에도 메시지를 스무 개 넘게 보내.]

[전화도 걸어. 퇴근 후에! 안 받으면 내일 사무실에서 보자 이런 메시지를 보내서 받지 않을 수도 없어. 받으면 자기 자랑만 한 시간 넘게 주구장창 늘어놓는다고!]

[급을 안 따진다고? 미친. 무슨 상상을 하는 거야, 대체]

[대체 왜 저러는 건데, 왜!]

[내가 왜 우리 수빈 씨야? 차라리 뚱땡이라고 불러!]

응답 없는 대나무 숲에 감정을 쏟아 내고 나서야 체기가 가라앉았다. 잠시 키보드에서 손을 떼고 분무기를 집어 들었다.

“유수빈 씨. 그것 좀 버리라니깐.”

선인장 화분에 물을 뿌리는데, 어느새 사무실로 돌아온 장현우가 내 등 뒤에서 불쑥 말했다.

"선인장이요? 이거 제가 기르는 거예요."

"유수빈 씨 거 아니잖아요. 볼 때마다 불길하니깐 버려요. 자리 정리하러 왔을 때 들려 보냈어야 했는데, 노인네들이 질질 짜는 거 달래느라 정신이 없었어."

"그렇게 거슬렸으면 저 오기 전에 버리지 그러셨어요."

"말했잖아요. 불길하다고. 만지기도 싫어. 그 선인장 이름이 뭔지 알아요? 로드킬 선인장이에요, 로드킬. 차에 치여서 납작해진 것 같은 모양새라고."

새삼스럽게 선인장을 살폈다. 반원 모양으로 솟아오른 선인장은, 확실히 내가 익히 보아 온 선인장에 비하면 눌린 듯 두께가 얇았다.

"로드킬이 왜 불길한데요?"

"어? 그거야…."

"이전에 이 자리 썼던 사람한테 무슨 일이라도 있었어요? 노인들은 누구고, 왜 울었는데요?"

장현우는 그게, 그러니깐, 그건, 이란 말만 반복하며 어물거리다 입을 다물었다. 나는 보란 듯이 선인장을 조심스럽게 닦았다. 선인장 위쪽에 작은 돌기 같은 것이 두 개 돋아나 있었다. 놔둬도 되는 것인가, 잠시 고민하다가 일단 그대로 두기로 했다.

'왜 말해 주지 않는 걸까. 창문에서 떨어졌다는 여자 이야기.'

사고사라면 오히려 말해 주어야 하지 않을까. 창문에 기대지 말라거나 뭐 그런 내용의 경고문을 붙이거나. 사무실 어디에도 그런 경고문은 붙어 있지 않았다. 내가 들은 경고는 오직 하나,

오버타임 크리스마스

이것뿐이다.

야근을 하지 말 것.

자리에 앉아 도로 메신저 창을 켰다. 스크롤을 위로 쭉 올렸다. 불과 몇 분 전에 남긴 수많은 투덜거림 속, 한 마디가 툭 불거져 보였다. 다시 키보드에 손을 올렸다.

[미안해. 죽고 싶단 말, 함부로 해서.]

*

문제는 메일이었다.

"저녁에 회사에 남게 열쇠 달라고? 뭐 하러?"

장현우가 심드렁하게 물었다.

"그게, MMS 콜라보 기획서 마감이 내일 오전이거든요. 마무리를 다 못했는데, 아웃룩 계정이 사내 IP만 접속되도록 설정되어 있더라고요. 전에 팀장님이 기획서를 꼭 회사 공용 아이디로 보내라고 하셔서요. 내일 아침에 나와서 하기에는 아무래도 빠듯해서, 저녁에 남아서 마감하고 바로 전송해야 할 것 같습니다."

장현우가 흥, 콧김을 내뿜었다.

"안 돼. 야근은 안 하는 게 좋다고 했잖아."

"왜요? 야근 금지. 그거 진짜 이유가 뭐예요?"

장현우는 다시 한번 콧김을 내뿜고는, 잠시간 내 어깨 너머를 응시했다. 그러곤 무언가 결심한 듯, 의자를 발로 밀어 내 옆으로 바짝 달라붙었다.

"나와요."

이마가 닿을 듯 얼굴을 들이민 장현우가 나지막이 속삭였다. 입사 첫날에도 들었던 말이었다. 장현우가 설렁탕과 함께 후르르 마셔 버렸던 그 말. 이번에도 마셔 버리게 둘 순 없었다.

　"그러니깐 뭐가 나오는데요?"

　"귀신."

　놀리는 건가 싶었지만, 장현우의 표정은 전에 없이 진지했다.

　"신입한테 절대 말하지 말라고 했는데, 내가 진짜 사람이 너무 좋아서 말해 주는 거야. 잘 들어요. 사실은 작년 겨울에, 지금 유수빈 씨 자리 썼던 팀원이 죽었어."

　사무실 창문에서 그 언니가 떨어졌대요. 편의점 직원의 목소리가 장현우의 목소리에 겹쳐졌다.

　"걔가 야근하다가 죽었거든. 좀 유별난 애였어. 왜, 그런 타입 있잖아. 딱히 일을 잘하는 것도 아닌데 일하는 티는 엄청 내는 애. 할 줄 아는 것도 없으면서 욕심만 많은 그런 애. 그래서인지 야근을 어찌나 하던지. 나 일 이렇게 열심히 해요, 어필하고 싶었나 봐."

　좋은 사람이었어요. 편의점 직원의 이야기 속 여자와 장현우의 이야기 속 여자는 완전히 다른 사람인 듯했다.

　"크리스마스이브 날이었거든, 그날. 사람들 다 일찍 퇴근했는데 혼자 남겠다고 하더라고. 그래서 열쇠 맡기고 나도 퇴근했지. 걔가 사무실에서 혼자 술을 마셨더라고. 술 마시고 비틀거리다가 떨어진 건지, 아니면 그럴 작정으로 남은 건지…. 크리스마스 날에 팀장님이 전화 주셔서 알았어요. 찝찝한 크리스마스 보냈죠, 덕분에. 그래도 뭐, 사고사가 확실해서 별문제 없이 마무리가 됐지만."

　서로 사무실 간 사람 없다고 증언을. 그날, 분명히 케이크를 샀거든요. 그 회사 사람이. 그래서 그런 소문이. 편의점 직원의 말이, 장현우의 말에 어지럽게 뒤섞였다.

"그런데 그날부터, 간혹 야근을 하느라 사무실에 남아 있으면 보인다는 거예요. 창가에 어른어른, 그 직원의 귀신이."

반사적으로 창문을 바라보았다. 사무실의 통창은 여전히 꽉 닫힌 채였다. 굳게 잠긴 창문을 보고 있자니 왠지 괴리감이 들었다.

언제나 굳게 잠겨 있는 창.

그 창 아래로 떨어져 죽은 여자.

창을 바라보는 눈가에 힘이 들어갔다. 잘못 합성된 사진을 봤을 때처럼 무언가 이상하다는 느낌이 드는데, 이상한 곳이 어디인지 확실히 찾아내지 못하고 있으니 답답함에 절로 인상이 쓰였다.

"뭐야. 유수빈 씨. 겁먹었어?"

그런 내 옆에서 장현우가 히죽 웃었다. 얄미운 웃음이었다. 장현우를 한 대 때리고 싶다는 충동이 불쑥 솟아올랐다. 마음을 억누르고 자리에서 일어났다.

"저 커피 좀 사 올게요."

장현우는 웬일로 내가 사무실을 나가는 것에 딴지를 걸지 않았다. 나는 건물을 나와 편의점으로 향했다. 교복을 입은 아이들 서너 명이 왁자지껄 떠들며 물건을 고르고 있었다. 그 시끄러운 소리조차 제대로 들리지 않을 정도로, 머릿속 한쪽에 괴리감이 가시처럼 걸려 사라지지 않았다. 마음을 굳히고, 계산대로 가 커피와 얼음 컵을 내려놓았다.

"저기, 그날 말이에요."

바코드를 찍던 직원이 '그날이요?'라고 되묻는 듯한 표정으로 나를 봤다.

"작년 크리스마스이브 날이요. 그날도 그…. 떨어졌다는 여자분, 커피 사러 오셨나요?"

"사러 오셨어요. 그날엔 저녁때에 한 번 더 사러 오셔서 기억해요. 크리스마스이브 날 야근이라니 회사가 너무한다 싶더라고요. 팀장이 할 일도 없는데 억지로 업무 만들어서 남게 했다고 언니가 투덜거렸어요."

"혹시 그때 술도 사셨어요? 아니면 취해 있었다거나."

"아뇨. 저 경찰한테도 말했어요. 절대 아니라고."

편의점 직원이 내게 커피를 건넸다.

"그날 취해서 편의점에 온 사람은 따로 있어요. 저녁에 고주망태가 되어서는 케이크 사 갔어요. 그 회사 다니는 아저씨 중 한 명이요. 언니가 편의점 올 때 가끔 따라와서는 치근덕거리던 게 너무 꼴 보기 싫었어요. 그래서 얼굴을 기억하거든요."

"대충 어떤 인상인지 설명해 줄 수 있어요?"

"배 좀 나오고 얼굴 넓적한 아저씨요."

사무실 직원 중 절반이 그런 외모라, 누구인지 특정할 수가 없었다.

"그 아저씨가 케이크 들고 건물 앞에서 뭐라고 한참 소리를 지르고는 건물 안으로 들어갔대요. 전 편의점 안에 있어서 못 봤지만, 본 사람들 몇 명 있어요. 그래서 그런 소문이…."

"소문이요?"

편의점 직원은 아차 싶었던 듯 입을 다물었다.

"아니에요. 제가 괜한 소리를 해서 신경 쓰이셨나 봐요."

"소문이 뭔지 가르쳐 주세요."

"그거는…. 말하기가 좀 그래요."

오버타임 크리스마스

"왜요?"

편의점 직원은 침묵을 지켰고 나는 얼음 컵을 움켜쥔 채 그가 다시 말하기를 기다렸다. 모여서 편의점 안을 돌아다니던 아이들이 계산대로 다가왔다. 나는 계산대 앞에서 한 발 뒤로 물러섰다.

"살인 사건 아니라니깐. 그냥 사고사랬어. 뉴스에서."

"거짓말하지 마. 네가 무슨 뉴스를 봐?"

"아빠가 보고 말해 준 거니깐 틀림없대도."

아직 변성기가 지나지 않은 아이들의 톤 높은 목소리가 편의점 안에 울렸다.

"살인 사건 맞대도. 유튜브에서 봤어. 남자가 여자 스토킹하다가 죽인 거랬어. 남자가 여자 집에도 쫓아가고 그랬다던데? 여자가 만날 야근한 것도 그 남자가 시켜서 그런 거래. 자기랑 사귀어 주지 않으니깐 심술부린 거지."

"남자가 회사 사장이야?"

"그렇겠지? 영상에는 남자에 대해 자세히 나오지 않아서 나도 그 이상은 몰라. 여자에 대해서는 꽤 자세하게 나왔어. 여자 되게 예쁘더라."

나는 아이들의 이야기에 귀를 기울였다. 대화의 내용이 '소문'이라는 것을 어렵지 않게 짐작할 수 있었다.

"증거 있어?"

"여자가 창문에서 떨어졌을 때 사무실에 케이크가 있었대. 접시에 한 조각씩 두 개. 그 케이크를 남자가 들고 건물로 올라가는 걸 본 사람이 있다고 했어."

"에이. 그랬으면 경찰이 그 남자 체포했겠지."

"크리스마스이브에 야근시킨 게 미안해서 케이크 사다 주고,

같이 먹고 내려왔다고 했다더라."

"그 말 그대로일 수도 있잖아."

"내가 본 영상에서는 여자가 꽃뱀이었다고 하던데. 여자가 계속 돈을 요구하니깐 질린 남자가 헤어지자고 했고, 여자가 앙심을 품고 남자에게 누명 씌우려고 뛰어내린 거래. 그 여자, 집 엄청 가난하대. 아빠랑 엄마가 완전 노인네들이고."

아이들이 저마다 들고 온 먹을 것을 계산대에 쏟듯이 올려놓았다.

"내가 아는 얘기 쪽이 더 재미있지 않아?"

내 손안에 있던 플라스틱 컵이 와그작 소리를 내며 찌그러졌다. 화가 났다. 그리고 부끄러웠다. 소문에 대해 알아보려 했던 것이. 나는 만세 씨의 본명조차 모른다. 크리스마스이브에 무슨 일이 있었던 건지 모른다. 확실한 건 만세 씨는 죽었고, 더 이상 말할 수 없단 거다. 자기 자신의 죽음에 대해 어떠한 소문이 돌아도, 만세 씨는 말할 수 없다. 항의할 수 없다. 존재하지 않는다는 건 그런 것이다. 매일 커피를 사던 곳이 자신의 죽음을 흥밋거리로 여기는 사람들로 가득 차도, 그 공간의 한구석조차 지켜 낼 수 없게 된다.

"저기요. 뭐 해요? 계산해 주세요."

편의점 직원이 바코드 리더기를 손에 들고 가만히 계산대 위에 놓인 물건을 내려다보고 있었다. 아이들이 재촉을 해도 한참이나 움직이지 않았다.

"아 씨. 계산이요!"

"저기, 학생들. 이전에 제가 그런 소문 함부로 이야기하지 말라고 부탁했는데…."

편의점 직원의 목소리 끝이 가느다랗게 떨렸다.

오버타임 크리스마스

"무슨 소문이요?"

"그러니깐…. 돌아가신 분이 꽃뱀이었다거나 하는 거요."

"그거야 우리 마음이죠."

"야. 내가 말했잖아. 이 편의점에 이상한 누나 있다고. 이전에도 나한테 뭐라고 했다니깐."

"웃기네. 알바나 하는 주제에. 야, 이거 본사에 신고 때리자. 휴대폰 줘 봐."

아이들은 와자지껄 떠들며 편의점 직원 보란 듯이 휴대폰을 흔들어 댔다. 편의점 직원의 얼굴이 새빨갛게 달아올랐다.

"와!"

나는 두 팔을 번쩍 들고 외쳤다. 최대한 팔을 크게 벌려 만세를 부르는 듯한 자세를 취하고는 동상처럼 서서 아이들을 노려보았다.

"뭐야. 이 아줌마 왜 이래?"

"미친 거 아냐?"

아이들이 나를 돌아보며 어이없다는 듯 한마디씩을 던졌다. 내가 만세 씨에 대해 아는 건 매일 커피를 샀고, 기분이 좋지 않을 때면 만세를 불렀다는 것뿐이다. 어쩌면 만세 씨도 커피를 사러 나올 때마다 장현우에게 타박을 들었을지도 모른다. 그래서 만세 씨는 더욱더, 커피를 사러 이곳에 와야만 했을 거다. 환기도 되지 않는, 그 숨 막히는 공간에서 벗어나 숨 쉴 수 있는 곳이 필요했을 테니깐. 그곳에, 만세 씨의 편을 들어 주는 사람이 있다. 그래서 나는 편의점 직원을 도와주고 싶었다. 그것이 지금의 내 자리에서 일했던, 얼굴 모르는 만세 씨를 위해 내가 할 수 있는 유일한 일이었다.

"와!"

다시 한번 소리를 지르자 아이들이 슬쩍 뒷걸음질을 쳤다.

"… 야. 진짜 미쳤나 봐."

"가자. 요즘 이상한 사람 많잖아. 괜히 건드렸다가 칼부림 당해."

아이들은 계산대에 물건을 놔둔 채 우르르 편의점을 뛰쳐나갔다. 나는 두 팔을 내렸다. 막상 상황이 끝나고 나니 민망함이 몰려왔다. 잽싸게 편의점 밖으로 나가려는데, 편의점 직원이 내 팔을 붙잡았다.

"저기, 손님! 잠깐만요."

멈춰 서서 뒤돌아보자, 편의점 직원이 카운터 아래를 뒤지더니 쭈쭈바처럼 생긴 튜브를 꺼내 내게 내밀었다.

"선인장이요!"

"예?"

"이전에, 기르는 선인장이 시들시들하다고 하셨잖아요. 이거 선인장 영양제예요. 그냥 꽂아 놓으면 돼요. 그리고 이거는 다육이 기르는 법 정리된 소책자구요. 저 이거 그 언니한테 받은 거거든요. 드릴게요!"

영양제를 내미는 편의점 직원의 귓불이 새빨갛게 달아올라 있었다. 아마 내 뺨이나 귓불도 그에 못지않은 색이었을 거다. 커피와 영양제를 들고 사무실로 돌아왔다. 다들 담배라도 피우러 간 건지 사무실에는 아무도 없었다. 영양제 튜브 끝을 잘라 선인장 화분에 꽂아 넣으며 생각에 잠겼다.

'케이크를 산 건 대체 누구일까.'

머릿속 가시가 또다시 쿡, 나를 찔렀다. 고개를 가로저었다. 지금 당장 고민해야 할 건 이게 아니다. 오늘 야근을 못 하게 되면 기획서를 어떻게 완성할지 고민해야 했다. 하지만 별다른 수는 떠오르지 않았다.

오버타임 크리스마스

"유수빈 씨. 컴퓨터 로그인 비번 바꿨어요?"

영양제 튜브가 다 비워져 갈 때쯤, 사람들이 우르르 사무실로 돌아왔다. 장현우는 담배 냄새를 풍기며 내게로 다가와 불쑥 물었다.

"비번? 선배 컴퓨터를 제가 왜 만져요?"

"아니. 내 거 말고. 유수빈 씨 거."

"… 그야 바꿨죠. 이전 사람이 쓰던 걸 계속 쓸 순 없잖습니까. 왜요?"

"아니. 그냥, 궁금해서. 이거 받아요."

장현우가 내게 내민 건 건물 출입문 열쇠였다.

"팀장님한테 말해서 보조 키 받았어요. 특별히 빌려주는 거예요. 사고 나지 않게 조심해요."

나는 재빨리 열쇠를 받아 들었다.

'웬일이야. 그렇게 방해를 해 대더니.'

그래도 사수는 사수라는 걸까. 장현우를 향해 슬쩍 고개를 숙여 보이고는 자리에 앉았다. 절전 상태로 돌려놓았던 모니터를 켜고 마우스를 잡았다. 마우스가 이상하게도 끈적거렸다. 흡사 누군가 땀이 난 손으로 마우스를 꽉 쥐고 있었던 것만 같은 끈적거림이었다. 티슈를 뽑아 대충 닦았다. 마우스에 신경 쓸 여유는 없었다. 주어진 시간은 하루. 하루 만에 어떻게든 기획서를 완성해야만 했다. 기획서 파일을 불러와 작업을 시작하려다가, 메신저에 로그인했다.

[혹시 오늘 나타날 거라면, 잘 부탁해.]

사무실에 나타났다는 귀신이 만세 씨라면, 나를 해치진 않을 것이다. 어쩐지 그런 자신감이 들었다. 아니, 그런 자신을 가져야만 했다. 어쨌든 나는 야근을 할 수밖에 없으니깐. 메시지를 입력하고, 크게 숨을 내쉬었다.

'집중하자. 집중.'

자기최면과도 같은 다짐을 하며 기획서에 매진했다. 시간이 얼마나 흘렀는지 의식할 새도 없었다. 사람들이 사무실 밖으로 나가는 발소리가 키보드 치는 소리를 스치며 사라졌다. 사무실의 불이 꺼졌다. 책상에 놓인 스탠드를 켰다. 마지막 표를 입력하고 저장 버튼을 눌렀을 땐, 창밖은 이미 어둠에 물들어 있었다. 어느새 밤 10시였다.

'이젠 메일만 보내면 된다. 아, 배고파.'

집중이 풀리자, 잊고 있던 생리현상에 대한 욕구가 밀려왔다. 배고픔도 배고픔이지만 무엇보다 화장실이 급했다. MMS의 담당자에게 메일을 쓰는 데에도 한참이 걸릴 터였다. 첫 인사말만 해도 안녕하십니까가 좋을지, 안녕하세요가 좋을지 한참을 헤맬 게 분명했다. 대나무 숲에 대체 어떻게 메일을 써야 할까 고민을 털어놓은 메시지만 해도 한가득이었다. 자리를 떠나지 않고 메일을 다 쓸 때까지 견디기엔 욕구를 해결해 달라고 아우성을 치는 몸의 요구가 더 이상 무시할 수 없을 정도로 컸다. 나는 길게 기지개를 켜고 자리에서 일어났다. 혹시나 싶어 클라우드에도 파일을 업로드하고, USB에도 파일을 저장한 뒤에 사무실을 나섰다. 불 꺼진 복도의 창 너머로부터 자동차 엔진 소리와 불빛이 새어 들어왔다. 도시의 밤에 절대적인 어둠은 존재할 수 없는 것일지도 모른다. 귀신도 이렇게 산만한 어둠은 꺼리지 않을까. 복도 끝에 위치한 화장실에 도착해 전원을 올렸다.

"미친. 화장실 불도 안 들어오는 거였어?"

어쩔 수 없이 휴대폰 플래시를 켜고 화장실 안으로 들어갔다. 신발 밑창이 바닥을 스치는 소리가 어두운 화장실 안에 선명하게 울렸다. 화장실 칸 안에 들어가서 휴대폰을 변기 수조 뚜껑에 올려놓았다.

끼익. 끽. 끼익. 끽.

새된 마찰음이 들렸다. 철로 된 의자가 바닥에 끌릴 때 나는 그런 소리였다. 변기 뚜껑을 올리던 손을 멈추고 밖에서 나는 소리에 귀를 기울였다. 잠시 이어지던 소리는 내가 움직임을 멈춤과 동시에 끊겼다. 어정쩡하게 서서 화장실 칸의 문, 그 아래쪽의 빈틈을 바라보았다. 틈 사이로 무언가 어른거렸다. 휴대폰을 집어 들고 문 쪽으로 몸을 숙였다. 휴대폰 불빛이 틈 너머 무언가를 비추려 할 때였다.

차가운 물이 천장에서 떨어졌다.

몸을 숙인 채 굳었다. 정수리로 물줄기와 함께 여자의 목소리가 흘러 내려왔다.

꺼져. 여기엔 너 따윈 필요 없어.

목이 쉰 듯한, 기묘한 긁힘이 섞인 목소리였다. 끼익. 끽. 마찰음이 다시 시작되었다. 나는 계속 문 아래 틈만 바라보았다. 틈에서 눈을 떼는 순간 그곳에서 무언가 튀어나와 내 발목을 잡을 것만 같았다. 고개를 들어 위를 확인했다가는 봐서는 안 될, 무언가를 보게 되는 것 아닐까 싶기도 했다. 화장실 칸 위와, 문 아래 틈새로 스멀스멀 새어 들어오는 무거운 공기. 선명한 악의로 물든 공기가 몸을 집어삼킬 것만 같았다.

소리가 끊기고 더 이상 물방울이 머리카락을 타고 흘러내리지 않게 된 후에야, 나는 화장실 칸의 문을 조심스럽게 밀었다. 밖에는 아무도 없었다. 한 발, 또 한 발. 휴대폰을 움켜쥐고 화장실을 나왔다. 어스름한 불빛이 새어 들어오는 복도를 뛰듯이 걸어 사무실로 돌아왔다. 사무실은 여전히 어두웠고, 오직 내 자리만이 빛나고 있었다. 나는 자리에 털썩 주저앉았다. 빨리 메일을 보낸 다음 집에 가고 싶었다.

"뭐야, 어디 갔어?"

없었다. 기획서가 어디에도 저장되어 있지 않았다. 온갖 폴더를 뒤지고, 휴지통을 살피고, 클라우드에도 접속했다. 없었다. 분명 업로드했는데 파일이 깨끗하게 삭제되어 있었다. 그제야 의자 옆에서, 부서진 USB가 나뒹굴고 있는 것을 봤다. 무거운 것으로 눌러 으갠 듯, 완전 산산조각이 나 있었다. 여기엔 너 따위 필요 없다던 여자의 목소리가 귓가에 되살아났다. 물에 젖은 옷과 피부 사이로 소름이 밀려 올라왔다. 산산조각 난 USB 조각을 하나씩 집어 들다가 내팽개치고, 메신저를 켰다.

[왜? 나한테 왜 이러는 건데?]

소름을 비집고 치솟아 오른 것은 배신감이었다. 일방적으로 동질감을 느꼈던 정체 모를 존재에 대한 배신감. 귀신이 나타나도, 그 귀신이 만세 씨라면 나를 해치지는 않을 거라 믿었던 오만에 대한 후회. 그런 감정들이 뒤엉킨 실타래처럼 엉겨 붙었다. 나는 만세 씨를 모른다. 그가 죽은 후에도 이 자리에 미련을 가질 만한 이유가 있었을지 나는 모른다. 그러니 나는 귀신이 나를 해칠 수 있단 것을 알았어야 했다.

다시는 메신저를 켜지 않으리라.

어둠 속을 더듬어 건물 밖으로 나오면서 다짐했다. 기획서와 대나무 숲이 동시에 사라진 밤의 공기는 시리도록 차가웠다.

오버타임 크리스마스

아무래도 이상하다.

오늘도 책상 위에는 물이 흥건했다. 벌써 일주일째다. 아침에 출근을 하면 매번 책상 위에 물이 한 컵 정도 쏟아져 있었다. 새로운 괴롭힘인가 싶었다. MMS에 기획서를 보내지 못했다고 보고한 날 이후, 팀원들은 나만 보면 미묘한 미소를 지었다. 따돌림을 당하는 동급생의 등에 '못난이'라고 쓰인 쪽지를 붙여 놓고 모른 척하는 아이들이 지을 법한, 그런 미소였다. 그래서 책상에 쏟아진 물도 괴롭힘의 일종인 줄 알았다.

'어. 움직인다. 분명해. 방금 움직였어.'

물웅덩이가 꿈틀거리며 움직이는 걸 보기 전까지만 해도 말이다. 처음엔 잘못 본 거겠지 싶어 망설이지 않고 걸레로 닦았다. 하지만 다음 날, 물웅덩이는 더욱 분명하게 움직였다. 첫날은 책상을 치면 진동으로 부르르 떨리는 정도였던 것이, 둘째 날에는 살충제를 뒤집어쓴 벌레의 희미한 몸 떨림 정도로 발전했다. 하루하루 날이 갈수록 물웅덩이의 움직임은 더욱 뚜렷해졌다.

'즈…?'

웅덩이에서 스르륵 빠져나온 물줄기가 책상 위를 미끄러지듯 움직였다. 가방을 내려놓는 것도 잊은 채 물줄기의 움직임을 지켜보았다. 사람들이 한두 명씩 들어와 앉는 것도 신경 쓰지 않았다. 느릿하게 미끄러지는 물줄기의 움직임이 어딘가 필사적이라 도저히 눈을 뗄 수가 없었다.

'글자를 쓰는 것 같은데. 힘내. 조금만 더 빨리 써 봐.'

물줄기를 응원하는 동안 사무실 안은 조금씩 소란스러워졌다.

팀장이 룸 안에서 무어라 소리를 질렀고 팀원들은 술렁거렸다. 전화벨 소리가 요란하게 울리는 동안에도 나와 물줄기만의 공간은 무너지지 않았다. 그러나 사무실 문이 열리고 대표가 뛰어 들어와, 나와 눈을 마주치고는 100년 전 헤어진 연인을 만난 듯 감격스러운 표정을 짓는 것까지는 무시할 수가 없었다.

"유수빈 씨!"

대표는 내 손을 덥석 잡고는 권투 게임의 승자 선언이라도 하듯 들어 올렸다. 직원들이 엉거주춤 자리에서 일어났고 팀장이 방에서 나와 팔짱을 끼고 섰다.

"여러분. 유수빈 씨가 MMS와의 콜라보 기회를 따냈습니다! 자, 박수!"

직원들은 서로 눈빛만 교환할 뿐 아무도 박수를 치지 않았다.

"유수빈 씨. 나한테는 기획서 날아갔다고 하지 않았어? 거짓말한 거야?"

팀장이 험악하게 나를 노려보았다. 나는 고개를 가로저었다. 거짓말을 한 적은 없다. 분명 기획서는 사라졌고, 나는 MMS에 메일을 보내지 못했다. 대체 무슨 일이 일어난 건지 혼란스러웠다.

"앞으로 진행에 힘쓰라는 의미에서, 오늘은 일찍 끝내고 회식합시다!"

어색한 사무실 안 분위기는 상관없다는 듯, 대표는 회식을 선언한 뒤에야 내 손을 놨다. 대표와 팀장이 방 안으로 함께 들어가자마자 직원들은 약속이라도 한 듯 우르르 사무실 밖으로 나갔다. 나는 재빨리 컴퓨터를 켜고 메일함을 확인했다.

"말도 안 돼…."

보낸 적 없는 메일이, MMS에 발송되어 있었다. 그것도 회사 공동 계정이 아닌 내 개인 계정을 통해서. 이상하다. 어떻게 봐도 이상하다. 퍼뜩 고개를 숙여 책상 위를 봤다. 물줄기의 구불구불한 선이 만들어 낸 글자가 그곳에 있었다.

"… 죽어."

소리 내어 읽자, 물줄기는 사라졌다.

*

기름 냄새가 순식간에 옷에 배어들었다.

"어쨌든 이게 다, 우리 수빈 씨를 뽑은 내 안목 덕분 아니겠어? 재능 있는 직원을 알아보는 거야말로 능력 있는 리더의 최고 덕목이지. 자, 다들 건배!"

건배를 외친 팀장은 곧 식탁에 머리를 박았다. 팀장의 술버릇은 같은 말을 반복하는 것인 모양이었다. 내 맞은편에 앉아 계속 술을 권하더니, 어느 순간부터 "모든 게 내 덕이다."라는 말을 되풀이하기 시작했다. 회사가 만들어진 것도, 내가 채용된 것도, 팀원들이 잘리지 않고 일하는 것도 모두 자신의 덕이라나. 이제 곧 매일 해가 뜨는 것도 자기 덕이라고 하지 않을까 싶었지만, 아무래도 거기까진 가지 않을 듯하다.

회식이 시작된 지 어느덧 두 시간. 고주망태가 된 건 팀장만이 아니다. 식탁에 앉은 사람들 대부분이 술에 취해 자기들 할 말만 늘어놓고 있다. 내게 간이라도 빼 줄 듯 굴던 대표는 전화가 걸려 오자 받으러 나가서는 그길로 사라져서 돌아오지 않았다. 그나마 덜 취한 듯 보였던 팀원 두 명은 담배를 피우러 나간 뒤로 감감무소식이다. 혹시 그대로 도망친 건 아닐까. 까닥하다가는 혼자서 주정뱅이들의 뒤처리를 떠맡게 생겼다.

'나도 튀자. 취했었다고 하면 되겠지.'

발아래 둔 가방을 꽉 움켜쥐고 나갈 기회를 엿보는데, 유리 깨지는 요란한 소리가 났다.

"내가! 얼마나 노력했는데! 계약직 꼬리표 떼려고!"

장현우가 시뻘게진 얼굴로 고래고래 외치며 숟가락으로 그릇을 내리쳤다.

"또. 또 저런 것이 들어와서 내 걸 빼앗으려고!"

장현우의 옆에 앉은 팀원들이 낄낄 웃었다.

"장현우, 취했네."

"틀린 말은 아니지. 우린 비위 맞추느라 개고생하는데, 이전의 개도 그렇고 치마 좀 둘렀다고 아무 고생 없이 홀라당. 쓸데없는 일까지 늘렸잖아."

"이전 개는 예쁘기라도 했지."

"걔 뒤진 건 좀 아까웠지."

장현우의 숟가락이 다시 한번 그릇을 내리쳤다. 나는 가방 손잡이를 움켜쥔 채 한 자리 옆으로 옮겨 앉았다. 앞으로 한 자리만 더 옮기면 가게 출입문까지는 일직선이다.

"형님들도 그렇게 생각하죠? 굴러온 돌은 부숴 버려야 한다고."

"이번엔 우리가 좀 어설펐지."

"부숴. 이번에도 부수자!"

웃음소리가 울려 퍼졌다. 팀원 중 한 명이 장현우의 팔을 잡아끌어 자리에 앉히더니, 어깨동무를 하듯 팔을 어깨에 둘렀다. 마주 앉은 네 명이 서로서로 어깨동무를 해 원을 만들고 몸을 숙여 숙덕대는 모습이 작전회의라도 하는 듯 보였다. 원 안으로 고개를 파묻고 있던 장현우가 힐끔 내 쪽을 봤다. 기묘한 번들거림이 가라앉은 눈빛에 내 몸 안의 위험 감지기가 붉은 경보등을 켰다. 장현우가 다시 고개를 돌리자마자, 가방을 움켜쥐고 가게를 뛰쳐나왔다. 그곳에 더 있는 건 위험하다. 분명히. 경고음이 몸 안에서 윙윙 울렸다. 인적 없는 밤의 골목을 걷는데 멀리서 울리는 발소리가 갑자기 가까워질 때, 택시를 탔는데 기사가 "확 모텔로 방향 틀어 버릴까?"라며 백미러로 뒤에 앉은 나를 힐끔 바라볼 때, 그럴 때면 울리는 경고음. 일상에 숨은 위험의 신호를 감지하는 세포를, 경험으로 인해 몸 안에 품게 된 사람들이라면 알 수 있는 감각. 그 섬찟함을 설마 회사 회식 자리에서 느끼게 될 줄은 몰랐다. 가게 밖으로 나와 숨을 내쉬며 쥐고 있던 가방을 어깨에 멨다.

"아리 걔가 실적 못 내면 회사 문 닫으라고 난리 쳤잖아. 기생오라비 그거, 애인한테 꽉 잡혀서는. 초반만 해도 절대 형님들 배신하지 않겠다고 지껄이더니."

"유수빈이 MMS 콜라보 따 와서 우리 생명 줄 연장했다, 이거야? 꼴 보기 싫어 죽겠고만. 걔 때문에 괜히 일만 늘어날 거 아냐. 야근 같은 것도 막 하고 그렇게 되면 어떻게 하지?"

지하철역 쪽으로 걸음을 옮기려는데, 가게 옆 좁은 골목길 안쪽에서 담배 연기와 말소리가 흘러나왔다. 느닷없이 튀어나온 내 이름에 반사적으로 걸음이 멈췄다. 귀에 익은 목소리. 팀원들 중 담배를 피우러 나갔던 사람들 같았다.

"그럴 리가. '야근하지 마세요'가 우리 규칙이잖아. 웃겨, 진짜. 팀장 새끼, 양심은 없는데 겁은 진짜 많지 않냐? 걔 귀신 봤다고 뻥 좀 쳤더니 당장 얼굴 허옇게 돼 가지곤 야근 금지 외치는 거 진짜 웃겼는데."

"유수빈 걘 어떻고. 그렇게 잘난 척하더니 화장실에서 꽁무니 빠져라 도망치는 거 봤지? 이거 딱 들어도 기계음 티 나지 않아? 이런 거에 속냐."

키득거리는 웃음소리에 화장실에서 들었던 여자의 목소리가 섞였다. 꺼져. 여기엔 너 따윈 필요 없어. 그 소리들이 기름 냄새보다도 끈적끈적하게 온몸에 달라붙었다.

"그때 장현우 표정 봤지? 걔도 제정신 아니라니깐. 저번에도, 걔가 폭주만 안 했으면 일이 그렇게 커지진 않았을 텐데."

"이번에는 그냥 좀 적당히 넘어갔으면 좋겠네."

"크리스마스가 관건이지, 뭐. 팀장 크리스마스 때마다 발정 나잖아."

"콜라보인가 뭔가 때문에 일 늘면 '야근하지 마세요' 두 번째 버전 찍어 버릴까 보다."

섬뜩함이 형체를 갖추고 땅에서 솟아올라 발목을 붙잡고 끌어당기는 것만 같았다. 이대로 발을 떼지 못하면 저 끈적거림에, 웃음소리에 휩싸여 땅 아래로 끌려 들어가는 건 아닐까. 길고 좁은 골목길의 어둠이, 그 안에서 꿈틀거리는 인기척이 두려웠다. 그것은 그날 밤, 화장실에서 느꼈던 것과 똑같은 감각이었다. 간신히 걸음을 뗐다. 한 발을 뗀 후에는 지하철역까지 미친 듯이 달렸다. 배 속에서부터 알코올 기운이 밀려 올라와, 역 입구에 서서 입을 틀어막고 헛구역질을 했다.

*

MMS와의 첫 미팅 날, 팀장은 팀원 두 명과 함께 사무실을 나섰다. 팀장이 꾸린 'MMS 콜라보 기획 팀'에 나는 포함되어 있지 않았다.

"계약직에게 이런 중요한 일을 맡길 순 없지."

그러더니 미팅을 마치고 와서는 벌레 씹은 표정으로 말했다.

"계약직한테도 기회를 줘야지. 우리 수빈 씨도, 특별히 팀에 넣어 줄게."

그리고 30분 후, 대표가 사무실에 나타났다. 팀장 룸 밖으로 말다툼 소리가 새어 나왔다.

"유수빈 씨!"

대표가 시뻘게진 얼굴로 방에서 나와 나를 불렀다.

"예?"

자리에서 일어난 내게, 대표는 파일 하나를 내밀었다.

"MMS 콜라보 기획, 유수빈 씨가 책임자가 되어서 진행하세요. 아니, 기획서를 읽어 보지도 않고 회의에 들어가면 어쩌라는 거야? MMS 쪽에서 아까 미팅 왔던 팀하고는 도저히 진행할 수가 없다고 연락이 왔어! 내가 변명하느라 얼마나 힘들었는지 알아요?"

기꺼이 파일을 받아 들었다.

"이거 잘 끝내면 바로 정직원으로 계약 전환해 줄게요."

"… 감사합니다."

포커온에서 계속 일할 생각은 없었지만, 이력서에 계약직이었다고 적는 것보다야 정직원이었다고 적는 게 좋을 것이다. 대표는 내게 파이팅 포즈를 취해 보이고는 사무실을 나갔다. 나는 건네받은 파일에 있는 연락처로 전화를 걸었다. MMS의 담당자가 전화를 받았다.

[역시 바뀌었군요. 미팅 오신 분들이 좀 그렇더라고요. 지금 전화

주신 분이 기획서 쓰신 분이신가요?]

"예. 접니다."

[꼭 만나 뵙고 싶네요. 메일 본문 그렇게 보내고 당황했죠?]

"본문이요?"

메일 본문이 어땠더라. 기획서가 통과되었다는 소식을 들었을 때, 증발되었던 기획서가 가야 할 곳에 갔다는 것에만 놀라서 본문이 어떻게 적혀 있었는지는 미처 보지 못했다.

[어떻게 써야 할지 고민한 흔적이 너무 남아 있더라고요. 원래 그쪽 회사하고의 콜라보, 부정적인 의견이 많았는데 그 메일 본 사람이 기획서를 한번 보기라도 하자고 해서 진행된 거예요. 다들 자기 인턴 때 생각난다고 하길래. 그래서 열어 봤더니 기획서가 너무 괜찮더라고요. 앞으로 잘해 봐요.]

통화를 마치고 MMS로 발송되었던 메일을 다시 열어 보았다.

"뭐야, 이게⋯."

본문에는 온갖 인사말이 적혀 있었다. '안녕하세요'부터 '안녕하십니까'까지. 내가 어떻게 본문을 시작해야 할까 고민하면서 염두에 뒀던 모든 문장이 서너 줄 넘게 쓰여 있었다. 그건 내가 대나무 숲에 쓴 글들이었다. 마우스를 쥔 손이 움찔거렸다. 메신저를 열어 확인하고 싶었다. 물어보고 싶었다. '너야?'라고. 하지만 결국 로그인하지 않았다. 대신 자리에서 일어나 선인장의 잎을 닦았다. 화장실에서의 사건 이후, 메신저엔 한 번도 로그인하지 않았지만 선인장은 계속 돌봤다.

메신저에 로그인하지 않은 건 의심한 것이 미안해서였다. 어둠 속에서 사람에게 해를 끼치는 것은 당연히 귀신이라 믿었던 것이 미안했고, 멋대로 배신감을 느꼈던 것도 미안했다. 일방적으로

오버타임 크리스마스

절교를 선언한 상대에게 불평을 쏟아 내는 건 웬만한 철면피가
아니고선 하기 힘든 일이다.

　'아니, 뭐…. 메신저는 메신저일 뿐이지, 귀신도 사람도
아니지만. 그래도 왠지….'

　언제부터인가 나는 아이디 'AKSTP'로 로그인된 메신저를
일방적으로 불평을 쏟아 내는 대나무 숲이 아닌, 만세 씨와의
대화창처럼 여기고 있었다. 메시지를 보내는 것은 나 혼자다.
돌아오는 답은 없다. 그래도 그건, 장현우와 나누는 대화보다도 훨씬
대화처럼 느껴졌다.

　선인장 잎을 모두 닦았다. 선인장은 이젠 완전히, 두 팔을 든
모양새가 되었다. 둥그런 몸통에 크기가 약간 다른 잎 두 개가
솟아올라 춤을 추는 듯 보이기도 했다. 선인장을 흉내 내 두 팔을
위로 들어 올려 보았다.

　"만세."

　만세. 만세다. 이 선인장에는 로드킬보단 만세란 이름이
어울렸다.

*

　일은 순조롭게 진행되었다. 일만 순조로웠다. 사무실의 모두가
나를 없는 사람 취급하기 시작했다. 문제는 그들이 내 업무 요청까지
무시한다는 거였다. 자료를 달라는 말에도 눈만 깜빡거리는 그들
때문에 결국 팀장에게 요청을 해야 했다. 팀장은 자료 요청 하나
제대로 못 하냐고 나를 탓하며 팀원들에게 자료 전달을 지시했다.

　반복되는 말 전하기 게임이 나를 더 괴롭게 만든 지점은,

그런 일이 생긴다는 핑계로 팀장이 MMS와의 미팅 때마다 나를 따라나서게 되었다는 것이다. 팀장은 아침부터 저녁까지 끊임없이 메시지를 보냈고, 전화를 걸었다. 그 탓에 퇴근 후에는 아예 휴대폰을 꺼 놓게 되었다. 그뿐만이 아니었다. 팀장은 온갖 핑계로 스킨십을 시도했다. 툭하면 나를 팀장 룸으로 호출해서 시답잖은 말을 늘어놓다가 내 옆에 앉았다. 그러곤 어깨동무를 하거나 허리에 손을 두르려 했다. 그때마다 책장의 책이 쏟아진다거나, 천장에서 물이 샌다거나, 팀장의 발에 쥐가 난다거나 하는 일이 벌어져서 다행히 자리를 벗어날 수 있었다. 전혀 순탄하지 않은 날이 이어지는데도, 나는 그날들을 순조롭고 다행스럽다 여기며 버텼다. 프로젝트만 끝나면, 이것만 잘 마무리하면, 내년 봄이 되어 기획한 제품이 나오면 이곳에서 탈출할 수 있을 것이라 주문을 외웠다. 그러나 주문은 점점 효력이 떨어졌다. 12월이 되자, 아침이 되면 회사에 가서 또다시 팀장을 마주해야 한다는 현실에 눈뜨는 게 싫어지는 지경이 되었다.

MMS와의 미팅을 마치고 돌아오는 길에 설렁탕을 놓고 팀장과 마주 앉았다. 점심을 먹고 가잔 말에 싫다고 해도 듣지 않을 게 뻔해 묵묵히 따라왔더니 또 설렁탕이었다. 팀장은 설렁탕 두 그릇에 모두 깍두기 국물을 들이부으려 했고, 나는 한 그릇을 재빨리 낚아채 내 앞에 두었다.

"우리 수빈 씨는 언제쯤 솔직해지려나?"

대꾸하기도 싫어서 설렁탕에 소금만 쳤다.

"내가 좀 잘나서 부담스럽지? 나도 수빈 씨가 프로젝트 따내기 전까지는 고민했어. 아무래도 급이 너무 안 맞잖아. 하지만 젊고 능력이 좋으니깐 괜찮지 싶더라고. 기생오라비 녀석도 수빈 씨를 높이 평가하는 것 같고. 그러니깐 솔직해져도 돼."

설렁탕은 뜨거웠고 식당 안은 시끄러웠다. 벽에 걸린
텔레비전에서는 코미디언 부부의 일상이 방송되고 있었다. 남자는
여자가 워낙 예뻐서, 납치하다시피 모텔로 끌고 갔다며 웃었다.
패널들도 웃음을 터뜨렸다.

"저 설렁탕 싫어합니다."

"뭐?"

"솔직해지라고 하셨잖습니까. 먹고 심하게 체한 적 있어서
냄새도 맡기 싫어요."

"아니, 그럼 말을 해야지. 여자들은 이게 문제야. 말도 안 하고
알아 달라고 찡찡찡."

패널의 웃음이 사그라지고 여자가 말했다. "그런
시대였으니까요. 한 번 자면 결혼해야 되는 줄 알았던 시대. 게다가
하늘 같은 선배니 뭐라 할 수가 있었겠어요?" 여자가 말하는 동안,
화면 아래쪽에는 '말은 이래도 진짜 싫었으면 거부했겠죠 ㅎㅎ'라는
자막이 유쾌한 색으로 떠올랐다. 그 자막을 뜯어내서 웃는 사람들의
얼굴에 던지고 싶었다. 싫다는 말을 할 수 있는 것도 권력이라는
것을, 저들은 정말 모를까. 아니면 알면서도 자신들이 말하지 못하는
쪽에는 속할 리 없다고 믿기에 웃을 수 있는 걸까.

"수빈 씨. 대답을 해야지. 텔레비전만 보지 말고. 뭐 재미있는
거라도 해?"

팀장이 고개를 들어 텔레비전을 보더니 히죽 웃었다.

"터프하네. 저것도 방법이지. 사고 안 나게 조심해야 하지만."

그 웃음에 소름이 돋았다.

그날 저녁, 인터넷으로 소형 카메라를 샀다. 단추처럼 생겨서

옷에 부착하면 티가 나지 않는다는 광고 문구에 이끌려 무려 25만 원을 지불했다. 도착한 카메라를 다음 날부터 셔츠에 달고 출근했다.

소형 카메라에 찍힌 첫 영상은 선인장 분갈이 장면이었다.

*

"우리 수빈 씨. 오늘 야근 좀 해야겠네."

크리스마스이브 날이었다. 오후 3시. 창밖에서 캐럴이 새어 들어오고 사무실 안에는 달콤한 냄새가 번졌다. 다른 사람들이 케이크를 나누어 받는 중에, 내가 받은 것은 야근 통지였다.

"야근이요?"

"그래. 야근. 연말이잖아. 올해 나온 신상, 품목별로 다 정리해서 줘. 매출이랑 아리 씨 SNS 포스팅별 좋아요 수랑 댓글까지 쫙 다 정리해야 해."

"매출까지 정리하고 포스팅 정리는 집에 가서 할게요. 그건 사무실 자료 안 봐도 되는 일이니깐요."

"안 돼. 오늘 저녁까지 해서 넘겨줘. 그러니깐 해야겠지, 야근? 누가 알아? 크리스마스이브에 일 열심히 하고 있으면 산타가 근사한 선물을 가져다줄지."

팀장이 너털웃음을 터뜨렸고, 팀원들도 따라 웃었다. 웃지 않는 사람은 나뿐이었다. 나는 엑셀을 열고 묵묵히 상품 코드를 붙여 넣었다. 복사하고 붙이고, 복사하고 붙였다. 들려오던 캐럴이 점점 희미해졌고 다른 사람들이 퇴근을 했고 사무실의 불이 꺼졌다. 나는 성냥팔이 소녀를 떠올렸다. 크리스마스이브 날, 추운 길거리에서 성냥을 팔면서 따뜻한 방 안을 훔쳐보다 얼어 죽은 소녀. 얼어 죽기

오버타임 크리스마스

전에, 난로와 케이크는 없어도 드라마와 이불이 기다리는 집으로 돌아가리라. 마우스를 클릭하는 손놀림이 점점 빨라졌다.

저벅. 누군가의 발소리가 났다.

마우스 클릭을 멈췄다. 발소리는 점점 선명해졌다. 숨을 죽이고, 의자에서 엉덩이를 떼고 엉거주춤 일어나 섰다. 발소리가 멈췄다.

문 너머다. 문 너머에 무언가 있다.

화장실 틈새로 새어 들어오던 무거운 공기가, 금방이라도 사무실 문을 박차고 들어올 것만 같았다. 숨을 참고 문을 노려봤다. 문고리가 한 번 덜컹거리는가 싶더니 거침없이 문이 열렸다. 반사적으로 완전히 몸을 일으켜 책상 바깥쪽으로 나왔다. 도망치려면 공간이 필요했다.

"서프라이즈!"

한 손에 케이크를 든 팀장이 환하게 웃으며 사무실 안으로 들어왔다. 케이크 위에 꽂힌 촛불이 만들어 낸 그림자가 크게 일렁거렸다.

"놀랐지? 우리 수빈 씨랑 크리스마스이브에 좋은 추억 만들려고 노력 좀 했지. 빨리 와서 초 불어. 촛농 다 떨어진다."

사람이다. 귀신이 아니다. 그렇지만 온몸을 짓누르는 무거운 공기는 사라지지 않았다. 팀장이 한 발, 또 한 발 내 쪽으로 다가왔다. 나는 한 걸음씩 뒷걸음질을 쳤다.

"어허. 왜 자꾸 내숭을 떨어? 솔직해지자고."

"솔직해지자고요? 뭘요?"

"나 좋아하는 거 다 알아."

등 뒤에 차가운 유리의 촉감이 느껴졌다. 뒷걸음질을 치다 보니 어느새 창가였다. 더 이상 물러설 공간이 없었다. 팀장이 내 바로 앞에 서서 케이크를 내밀었다. 팀장에게서는 지독한 술 냄새가 났다. 얼굴도 시뻘겋게 달아올라 있었다. 만취 상태였다.

"좋아할 리가 없잖아요."

"또! 또 그런다. 하여간 다들 솔직하지가 못해. 받아. 받으라고!"

팀장이 윽박지르며 내 코앞에 케이크를 들이밀었다. 고개를 돌려 피하자, 팀장이 다른 쪽 손으로 내 어깨를 짓눌렀다.

"받아, 빨리!"

절대 받고 싶지 않았다. 나는 애써 다시 고개를 돌려, 팀장을 정면으로 노려보았다. 시선을 피하면 금방이라도 창밖으로 떨어질 것만 같았다.

'정신 차려. 그만 후들거려. 제발 힘을 쓸 수 있게 정신 좀 차리라고!'

할 수만 있다면 당장 어깨에 닿은 손을 뿌리치고, 팀장을 밀어 버리고 싶었다. 하지만 내가 할 수 있는 거라곤 두 손으로 창틀을 붙잡고 버티는 것뿐이었다. 골목에서 갑자기 달려드는 차와 마주하면 몸이 얼어붙듯이, 팔과 다리에 제대로 힘이 들어가지 않았다. 팀장이 한 발 더 앞으로 다가왔고, 나는 창가에 바짝 몸을 붙였다. 내 팔꿈치에 밀린 창문이 덜컹 소리를 내며 흔들렸다. 창문은 잠겨 있지 않았다. 이대로 몸이 밀리면 창문 중심축이 돌아, 나는 그대로 추락할 것이다.

'열려 있어? 왜? 오후만 해도 잠겨 있었는데?'

머릿속에 가시처럼 박혀 있던 괴리감이 되살아났다.

창문이 왜 열려 있는 걸까.

1년 전의 크리스마스이브 날에는 왜 잠겨 있지 않았을까.

열쇠를 가진 사람은….

오버타임 크리스마스

그리고 나는 봤다.

팀장의 어깨 너머, 복도 쪽 창문으로 얼굴 하나가 빠끔히 솟아올랐다. 사무실 안을 훔쳐보듯이 기웃거리다 사라진 얼굴의 주인은 장현우였다. 표정까지는 보이지 않았지만 나는 어쩐지 그가 웃고 있을 것만 같았다.

"건방진 것들!"

팀장이 내게 케이크를 던졌다. 그 순간, 주변의 모든 것이 멈췄다. 케이크는 허공에 뜬 채 떨어지지 않았고 팀장은 입을 벌리고 한 팔을 치켜든 채 꼼짝하지 않았다. 그대로 멈춰라, 라는 주문에 걸리기라도 한 것 같았다. 바닥에서 둥그런 것이 솟아올랐다. 둥그런 머리와 둥그런 팔, 만세를 부르는 듯한 모양새의 거대한 선인장이었다. 나보다도 커다란 선인장이 성큼성큼 걸어와 허공에 멈춘 케이크를 낚아채서는, 내게 내밀었다. 그러곤 한 팔을 붕붕 휘두르며 팀장을 향해 던지는 시늉을 해 보였다.

"이거…. 케이크, 던지자고!?"

선인장의 둥그런 손이 건네는 케이크를 받아 들었다. 선인장이 케이크를 든 내 손등에, 자신의 손을 포갰다. 나와 선인장은 함께 케이크를 던졌다. 케이크는 팀장의 얼굴에 명중했다.

"뭐, 뭐야. 이건?"

그대로 멈춰라, 라는 주문이 풀렸다. 선인장은 사라졌고, 팀장은 허우적거리며 자신의 얼굴을 뒤덮은 케이크를 닦아 냈다. 하지만 팀장이 아무리 손으로 얼굴을 문질러도 케이크는 사라지지 않았다. 세제에서 거품이 솟아오르듯이, 끊임없이 솟아오르는 크림이 곧 팀장의 몸 전체를 집어삼켰다. 사무실 밖, 복도에서 비명이 울려 퍼졌다. 사무실의 바닥부터 천장까지, 모든 것이 꿀렁거리는 크림에 잠겨 요동쳤다. 구역질이 날 만큼 달콤한 냄새가 폭풍처럼 휘몰아쳤다. 아주 잠깐, 세상과 나 사이에 있는 퓨즈가 끊어진 듯한 감각이 몰려왔다. 사방에 불꽃이 일렁거렸다.

나는 성냥팔이 소녀처럼 그 불 속에서 환영을 봤다. 장현우가 내 컴퓨터 앞에 앉아 파일을 지우고, USB를 밟아 산산조각 냈다. 팀원들이 어플로 만들어 낸 여자 목소리를 같이 들으며 웃었다. 장현우가 술자리에서 팀장을 부추기고, 창문의 잠금장치를 풀어 놓고, 경찰서에 가기 전 입을 맞추어야 한다고 소곤거렸다. 내가 겪은 것인지, 다른 누군가가 겪은 것인지 모를 일들이 뒤섞여 빠르게 지나갔다. 잿더미처럼 흩날리며 사라지기 직전에 환영이 보여 준 마지막 장면에 나타난 것은 손가락이었다. 덩그러니 놓인 선인장을 어루만지는 기다랗고 투명한 손가락. 손가락은 선인장의 뭉툭한 이파리 안으로 녹아 들어가 사라졌다.

다시 퓨즈가 이어졌을 때, 팀장은 커다란 케이크가 되어 있었다. 크림 밖으로 삐죽 솟아오른 정수리만이, 팀장이 안에 있음을 확인시켜 주었다.

띠링. 그 순간 컴퓨터에서 알림음이 울렸다.

나는 케이크 옆을 지나, 내 자리로 갔다. 모니터에 메신저가 떠 있었다. 대화창에는 없는 힘을 끌어모아 타이핑한 듯 한 음절씩 끊어진 글자가 쓰여 있었다.

메
리
크
리

스
마
스

한 번도 기대한 적 없으나, 응당 언젠가 올 것이라 기대했던 편지를 받은 듯했다. 봉투를 열어 안에 적힌 글을 읽지 않아도 내용을 알 것만 같은 그런 편지. 짧은 메시지를 본 순간 책상 위를 느릿하게 움직이던 물줄기가 떠올랐다. 힘겹게 한 글자씩을 만들어 가던 움직임. 그 물줄기가 전하려 했던 외침은 적의가 아닌, 제발 이 공간에서 벗어나라는 경고가 아니었을까. 내가 팀장에게 시달리며 이 공간을 벗어나고 싶다고 생각했을 때마다 타이밍 좋게 벌어졌던 수많은 일들은 과연 우연이었을까. 책상 위에 놓인 선인장이 다시 누렇게 말라 있는 것에 눈길이 갔다. 분명 생생하게, 양팔을 힘껏 벌리고 있던 선인장이었다. 기운을 다 써 버린 듯 아래로 축 처진 선인장의 잎을 조심스럽게 쓰다듬었다.

답장을 보내야 한다. 키보드에 손을 올리고 한참을 망설였다. 얼굴도 모르는, 나와는 다른 존재. 그러나 누구보다도 나와 비슷한 입장에 있었을 만세 씨에게 보낼 첫인사를 고민했다.

[만세]

전송 버튼을 누르고 있는 힘껏, 최대한 크게 몸을 펴고 만세를 했다.

어디선가 캐럴 소리가 울려 퍼지더니 팀장의 머리끝에 촛불이 켜지듯 불이 붙었다. 나는 거대한 케이크 앞으로 다가가 촛농처럼 녹아내리는 팀장의 머리에 붙은 불을, 촛불을 불듯이 힘껏 불었다.

불이 꺼지고, 모든 것은 사라졌다.

명주고택

최유안

행랑채 솟을대문 사이로 봄바람이 불어 들었다. 소나무 결마다 세월에 빛바랜 흔적이 하얗게 세어 있었다. 대문이 바람을 안고 가끔 흔들리는 소리를 냈다. 안쪽으로 열린 문에 붙어 있는 검은 철제 판에 달린 문고리를 석회 벽에 대어 나뭇가지로 단단히 고정해 둔 모습이 해학적이었다. 문지방을 넘어 안쪽으로 들어오면 오른편에는 마구간 터가, 왼편에는 가마고가 자리하고 있었는데, 가마고 안쪽에는 흰색에 가까워진 회색의 원목 가마가 두어 개 보관되어 있었다. 이 남여(藍輿)에는 장식이 거의 없어 모습이 수수했다. 대문 앞쪽 바닥에서는 가공하지 않은 직사각형의 회색과 청색 돌들이 서로 어울리며 잇달아 길을 이루고 있었다. 높이가 제각각인 돌들이 자연스레 얕은 굴곡을 만들어 냈다.

행랑을 지나친 바람은 사랑채가 있는 마당으로 들어와 작은 흙바람을 일으켰다. 마당 왼편에는 작은 돌들로 둘레를 쳐 구역을 그린 아담한 정원이 있었는데, 담벼락을 조금 넘긴 키의 매화나무가 그곳에서 홀로 바람을 맞고 있었다. 고택 앞에 도착했을 때 가장 먼저 발견했을 정도로 담장 너머에서부터 눈에 띄던 것이었다.

밑동의 크기가 어른 허리 너비는 될 정도였다. 매화나무 가지마다 포개졌던 꽃잎들이 눈송이처럼 흘러 사랑 마당의 흙 위에 살포시 내려앉았다. 은희는 천천히 매화나무로 다가갔다. 봄이 한창인데 매화나무에 꽃이 피는 건 신기한 일이었다. 사랑채 방향으로 바람에 쓸려 가는 꽃잎들을 바라보며 중얼거렸다.

매화가 늦게 피는 게 이쪽 지역의 특성인가?

은희는 바람에 흐드러지게 나는 꽃잎을 몇 개 붙잡아 손으로 살살 만졌다. 아기 피부처럼 보드라운, 흰 매화 잎이 인사하듯 떨어져 천천히 은희의 어깨에도 닿았다. 닿은 매화 잎이 작고 여려 마음이 온순해졌다.

은희는 어깨에 메고 있던 에코백 안에서 카메라를 꺼내 손에 들고 매화나무를 사진으로 담기 시작했다. 자료 조사 차원에서 고택의 면면을 찍어 보고자 마음먹고 챙겨 온 카메라였다. 찰칵, 찰칵. 마당에 들리는 유일한 소리는 은희의 카메라에서 들려오는 촬영음이었다. 고요한 봄의 아침, 바람에 하늘거리는 초록 잎들에 내려앉는 빛, 찰칵 소리가 사라지면 다시 찾아드는 적막.

마침 커다란 매화꽃이 날아 은희의 시선을 빼앗았다. 꽃이 향해 가는 곳은 사랑채였다. 댓돌 위에 가지런히 놓인 신발들 위에도, 대청마루와 주춧돌 위에도, 여린 꽃잎들이 잠시 앉았다가 다시 자리를 피하는 모습이 멀리서도 보였다. 색이 짙은 나무 문살과 거기에 발린 창호지들, 자연석을 그대로 사용한 주춧돌과 댓돌 위 신발들의 깊이를 알 수 없는 아늑함.

숨을 들이켜며 고개를 돌린 은희의 시선은 카메라 렌즈를 다시 찾았다가, 우연히 매화나무 아래에서 멈췄다. 그곳에 눈길을 끄는 구덩이 하나가 있었다. 엄지손톱만 한 몸집의 작지 않은 개미가 구덩이에 비스듬히 끼어 있는 것같이 보였다. 개미야 흙 마당에서 보기 쉬운 곤충이고 개미가 떼를 지어 이동하는 일이야 특별할 것 없는데, 몸체의 반 정도만 흙더미에 파묻힌 개미가 작고 가는 발을 날카롭게 치켜든 모습은 전에 본 적 없는 것이었다. 마치 버둥거리는 것처럼 보이기도 했다.

은희는 개미 쪽으로 조금 더 몸을 굽혔다. 개미 주변으로 웬만한 몸집의 개미는 올라가기 쉽지 않아 보이는 비탈이 가파르게 만들어져 있었다. 은희의 눈에는 모래로 만든 구덩이 같았는데, 개미가 움직일 때마다 비탈의 흙이 중력을 받아 아래쪽으로 쏠리듯 미끄러져 흡사 소용돌이치는 것처럼 보였다. 은희는 개미를 꺼내 주려고 오른쪽 발을 들었다. 발을 크게 굴러 모래 구덩이를 무너뜨릴 셈이었다. 그때 은희를 부르는 사람이 있었다.

"도청서 오셨니껴?"

고개를 돌린 곳에는 감색으로 염색한 인견 옷을 위아래로 차려입은 둥근 얼굴의 중년 남자가 빙그레 웃는 표정으로 은희를 보고 서 있었다. 남자의 옷자락이 바람을 따라 가볍게 날렸다.

"전화드렸던 현 씨시더."

은희는 웃는 얼굴로 고개를 끄덕이며 되물었다.

"네, 다른 분들도 오셨을까요?"

"아이시더. 계장님은 아까 오셨는데요. 서울서는 아직이시더."

계장은 연홍시 이계보 계장을, 서울서 올 사람은 외교부 과장과 사무관을 말하는 것일 터였다. 남자에게 안내를 받고 은희는 우선 이 계장이 있다는 사랑채 쪽으로 건너갔다. 그러고 보니 오른편 댓돌 위의 흰 고무신 한 켤레 옆에 가지런히 놓인 검은색 소가죽 구두가 눈에 띄었다. 은희는 댓돌 왼편부터 가지런히 놓여 있는 신발들 옆으로 서서 조심히 신발을 벗고 마루에 올랐다. 신경 써 차근히 벗는다고 벗었는데, 은희의 구두가 이미 놓여 있던 검정 구두를 옆으로 살짝 밀쳐 버렸다. 역시, 뭘 해도 안 맞는 사람이라는 게 있긴 있나 보다.

*

    은희는 처음부터 이 계장이 내키지 않았다. 어쩌면 이 일을 맡게 된 과정 자체가 썩 마음에 내키지 않았던 탓일 수도 있다. 경상북도 공무원인 은희가 맡은 일은 현지 코디네이터였다. 말이 좋아 현지 코디지, 연흥시에서 할 행사를 맡으라는 건 사실 은희로서는 황당하기 짝이 없는 임무였다. 은희는 연흥시 소속이 아니라 경상북도 소속이었으므로, 애초에 연흥시에서 행사를 치를 계획이라는 말을 전해 들었을 때, 은희는 물론 연흥시로 일을 넘기는 게 어떻겠냐고 제안했다. 은희의 말을 듣는 둥 마는 둥 했던 사람은 직속 과장 김형근이었다. 그는 정신 나간 소리를 다 듣겠다는 표정으로 은희를 쏘아보며 말했다.

    "니 돌았나? 덴마크 여왕까지 오는 자리다."

    은희가 과장이 말한 그런 분위기를 파악하지 못했을 리는 없었다. 덴마크 여왕이 방한하는 뜻깊은 기회에, 외교부가 생각해 낼 수 있는 가장 고급스러운 의전 행사가 경북 고택 방문이라는 게, 너무 당연하다는 걸 은희도 모르는 바가 아니었다. 그렇지만 역사적인 행사는 역사적인 행사고, 업무 분담은 확실해야 하는 법이다.

    연흥시에서 벌어지는 행사는 연흥시를 소속 행정구역 중

하나로 두고 있을 따름인 경상북도청이 나설 일은 아니고, 아무리 문화관광과라고 해도 특정한 도시의 문화관광에 대해선 아는 바가 없는 팀에서 주도할 일도 아니며, 더군다나 연흥시가 어떤 곳인지 알 리 없는 서울 출신 주무관이 나서는 것이 얼마나 비효율적인지 은희는 말하고 싶은 것뿐이었다. 은희는 과장에게 더 이상의 말을 하지는 못했다. 지금 무슨 이유를 대건 핑계로밖에 느껴지지 않을 것 같았다.

행사를 준비할 제대로 된 시간적 여유조차 충분하지 않은 상황에서, 그나마 과장은 그의 기지(혹은 잔머리)로 연흥시청에서 일하는 연흥 출신의 계장 한 명을 도우미로 섭외했다. 머리가 둘이면 혹시 모를 사태에 대한 대응책 정도는 마련할 수 있지 않겠냐고, 과장은 말했다. 이 계장과는 이미 여러 번 함께 일했는데 수완도 좋고 일 머리도 좋은 사람이라며 칭찬까지 했다. 은희의 생각은 달랐다. 7급 공무원인 은희에게 6급 계장이 붙으면 직속 과장 말고도 챙길 사람만 또 늘어나는 상황이 되지 말란 법이 없으니까.

아무튼 그 계장인지 팀장인지가 오니까 전혀 문제가 없을 거라고 과장이 덧붙인 순간에도, 어째서 연흥시가 아니라 경북도청이 중간에 애매하게 끼어 잡무를 도맡아 하는 건지 이해가 잘되진 않았다. 그래도 일단 중앙정부에서 콕 찍어 함께하자고 했으니, 잘만 하면 외교부 장관 표창을 받을 수도 있다고, 열심히 일해서 그런 거 한번 받아 보면 성과에도 도움이 되고 보람도 상당하지 않겠냐고, 과장은 말했다. 딱히 상을 노리거나 승진에 이로운 일을 하겠다는 마음은 없었어도, 과장의 말마따나 표창장이 어디서 어떻게 쓰이게 될지는 아무도 모르는 일이었다.

과장이 앞일을 내다보며 힘찬 포부를 내세울 때마다, 은희는 그 역시 일하는 사람이라는 사실, 이곳은 일하러 온 사람이 모이는 장소라는 사실을 새삼 되새김질하곤 했다. 그도 그럴 것이 처음 문화관광과에 배정받았을 때, 은희는 괜히 설렜다. 어쩌면 경북을 돌아다니며 알려지지 않았던 관광지를 개발하는 멋진 일을 하게 되는 것 아닐까, 혹은 경북의 유수한 관광지들의 명성을 높이는 데 기여하는 일을 하는 것 아닐까, 그런 생각을 하며 며칠을 즐거워했다.

그래서 사무실에 들어온 첫날, 이미 수개월 그곳에서 일을 해 온 주무관으로부터 '결국 종이로 하는 일'이라는 이야기를 들었을 때, '문화관광'은 고사하고 하루 종일 엑셀 속 '숫자'나 공문 속 '글자'만 보다 집에 간다는 이야기를 들었을 때, 은희는 조금 슬퍼졌다. 그 선배의 말처럼, 은희의 일은 정말로 다른 과 직원들이 하는 서류 일과 다르지 않았다.

그날로부터 시간이 꽤 흐르는 동안, 은희의 눈에 예산 배정을 받는 지역 문화 프로그램들은 다 엇비슷해졌고, 언제부턴가 '문화관광'에 대한 흥미는 사그라지고 말았으며, 지금의 은희는 퇴근 후 집에서 저녁을 먹다가도 불쑥 오늘 쓴 공문 속 글자나 숫자 같은 것을 떠올리곤 하는 그저 평범한 근로자로 변해 있었다. 불행 중 다행인 건지, 어느새 외로움은 숟갈에 얹힌 반찬처럼 입에 넣고 와그작 씹다 넘기면 그만인 감정이 되었다.

이윽고 4월 초, 연흥시 왕궁면, 지금은 민속 마을로 지정된 한 기와 마을의 고택에서, 의전 행사를 진행할 업체를 고르는 심사가 진행되었다. 고택에서 진행하는 심사에 호감을 보인 쪽은 외교부였지만, 심사를 진행할 고택은 경북도청이 골라 주시면

어떻겠느냐고 외교부 사무관은 정중히 물었다. 심사 공고를
내기까지 남은 시간이 넉넉하지 않은 탓에 심사장 선정을 한다며
갑자기 연흥시 바닥을 헤집고 다닐 수는 없는 일이었다. 고민하는
은희를 한심하게 보던 과장은 말을 던지듯 내놓았다.

"그를 때 쓰라꼬 연흥시 계장 심어 놓은 거 아이꺼."

당장 연락해 볼까 싶다가도, 현재 상황과 양쪽 사람을 잘 아는
과장이 먼저 전화를 걸어 서로를 소개해 주면 얼마나 좋을까
하는 마음이 들었다. 초면인 사람에게 무슨 말을 해야 할지도 잘
모르겠고, 과장에게 귀띔하자니 또 한 소리를 들을 것 같고. 은희는
애꿎은 전화기만 노려보는 중이었다. 이런저런 생각을 하다가
전화기에 막 손을 댔을 때, 갑자기 은희 자리의 전화기가 격렬히
울려 댔다. 은희는 저도 모르는 새 수화기를 들어 올렸다. 그 짧은
순간에도 만에 하나, 과장이 은희 모르게 미리 전화해 두어서 연흥시
계장이 직접 전화를 걸어 온 거라면 과장에게 뭐라고 감사해야 하나
걱정했다. 물론 그런 다정하고 따뜻한 사내 상하 관계를 보여 주는
일은 벌어지지 않았지만.

전화 속 목소리는 경북 사투리 억양이 심하게 묻어나는, 끝이
조금 갈라지는 중년 남성의 것이었다. 그는 은희에게 대뜸, 전통적인
분위기의 외교 행사를 진행할 고택을 찾는다는 소문을 들었다고
말했다. 의전 이야기라는 것을 알아챘는지 과장은 대화 내용이
궁금한 듯 귀를 은희 쪽으로 살짝 기울이고 있었다. 은희는 수화기를
귀와 입술에 딱 붙였다.

수화기 너머의 남자는 은희에게, 왕궁면에 그런 일을 진행할
적당한 장소가 있다고 했다. 유네스코 세계문화유산으로 등록될
만한 가치가 있지만 하회마을처럼 밖으로 드러나지 않은 탓에 매번

후보에 그치고 있는 비운의 고택인데, 이번 행사를 기회로 삼아 정부가 힘을 써 주면 유네스코에서 그 공을 인정하지 않겠냐고 했다.

그는 고택을 둘러싼 마을에 대해서도 자세히 설명해 주었다. 전형적인 배산임수 지형으로, 식산이라는 산이 마을을 감싸고, 아래에는 냇물이 흐르는 그야말로 양반들의 마을이라고. 고려시대에 시작돼 조선시대에 성한 명성 높은 가문들이 모여 있으며, 특히 세조 대에 한성 부윤을 지낸 김명주 대감이 낙향하여 자리 잡은 후에 그 가문이 관찰사까지 배출했고, 왜란을 수습하던 시기에 가문의 위세가 절정에 달해 조선 건축양식의 백미를 구현했다고, 대대손손 전통 가옥들을 훌륭하게 보존해 낸 명당 마을이라고.

그가 말을 다 마칠 때까지 은희는 적절한 대답을 준비하지 못하고 생각에 잠겨 있었다. 고택의 이름이 아무래도 낯설었지만 외지 사람인 은희에게는 낯설지 않은 이름이 더 드물 터였다. 생소하다는 점은 그렇다 치더라도 빠듯한 날짜를 핑계로 모르는 사람 말만 믿고 장소를 결정할 수는 없는 일이었다. 이 장소가 어떤 곳인지 확인해 줄 수 있는 사람이 한 명 있긴 했다. 은희는 과장의 자리를 흘끗 봤는데, 그새 담배를 피우러 나가고 없었다. 썩 시원하지 않은 기분으로 결국 다시 수화기를 들었다.

연흥시 관광진흥과의 이계보는 단단하고 강한 어조의 사투리를 쓰는 큰 목소리의 소유자였다. 아주 짧고 건조하게 소속과 이름만 밝히는 방식으로 소개를 마친 뒤에, 은희는 별다른 말을 찾지 못해, 대뜸 의전 행사를 할 만한 장소를 아느냐고 물었다. 이계보는 그런 장소야 많긴 한데 알아봐야 하지 않겠냐며 말끝을 흐렸다. 은희는 창문 너머로 1층 흡연 구역에 홀로 서서 담배를 피우는 김 과장의 모습을 바라보며 물었다.

"괜찮은 곳을 아시면, 직접 섭외를 좀 해 주셔도 좋겠어요."

그러자 이계보가 조금 소리를 높여 말했다.

"그런 거는 도청서 해결해야 안 되겠니껴."

높은 톤의 목소리가 어쩐지 은희의 귓가에 따갑게 쐐기를 박는 느낌이었다. 어떤 게 도청이 해결해야 하는 문제고, 어떤 게 시청이 해결해야 할 문제라는 건지 분간이 안 됐다. 그런 게 쓰여 있는 규정이라도 존재한단 말인가.

"업무 범위는 정하기 나름 아닌가요?"

조금 강하게 밀어붙인 탓인지 이계보의 억양이 다소 낮아졌다.

"아이 뭐, 해 달라카믄 해 쥐야지요."

뭐 어쩌라는 건지. 마침 과장이 사무실로 들어오고 있었다. 은희는 목소리를 낮추어 표현 하나하나에 힘을 주며 말했다.

"네, 그럼 부탁드려요. 사안이 급하니 이틀 드릴게요."

은희가 이계보와의 전화를 끊고 나서야 비로소 사무실은 조용해졌다. 과장이 치아 사이로 공기를 빨아들이는 소리만 몇 번 났다. 은희는 숨을 깊이 들이쉬었다가 세 번에 걸쳐 내쉬었다. 아침마다 요가할 때 쓰는 복식호흡법 중 하나였는데, 후후후. 배에 힘을 주어 천천히 숨을 내놓으면 끓어오르는 마음을 가라앉히기에 좋았다. 후, 후, 후.

그 뒤로 며칠이 지나도록 연홍시에서는 연락이 없었다. 은희는 대부분의 시간을 초조하게 보냈다. 스스로 나서서 장소를 찾았더라면 벌써 찾고도 남았을 만큼 시간이 흘렀고, 묘하게 고압적인 이계보의 목소리를 들으려니 다시 수화기를 들 마음이 영 나지 않았다. 며칠을 기다리던 은희는 공고를 낼 날짜를 하루 앞두고 결국 연흥시에 전화를 걸었다. 이계보는 마침 전화 잘했다는 듯, 수화기가 뚫어질 정도로 크게 목소리를 냈다.

"맞네. 그거 해 달라캤제. 경북도청에서 뭔 자료를 요구해 가꼬, 우리가 정시이 아주 하나도 없니더."

이번에는 묘하게 면박을 받는 느낌이었다. 자료를 요구한 건 우리 과가 아닌데 왜 핀잔을 내가 듣고 있어야 하는지 모르겠네, 라고 생각하는 은희의 손에는 장소만 빈 공고문이 들려 있었다.

"그러면 어떻게 하죠?"

"뭐, 아무 데나 해야지요. 이 근방 고택들은 어차피 비슷비슷하니더."

"비슷비슷해도 등급이라든지, 외부에 소개하기 좋은 곳에 대한 기준 같은 게 있지 않나요?"

"아따 단디 챙기 쌌네."

빠른 말투로 흘리듯 내뱉어 버린 이계보의 문장은 알아듣기에 힘이 들었다.

"뭐라고요?"

"여 아가씨 아이라 일하기 힘들다꼬. 고마 적당히 하시더."

이계보의 능청스러움에 점점 더 화가 몰려왔다. 알아듣기 힘든 사투리를 일부러 골라 쓰는 것에도 약이 올라 부아가 치밀 지경이었다. 며칠 전 받은 전화가 기억난 것은 그때였다. 그런 후보지가 있다는 게 어딘가 싶었고, 이 김에 더 알아봐야겠다고 생각했다. 은희가 급하게 물었다.

"그러면, 명주고택, 명주고택 들어 보셨어요?"

명주고택

"보자, 보자. 명주고택?"

이계보가 생각을 하며 시간을 좀 끌었다. 며칠 동안 아무런 고민도 해 보지 않은 게 틀림없었다. 얄미웠다.

"그래시더. 뭐, 다 비슷비슷하이께."

별것 아닌 말을 하는 말투까지 얄미웠다. 은희의 목소리도 생각만큼 곱게 나가지는 않았다.

"그러면 아직 확인이 안 된 곳이니까 심사장으로 쓰면서 결정해 보죠. 심사 날에는 실무자들이 다 모이니까요."

이계보가 짧게 한숨을 몰아쉬는 소리에 귀에 있는 세포가 위로 꼿꼿하게 서는 느낌이 들었다.

"알았니더. 시는 장소 소개만 할 테이께네 뭔 일 나믄 도청에서 책임지소."

소개를 해 주기는 했냐고 묻고 싶은 걸 참았다. 이럴 거면 행사장을 찾아 주겠다는 말은 대체 왜 한 건지. 이렇게 얼렁뚱땅 만들어지는 상황들이 꺼림칙하긴 했지만 공고를 내야 할 날짜가 밭아 어쩔 수가 없었다. 숨을 몸속 깊이 밀어 넣었다가 세 번에 걸쳐 내려놓았다. '나는 괜찮다' 세 번을 마음속으로 되뇌면서.

은희가 쓴 공고문을 보고 과장은 방긋 웃었다. 문화재보호법이니 뭐니 해서 장소 섭외가 쉽지 않았을 텐데, 그러게 내가 뭐라고 했느냐고, 연홍시가 붙으니 일사천리 아니냐고, 얼마나 다행인 일이냐고, 앞으로도 일이 잘 풀릴 예정인 모양이라고 설레발을 쳤다. 은희는 명주고택을 우선 심사장으로 써 보고 혹시라도 무슨 일이 생기면 하회마을이나 병산서원같이 이미 잘 알려진 곳을 실제 행사장으로 써 보자고 말하려다 말았다. 장소를 바꿀 수도 있다는 말을 미리 꺼냈다가 괜히 긁어 부스럼 만드는 것보다는 무슨 일이 실제로 벌어졌을 때 대응책으로 장소 변경 의견을 내는 편이 나았다.

연흥시 계장을 비호하는 과장의 말 때문에 더 그렇게 된 것 같은데, 은희는 얼굴도 모르는 이계보가 영 마음에 들지 않았다. 어딘가 비웃음이 담긴 어조가 묘하게 기분을 더럽히는 게, 급수가 낮고 근무 기간이 짧은 사람을 대하는 그의 됨됨이를 쉽게 예측할 수 있었다. 그런 이들은 대개 나이를 벼슬로 알았고, 책임 회피에 능하고 업무 전가를 즐겼다. 이계보가 그런 인간이 아니라는 법이 없었다.

마지막 전화 통화 이후 은희는 진행되는 일에 관해 이계보의 의견을 묻지 않았다. 공고를 낼 때도, 공고를 낸 후에 외교부와 행사 진행 지원자들의 질문이 들어왔을 때도 직접 해결하거나 주변에 있는 선후배들에게 물어보고 처리했다.

그러다 심사일에 가까워진 어느 날, 심사 당일에 갖춰야 할 물품 목록을 확인하기 위해 명주고택에 전화를 걸었다가, 이계보가 혼자서 명주고택을 여러 번 방문했다는 사실을 우연히 전해 듣게 되었다. 외교부 행사를 치르기에 앞서 사전 점검이 필요하다는 이유를 들어 벌써 여러 차례 들렀다는 거였다. 은희가 잠자코 그 말을 듣고 있자 고택 사람은 이계보가 별말 없이 둘러보고 '차나 한잔 마시고 갔다'고 말했는데, 그 말에 은희는 더 부아가 났다.

특이하다, 특이해.

그 말을 몇 번이나 혼자서 하고 삼켜 버렸다. 요가를 하면서 숨을 내쉴 때 모든 근심이 빠져나가 버리는 듯한 자유로움을 느꼈던 것을 떠올리고, 이런 건 아무것도 아닌 일이라고 생각하며, 숨을 깊이

들이쉬었다가 세 번에 걸쳐 내려놓았다.

*

이계보는 크고 넓적한 얼굴에 어두운 빛이 도는 피부색을
가졌으며 예전의 통화에서 들었던 억센 억양을 잊게 하는 순한
인상의 얼굴을 지니고 있었다. 대청마루를 지나 덧문이 바깥으로
활짝 열려 있는 오른편 방으로 들어갔을 때, 대번에 눈에 띈 것은
이계보가 신고 있는 오렌지색 양말이었다. 은희는 그것을 피하듯
눈을 돌려 이계보를 흘끗 올려다보았다. 이계보 앞에 고택에서
준비해 준 차가 다기들과 함께 놓여 있었다. 이계보는 고택에서
제공하는 차는 고급인데 일하러 와서까지 제 돈을 내고 먹지는
못하겠다면서, 지금 마시고 있는 차의 값을 심사 회의비로 처리할
수 있느냐고 묻는 노련함을 보였다. 은희는 생수 정도는 미리 비용
처리를 부탁드렸다고 말하려다가 그만두었다.

이계보는 '도청 일은 어떠냐'부터 '혹시 고향이 여기냐'에
이르기까지 근황이며 개인사를 시시콜콜 물었다. 캐내듯 묻지는
않았고 은희에게 답을 강요하지도 않았지만 달가운 질문도
아니었다. 친해져 볼 심산인지, 특별한 의도는 없어도 같이 일할
사람이라 궁금하긴 한 건지, 속내가 어떻든 사생활을 들추려는
것처럼 느껴지기는 마찬가지였다. 은희는 꼭 필요한 말로만 짧게
대답했다. 비교적 평화로운 무표정도 계속 지어 보였다.

"행근 성님한테 들으이께네, 깐깐하이 일 잘한다 카데요. 하기사
일 못하면 그 성님 성깔에 이런 건 안 시켰겠쩨."

행근은 김형근 과장을 일컫는 말인 모양이었다. 성도 다른 두

사람이 어쩌다 형님 동생 사이가 되었을까. 멀뚱히 찻잔만 바라보는 은희를 살피며 이계보는 못 이기는 척 더 물었다.

"참, 성님은 모친상을 당해서 못 온다꼬요? 끝나믄 바로 가니껴?"

"시간 있을 때 가 보려고요."

다정한 기색이 전혀 없는 건조한 목소리에 은희는 스스로 놀랐지만, 그것이야말로 이 계장이 만들어 놓은 분위기에 대한 은희의 대답이기도 했다.

"직속 상사 모친상에 시간 날 때 간다는 게 말이 되니껴? 없으믄 안 갈라 켔니껴? 세상이 아무리 많이 변해도 사람이 그래믄 안 되지."

상대의 말을 비꼬아 듣는 건 정말이지 답이 없는 습관이었다. 은희는 숨을 깊이 쉬었다. 은희가 숨을 깊이 쉴 때 이계보가 혹시라도 은희에게 시선을 둔다면, 흰자위만 드러나게 눈을 위로 뜨는 버릇 때문에 아마 무섭게 보일 터였다. 그래도 마음의 안정을 찾는 게, 억측과 왜곡으로부터 자신을 보호하는 효과적인 방법일 거라고 은희는 생각했다. 후, 후, 후. 작은 숨이 은희의 입술에서 비어져 나왔다.

다른 대화 주제로 무엇이 오든 저 말도 안 되는 이야기보다야 나을 것 같았다. 은희는 이계보가 중심에 꽂아 놓은 화제를 다른 곳으로 비틀어 버리듯 질문했다.

"이곳이 외부인들한테 잘 알려진 곳인가요?"

은희의 말에 이계보는 거들먹거리며 말했다.

"그럼요. 연흥은 관광지가 많아서 주말마다 사람 천지시더. 코로나 끝나고 사람들 외부 활동이 많아지이께네 더 늘었다카니더. 도청에서 이런 관광지에도 더 힘써 주고 그래야, 전통문화가 살아나지요. 오늘 보고 가서 여기저기 추천 마이 해 주소."

명주고택

그 말은 이상하게도 경상북도 소속인 은희를 타박하는 것처럼 들렸다. 이번에도 어쩐지, 묘하게 한 방 먹은 것 같은 느낌. 은희가 경상북도의 입장을 막 내비치려고 했을 때, 마침 아까 은희를 안내한 그 고택 담당자가 들어왔다.

"저는 명주고택 관리인이고요, 그냥 현 서방이라 카소. 서울 분들이 여태 안 오셨스이께네 일하시기 전에 지가 고택 좀 살펴 드릴까요?"

은희는 하고 싶은 말을 삼켰다. 오늘 일과는 관련 없는 말들로 괜한 논란의 여지만 만드느니, 분위기를 완전히 환기하는 게 어색한 기운을 좀 가라앉힐 수 있는 방법이 아닐까 생각했다. 은희는 이계보보다 먼저 벌떡 일어났다. 이미 고택에 대해 잘 알 것 같은 이계보도 흔쾌히 엉덩이를 떼었다. 관리인 현 씨가 행랑채를 향해 앞서갔다.

*

연홍시 왕궁면 왕궁민속마을.

행랑채 가까이에 서 있는 안내판에 적힌 마을 이름은 유달리 낯설었다. 그도 그럴 것이 은희는 서울에서 태어나 서울에서 자랐기 때문에 이곳에 대해 잘 아는 사람이 아니었다. 은희의 아버지는 전라도 출신이고 어머니는 강원도 출신이었으며, 이 둘은 서울의 한 은행에서 일하다 만나 결혼을 한 후에 줄곧 서울에 살았다. 은희에게는 경북이나 경남, 충북 같은 곳이 미지의 세계처럼 느껴지곤 했다. 은희가 경북을 선택한 가장 큰 이유 중 하나가 바로 그 점이었다.

대도시 서울은 넓지만 폐쇄적이었다. 은희의 부모는 다니던 은행이 90년대 말 파산하자 신림역 근처에서 식당을 운영했고 은희가 대학에 다니는 내내 안정적인 직장의 중요성을 각인시켰다. 은희는 그 말을 대단히 심각하게 받아들이지는 않았지만 그렇다고 무심하게 흘려 넘기지도 않았다. 기업들이 사회 공헌 활동의 일환으로 진행하는 해외 연수 프로그램에 참여하고 가끔 여행도 하며 견문을 넓혔지만 다 결국 휘발되고 말 일회성 경험이었고, 서울에 있는 요만조만한 일자리를 구하면 결국 부모의 집에서 살아야 한다는 상황은 피로감을 높였다. 이렇게 가다가는 늙어 죽을 때까지 신림동 골목에서 벗어날 수 없을 것 같았다. 그렇다고 서울에서 부모의 집이 아닌 다른 곳에 거처를 구하는 건 쉬운 일이 아니었다. 복잡하고 시끄러운 서울에 은희가 늘 만족하면서 살아온 것도 아니었다. 결혼은 좋은 도피 방법이 되겠지만 또 다른 방식으로 은희를 얽맬 테니 그것 역시 은희에게 썩 매력적인 선택지는 아니었다. 그래서 시작한 것이 공무원 시험 준비였다. 인생에 변곡점을 선사할 새로운 선택지.

대구에 친척이 산다는 핑계로 경상북도 공무원 시험을 쳤지만 실은 그저 빨리 붙을 수 있는 곳을 찾았을 뿐이었다. 막상 합격 소식을 듣고 나니 묘하게 자유로운 기분이 들었다. 경북으로 내려와 생활하기 시작하면서 지금 있는 곳이 평생 와 본 적 없는 낯선 곳이라는 걸 상기할 때마다 은희는 기쁨이 몸 안에 작은 파동을 일으키며 동그랗게 퍼져 가는 느낌을 받았다. 일상의 재미는 소소한 일탈을 경험할 때 찾아왔다. 규칙적인 생활 속에서 일탈할 여유가 생겼다는 것은 일종의 적응 신호였다. 은희는 갑자기 퇴근길에 집 앞 이자카야에 들러 혼술을 한다든지, 북 카페를 찾아가 이런저런 책을 들춰 보며 시간을 보내곤 했다. 퇴근 후에 정해 놓지 않았던 일들을 하고 나면 하루를 꽉 채웠다는 느낌이 들었고, 집에 돌아오는 길에는 마음이 서그러워졌다. 서울이 그리워질 때도 있었지만 주말에 가면 그만이었다. 뉴욕이나 파리도 아니고, 겨우 세 시간 거리에 있는 서울엔.

낯선 곳에 터를 잡고 그렇게 몇 해를 보내는 동안 마음가짐은 서서히 변했다. 별일이 없는데도 매주 서울에 가는 루틴은 언제부턴가 의미를 잃어버렸다. 은희의 친구들이 하나둘 취직을 하면서 만나기 어려워지기도 했고, 특히 은희가 안동에 직장을 마련했다는 소식을 들은 사람들이 은희를 멀리서 사는 탓에 쉽게 볼 수 없는 사람으로 느끼게 되면서, 은희가 서울에 있든 안동에 있든 지금 안동에 있는 것 아니냐고 어림잡는 경우가 많아졌다. 그런 일을 몇 번 겪고 나서 은희는 차츰 서울에 가는 횟수를 줄이게 되었고, 그게 아무렇지 않게 되니 이상할 정도로 서울과 안동을 오가는 거리가 멀게 느껴졌다. 뉴욕과 파리보다 서울이 멀게 느껴지는 때도 있었다.

가끔 외로움에 사로잡히게 되자, 은희는 일을 더 많이 도맡아 했다. 가족도 친구도 없는 곳에서 생활하는 은희에게 남은 것은 일과 일로 만난 사람들뿐인 것 같았다. 직장 사람들이 없으면 이곳에서 강은희라는 존재 자체가 의미를 잃는다는 생각도 왕왕 들었다. 회사 사람들과 동아리도 만들고 독서 모임 같은 것도 만드니 다행히 그런 마음이 사그라들어 그런대로 살 만했다.

재밌는 일들이 생겨 그것에 몰입하면서 업무 시간을 채워 나가면 또 나름대로 즐거웠다. 루틴으로 하는 일들 사이에 흥미로운 계획이 잡히면 은희는 은근히 하고 싶다는 마음을 내었다. 그 덕에 과장도 동료들도 늘 큰 잡음 없이 일을 해내는 은희에게 이런저런 일들을 맡기기 시작했다.

　그게 아마 외교부에서 내려보낸 갑작스러운 의전 행사 업무를 은희가 맡게 된 계기라면 계기이지 않을까 싶다. 수행 능력이 나쁘지 않아 외교부 협력 업무를 무리 없이 소화할 수 있는, 주말이면 잔업 말고는 그닥 할 일이 없는, 갑작스러운 일을 맡아도 안정적으로 업무를 처리할 수 있는 혈혈단신 7급 공무원, 강은희.

　외교부의 5급과 3급이 오는 자리라고, 몇 달 전부터 이날을 준비하라고 신이 난 목소리로 지시하던 과장은 정작 당일에 갑작스러운 모친상을 당해 올 수 없게 되었다. 평소 어머니가 덕을 많이 쌓은 만큼 찾아오는 손님이 많을 게 틀림없다는데 좋다는 건지 싫다는 건지 모를 일이었다. 과장은 '중박만 치고 오라'는 말을 남기고 고향으로 떠났다.

　연흥시 왕궁면 왕궁민속마을.

　그렇게 은희는 홀로 이곳에 서 있게 되었다.

*

　벌써 십수 년간 명주고택을 지켰다는 관리인 현 씨는 행랑채 앞에 서서 우선 멀리 보이는 식산이라는 이름의 산을 한번 올려다보라고 조언했다. 그 산이 이 왕궁면을 내려다보고 있는 느낌이라면 옳게 본 것이라는 설명이었다. 식산은 이곳 마을을 지키는 수호신 같은 존재라는 이야기가 예로부터 전해지고 있다고 현 씨는 말했다.

　관리인의 말을 들으며 은희는 식산을 바라보았다. 먹구름이 식산에서부터 천천히 퍼져 윗동네 고택 주변까지 와서 가라앉아 있었다. 식산은 동네 산이라기에는 크고 뾰족했는데, 생김새가 그렇다 보니 왕궁면의 고택들을 보호해 준다기보다, 삼켜 버릴 것 같은 인상이었다.

현 씨는 사랑채를 끼고 돌아 안채가 있는 쪽으로 걸어가며 왕궁면의 유래에 대한 설명을 이어 갔다. 멀리 시선을 두고 식산을 바라보고 있는 은희 쪽으로 이계보가 다가왔다.

"저짝은 이궁(離宮)으로 쓰던 왕궁을 복원하다 이런저런 사정이 있어 가꼬 공사를 중단한 곳이라 카데요. 그래도 왕궁터라 지역 이름도 왕궁면이요, 왕들의 터전이었으이 의전하는 곳으로서 상징성도 있고 마카 좋은 거 아이겠니껴?"

은희가 식산에서 시선을 떼지 않은 채 이계보에게 말했다.

"저도 방금 같이 들었어요."

이계보의 멋쩍은 웃음이 은희의 눈앞으로 지나갔다. 무엇일까, 이계보에게 도통 좋은 말이 나가지 않는 이유는. 은희는 이계보의 태도가 도청과 시청의 분위기 차이 때문에 생겨났을 수도 있고, 이계보와 은희의 세대가 다른 데에서 기인했을 수도 있으며, 앞집 뒷집 사정을 듣고 보는 게 낯설지 않은 중소 도시 연홍시에서 나고 자란 이계보와 대도시에서 태어나 이웃집 사람 얼굴 익히는 데에도 인색했던 은희의 성장배경 차이 탓일 수도 있고, 급수 차이에서 비롯된 것일 수도 있다고 생각했다.

어쨌든 앞으로도 이계보가 은희의 마음에 들 일이 별로 없을 것 같다는 느낌이 들었는데, 아무래도 상관없는 일이었다. 이계보가 경북도청으로 옮기는 일도, 은희가 갑자기 연홍시청으로 자리를 옮기는 일도 일어나기 힘들 것이고, 이렇게 일을 한 타임 마치고 나면 이계보와 은희 사이에 접점이라곤 아무리 찾아도 없을 것이 분명하기 때문이었다.

　일자형 솟을대문에 쓰인 나무에 관해 설명하던 관리인이 'ㄱ' 자 모양의 사랑채 앞에 섰을 때, 낯선 두 사람이 삐걱대는 대문을 밀고 마당으로 들어왔다. 어떻게 오셨느냐는 현 씨의 질문에 오늘 심사가 있어서 왔다고 말한 사람은 은희 또래로 보이는 외교부 사무관이었다. 이마에 땀이 솟은 흔적이 선명했다.

　"고속도로에서 차가 너무 많이 막혔습니다. 사고가 났었나 봅니다."

　은희는 여자의 말을 듣고 고개를 끄덕였다. 고택에 막 도착했을 때 고속도로 터널에서 사고가 났다는 재난 문자를 받았던 기억이 났기 때문이었다. 은희는 아직 행랑채 앞에서 서성이고 있는 사람들 쪽으로 고개를 돌렸는데, 사무관과 함께 들어왔던 중년의 남자가 한 젊은 여자와 함께 이야기를 나누며 걸어오는 중이었다. 중년 남자는 외교부의 과장일 테고, 젊은 여자는 외국어대학교에서 덴마크 지역학을 전공하는 교수라는 걸 쉽게 짐작할 수 있었다.

　"고생 많으셨어요."

　은희가 인사하며 행랑채 가까이 다가가 이야기를 나누는 두 사람을 사랑채 앞으로 안내했다. 그렇게 심사 위원 다섯 명이 모였다. 외교부의 황태연 과장과 실무를 맡은 김이서 사무관, 연흥시청의 이계보 계장, 외부 심사 위원으로 위촉된 신시라 교수, 그리고 경북도청 소속으로 김형근 과장을 대리할 은희까지가, 오늘 의전 행사 업체 심사를 맡을 사람들이었다.

　명주고택과 마을 유래를 소개하던 관리인은 한곳에 모인

참석자들을 내친김에 사랑채 안쪽으로 안내하며 말했다.

"꺼먼빛을 내는 대청마루 재료는 먹감나무인데요, 매년 들기름 칠을 해 주니더. 앞짝에 쓴 기둥은 내구성을 높이려고 소나무를 동해 바닷물에 담갔다가 말려 소금물로 쪄 내서 만든 거고요."

이계보가 아까부터 무슨 말인가 하려고 자꾸만 입술을 달싹이는가 싶더니, 현 씨의 말이 끝나기 무섭게 말을 이었다.

"해인사 팔만대장경이 그래 만든 거 아이껴."

이계보의 말을 듣고 외교부 과장이 그러냐고 호응해 주었다. 옆에 있던 다른 사람들도 고개를 끄덕였다. 은희의 표정만 색깔이 모호했다. 관리인이 흐뭇한 표정을 지으며 말했다.

"계장님 훌륭하시이더."

"무슨, 그 정도는 알아야제. 모르는 게 상식이 없는 거제."

은희가 뾰로통한 얼굴로 혀를 삐죽 내밀었을 때, 은희의 휴대폰으로 전화가 걸려 왔다. '라이프컴'이라는 발신자명이 떴다. 두 번째로 발표가 예정되어 있었던 업체 라이프커뮤니케이션의 대표 이수진이었다. 은희는 중문을 지나 안채 쪽으로 들어가는 사람들과 거리를 두고 전화를 받았다. 크고 급한 목소리였다.

"주무관님, 죄송합니다. 저희가 발표 시간에 아주 빠듯하게 도착할 것 같아요."

수화기 바깥쪽에서는 바쁘게 북적이는 소리도 들리는 것 같았다. 은희는 무슨 일이냐고 묻고 싶었지만 혹시 그랬다가는 괜한 문제가 생길까 싶어서, 일단 건조한 목소리로 알겠다고만 답했다. 이 대표는 정말 죄송하다는 말을 여러 번 되풀이했다.

"심사에 불리하게 작용할 수도 있다는 걸 알고 있지만, 저희가 혹시라도 늦지 않을까 해서요."

라이프컴의 발표 예정 시간쯤에는 세 번째 팀이 이미 도착해
있을 테니, 원래 순서는 뒤라도 일찍 오는 팀이 미리 발표하면
된다는 말을 남기고 끊었다. 분명히 피치 못할 사정이 있는 것
같았지만, 사정이야 없는 사람이 없으니까. 업체의 사정까지 일일이
봐주며 일할 수는 없다고, 좀 더 냉정해지자고 은희는 스스로를
다그쳤다.

*

심사를 받는 업체들 중 연흥시와 물리적으로 가장 가까운 대구
소재의 회사 다미마이스는 발표 자세가 준수했지만, 생각보다
내용이 평범했고 어떤 부분은 현실 가능성이 전혀 없어 보이기도
했다. 오·만찬을 코스 요리로 내놓겠다는 아이디어는 발상도
딱히 특별하지 않은 데다 고택 행사라는 상황에 대한 고려도 없는
것으로 보였는데, 덴마크 지역학을 전공하는 교수의 말을 들어 보니
덴마크인들은 샌드위치 정도의 간단한 점심을 즐기며, 그런 방식은
여왕이 가장 선호하는 식사법이라고 했다. 안동식 간고등어를
주재료로 한 밥상을 올리겠다는 그들의 계획은 계획일 뿐, 덴마크
여왕은 생선을 잘 못 먹는 것으로 유명하다는 사실도 은희는 새롭게
알게 되었다. 이 정도로 연구를 게을리한 회사에 일을 맡길 생각은
추호도 없었다.

문제는 이 계장이 다미마이스를 워낙 좋게 보고 있다는
것이었다. 그 업체의 발표가 끝나자마자 이 계장은 말했다. 이미
다미마이스와 두어 번 일을 함께 해 보았고 그때마다 보여 준
내공이 심상치 않았으며, 클라이언트의 요구를 적시에 해결해 주는

순발력이 놀라웠다는 거였다. 은희로서는 이 계장이 그런 이야기를 하면 할수록 회사에 대한 신뢰가 떨어졌다. 그 말은 다미마이스 사람들이 이미 이 계장을 잘 알고 있다는 뜻인데, 이 계장과 어떤 종류의 관계를 맺고 있는지 전혀 알 길이 없었으며, 무엇보다 은희는 이 계장이 일하는 방식을 탐탁지 않게 여겼다. 이계보의 거들먹거리는 모습도 눈꼴시었다.

원래대로라면 다미마이스가 발표를 마친 후에 바로 라이프커뮤니케이션의 차례가 돌아오기로 되어 있었다. 하지만 라이프컴 사람들은 아직 도착하지 않았고 이미 예정보다 많은 시간이 지나 있었으므로, 잠깐 쉬는 시간을 가질 겸 은희는 심사 위원들을 다과가 마련된 안채로 이동시켰다. 사랑채에서 안채로 이동하는 동안, 라이프컴이 이미 전화로 사정을 설명했으니 미리 와 있을 세 번째 팀을 먼저 발표하게 하면 좋을 것 같다고 은희는 다시 설명했다. 라이프컴의 상황에 대해서는 사전에 한 차례 언질을 주었으므로 사람들은 크게 동요하지 않았다. 외교부 사람들이 특히 그들의 상황을 깊이 이해했다. 고속도로가 명절 때처럼 앞뒤로 꽉꽉 막히는 바람에 오도 가도 못할 상황이었다는 거였다.

은희는 관광 안내 센터 별관에 마련한 임시 대기실에서 기다리고 있을 세 번째 발표 팀을 데리러 행랑채 바깥으로 나갔다. 그런데 그때 고택 바깥쪽의 주차장에 급히 주차하는 하얀색 중형 세단 한 대가 은희의 눈에 띄었다. 차의 운전석에서는 한 남자가, 조수석에서는 한 여자가 빠르게 내렸다. 남자는 검은 슈트에 민무늬 흰색 셔츠를, 여자는 흰색 원피스를 입고 있었고 노트북을 꺼내고 있었기 때문에, 그들이 평범한 관광객일 리는 없었다. 은희는 그들을 눈여겨보다가 그쪽으로 다가갔다.

"혹시 발표하러 오셨습니까?"

은희의 말에 두 사람은 먼저 고개를 꾸벅 숙였다.

"네, 안녕하십니까."

남자가 은희에게 자신들을 소개했다.

"저희는 라이프커뮤니케이션에서 왔습니다. 저는 문재영 대표이고, 이쪽은 이수진 공동대표입니다. 실무진이 한 명 더 있는데, 그 친구는 사정이 있어서 조금 후에 도착할 겁니다. 발표는 저희 둘이 하니 걱정하지 않으셔도 됩니다."

은희도 그들을 따라 꾸벅 몸을 숙여 인사했다. 그들은 한 차례 사과를 하고 나서도 미안한 듯 고개를 몇 번이나 끄덕이더니, 세단 뒷자리에서 커다란 쇼핑백을 서너 개 꺼내 왔다. 이 근처 어디를 들렀다 온 건지 고급스럽게 포장된 각종 베이커리 브랜드 제품이 들어 있었고 커피와 캔 음료는 아이스박스에 따로 담겨 있었다.

"이거, 심사 위원 선생님들 나눠 드십시오."

은희는 곤란한 표정을 지었다.

"이건, 너무 큰걸요. 저희는 심사 중이라 받으면 공정성 문제도 생기고요."

"이 정도는 아무것도 아닙니다. 저희 상황이 정말 급박했는데 사정을 봐주셨으니 감사의 뜻으로 드리는 겁니다."

난감해진 은희는 멋쩍게 웃었다. 가장 먼저 떠오른 해결 방법은 은희가 이 베이커리 제품들과 음료를 재구입하는 것이었는데, 그러자니 준 사람들의 정성을 무시하는 것 같아 이러지도 저러지도 못하고 있었다. 문 대표가 다시 말을 이었다.

"심사는 공정하게 해 주십시오. 저희는 떨어져도 괜찮습니다.

역사에 남을 뜻깊은 행사에 참여할 기회를 얻을 수 있게 1차
심사에 합격시켜 주신 것만 해도 저희 같은 작은 업체로서는 정말
영광스러운 일입니다.”

　문재영 대표의 말을 들으며 은희는 어찌할 바를 몰랐다.
떨어져도 괜찮다는 말 때문이기도 했지만, 그에 더해 역사에
남을 뜻깊은 행사에 조금이나마 동참할 수 있어 영광이라는 말
때문이었다. 나는 내 일을 그렇게 충실히, 열정을 담아서 하고
있는가, 라는 의문이 들었던 것이다. 마침 그때 고택 관리인이 대문
밖으로 나오더니 은희와 라이프컴 대표들이 함께 있는 쪽으로
다가왔다.

　“어쩌다 들었니더. 정성이신 것 같은데 버리기는 아깝고, 오늘
고택 부엌 칸에 아지매 두 분이 일을 나올라 카는데 그분들하고 동네
분들하고 나눠 먹으면 어떻니껴?”

　그럴싸한 아이디어였다. 은희가 받지 않았으니 어떤 규칙이든
위반할 일이 없고, 일하러 오신 고택 분들께 간접적으로 도움이 될
수도 있고.

　은희가 관리인의 얼굴을 살폈고 관리인 현 씨는 라이프컴
대표들에게 다가가 그들이 들고 있던 쇼핑백과 아이스박스를
넘겨받더니 고개를 살짝 숙여 인사하고는 은희를 지나쳤다.
대기실로 향하는 라이프컴 대표들의 표정이 상쾌해 보였다.

　대기실에서 조금 더 휴식할 기회를 얻은 덕분이었는지
발표장에 선 라이프컴 발표자들은 고택 주차장에서 처음 만났을
때보다 훨씬 여유 있는 모습이었다. 그들의 발표는 담백한 음성으로
시작되었지만, 기승전결을 갖춘 스토리를 담고 있어 그 자체로

흥미로웠다.

　　그들은 명주고택이 있는 마을이나 연흥은 물론이고, 여왕에 대해서도 상당히 공부를 많이 해 온 상태였다. 여왕은 이미 2007년에 방한을 해 봤던 경험이 있고 그 당시 한국의 첨단산업과 수도권에 있는 궁궐, 안동의 하회마을처럼 잘 알려진 문화유산들을 살폈는데, 이번에는 1000년을 이어져 온 덴마크 왕실의 여왕처럼, 서민들 가까이에서 그들과 함께해 온 양반들의 전통적이면서도 특색 있는 고택을 탐방한다면 한국의 진심을 느낄 수 있는 뜻깊은 경험이 될 것이라고 어필했다. 물론 명주고택을 의전 행사지로 활용하려면 주한 덴마크 대사의 사전 답사가 여러 번 필요할 거라면서, 라이프컴 발표자들은 주한 덴마크 대사관에 연락해 어렵게 알아냈다는 대사의 세 달 일정을 보여 주고는 어떻게 대사의 마음을 사로잡을 것인지에 대한 전략을 세세히 설명했다.

　　특히 여왕을 의전할 때 주의할 점들에 관해서도 꼼꼼히 브리핑하는 점이 호감을 샀다. 소박한 것을 선호하는 여왕에게 상징적으로 내놓을, 주변에서 쉽게 구할 수 있는 소박한 식재료를 이용했지만 눈과 입이 모두 즐겁도록 정갈하게 꾸민 에코 상차림을 프레젠테이션 자료에 함께 내놓은 것도 인상 깊었다.

　　발표가 다 끝나고 나자 박수가 터져 나왔다. 라이프컴의 발표 내용이 어떻든 한결같이 뚱한 표정으로 듣고 있던 이 계장이 대뜸 물었다.

　　"잔칫상이 저렇다꼬요?"

　　문재영이 또박또박 듣기 좋은 발음으로 답했다.

　　"고종 진찬의궤에 기록된 왕실 잔칫상을 참고했습니다."

　　탐탁지 않다는 듯 이계보가 상차림 사진을 물끄러미 바라보다 따지듯이 말했다.

"금중탕, 신선로, 생선전, 오색강정. 시대가 막 뒤죽박죽 아이껴? 시루떡 색깔은 또 왜 저렇니껴?"

은희는 심사용 서류에 첨부된 샘플 사진을 바라봤다. 잔칫상 안쪽으로 시루떡이 40cm 정도의 높이로 쌓아 올려져 있었는데, 시루떡의 색이 초록색인 게 이제 보니 눈에 띄긴 띄었다.

"콩으로 만든 떡이라서 그렇습니다."

"아니 뭐, 시루떡을 완두콩으로 만들 것 같으면 왜 강낭콩으로도 만들고 메밀로도 만들고 그카지. 사과를 놓고 저게 배다, 배다 그카면 되니껴?"

아니 무슨, 그런데 다 신경을 쓰는지 모르겠다는 눈으로 은희는 이계보를 바라보는 중이었다. 여왕이 생선을 잘 못 먹는다는 이야기를 듣고는 두 번째 팀의 발표 때 어째서 생선을 올렸느냐고 꼬집으며 업체들이 다 비슷비슷하다는 둥 투덜거리더니, 이번에는 흠잡을 데가 없어 떡을 가지고 일부러 저러는가 싶어 은희는 눈살을 찌푸렸다.

이번에는 이수진 대표가 나서서, 어떤 과정을 거쳐 음식의 종류를 고르게 되었는지 세세히 설명한 후에, 경상북도 음식문화연구원에 연락해 콩시루떡이 올라가면 문제가 있을지 한번 확인해 보겠다며 말을 마쳤다. 은희 역시 팥시루떡을 왜 쓰지 않으려는지 아주 잠깐 궁금하긴 했지만, 결국 이수진 대표의 말을 들으면서 그 생각을 잊어버리고야 말았다. 저 정도 순발력이면 실전에서 어떤 문제가 일어나도 해결할 수 있겠다고 생각했다. 말도 안 되는 트집을 잡아 대는 이계보를 흘끗 노려보면서.

그 후로도 이계보가 몇 번 더 딴지를 걸었는데, 어느 시점부터 은희는 이 계장이 하는 말을 귀담아듣지 않았다. 질문 대부분은 너무 작고 소소하며 하나 마나 했고, 조언이랍시고 그가 하는 말의 대부분은 자신이 잘 알고 있는 것을 상대도 알고 있는지 묻는 확인용 발언이었는데, 이 심사에 전혀 어울리지 않는 것들이라 엉뚱하거나 오만했다. 그가 하는 질문을 듣고 있으면 있던 집중력도 흩어지는 느낌이었다.

이계보의 계속되는 어깃장 탓인지 심사 시간은 점점 길어지고 있었는데, 이야기를 하다 문득 시계를 살펴보면 생각했던 것보다 훨씬 많은 시간이 흘러 있는 식이었다. 10분쯤 지났겠거니 하는 마음으로 시계를 보면 한 시간이 우습게 지나 있었다. 토론장에 있는 다른 이들도 시계를 흘끗거렸지만 별다른 말이 없었으므로, 은희는 신기하다 싶을 정도로 시간이 빨리 흐르는 이유를, 그냥 사람들이 다들 회의에 몰입한 탓이겠지 생각하고 말았다.

발표 시간이 끝난 후에 이루어진 전체 토론에서 이계보는 어쨌든 선점을 하겠다는 듯, 다미마이스를 밀었다. 그에 질세라 은희도 라이프컴을 지지하는 발언을 하고 싶었는데, 다행히 사무관이 그 역할을 대신해 주었다. 사무관의 말에 이계보가 퉁명스럽게 대꾸했다.

"새로운 곳 뚫느니 익숙하고 전에도 잘했던 곳으로 하면 서로 좋지, 참 다들 융통성 없으시네."

외교부 과장이 이계보의 말을 듣고 다미마이스도 다시 한번 고려해 보자고 말하자, 다미마이스 쪽으로 판세가 기울지 않게 은희가 말을 얹었다.

"라이프컴도 다미마이스만큼이나 이곳을 잘 아는 것으로

보이던데요? 게다가 경상북도에만 한정된 다미마이스보다 시야가
좀 더 넓기까지 하고요."

이계보가 이마를 긁적였다.

"태만 번지르르해서 파인데. 서울서 온 사람들이 연흥을 알면
얼마나 안다꼬."

이 계장의 그 말을 듣고 은희는 황당해졌다. 자신을 콕 집어
책망하는 말처럼 들리기도 했다. 외부에서 온 사람들은 연흥에서
하는 행사를 맡으면 안 된다는 건가. 은희가 날카롭게 쏘아붙였다.

"계장님. 다미마이스에 뭐 커넥션 같은 거 있으세요?"

계장이 어딘가 찔리는 구석이 있는지 발끈했다.

"아이, 무슨!"

그러더니 들릴 듯 안 들릴 듯 기어들어 가는 목소리로 덧붙였다.

"영 찜찜하이 이상한데."

은희는 무슨 일을 자기 마음 내키는 대로 하려 드느냐고 한마디
더 할 뻔했다. 이 프로젝트를 시작하면서부터, 계속 뭔가 이상한
딴지를 걸어 온 계장의 태도가 떠올랐고, 여기 있는 심사 위원들에게
그 사실을 낱낱이 알려 이계보를 창피하게 만들어 버리고 싶었다.
은희는 크게 숨을 들이켜고 천천히 내쉬며 말했다.

"그런 걸 바로 관대화 오류라고 합니다."

"뭐라카노?"

그게 뭐냐며 묻는 이계보의 목소리는 그의 사투리를 알아듣지
못했을 때 은희가 내는 당황 섞인 목소리와 비슷했다. 이계보의
세계에 없는 합리, 논리, 체계를 은희는 꼼꼼히 짚어 주고 싶었다.
그래서 조금 더 소리를 높여 말했다.

"확증편향이라고요."

은희는 그 말을 끝으로 화장실에 가겠다며 나와 버렸다.

시간은 속절없이 흘렀다. 의전 행사 진행 업체 심사는 전혀 어려울 것 없는 과정이라고 생각했는데, 이토록 논쟁이 치열할 일이었는지 도대체 의견이 한데 모이지 않았다. 최종적으로 다미마이스와 라이프컴 두 업체 중에 하나를 고르면 되는데, 사람들은 끝까지 자기 의견을 고수하는 중이었다. 특히 서로 맞붙은 이 계장과 은희가 그랬다. 외교부 과장이 다미마이스를 고르고, 신시라 교수가 결정을 미루자 은희는 조금 더 강하게 라이프컴을 어필했는데, 그러다 보니 둘 사이에서 결론이 쉽게 나지 않았다.

모두의 언성이 높아질 즈음에 고택 관리인이 사랑채 문을 두드리더니 혹시 저녁 식사를 할 용의가 있는지 물었다. 발표 시간에는 그나마 휴대폰으로 시계를 몇 번 체크했던 은희가 토론 시간에는 시계 보는 것을 완전히 잊어버렸는데, 은희 말고 다른 이들도 상황이 비슷했던 건지 그제야 다들 시계를 바라봤다. 벌써 밤 8시 반이었다.

"신기한 일이네. 마지막으로 시계를 봤을 때는 오후 3시였는데, 벌써 다섯 시간이 흘렀다는 건가?"

신 교수가 그렇게 말하자 외교부 과장도 그전에 시계를 봤던 시각이 3시 즈음이었다는 걸 기억해 내고 고개를 갸웃거렸다. 이계보가 갑자기 답답하지 않냐고 물으며 창문을 밀어 열었다. 생각보다 너무 많이 어두워진 사위에 모두가 놀랐다. 마지막 심사를 시작할 때만 해도 분명히 밖이 환한 오후였다고 이계보가 말하자, 은희 역시 시간이 무언가에 휩쓸리듯 갑자기 흘렀다는 생각이 들었다. 돌이켜 보니 은희가 마지막으로 확인한 시각도

3시쯤이었다.

고택 관리인 현 씨가 이미 많이 어두워졌으니 저녁을 드시고 가시는 게 어떻겠냐고 다시 물었으므로, 은희는 생각하기를 거기서 멈췄다. 현 씨는 영업시간이 짧은 연흥 지역의 식당들이 이미 문 닫는 것을 준비하고 있을 시간이라, 지금은 밖으로 나가도 마땅한 곳을 구하기 힘들 거라고 했다. 마침 바깥의 음식 냄새가 솔솔 안으로 들어오고 있었다. 각종 기름 냄새, 고기 구워지는 냄새, 밥 짓는 냄새.

은희는 갑자기 강렬한 식욕을 느꼈다. 점심을 샌드위치와 커피로 간단히 해결한 탓에 배가 고파 속이 울렁거리는 것 같기도 했다. 은희만 그런 게 아니었는지 모여 있던 사람들도 출출해질 때가 되었다고 말하기 시작했다. 우선 고택 관리인의 말에 따라 밥을 먹은 후에, 남은 심사를 마저 마무리 지어야 할 것 같았다.

"제가 결정하면 해결이 되나요?"

그 말에 모두 신시라가 있는 쪽으로 고개를 돌렸다. 다들 탈진할 듯 의자 등받이에 기대어 앉아 있는 상태였다. 신시라가 어떤 팀에 손을 들어 주어도 상관없을 것 같은 분위기가 되어 있었다. 신 교수는 크게 침을 삼키더니 말했다.

"이야기를 다 들어 보니, 저는 라이프컴이 좋겠습니다."

이계보 계장의 아쉬운 한숨 소리가 들려왔다. 은희가 지쳐 버린 다른 심사 위원들을 대표해, 힘이 쑥 빠진 목소리로 말했다.

"아니 교수님, 이렇게 이야기 쉽게 하실 거면 진작에 하시지."

은희는 대청마루로 향하는 문 한쪽을 밀어 열었다. 새까만 공기가 몰고 온 쌀쌀한 밤바람이 한꺼번에 더운 방 안으로 파고들었다. 어쨌든 교수가 가볍게 던진 마지막 남은 한 표에

라이프컴으로 결정이 되었다. 이계보가 혀를 차는 소리가 크게
났다. 은희는 해냈다는 생각보다, 부질없다는 생각이 불쑥 들었다.
대체 무엇을 위해 이렇게나 열심히 논쟁을 했을까 싶었고, 그게
이계보 한 사람에 대한 억하심정 때문이었다면 스스로에게 실망할
것 같았으며, 일을 한다는 건 다 이런 쓸데없는 짓들의 연속이라는
생각이 씁쓸한 끝맛처럼 남았다.

　　이윽고 관리인이 사랑채 문을 완전히 열어도 되겠느냐고
밖에서 물었다. 관리인의 말을 듣고 외교부 사무관과 이 계장이 문을
활짝 열어젖혔고, 낮에 고택으로 들어가며 간단히 인사를 나누었던,
일하러 오신 동네 분들이 밥상을 문 안쪽으로 들여다 주었다. 그들이
들어오는 문 밖으로 보이는 밤하늘에는 작지만 선명한 하현달이 떠
있었다.

　　고택 부엌에서 간단히 준비한 것이라고는 믿기지 않을 정도로
음식은 정갈하고 탐스러웠다. 차진 백미로 지은 밥과 무와 명태로
시원한 국물을 낸 어탕에서는 따뜻한 김이 오르는 중이었다.
반찬들은 그릇마다 소담하게 담겨 있었다. 오이무침과 콩나물무침,
고사리나물과 무나물 같은 밑반찬들이 있었고, 상 가운데에는
구운 간고등어와 삶은 돼지고기가, 그 옆으로는 실고추 고명이
올라간 두부전, 애호박전, 돔배기전과 계란조림이, 가장자리에는
가늘고 고르게 채 썬 배가 고명으로 띄워진 주황빛의 안동식혜가
먹음직스럽게 놓여 있었다.

　　"이게 뭐죠?"
　　외교부 사무관이 입맛을 다시며 물었다. 은희는 사무실
사람들과 먹으러 간 적이 있었기 때문에 그 음식이 안동식혜라는 걸
알고 있었다. 그런데 정작 현 씨가 홀리는 듯한 목소리로 말한 것은

밥상 위 음식들의 통칭이었다.

"제삿밥이시더."

그 말을 듣고 이계보가 나른한 듯 하품하며 눈을 끔뻑거렸다.
외교부 과장과 사무관, 교수는 묘한 표정을 지었다.

"제삿밥이요?"

별다른 말 없이 현 씨가 나가자 신 교수와 사무관이 수군댔다.
제삿밥이라고 하지 않았느냐는 신 교수의 말에 사무관도 그게
뭐냐고 되묻는 거였다. 이계보가 실실거리며 사람들에게 말했다.

"참, 헛제삿밥! 여 음식 중에서 헛제삿밥이라 카는 게 있니더. 안
잡숴 봤니껴? 푸짐하게 한 상 차린 음식을 비벼 먹던 거시더. 제사는
안 지내면서 제삿밥처럼 차려서 헛제삿밥이라 하고요."

꼬르륵 소리가 배 속에서 요동을 치고 있었다. 갑자기 미친
듯이 배가 고파 왔다. 동물적 본능이 이성을 이겨 버릴 것 같았다.
그럼에도 밥상을 받아 든 은희는 걱정을 완전히 멈추지 못했다.
아까부터 계속 이 저녁 식사를 대접받아도 될까 하는 마음이 든
탓이었다.

"이러다가 여기서 호화 대접 받았다고 언론에 사진이라도 잘못
퍼지면 어떡해요."

"그렇기는 하지만, 시간이 이렇게 늦었으니 밖에서 밥도 못
먹고 일하는 것보다는 뭐라도 좀 먹는 게 더 나은 것 같은데요.
우리가 행사 업체를 선정하려고 모였지 장소를 선정하러 온 것은
아니니까요."

배가 잔뜩 고파 예민해졌는지 목소리가 날카로워진 신 교수가
말하자, 외교부 과장이 기다렸다는 듯 말을 보탰다.

"뭐, 외교부에서 나중에 밥값을 치르는 방법을 생각해

보겠습니다. 다들 엄청 시장하실 것 같은데, 지금 이 상황에 별수 있습니까, 그냥 드시죠."

"고택 관리에 안간힘을 쓰는 사람들 정성을 봐서라도 먹어야 안 되겠니꺼."

이 계장의 말에 은희도 겨우 고개를 끄덕여 찬성했다. 누가 먼저랄 것도 없이 모두 수저를 들자마자 허겁지겁 음식을 먹기 시작했다. 그릇들이 순식간에 비워졌다.

은희의 휴대폰 진동이 짧게 울렸다. 문자가 온 것이었다. 은희는 먹고 있던 밥을 입 안으로 밀어 넣고서는 식사를 마치고 열어 볼까 고민했다. 그런데 휴대폰이 미리 보여 준 문자의 앞 내용이 은희의 시선을 붙잡았다.

– 라이프커뮤니케이션입니다.

아직 심사 결과 발표가 나기도 전인데 연락이 온 걸 보니, 선발하기로 한 업체에 혹시 무슨 일이 생긴 걸까 걱정이 되었다. 궁금한 마음에 은희는 휴대폰 화면을 살짝 눌러 문자를 열었다.

– 오늘 발표에 참석하지 못하게 되어 정말 죄송합니다. 서울에서 연흥으로 가는 중에 저희 회사 차가 교통사고를 당했습니다. 다시 한번 정말 죄송합니다.

문자를 읽던 은희는 씹고 있던 애호박전을 더 이상 삼키지 못했다. 쥐고 있던 놋쇠 젓가락 한쪽이 바닥으로 떨어졌다. 아직 배를 덜 채운 사람들은 은희의 행동을 전혀 눈여겨보지 않았고 은희는 당황한 얼굴을 숨기려 고개를 숙이고 휴대폰을 뒤집어 바닥에 내려놓았다. 이계보가 외교부 과장을 향해 막걸리 한잔 어떠냐고 묻고 있었다. 은희가 받은 문자는 아무래도 기분을 찜찜하게 만들었다. 장난 문자인가, 아니면 스팸이나 피싱 문자 같은 걸까. 그렇다고 해도 무슨 피싱 문자가 이렇게 디테일한 내용으로 온단 말인가.

골똘히 생각하던 은희는 결국 일어나서 사랑채 밖으로 나가 문자를 발신한 번호로 전화를 걸었다. 장난 문자라면 가만두지 않겠다, 생각하면서.

한참 만에 통화 연결이 되었는데 상대방은 말이 없었다. 그래서 은희가 말을 걸었다. 어디시냐고, 무슨 일이 일어난 거냐고 채근하듯 물었다. 은희가 말하는 동안 수화기 너머로 상대편이 숨을 참으며 우는 소리가 들려왔다. 한참을 기다리자 상대방은 이윽고 목을 가다듬고는 약간 떨리는 음성으로 말을 시작했다. 목소리를 들어 보니 잘해야 20대 중반쯤 될 것 같았다. 은희는 마당을 가로질러 매화나무가 있는 담벼락 쪽으로 천천히 걸어갔다.

"죄송합니다."

"죄송할 일이 아니고, 무슨 일이냐고요."

은희의 언성이 높아지고 있었다. 직원은 울음이 아직 남아 뭉개진 콧소리를 내며 그제야 알아들을 만큼의 성량으로 말하기 시작했다.

"고속도로에서 트레일러 한 대가 갑자기 브레이크를 밟는 바람에 저희 회사 차가 그 차를 뒤에서 박아 버렸습니다. 트레일러 운전수가 졸음운전을 했다고 합니다."

은희가 눈을 돌리자 거대한 식산을 뒤덮고 있는 나무 사이로 달이 떠올라 있었다. 눈썹같이 매서운 하현달이었다. 산 어디선가 폭포수가 쏟아지는 소리가 들렸다. 전화로 사정을 듣는 동안 은희는 제 손으로 머리카락을 움켜쥐고 긁어내리기를 여러 번 반복했다.

라이프컴 직원은 울다가 한 번 멈춰 숨을 참더니 말했다.

"저희 회사 대표님들 두 분은 사고 직후에 돌아가셨습니다."

은희는 숨을 깊이, 아주 깊이 들이쉬었고, 그 후에 천천히 숨을 세 번에 걸쳐 내쉬었다. 신경질적으로 고개를 쳐드니 마주친 달빛이 마치 자신을 쏘아보는 것 같아 숨이 막혀 왔다. 불현듯 오전에 받은 긴급 재난 문자가 떠올랐다. 터널에서 17중 추돌사고가 크게 났다는, 수습 조치 중인 고속도로 하행선이 완전 통제됐으니 우회하라는 안내였다. 은희는 매화나무 쪽으로 손을 뻗었다.

담벼락에 바짝 붙은 매화나무가 생각보다 멀리 있어, 가지를 잡으려고 허공에 팔을 뻗어 허우적대다 하마터면 넘어질 뻔했다. 산속 깊은 곳에 있는 고택 주변에는 주변을 밝힐 만한 조명이 많지 않아 햇빛이 자취를 감추기만 하면 삽시간에 칠흑처럼 어두워졌다. 은희는 정원 가장자리에서 커다란 구덩이를 발견했다. 아까 오전에 개미가 끼어 있던 그 구덩이와 위치가 같았다. 그사이 라이프컴 직원의 목소리는 처음보다 더 또렷해져 있었다.

"뒷좌석에 타고 있던 직원 한 명은 중태에 빠졌는데 의식을 찾지 못하는 상태입니다. 저도 지금 병원인데, 연락을 드려야 한다는 걸 정신이 없어 잊어버렸습니다. 정말, 정말 죄송합니다."

은희의 눈길은 여전히 구덩이에 머물러 있었다. 시선을 돌리니 그 옆에 또 다른 구덩이가 있었다. 가로등 불빛 아래 개미들이 지나가는 중이었고, 그 개미들이 향하는 곳에서는 오전에 본 그 자세로, 개미 한 마리가 구덩이에 빠져 발버둥 치고 있었다. 시야를 넓혀 보았더니, 이 마당 전체에, 깊이가 조금씩 다른 구덩이가 듬성듬성 무수히 파여 있었다. 은희는 눈앞에 있는 구덩이를 발로 차 허물어뜨렸다.

명주고택

"라이프컴 맞는 거죠. 문재영 대표님과 이수진 대표님, 그 두 분."

울음이 터졌는지 직원의 목소리가 그새 잠겨 있었다. 굼뜨게 생긴 회색 벌레가, 검은 개미를 잡고 흔들어 댔다. 은희는 그 모습을 보면서 표정을 구겼다. 짙은 어둠이 덮은 밤하늘의 비늘구름 떼가 달을 향해 몰려오고 있었다.

"맞습니다. 그분들이 오늘 돌아가신 분들이세요."

검은 개미는 파닥거리다 점점 힘을 잃어 갔고, 회색 벌레는 그 자리에 계속 머물러 있었다. 길고 앙칼지게 생긴 턱으로 개미를 문 채.

은희는 그 벌레를 발로 꾹 눌러 버렸다. 후, 후, 후 하고 숨을 크게 뱉어 내면서 땅을 밟은 발에 한껏 힘을 주었다.

*

은희는 창호지에 검게 비친 이 계장을 바라보고 있었다. 이 계장의 오렌지 색상 긴 양말이 생각났다. 머릿속이 뒤죽박죽이었다. 방금 받은 그 전화는 장난 전화였다고, 몰래카메라 같은 거였다고, 갑자기 누군가 나타나 말해 주었으면 좋겠다는 생각이 들었다.

발표하러 온 사람들의 육신을 은희는 분명히 보았다. 검은 수트를 입은 남자, 흰 원피스 차림의 여자, 그 둘이 늦어서 죄송하다고 고개 숙여 말하는 것을, 심사장에 들어와 발표하는 모습을, 은희는 저기 있는 사람들과 함께 제 눈으로 똑똑히 보았다. 그 사실이 사실이 아니라는 말인가.

이 계장은 일어나 주변 사람들에게 술잔을 돌리는 것 같았다. 은희는 그 그림자의 움직임을 놓치지 않고 보았다. 눈앞의 모든 장면이 그림자극처럼 현실감이 없었다.

이 사실을 알면 이 계장은 좋아할까? 아마도 그렇겠고, 업체를 재선정해야 하니 심사는 다시 진행될 테고, 다미마이스인지 다마스인지 그 말도 안 되는 업체가 행사를 맡게 될 테고, 가을까지 어떻게 그 과정을 보고 있나 싶고. 그런데 이런 상황을 알린 후에 그 전화가 장난 전화라는 걸 알게 된다면 그거야말로, 환장 대잔치고.

설마, 진짜 설마 이계보나 다미마이스가 치는 장난은 아니겠지. 슬그머니 애꿎은 화가 올라왔다. 일단 상황을 알게 되었으니, 상급 부처인 외교부에게라도 이 사실을 바로 알려야 할까? 그랬다가 무슨 그런 말 같지도 않은 상황 보고를 하느냐고 욕먹지 않을까? 원래 일을 이따위로 하냐는 소리나 듣지 않으면 다행인 것 아닐까? 그럼 과장이 말한 표창장, 그런 건 날아가는 거지. 무엇보다 라이프컴에서 왔다던 그 두 사람의 정체는 뭘까? 죽어 있는 사람들이 어떻게 멀쩡히 음료와 간식을 사서 나르고 해야 하는 발표까지 다 하고 간단 말인가.

그런데, 그런데 말이야, 만에 하나, 그들이 진짜 죽은 사람들이라면?

은희는 지금 당장은 심사 위원들에게 자신이 들은 것들을 그대로 말할 수 없었다. 어느 하나 제대로 사실관계가 파악되는 부분이 없었다. 관리인 현 씨가 마당을 서성대던 은희 쪽으로 다가와 밤공기가 무척 차가워지는데 어째서 외투도 없이 밖에 서 있느냐고 물었다. 산세가 워낙 깊어 한여름에도 볕이 사라지면 겨울바람 불 때처럼 이가 시려진다는 말도 걱정처럼 따라붙었다. 상황을 다 이해하기 전까지는 속내를 꺼내 보여선 안 된다고, 나중에 정말 일이 틀어지면 못 이기는 척 다미마이스를 선정하면 되겠다고 은희는 생각했다. 게다가 현 씨 말대로 살갗에 닿는 바람이 얼음같이 차가워지고 있었다.

관리인이 안내하는 대로 방으로 들어가려다 은희는 마당 쪽을 뒤돌아봤다. 가로등 불이 있었지만 어두워 구덩이가 제대로 보이지는 않았다.

"혹시 아세요? 여기 구덩이가 있는데요, 이 안에 회색 벌레가 있었어요."

현 씨는 흘낏 은희가 가리키는 쪽을 바라보더니 말했다.

"개미귀신, 맹주잠자리 유충 모르니껴. 여기 명주고택은 대대로 명주잠자리가 많기로 유명한데, 고것들이 구데이를 깊게 파가 개미가 기 들어올 때까지 기다리는 거지. 구데이로 개미가 빠지 뿌면 그걸 확 잡아가 빨아 문다 아이껴."

점점 구겨져 가는 은희의 표정을 보며 현 씨가 잠시 침묵하다가 말을 이었다.

"맹주잠자리가 성깔이 좀 끈질겨 가꼬 죽을 때까지 복수를 한다꼬 하데요. 죽이지만 않으면 문제없니더."

은희는 표정을 풀지 못한 채 두 눈을 끔벅거리며 현 씨를 바라봤다.

"그래 가꼬 이 고택 별명이 명주고택 아이껴. 가들을 기리는 거지요."

사랑채 현판에 쓰인 흰 글씨 '명주고택'으로, 조명 빛이 다발을 이루어 내리비치고 있었다. 은희는 현판을 찬찬히 살펴보고는 막걸리를 들고 걸어가는 현 씨를 따라 안쪽으로 들어갔다. 아무래도 찜찜한 마음에 자꾸만 구덩이 쪽을 돌아봤다. 현 씨가 가던 걸음을 멈추고 은희 쪽으로 돌아섰다. 빛이 현 씨의 얼굴을 제대로 비추지 않아 그의 문드러진 잇몸에 마치 검붉은 피가 고인 것처럼 보였다.
현 씨가 물었다.

"왜 그러시니꺼?"

그의 목소리가 전에 없게 낮고 음산한 탓인지 은희의 팔에
소름이 마구 돋았다.

"아니에요."

은희는 명주잠자리 유충이 자신의 발에 밟혔을 때의 느낌을
지워 보려고 했다. 그럴수록 살아 있던 것을 짓이겨 버린 바로 그
감각이, 더욱 또렷해졌다.

방 안에 들어온 현 씨는 무릎을 꿇고 상 위에 있는 잔들을 술로
천천히 채우기 시작했다. 술잔을 한 번에 채우지 않고 두세 번에
걸쳐 채우는 모습이 인상적이었다. 그러더니 그는 왼손으로 받친
술잔을 오른손으로 잡고 하나하나 사람들 앞에 놓았다. 술을 나눠
준 현 씨가 말없이 나가고 나서 은희 옆에 있던 외교부 사무관이
말했다.

"그런데요, 이 맛있는 음식들이 어째서 먹을수록 다
비슷비슷하게 느껴지는 걸까요? 매운 음식이 없어서 그런가."

그 말을 듣고 은희가 앞에 있는 음식들을 보니, 정말 매콤한 맛을
내는 음식이 하나도 없었다.

"이곳 음식의 고유한 맛이 그런 것 아닐까요?"

은희가 그렇게 말하고선 젓가락으로 고사리나물을 들어 입에
넣고 씹어 보았다. 평범한 맛이었는데 평소에 먹는 것보다 기름기가
좀 더 묽고 입 안에 들어가니 좀 더 고슬고슬했다. 은희는 무나물도,
생선전도, 구운 고등어도 조금씩 다시 맛보았다. 사무관 말처럼

음식들이 대부분 자극적이지 않았다.

이미 불쾌해진 얼굴의 신 교수도 매운 요리가 없느냐며
젓가락을 들어 음식을 맛보더니, 취한 몸을 제대로 가누지 못하고
비틀대다 왼손으로 벽을 쳤다. 그 순간, 벽 한쪽이 힘없이 부서지며
작게 구멍이 파였다. 신 교수 옆에 있다가 놀란 외교부 사무관이
비명을 지르며 몸을 피하자 작은 구멍 끝에 점점 금이 가더니 이윽고
구멍은 눈에 띄게 커졌다.

"뭐예요?"

외교부 과장이 구멍 쪽으로 다가가 안을 들여다보았다. 바로
그때 구멍 난 벽이 소리를 내며 모든 방향으로 쩍쩍 갈라졌다.
사무관이 소리를 빽 질렀고 신 교수는 몸을 웅크렸다. 이계보가
일어났다.

"왜 그러니꺼?"

이계보가 사무관을 지나쳐 신 교수 쪽으로 오려고 할 때,
사무관이 이계보가 떠난 자리를 보며 더 큰 소리로 비명을 질렀다.
그곳에는 맞은편의 신 교수 뒤에 있는 구멍보다 더 큰 구멍이 파여
점점 커지고 있었다. 이계보가 상을 끼고 크게 돌아 신 교수를 향해
다가가자 이계보의 머리 위로 쿵 소리가 났다. 외교부 과장이 "어어."
하는 소리를 냈다. 지붕에서 서까래 기둥 하나가 떨어져 나와 이계보
옆으로 아까보다 더 시끄러운 소리를 내며 떨어졌다. 서까래에 쌓여
있던 먼지들이 삽시간에 상 위로 내려앉았다. 바스라진 흙의 파편이
여기저기 튀었다. 사람들 머리 위로도 회색 모래가 부서져 내렸다.
얼굴이 온통 흙먼지로 뒤덮인 채 신 교수가 비명을 질렀다.

지붕의 서까래들이 두 동강 나더니 천천히 사람들이 있는
쪽으로 무너지기 시작했다. 은희가 있는 힘을 다해 소리쳤다.

"여기서 어서 나가요!"

외교부 사무관과 과장이 먼저 대청마루로, 이계보가 툇마루로, 신 교수가 뒷문으로 나간 뒤, 은희가 마지막에 대청마루 쪽으로 나왔다. 은희가 나오고 나서 서까래 여럿이 다시 쿵 소리를 내며 아래로 떨어졌고, 그 뒤로 지붕의 작은 각재들이 하나둘 연이어 떨어져 내렸다. 밖으로 나온 외교부 사무관이 소리를 지르며 울기 시작했다. 이게 다 무슨 일이냐고 외치는 신 교수의 비명이 점점 커졌다.

이계보가 그들을 안심시키며 사랑채에서 멀어지도록 안내했다. 흙먼지를 뒤집어쓴 은희는 걸을 때마다 자꾸만 마른기침을 했다. 여기저기서 다른 사람들이 기침하는 소리도 들렸다. 은희는 사랑채를 내다봤다. 사람들이 사랑채에서 멀어질수록 건물은 푹푹 소리를 내며 힘없이 부서져 갔다. 재난영화를 보는 듯 실감이 나지 않았다.

이계보는 은희보다 훨씬 빠른 걸음으로 행랑채를 향해 가더니, 솟을대문이 굳게 닫혀 있는 것을 보고 놀라 뒷걸음질 쳤다. 사무관은 울음을 그치지 않았다. 이계보를 따라 솟을대문 앞으로 간 신 교수가 단단히 잠긴 문을 열기 위해 끙끙댔다. 그러다 갑자기 생각났다는 듯 돌아보더니 물었다.

"관리인은 어디 있죠?"

애초에 이 고택에 있었던 사람은 여기 있는 다섯 명만이 아니었다는 것을 깨달은 사람들이 모두 부엌 칸이 있는 방향으로 고개를 돌렸다. 그곳에는 가지런히 정리된 가마솥들이 놓여 있었고, 짚을 한데 모아 엮은 허수아비 세 쌍이 벽에 기대어져 있었다. 허수아비 하나가 갑자기 아래로 쿵 소리를 내며 떨어졌다. 덩달아 매화나무를 밝히던 가로등이 불현듯 꺼져 버렸다. 이제 남은 빛은 고택 정원에 사람 무릎 높이로 줄지어 깔린 무드 등뿐이었다. 외교부 사무관이 긴장 때문인지 더 큰 소리를 내며 울었다.

"강 주무관, 일 생기면 도청에서 책임지기로 했다 안 카나. 이 어앨꺼로?"

이계보가 은희를 향해 소리 질렀다.

"말은 똑바로 하셔야죠. 공간을 알아봐 주시기로 한 건 연흥시잖아요."

"허, 봐라. 깐깐하이 계산 잘한다 카디 머리 좋은 것들은 결정적인 순간에도 계산해서 남 탓한다야."

이계보에게 성님이라는 과장님, 운 좋게 이 상황을 피한 김형근 과장의 얼굴이 순간 은희의 머릿속에 칼날 박히듯 들어왔다. 그에게 별일이 생기지 않았더라면 그는 이 자리에 함께 있었을 터였다. 이런 일이 일어날 거라는 걸 이제 막 저승길로 들어선 김형근의 노모는 알고 있었을까 싶었다. 아들을 구하려고 예정보다 일찍 숨을 거둔 건 아닐까. 정신 나간 생각이라는 걸 은희도 모르는 게 아니었다. 하지만 상황이 이렇게 되어 가니까. 무엇보다 모두의 혼이 나갈 것 같은 순간에 은희의 평판을 깎는 말이나 늘어놓고 있는 이계보의 한심한 태도를 은희는 도무지 참을 수 없었다. 은희는 이계보를 향해 쌓아 두었던 신경질을 풀어 냈다.

"이 근처 고택들이 다 비슷하다고 말한 건 계장님이었잖아요."

"다 비슷비슷하지! 옛날 양반들 살던 집이 다 비슷비슷하게 생깃지 그럼. 저기 저 군자고택, 저 너머 해리고택, 그리고 명진고택."

그렇게 말하던 이계보가 갑자기 소리를 죽이더니, 무언가를 생각하곤 "아차." 하는 소리를 내며 제 이마와 뺨을 여러 번 손으로

처 댔다. 짝짝 소리를 내며 제 뺨을 치는 이계보를 다들 말리기 시작했는데, 이계보가 마당에 털썩 주저앉으며 말했다.

"명진고택. 내가 알던 집은 거긴데."

"그럼 여기는 뭔데요."

외교부 과장이 물었다. 이계보가 한참 동안 가만히 있다가 주먹을 꽉 쥐더니 입을 열었다.

"맞네, 맞아. 명주고택, 이 근방 죄다 홍수로 묻혔던 곳인데. 겨우 살아남은 왕궁터 마을 사람들은 윗동네로 옮겼는데. 여는 뭐로."

은희의 입술이 떨리기 시작했다.

"이 집이 있는 데라는 거예요, 없는 데라는 거예요, 말을 좀 알아듣게 해요!"

은희의 타박에도 이계보는 천천히 기억을 더듬어 가며 말을 이었다.

"어째 께림찍했다. 왕궁터 옛 마을에서 가장 규모가 컸던 고택 이름이 명주고택 아이라. 근데 홍수 때 그 마을 사람들 꽤나 죽었다 켔는데."

그걸 이제 깨달았느냐는 듯, 은희는 소리를 버럭 질렀다.

"사람이 죽었다고요? 계장님, 여기 잘 아는 곳이라면서요?"

이계보는 은희를 보며 대답했다. 그의 이마에 땀이 송골송골 맺혀 있었다.

"아니, 내 말은 도청이 지역에 관심을 더 둬라, 이런 말이었제."

그러자 외교부 과장이 입을 열었다. 높낮이가 거의 없고 건조하던 그의 음성은 겨울밤 산속에서 길을 잃은 새끼 새의 소리처럼 떨리고 있었다.

"두 분이 싸우고 있을 때가 아니고, 이제 나갈 방법을 생각해

봅시다."

은희는 고개를 들어 하늘을 바라봤다. 거대한 모습을 뽐내며 떠 있는 달은 아까 봤던 하현달이 아니라 둥근 보름달이었다. 은희의 몸은 땀으로 범벅이었고, 그건 다른 사람들도 마찬가지였다. 은희는 멀리 식산을 바라봤다. 달빛이 비추는 이 고택을 저 산이 맹렬한 눈으로 바라보고 있는 것 같았다.

후, 후, 마지막 숨을 쉬는데 숨이 컥 막히는 느낌이었다. 갑자기 고택을 추천하고 싶다던 전화가 생각났다. 명주고택이라는 곳이 의전 행사를 치러 내기에 아주 좋은 장소라던 전화. 목소리 뒤쪽 어딘가에서 산바람 소리가 났었지. 쉬익쉬익, 비명 소리 같기도 하고 목쉰 소리 같기도 했던 그 소리.

보름달에서 흘러나온 빛의 무리가 고택의 마당을 비추었다. 이곳에서 빠져나가야 한다던 신 교수와 이 계장은 어디선가 받침대를 가져와 담장을 넘으려고 시도하는 중이었다. 그들은 자꾸 벽이 높아지는 것 같다고 말하더니 뒤쪽 사랑채가 있던 곳과 마당으로 달려가 커다란 돌멩이 같은 것들을 주워 왔다. 그들의 움직임에 따라 담장 아래에 돌들이 탑처럼 쌓여 가기 시작했다.

사랑방 밥상 위에 휴대폰을 놓고 온 외교부 과장이 사무관에게 어서 구조대를 부르라고 재촉했다. 그제야 사무관이 손바닥으로 얼굴 위에 흐른 눈물을 대강 닦아 내더니 주저앉은 채로 휴대폰을 열었다. 사랑채 활주와 처마, 공포와 마루, 벽들은 이미 부서져 잔해가 되어 바닥에 깔려 있었다. 사무관에게 호통치던 과장도 곧 신 교수와 이 계장을 따라 사랑채가 있던 쪽으로 가서 디딤돌로 쓸 만한 것들을 날랐다. 정원석과 디딤돌, 지대석의 파편들을 줍는 데 그는 열심이었다.

사람들은 자연스럽게 팀을 꾸렸다. 한 무리가 가져온 돌 파편들로 탑을 쌓은 후에 한쪽으로 돌아 사랑채로 이동하면, 사랑채에서 돌을 줍고 있던 무리가 같은 쪽으로 돌아 다시 행랑 마당을 거쳐 돌탑을 쌓으러 갔다. 함께 고택 안에 갇힌 채로, 사람들은 달빛과 인공조명에 의존해 그렇게 여러 번 마당을 돌았다. 문득 매화나무 근처에서 휴대폰을 들고 주저앉아 있던 사무관이 크게 말하는 소리가 들려왔다.

"휴대폰이 안 터져요! 어떡해, 휴대폰이 안 터져. 외부로 전화가 안 돼요. 아무것도 안 된다고요."

그때 마침 마당 정원을 둘러싸고 있던 무릎 높이의 조명들마저 한꺼번에 퓨즈가 나간 듯 꺼져 버렸다. 갑자기 꺼진 불에 놀란 신 교수가 날카롭게 비명을 질렀다. 사위가 시꺼멓게 변하니 아무것도 보이지 않아 은희는 앞을 더듬거렸다. 사물이든 사람이든 형체를 분간하기 어려웠다.

계속 안채와 사랑채를 오가며 돌을 주워 나르던 사람들은 사무관의 말을 듣고 멈춰 서서 갖고 있던 휴대폰을 찾아 주머니를 뒤졌다. 신 교수와 사무관과 이계보가 휴대폰을 들고 식산 쪽으로, 매화나무 쪽으로 팔을 휘저으며 통화가 가능한지 살폈다. 소용없는 일이었다.

은희는 휴대폰을 내려놓고 눈을 들어 전파가 잡히는 곳을 찾아 헤매는 사람들의 모습을 보며 생각했다.

우리는 이대로 죽는 걸까?

그리고 이내 다른 손에 들고 있던 돌멩이를 마당에 내던져 버렸다. 쌓으면 쌓을수록, 담이 높아지는 것 같은 느낌이 들었다.

돌을 쌓는 것 말고는 할 수 있는 일이 없다고 생각했었지만, 딱히 쓸모 있는 작업이 아니었다.

주저앉아 보름달을 올려다보는 은희에게 찾아든 감정은 막연함이었다. 상황이 어찌 흘렀는지 파악할 겨를도, 에너지도 없었다. 무엇보다 모든 게 소용없는 일처럼 느껴졌다. 이 와중에도 이 계장과 외교부 과장과 신 교수는 여전히 휴대폰의 빛에 의존해 크고 작은 돌을 나르는 중이었다.

그들을 보며 은희는 전화 속 라이프컴 직원의 여린 목소리와, 발표하던 대표들의 얼굴을 기억해 냈다. 이 모든 게 진짜 벌어진 일이라면, 그들은 죽어서도 일을 하러 온 셈이었다. 그래, 별일이 다 생기는 이 세상에 없는 일이란 없지. 그들도 그렇게 죽었는데, 은희라고 지금 사고로 죽지 말란 법이 없다. 아니, 이미 강은희는 죽은 사람일지도 모른다. 은희는 홍수 때문에 이곳에 묻혀 버린 마을처럼, 자신이 묻혀 버린 사람인 것 같다는 느낌이 들었다. 죽지도, 살지도 않은 그런 사람처럼. 아니, 살았어도 죽어 있는 사람처럼. 어차피 대개의 경우에, 산다는 말 뒤에는 비극적인 문장들이 따라붙기 마련이니까. '사느라 행복하다'라는 말보다 '사느라 힘들다'라는 말이 더 익숙하지 않은가.

그러니 어쩌면 죽었다는 그들이 진짜 살아 있는 사람일지도 모른다는 생각이 들었다. 그들은 적어도 살아 있다고 느끼며 일하고 있었다. 자신이 살아 있다고 믿는 것들은 과연 진짜 살아 있는 걸까. 대체 무엇이 온전한 삶의 감각일까. 죽어서도 저토록 자신의 존재를 생생하게 증명하는 이들이 있는데.

전파가 연결되지 않는 은희의 휴대폰에서 벨이 울렸다. 라이프컴 대표 문재영이라는 이름이 발신자 정보로 떠올라 있었다.

심장이 쿵 소리를 내며 내려앉는 것 같았다.

은희는 숨을 깊이, 아주 깊이 들이쉬었다. 그리고 천천히 뱉어냈다. 제발 이 모든 상황이 제자리를 찾기를 바라면서, 이것은 다 꿈일 거라고 상상하면서. 나는 살아 있다, 나는 살아 있다, 후우우우우우. 이 계장이 크게 소리쳤다.

"강 주무관, 정신 채리라. 되도 않는 휴대폰 가꼬 뭘 그래 봐 쌌는데. 퍼뜩 나갈 길이나 찾으라 카이."

이 계장은 그 말을 질러 대면서 매화나무가 있는 쪽으로 가고 있었다. 은희는 숨을 마저 쉬었다. 후우, 후우, 후우. 그러고는 전화를 받았는데, 받자마자 전화는 곧 끊어졌다. 은희는 걸려 온 번호로 다시 전화를 걸었지만, 연결이 불가능했다. 은희는 휴대폰 손전등을 켜서 이계보 쪽을 비췄다.

이계보는 매화나무 옆에 있는 거대한 정원석을 옮기려던 차였다. 으차, 소리가 온몸에서 나는 듯했다. 그가 큰 힘을 주며 돌덩이를 막 들어 올리려고 했을 때, 갑자기 이 계장의 발이 모래 구덩이 속으로 빠졌다. 어어, 하는 소리가 연달아 들리더니, 곧 이계장의 발목까지 구덩이 안으로 빨려 들어갔다. 이계보가 마당을 향해 도와 달라고 소리쳤다.

그 모습을 본 은희뿐 아니라 다른 사람들도 모두 이 계장이 있는 곳으로 달려가 이 계장을 끌어 올렸다. 이 계장은 이미 몸을 반 정도 구덩이 안에 빠뜨린 채로 팔을 휘젓고 있었다. 무언가 아래에서 몸통을 쥐어짜는 느낌이 든다고, 이 계장은 소리치며 말했다.

이 계장의 몸을 손으로 붙들고 있던 외교부 과장이 그에게 입을 좀 다물라고 말했다. 조용히 좀 하라고, 시끄러워서 집중이 안 된다고. 그 뒤로 신 교수가, 그 뒤로 은희가 매달려 앞사람 몸을 단단히 붙들었다. 곧 사무관이 은희의 등을 잡았다. 은희는 어금니를 악물다가, 이 장면이 왠지 익숙하다고 생각했다. 매화나무와, 구덩이와, 그 안에 빨려 들어가는 생명체. 모두 한 몸처럼 단단히 얽혀 있었다.

이 계장은 이러다가 금방이라도 구덩이 속으로 휩쓸려 들어갈 것 같다고 말했다. 자꾸 아래서 무언가 자신을 당기는 힘이 느껴진다는 거였다. 과장이 뒤쪽 사람들에게 단단히 잡으라고, 한 명이라도 이탈해 줄이 끊어지면 큰일 난다고 비명 지르듯 말했다. 은희의 팔은 신 교수와 사무관의 팔 사이에 감겨 있었다. 양쪽에서 당기니 팔이 빠질 것 같이 아팠다. 다리의 알이 팽팽히 긴장해 꼭 끼는 슬랙스가 바짝 당겨졌다.

그때 고택 앞쪽으로 번쩍이는 헤드라이트 불빛이 보였다.

"방금 불빛, 저만 봤어요?"

신 교수의 목소리에 은희가 고개를 저었다. 나도 봤다고, 나도 봤다고 사람들이 소리를 질러 댔다. 구조대냐고 묻는 사람과, 뭐냐고 묻는 사람이 있었다. 뒤이어 차가 주차하는 소리도 들렸다. 곧 헤드라이트가 꺼졌다.

모두 소리로 상황을 파악하기 위해 숨죽였다. 어둠 속에서 거친 숨을 몰아쉬는 소리와 땀 냄새가 진동했다. 구급차가 왔더라면 좀 더 큰 소리가 났을 것 같은데, 듣기에는 작은 승용차 소리 같았다. 차 문을 닫는 소리에 이어 사람들의 발소리가 났고, 곧바로 솟을대문 열리는 소리가 났다.

"어? 대문 열려?"

은희가 신 교수의 입을 틀어막았다. 상황을 확인하기 전에 위험에 빠질 수도 있는 모든 요인을 제거하고 싶었다. 은희의 관자놀이에 식은땀이 주르륵 흘러내렸다. 모두 조용히 하라고 얘기하고 싶었지만 아무런 말도 입 밖으로 낼 수 없었다. 목소리가 나오지 않았다. 마당 한쪽 정원에 일자 대형으로 선 사람들은 열린 대문 안으로 누가 들어오는 소리를 동시에 들었다.

누군가 솟을대문 쪽으로 고개를 돌리자 한꺼번에 모두가 그쪽을 바라봤다. 이미 구덩이 안에 빠진 몇 명의 발은 대문을 향해 몸을 틀었음에도 움직이기 쉽지 않았다. 어두컴컴한 마당 안으로 방문객들이 들어오는 중이었다.

"계십니까?"

조용히 숨죽인 사람들 귀에 발이 흙 마당을 딛는 사그락 소리만 들려왔다. 은희는 막 들어온 사람들의 얼굴을 확인하고 싶었지만 주변이 너무 어두워 불가능했다. 이내 방문객 중 누군가가 말했다.

"안녕하십니까."

목소리를 들으니 갑자기 떠오르는 장면이 있었다. 오전에 다음 발표 팀들을 데리러 가던 도중 들었던 목소리, 그 목소리의 주인공이 은희에게 같은 말로 인사하는 장면이었다. 우렁찬 음성을 지닌 남자는 분명히, 그 사람, 라이프컴의 대표였다. 그가 말을 이었다.

"저희는 라이프커뮤니케이션에서 왔습니다. 저는 라이프컴 문재영 대표이고, 이쪽은 이수진 공동대표입니다. 계십니까?"

은희는 고개를 들어 소리가 나는 쪽을 바라봤다. 조금 전까지만 해도 어둠 때문에 앞이 거의 보이지 않더니, 천천히 달빛이 비쳐 대문 안쪽으로 들어오는 그들을 길게 비췄다. 빛이 점점 밝아짐에 따라 서 있는 사람들의 행색이 차차 선명해졌다.

검은 슈트를 입고 있는 남자의 흰 셔츠에서 무언가가 계속 흘러내리는 중이었다. 은희는 실눈을 뜨고 남자의 셔츠 끝에서

아래로 떨어지는 액체를 살폈다. 농도가 진하고 검은 물이 그의
얼굴을 뒤덮고 있었다. 그들이 몇 걸음을 내딛자, 이번에는 달빛이
여자 쪽을 더 밝게 비췄다. 여자는 색이 밝은 원피스 차림이었는데,
상체가 전부 걸쭉한 액체로 뒤덮여 있었다. 남자와 여자가 마당을
천천히 가로질러 사랑채 쪽으로 걸어가며 뒷모습을 보였을 때,
은희는 비로소 깨달았다. 여자의 원피스 뒤를 흥건히 적시고 줄줄
흐르는 끈적거리는 액체는 검붉은 피였다. 그들의 몸에서 흐른 피가
마당 흙과 뒤섞여 응어리졌다. 그들은 거의 형체를 잃은 사랑채로
향했다. 남자와 여자가 그 앞에 서서 주위를 두리번거렸다.

　　은희는 자신의 몸을 손으로 매만졌다. 계속 솟구치는 땀이
온몸을 덮어 미끄러웠다. 너무 다행이라고, 살아 있는 것만으로도
너무, 너무 다행이라고, 은희는 생각했다. 살아 있는 게 어떻게
비관적일 수 있겠냐고, 살아 있기만 해도 죽은 이들보다 낫다고
생각했다. 무엇보다 저 두 사람이 죽은 이들이란 걸 아직 모르는
동료들이 저들을 보지 못하게 해야겠다고 생각했다.

　　'저 사람들 쳐다보지 말고 다들 바짝 엎드려요.'

　　목소리가 나오지 않았다. 은희는 배에 힘을 주고 다시 소리를
내려 했다.

　　'아무것도 묻지 말고, 다들 바짝 엎드려요.'

　　어떤 소리도 몸 밖으로 나가지 않는 것 같았다. 그때 남자가 다시
외쳤다.

　　"실무를 맡고 있는 한주영이라는 친구도 저희 뒤쪽에서 오고
있습니다."

　　은희는 그들의 뒤, 한주영이 있다는 솟을대문 쪽으로 고개를
돌렸다.

'다들 살아 있어요?'

은희가 속삭였다. 너무 어두운 탓에 은희는 사람들의 얼굴을
확인할 수 없었다. 은희의 뒤에 있던 사무관의 몸이 힘없이 처지는
것 같았다. 은희의 발은 터질 것처럼 부어올랐고 몸은 양쪽으로
당겨졌다.

'사무관님, 정신 차려요.'

아까부터 말하려고 애를 쓰고 있었지만, 입 밖으로 나오는
소리는 거의 못 알아들을 지경이었다. 문득 사무관의 발아래로
시선을 돌렸을 때, 은희는 점점 깊어져 가는 흙구덩이를 보았다.
사무관의 축 늘어진 몸은 천천히 그 구덩이 안쪽으로 빠져 들어가고
있었다.

사랑채 앞에서 어리둥절해하던 그 두 사람이 천천히 고개를
돌렸다.

"저기 있네. 주영 씨, 뭐 해, 어서 오지 않고."

그들은 매화나무를 바라보며 동료를 불렀다. 사랑채 앞에 있던
그들은 곧 어둠에 가려졌다. 달빛이 천천히 은희와 동료들이 있는
곳으로 이동하기 시작했기 때문이었다.

"주영 씨, 거기에 뭐 재밌는 거라도 있어? 왜 실실거려."

은희는 모든 동작을 멈췄다. 발이 땅에 닿지 않는다는 느낌을
받았다. 단단했던 흙이 점점 물러지고 있었다. 무리를 이룬 달의
빛줄기가 서서히 마당의 정원 쪽을 향해 내려앉았다. 은희는 그제야
발아래에서 일어나는 일을 더 자세히 볼 수 있었다. 처음에는 작은
기포가 보글거리며 끓더니, 그것이 서서히 구멍의 지름을 넓히는
것처럼 보였다. 고운 흙 알갱이가 모여 은희의 발을 낚아채려는
것처럼 발 주위에서 뱅글뱅글 돌았다. 이윽고 은희의 발이 서서히

아래쪽으로 잡아당겨지는 것 같았다. 조그만 빛이 점처럼 은희 쪽을 향해 다가오고 있었다. 은희는 빛의 다발을 온몸으로 받아 내며 고개를 들었다.

그 순간 은희는 정원 흙에 꽂혀 있는 발 아래의 깊은 곳에서 제 몸을 쑥 잡아당기는 기운을 느꼈다. 은희는 숨을 크게 들이쉬었고 천천히 내뱉어 보았다. 숨이 밖으로 나오지 않았다. 후, 헉, 후, 헉. 은희의 목소리가 은희의 안쪽을 찔러 댔다. 후, 헉, 후, 헉. 외침도, 탄식도, 흐느낌도, 어떤 것도 제 몸을 뚫고 나오지 않았다. 아우성의 몸짓이 만드는 파동만 어둠 속으로 흩어졌다.

은희는 어두운 공기가 껍질처럼 자신을 감싸 안는 것 같은 느낌을 받았다. 어떤 욕구도 없이, 어떤 바람도 없이. 은희는 멀리 식산이 있다고 했던 곳으로 시선을 두었다. 불길한 예감이 적중했다는 신호처럼, 이곳을 쏘아보는 차갑고 무거운 기운을 온전히 감지했다. 삶과 죽음이 분리되지 않은 세상, 그것이야말로 은희가 발로 단단히 지지하고 서 있다고 착각했던 이곳의 진짜 모습일지도 몰랐다. 은희는 가만히 선 채 아래로 빨려 들어가며 몸의 긴장을 풀었다. 더는 색깔도 중량도 갖지 못하는 존재가 되어 가는 듯했다. 어둠 속에서 벌어지는 이 모든 일들은 가열차게 움직이는 지구의 땅 위에서 벌어지는 일상의 일들처럼 느리고 고요했다.

행복을 드립니다

김진영

크리스마스를 앞둔 주말이었다. 고객들의 카트에는 각종 화려한 색감의 오너먼트, 리스용 리본과 꽃이 가득 담겨 있었다. 윤미는 고객들의 미소를 보는 게 좋았다. 크리스마스에 대한 기대를 파는 곳에서 일하는 것만으로도 자신이 사람들의 행복에 일조하고 있다고 느꼈다.

윤미는 어스퍼니처에서 근무하기 전에는 말기암 병동의 간호사였다. 코로나가 본격적으로 확산되면서 병원에서 일을 하는 모든 사람이 힘들어졌지만, 윤미는 코로나와는 별개의 문제로 인한 정신적 스트레스 때문에 일을 관뒀다. 일에 대한 자부심은 컸지만 매일같이 죽음 앞에 놓인 환자를 돌보고 그 가족들을 상대하는 일이 갑자기 견딜 수 없이 괴로워졌다.

윤미는 간호사로 일하던 작년에 암 투병을 하던 남편과 사별했다. 아마도 그 직후부터였을 거다. 윤미가 죽음의 냄새에 민감하게 반응하기 시작한 것은. 임종을 앞둔 환자와 가족들 앞에서 공황발작을 일으키고 쓰러진 뒤로 윤미는 더 이상 병원에서 일을 할 수가 없었다. 죽은 윤미의 환자들이, 사별한 남편이 끊임없이 꿈속에 나타나 말을 걸었다. 병원에서 탈출할 수만 있다면 윤미는 무엇이든 할 수 있을 것 같았다. 윤미는 오토바이 면허증을 따서 배달 일이라도 하겠다는 각오로 병원을 나왔다.

다행히도 오토바이 면허를 따야 할 일은 일어나지 않았다. 의료 기관에서 일한 경험이 있는 사람을 우대한다는 어스퍼니처의 직원 모집 공고를 윤미가 발견했기 때문이다. 어스퍼니처에서는 코로나 사태가 심각해지자 이 전염병 문제를 전담할 보안 팀 직원을 충원하고자 했고 그 조건에 윤미가 딱 맞아떨어졌다. 하지만 정작 입사하니, 코로나 관련 업무보다는 매장을 정찰하거나 도난 관련 업무를 보는 일이 잦았다. 윤미는 어떤 일이든 다 괜찮았다. 병원이 아닌 곳에서 근무할 수만 있다면.

일요일 저녁 시간이었지만 어스퍼니처의 옥상 주차장에는 연신 고객들의 차량이 진입했다. 카트를 수거하고 채우는 직원과 고객 차량 간의 충돌 문제를 예방하기 위해 보안 팀 몇 명이 주차장에서 주차 안내를 도왔다. 점점 거세지는 바람에 쌓인 눈이 흩날리고 있었다. 고객들이 아무 곳에나 버리듯 세워 둔 카트가 바람에 떠밀려 차량과 충돌할 위험이 있었기에 윤미와 카트 담당 직원들은 카트를 정리하느라 쉬지 않고 부지런히 움직였다.

그때, 살얼음이 낀 미끄러운 실외 주차장으로 검은색 SUV 차량 한 대가 속도를 줄이지 않은 채 그대로 미끄러지듯 달리더니 빈자리에 요란하게 주차했다. 거친 운전으로 인한 사고 위험이 있어 보여, 윤미는 그 차량을 주시했다.

검은색 SUV 차량의 운전석에서 40대로 보이는 남성이 내렸다. 이어 조수석과 뒷좌석에서 부인으로 보이는 여성과 10대 딸이 내렸다. 흰색 셔츠 위에 회색 울 카디건을 걸치고 남색 면바지를 입어 차림새가 꽤 번듯해 보이는 남자는 눈보라를 헤치며 가까운 카트 수거대로 향했다. 하지만 이미 직원들이 카트를 모두 수거해 간 탓에 남자가 쓸 카트가 단 하나도 남아 있지 않았다. 어쩔 수 없이 남자는 출입문까지 걸어가 카트를 끌고 다시 차량 앞까지 와야 했다. 남자가 카트를 차량 근처로 가져올 때까지 부인과 딸은 가만히 서서 그런 남자를 지켜볼 뿐이었다.

"가만히 서서 뭐 해! 트렁크 안 열고!"

남자가 소리치자, 부인은 급히 트렁크로 다가갔다. 남자의 비위를 맞추려는 듯 조금 과장된 몸짓으로 연 트렁크 안에는 어스퍼니처의 베스트셀러 중 하나인 높이 170cm의 브라운 장식장이 유리가 파손된 채로 실려 있었다. 남자는 가구를 힘겹게 내리며 아주 작게 "씹할.", 욕을 뱉었다.

윤미는 남자를 계속 지켜보고 있었다. 부인과 딸은 마스크를 쓰고 있었지만 남자는 마스크를 쓰고 있지 않았고 쓸 생각도 없어 보였다. 윤미가 조심스럽게 그 가족의 뒤를 따랐다. 남자가 매장 안에 들어서자, 윤미는 이제 자신이 나설 때가 됐다고 생각했다.

"저기 손님, 마스크 착용하셔야 합니다. 1층 고객지원 센터 가시면 마스크를 드리니 그리로 가셔서…"

"마스크 없어? 마스크 없냐고!"

윤미가 말을 다 끝내기도 전에 남자는 아내를 향해 소리를 질렀다. 당황한 아내가 윤미를 보고 물었다.

"1층 어디로 가면 된다고요?"

"아…. 1층 고객지원 센터요. 에스컬레이터 타고 1층으로 내려가셔서 우측으로 가시면 됩니다."

남자의 딸은 소리 지르는 아빠가 부끄러운지 불쾌한 표정을 지으며 한 걸음 뒤로 물러섰다.

"이따위 가구나 파는 회사에 멍청한 직원들만 잔뜩 있으니 이 회사 5년 안에 망해. 두고 봐!"

'멍청한 직원'이 자신을 가리킨다는 걸 윤미는 알고 있었다. 하지만 직접적으로 욕을 한 건 아니라서 그 말에 대꾸할 필요는 없었다. 진상 고객을 응대할 때 보안 팀은 꼭 2인 1조로 움직여야만 했기에 윤미는 더 이상 대거리하지 않고 보안실로 향했다. 게다가 굳이 윤미가 남자에게 화를 내지 않아도 남자는 이미 충분히 불행한 것 같았다.

보안 팀 직원 30명 중 여자 직원은 다섯 명이었다. 그중 네 명은 20대였고, 결혼한 30대 여자 직원은 윤미가 유일했다. 보통 보안 팀은 회사가 선정한 외주업체에서 고용하는 경우가 많았지만, 어스퍼니처는 제조와 판매를 함께 하는 큰 가구 회사였기에 보안 팀 직원을 내부 사원으로 고용했다. 대부분의 직원이 정규직이었고, 여러 가지 직원 복지를 내세우는 데다가 부설 어린이집이 있어 어스퍼니처는 여자들이 일하고 싶어 하는 회사 중 하나였다. 하지만 이 회사도 최근 들어 정규직 구인 공고를 멈추고 부족한 인원은 계약직으로 뽑기 시작했다. 코로나19로 인해 매출이 급감한 탓에 임원진이 유연하게 인력을 운영할 필요성을 느낀 게 가장 큰 원인이었다.

윤미는 계약직 직원이었다. 입사 당시 계약직이란 게 걸렸지만 윤미의 직속 상사인 경준 팀장이 코로나 사태만 잘 견디면 정규직으로 전환될 확률이 높다고 윤미를 안심시켰다. 그도 그럴 것이 어스퍼니처는 계약직의 정규직 전환에 관대한 회사였다.
뉴스에서는 곧 코로나가 종식되고 마스크도 벗게 될 거란 희망적인
기사를 연신 쏟아 냈다. 코로나 유행이 끝나면 다시 회사의 매출이
오르고 더 많은 직원들이 필요해질 게 분명했다. 하지만 윤미의
마음속 한편에는 불안감이 일었다. 자신은 코로나 사태에 대처하기
위한 직원이었기에 상황이 바뀌면 불필요한 사람이 될지도 모를
일이었다.

보안 팀에서 해야 하는 일의 대부분이 강성 고객들의 항의를
처리하는 일이었다. 경준 팀장은 여자 직원이 강성 고객을 혼자
상대하기엔 어려움이 있으니 꼭 남자 직원을 부르거나 함께
내려가라고 당부했다. 다섯 명의 여자 직원들은 대부분 남자
직원들을 도와주는 일을 진행했다. 그게 배려처럼 느껴지기도
했지만 윤미는 배려를 받을수록 점점 더 불안해졌다. 배려를 필요로
하는 직원은 결국 가장 먼저 계약 해지를 당할 가능성이 컸다.

"윤미 씨는 뭐든지 열심이라서 보면 그냥 기분이 좋아요.
항상 웃는 얼굴이기도 하고. 윤미 씨가 어떻게 일하느냐가 굉장히
중요해요. 아이를 혼자 키우면서도 즐겁게 일하는 모습이 다른 여자
직원들한테 엄청 모범이 되니까."

경준 팀장은 윤미가 입사했을 때부터 꾸준하게 윤미를
격려했다.

"윤미 씨 아이도 만 네 살이라고 했죠? 우리 둘째랑 동갑이야.
엄청 조잘조잘 말 많고 예쁘죠?"

팀장과 윤미는 나이 차이가 다섯 살이었지만 비슷한 또래의
아이를 키운다는 공감대가 있어 다른 직원들보다 좀 더 친밀했다.
처음 하는 일에 위축됐던 윤미에게 팀장의 격려는 큰 용기를 줬다.

팀장의 응원 덕분에 윤미는 서른아홉이라는 자신의 나이가 새로운 일을 하기에 늦지 않은 나이라고 계속 긍정의 암시를 걸 수 있었다.

하지만 최근 들어 경준 팀장의 태도가 묘하게 바뀌고 있었다.

"강성 고객 상대하는 일에 윤미 씨가 잘 맞는 거 같진 않아요. 오전 매니저 회의에서 다른 부서 직원들이 남자만 보내 줬으면 좋겠다는 얘기들을 많이 하네."

"직원들이요? 왜요?"

"윤미 씨가 내려오면 보안 팀이 지켜 준다는 느낌을 못 받는 거 같다네."

윤미는 다른 여자 직원들보다, 그리고 몇몇 남자 직원보다 키가 컸고 자신이 꽤 덩치가 있다고 생각했다. 입사할 당시에 윤미의 체격 조건을 경준 팀장도 맘에 들어 했었다. 하지만 마흔을 앞둔 여성이기에 어쨌든 보안 팀으로 나서기에는 우스워 보인다는 걸까. 그래서 윤미는 더 확실하게 증명하고 싶었다. 자신이 이 팀에 꼭 필요한 존재라는 걸.

"보안 팀! 고객지원 센터 2번 데스크 강성 고객 클레임입니다. 무전 주세요."

윤미의 무전기로 지원 요청이 들어왔다. 보통은 남자 직원이 그 무전에 답할 때까지 기다렸다가 함께 내려갔으나, 이번엔 윤미가 먼저 무전에 답을 했다.

"네. 윤미 콜 받았습니다. 내려갑니다."

오늘 출근한 보안 팀 직원은 열 명 정도였다. 크리스마스 세일 때문에 고객들이 쏟아졌고 돌발적으로 벌어지는 일들에 빨리빨리 대응할 직원들이 모든 부서를 통틀어 부족했다. 윤미가 무전에 답을 했지만, 다른 동료의 응대가 이어지지 않았다. 2인 1조로 내려가야 하기에 윤미는 오늘 출근한 진태에게 다시 무전을 쳤다.

"윤미 씨, 전 지금 매장 강성 고객 대응 중입니다. 고객지원
센터까지는 지금 응대 불가능합니다."

"아. 근데 저 혼자여서요. 그럼 진태 씨 고객 대응 끝나면 콜
주겠어요?"

"저도 지금 혼자 대응하고 있어요. 이렇게 바쁘고 직원 없을
때는 융통성 있게 움직이는 게 나을 거 같은데…."

진태의 짜증 섞인 목소리에 윤미는 어쩔 수 없이 혼자 고객지원
센터로 향했다. 어쨌든 자신이 무전에 응대한 걸 동료들이 아는
이상, 이 일을 제대로 처리하지 못하면 곧장 자신의 업무평가가
나빠질 거라 생각했다.

윤미가 고객지원 센터에 혼자 도착하자, 제품 환불을 진행하던
직원이 윤미를 붙잡고 사정을 토로하기 시작했다.

"저 고객이 자기 실수로 가구를 부숴 놓고 전액 환불을 요청하고
있어요. 근데 문제는, 절 보자마자 다짜고짜 욕을 했어요. 저한테 개
같은 년이래요!"

사정을 듣고 문제의 고객을 쳐다본 윤미는 단번에 직원의 말을
이해했다. 유리가 깨진 장식장을 들이밀며 씩씩대고 서 있는 남자는
좀 전에 주차장에서 마주쳤던 그 남자 고객이었다. 여전히 남자는
마스크를 쓰고 있지 않았다. 남자도 윤미를 알아보곤, 무시하듯
코웃음을 쳤다. 남자는 자신과 직원 사이를 가로막은 윤미를 손으로
밀쳤다.

"아줌마, 저리 비켜. 니들이 이런 싸구려 엉망인 가구를 팔아
놓고 이걸 어떻게 쓰라는 거야. 니들이라면 이거 쓰겠냐고. 유리

깨지면서 누구 다치기라도 했으면 무슨 수로 보상할 건데. 어?
다쳤을 때 어떻게 보상을 하겠다는 매뉴얼이 있을 거 아냐. 그거
갖고 와 보라고!"

윤미의 존재는 남자에게 어떤 위협도 되지 않는 듯했다. 남자의
뒤로 부인과 딸이 당장이라도 도망치고 싶다는 듯 괴로운 표정으로
서 있었다. 고객지원 팀 직원은 윤미 뒤로 숨으며 윤미를 의지했다.
윤미는 이번 일을 잘 처리하지 못하면 또, 남자 직원을 내려보내
달라고 직원들이 항의를 할 수도 있다고 생각했다.

"아 씹할. 비키라고, 아줌마!"

남자가 윤미의 가슴 위를 밀치려 하자 윤미는 순간 당황했지만,
남자를 이내 어깨로 막았다. 다시 남자가 윤미의 가슴 쪽으로 손을
내민 순간 윤미는 자신도 모르게 손으로 남자 얼굴을 밀쳤다. 남자가
쓰고 있던 안경이 바닥으로 떨어지자 남자가 자신의 눈 주변을
더듬거리며 소리 지르기 시작했다.

"진정하세요. 손님!"

"어어. 지금 내 얼굴을 손으로 밀었어! 안경 쓰고 있는 사람
얼굴을 밀어? 야, 경찰 불러! 안경 쓴 사람 얼굴 때리면 살인미수인 거
몰라? 경찰 불러!"

"손님, 진정하세요. 손님이 저를 먼저 밀치셨잖아요."

"씹할, 네가 길을 막으니까 비키라고 한 거 아냐. CCTV 확인해!
경찰 불러!"

남자의 요구대로 경찰이 도착했고 남자는 가구 구매비 전액
환불과 신체적, 정신적 피해보상까지 요구했다. 출동한 경찰들이
원만한 합의를 요청했고, 윤미가 남자의 얼굴을 밀친 정황이 있기

행복을 드립니다

때문에 회사는 어쩔 수 없이 남자에게 전액 환불을 해 주고 상품권을 얹어 보상했다.

남자는 마치 자신이 승리자인 것처럼 조롱하는 눈빛으로 윤미를 한참 쳐다보다 의기양양하게 돌아갔다. 윤미는 그저 운이 나빴다고 생각했지만 쉽게 분이 풀리지 않았다. 경준 팀장이 그런 윤미를 미팅실로 불렀을 때, 윤미는 자신의 신상에 뭔가 문제가 생길지도 모른다는 강한 불안을 느꼈다.

"윤미 씨, 절대 손님 몸에 손대지 말라고 교육받았죠. 손님이 바로 밀치거나 폭력 행사할 것 같으면 물러서서 경찰 부르라고 했잖아요. 윤미 씨가 고객이랑 싸우긴 왜 싸워요. 네? 그러면 다른 부서 직원들이 보안 팀에 갖는 신뢰감이 다 깎이게 되잖아요."

"팀장님. 그게… 그 고객이 제 가슴을 먼저 밀치는 바람에 저도 놀라서 반사적으로 손이 나간 거지, 그 고객이랑 싸우려고 일부러 그런 건 아니에요."

"그래도 내부 규칙이 우선입니다. 이거 안 지키면 보안 팀이 있을 이유가 없어요. 그 규율을 지키라고 존재하는 부서가 우린데 우리가 그걸 어기면 어떡합니까. 그리고 강성 고객 상대는 2인 1조인 거 몰라요? 왜 단독으로 움직여요, 혼자 뭘 어쩌려고!"

윤미는 여전히 억울했다. 그런 윤미의 표정을 경준 팀장은 반항으로 읽었다.

"윤미 씨, 달라졌어. 태도가 달라졌다고요."

태도가 달라졌다는 말은 윤미가 팀장에게 하고 싶은 말이었다.

보통 때에는 업무 시간이 끝나자마자 직원 로커 룸에서 빠르게 환복하고 급히 퇴근을 하는 윤미였지만 이날은 여러 가지로 지친 탓에 환복도 하지 않은 채로 로커 룸 앞 의자에 털썩 주저앉아 있었다. 그런 윤미에게 아까 보안 팀을 콜했던 고객지원 팀 직원이 다가와 먼저 아는 체를 했다.

"아까는 고마워요. 진짜 그 사람은 역대급 이상한 사람인데…. 아니 참, 그런 사람한테 환불을 다 해 주라고 하고. 이 회사는 진짜."

윤미가 고객지원 팀 직원의 명찰을 보니 '한수진'이라는 이름이 적혀 있었다.

"수진 씨도 진짜 일이 힘들겠어요."

"아니에요. 그래도 재밌어요. 맨날 다섯 살 난 아기랑만 있다가 아까처럼 그런 미친놈도 만나고, 스펙터클하고 재밌죠 뭐. 집에만 있는 것보단 훨씬 나아요."

수진이 다섯 살 아이를 키운다는 말에 윤미는 반가운 마음이 들었다.

"제 애는 네 살이에요."

"어머. 여기 어린이집에 맡기시죠? 애들끼리 친구겠네."

수진이 환하게 웃다가, 이내 조심스럽게 자신의 한풀이를 하기 시작했다.

"근데 저 내년 2월이면 계약이 끝나서…. 계약이 끝나면 딴거보다 어린이집에서 나가야 하는 거 때문에 엄청 스트레스 받고 있거든요. 윤미 씨는 정규직이시죠?"

"아, 저도 내년 2월까지 계약직이에요."

"정말요? 진짜 반갑다. 작년에는 계약직 직원들 계약 연장 많이 해 줬잖아요. 내년에도 해 줄까요? 코로나는 끝나 가고 지금 직원 모자라서 여기저기 다 우는소리 나오는데…. 근데 에이 뭐, 안 해 주면 우린 당당하게 실업 급여 받아도 되니까. 나 잘리면… 우리 남편은 더 좋아할지도 몰라…. 윤미 씨 남편도 그렇지 않아요?"

"아. 네."

윤미는 대충 얼버무려 대답했다. 수진은 괜찮다고 하면서도 자신이 들은 욕이 자꾸 맴도는지 괴로운 표정을 지었다.

"진짜 짜증 나는 게 아까 그 아저씨 노블 빌리지 살더라고요. 그것도 탑 층. 거기 최근에 매매가 20억 넘었잖아요. 아, 짜증 나. 그런데 사는 인간이 왜 20만 원짜리 가구는 사 가지고 그 난리를 치는지."

"노블 빌리지 사는지는 어떻게 알아요?"

"그거, 우리 고객지원 팀 직원들은 검색하면 다 알거든요. 내가 복수하러 찾아가면 어쩌려고 나한테 그렇게 욕을 해 대. 미친놈. 개같은 놈!"

윤미는 욕을 해 대는 수진이라는 직원이 귀여워 미소 지었다.

윤미는 원래 한 해가 바뀌고 새로운 해가 오는 것에 의미 부여를 하는 사람은 아니었다. 하지만 2022년은 윤미에게 특별한 해였다. 작년에 사별한 남편의 그림자로부터 조금은 벗어나 자신과 아이 둘이서도 꿋꿋하게 살 수 있다는 희망을 발견한 해였다.

"엄마, 우리 모래놀이도 가져가자."

시영은 오랜만에 엄마와 나들이를 하게 된다는 것이 마냥 즐거운지 내내 들뜬 목소리로 조잘거리며 여기저기 흩어 놓은 자신의 장난감들을 거실로 끌고 나왔다. 윤미는 딸 시영이를 위해 모처럼 12월 31일과 1월 1일에 휴가를 내고 해돋이를 보러 갈 참이었다. 윤미는 이제 하루가 지나면 40대에 진입하게 된다.

"시영아. 너무 추워서 모래놀이는 못 하고, 대신 아침에 일찍 일어나서 아주 큰 해를 보러 갈 거야. 해 뜨는 거 보면 되게 멋있다.

하늘 색도 변하고 사람도 많고. 어때? 시영이 좋겠지?"

"어! 시영이 너무 좋아!"

생각해 보니 시영이와 함께 단둘이 어딘가를 가는 건 처음이었다. 남편이 병을 앓기 전에는 휴일이면 항상 시영이를 안고 외출을 즐겼었다. 하지만 남편이 아프고부터는 윤미가 오롯이 혼자 아이를 책임지고 케어해야 하는 외출은 부담스러워졌다. 남편과는 꽤나 손발이 잘 맞아 서로 번갈아 가며 아이를 본 덕에 예전에는 한숨을 돌릴 여유가 있었다. 이내 윤미는 남편의 부재를 이런 식으로 아쉬워하면 안 된다고 마음을 다잡았다. 이 아쉬움이 슬픔으로, 슬픔이 다시 무기력함으로 변해 스스로를 공격한다는 걸 윤미는 알고 있었다.

큰 캐리어를 펼치고 아이 물건 위주로 짐을 챙기던 중 윤미의 핸드폰에서 팀 단톡방 알람이 울렸다.

'31일 야간 근무자 김희철 씨가 코로나 확진된 관계로, 대체 근무 가능하신 분 팀장에게 연락 바랍니다.'

직원들의 코로나 확진이 늘어나면서 이런 알림 문자가 오는 일이 잦았기에 윤미는 그저 그런 연락으로 치부하고 핸드폰 화면을 껐다. 하지만 10분 뒤 전화벨이 울렸다. 발신자는 민경준 팀장이었다.

"윤미 씨. 오늘 야간 근무 좀 어떻게 서 줄 수 있을까요. 연말이고 해서 1.5배로 수당 나가는 건데 희철 씨가 코로나 걸리는 바람에 대체할 사람이 없네."

윤미는 잠시 머뭇거렸다. 그 머뭇거리는 잠깐 사이 수많은 생각들이 머릿속을 스쳐 갔다. 윤미에게는 1.5배의 수당이 중요한 게 아니었다. 어차피 호텔 예약을 당일 취소하면 환불이 불가한 20만

행복을 드립니다

원이 날아가니 손해가 더 컸다. 윤미는 내년 초에 다시 협상해야 할 재계약 문제와 시영이의 어린이집 문제를 떠올렸다.

"팀장님. 근데 제가 오늘하고 내일은 휴가를 썼는데요….."

"연차 쓴 건 다시 원상 복구해 줄게요. 아! 윤미 씨도 아이 때문에 안 돼서 그런 건가? 아이 봐 줄 사람이 없죠?"

확실히 윤미는 위축되어 있었다. 아이 때문에 몸을 사리는 사람이고 싶지 않았다.

"아니에요, 팀장님. 제가 나갈게요. 그렇지 않아도 제일 바쁠 때 연차를 이틀이나 써서 저도 좀 그랬어요. 오늘 제가 나갈게요."

"아, 그래? 윤미 씨, 고마워요. 다들 핑계 대고 안 하려고 해서…. 야, 이거 사람들 진짜 일에 책임감도 없다고 실망했는데 그래도 윤미 씨가 나서 줘서 진짜 다행이네. 고맙게 생각해요, 내가."

"네. 감사합니다."

윤미는 전화를 끊고 짐이 반쯤 들어가 있는 캐리어를 쳐다봤다. 그리고 엄마와의 여행이 무산된 걸 눈치챘는지, 금방이라도 울음을 터트릴 것 같은 얼굴로 가만히 선 시영을 쳐다봤다.

"우리 할머니 집에 가자. 오늘 할머니가 시영이 맛있는 거 해 준대."

시영이가 갑자기 벽 구석에 웅크리고 앉았다. 언젠가부터 시영이는 눈물이 날 때면 벽을 향하고는 얼굴을 보여 주지 않은 채로 울었다. 그런 시영을 윤미가 가만히 끌어안자 아이는 참았던 울음을 터트렸다. 윤미는 그저 "미안해. 엄마가 미안해."란 말만 반복했다.

커다란 매장에 야간 근무자는 세 명뿐이었다. 코로나로 인원 감축을 크게 한 데다 연말이라 연차를 쓴 직원도 많아 경준 팀장이 근무자를 구하는 데 꽤나 어려움이 있었으리라는 생각이 들었다. 우는 아이를 친정 엄마 집에 데려다주고 대체 근무를 서는 게, 어쩌면 윤미에게는 기회가 될지도 몰랐다. 코로나에 걸려 근무를 펑크 낸 직원도 계약직이기에 그 직원보다는 자신이 2월 계약 논의에서 좀 더 우위에 설 수 있었다. 자신은 아이가 있음에도 불구하고 대체 근무를 승낙한 사람이란 걸 경준 팀장이 알아주길 바랐다.

"윤미 씨. 여기 매장 돌고, 돌았다고 카드로 체크하면 돼요. 그냥 문들이 잘 잠겼는지 확인하면 끝이에요."

직원 구역을 제외한 매장은 한파가 찾아왔음에도 회사의 비용 절감 차원에서 모든 전력이 차단된 상태였다. 윤미는 직원용 두꺼운 점퍼를 꺼내 입고 랜턴과 무전기를 챙겨 매장 순찰을 하기 시작했다. 분명 몇 시간 전만 해도 고객과 직원들로 북적이던 곳이었을 텐데, 지금은 냉기와 어둠뿐인 공간이었다.

Happy! 2023년 새해, **어스퍼니처**가 여러분께 새로운 행복을 드립니다.

매장 입구에 적힌 인사말을 윤미가 천천히 랜턴으로 훑으며 읽어 나갔다. 시계를 보니 밤 11시 45분을 막 지나고 있었다. 2023년 새해까지 이제 겨우 15분이 남았다. 윤미는 남편과 연애하던 시절 제야의 종 타종을 보겠다고 수많은 사람들을 뚫고 종로를 헤매던 일이 떠올랐다. 택시를 못 잡아 보신각에서부터 서울역까지 걷고 또 걸으며 함께 새해를 맞이했었다. 당시에는 퉁퉁 부은 다리로 걷느라 서로 짜증을 내는 바람에 결국 싸우며 귀가했지만 지금 생각하니 그

행복을 드립니다

고생한 기억마저 너무 애틋해 윤미는 마음이 아파 왔다.

　창틈으로 바람이 가냘프게 울고 있었다. 윤미는 매장의 직원 출입구와 고객 출입문이 잠긴 걸 랜턴으로 비추며 꼼꼼하게 확인했다. 터벅터벅, 윤미가 걷는 소리만이 고요 속에 울리고 있었다. 밤의 매장 안에 전시된 가구들은 낮의 활력을 잃어버려 마치 버려진 가구처럼 음산했다. 낮에는 매장에 깔리는 클래식 음악에 걸맞은 잘 관리된 가구들이었지만, 밤이 되자 가구들이 저마다 낮의 피로를 토하고 있는 것 같아 순간 공포심이 들었다. 평소에 본 매장과는 온도 차가 너무 커 윤미의 걸음이 점점 빨라졌다. 하지만 한 구역을 돌고 나서는 매번 순찰을 완료했다고 카드 키로 체크해야 했고 너무 빨리 체크하면 태업으로 의심받았기에 윤미는 자신의 공포심을 다잡았다.

　매장 입구부터 체크를 하던 윤미는 물류 직원들이 오고 가는 통로의 셔터 문이 닫히지 않은 걸 확인했다. 아마도 가장 늦게 퇴근하고 새벽같이 출근해야 하는 물류 팀 직원들이 셔터 문을 닫는 걸 잊었던 모양이었다. 이 통로로 고객이 출입하는 건 큰 문제가 되기에 영업시간에는 철저히 확인했겠지만 고객이 다 빠져나간 뒤론 체크를 느슨하게 해 제대로 닫지 않고 퇴근한 듯했다. 윤미가 자동 문 닫힘 버튼을 눌렀지만 셔터 문은 닫히지 않았다. 회사에서 모든 전력을 끊어 버린 탓이었다.

　'전기 요금을 얼마나 아끼려고….'

　새벽 4시가 넘어가면 어차피 물류 팀 직원이 출근하기에, 윤미는 순찰 일지에 문단속에 대한 내용을 체크만 해 두었다. 순찰 일지를 공백으로 두는 것보다는 뭔가 기재하는 편이 보안 팀 입장에서는 낫다는 생각이 들었다. 그렇게 윤미가 돌아서려던 순간,

매장에서 외부로 통하는 출입문 너머로 검은 무언가가 움직이는 모습이 보였다. 이 출입문은 부서진 가구를 폐기하는 소각장으로 통하는 문이었다. 윤미는 동물이겠거니 하고 다가가 랜턴으로 문 쪽을 비췄다. 하지만 소각장 입구에 보이는 건 동물이 아니었다.

"어머!"

윤미는 저도 모르게 소리를 질렀다. 한파가 기승인 밤에 소각장 입구에 서 있는 건 어린아이들 같았다. 윤미는 급히 열쇠로 출입문을 열고 밖으로 나갔다. 두꺼운 점퍼를 입고 있었지만 바람이 매서웠다. 금방이라도 얼굴이 찢어질 것 같은 추위를 느끼며 윤미가 랜턴을 들고 아까 본 것을 다시 찾기 시작했다. 긴팔 티셔츠에 청바지를 입은 여자아이와 남자아이였다. 윤미는 아이들이 서 있다는 걸 확실히 확인하자마자 다급하게 외쳤다.

"어머. 애! 너네 이렇게 추운데 여기서 뭐 해!? 엄마는? 부모님은!"

윤미는 급히 아이들에게 다가가 자신이 입고 있던 점퍼를 덮어 주곤 서둘러 아이들을 매장 안으로 데리고 들어왔다. 다시 출입문을 잠그고 나서야 랜턴으로 아이들 얼굴을 자세히 살폈다. 겨우 6~7살로 보이는 여자아이와 시영이 또래 정도로 보이는 남자아이였다. 두 아이는 서로 손을 맞잡고 있었다. 아이들은 이 추위에 늦여름이나 초가을에나 어울리는 차림새를 하고 있었다. 여자아이는 '빨간 망토 차차'가 그려진 캐릭터 티셔츠를 입고 있었고 남자아이는 공룡이 가득 그려진 티셔츠를 입고 있었다.

"애, 너네 부모님은? 여기 어떻게 왔어? 어? 누구랑 왔어?"

아이들은 눈을 껌뻑일 뿐 대답을 하지 않았다.

"이름은? 너네 어디 살아? 혹시 부모님 핸드폰 번호 알고 있어? 여긴 왜 온 거야? 어?"

행복을 드립니다

윤미는 연신 이것저것을 물었지만 아이들은 역시나 아무 대답도 하지 않았다.

"이리로 와. 일단 아줌마랑 저기 따뜻한 데 가자. 거기 가서 얘기해도 돼. 이리 와."

윤미는 아이들을 데리고 보안실로 향했다. 한겨울 추위 속에서 한참을 있었던 탓인지 아이들의 손이 얼음장처럼 차가웠다. 윤미가 가구 전시장 입구에서 순찰 확인 카드 키를 체크하는 순간, 윤미의 옆에 있던 아이들이 재빨리 뒤돌아 어딘가로 뛰기 시작했다.

"야! 어디 가!"

윤미가 급히 아이들을 따라 달렸다. 아이들이 향한 곳은 침대 전시 매장이었다. 아이들은 침대 위로 올라가 포근한 거위 털 이불을 덮고 몸을 숨겼다.

"너네 추워서 그러지? 그럼 여기 잠깐만 있을래? 아줌마가 금방 다시 올게."

아이들이 이불 밖으로 얼굴을 빠끔 내밀더니, 곧 옆의 침대로 이동했다. 어차피 매일 수백 명의 고객들이 눕거나 어지럽히는 침대인 만큼, 아이들을 제지할 필요는 없다고 생각했다. 월넛색의 슈퍼싱글 사이즈 원목 침대로 올라간 아이들은 이내 얌전히 이불을 덮고 누웠다. 윤미는 그런 아이들을 보자 친정 엄마 집에서 자고 있을 자신의 아이가 떠올라 갑자기 애잔한 마음이 들었다.

윤미는 전시장을 벗어나 바로 동료 직원에게 무전을 쳤다.

"영민 씨, 밖에서 애들 둘이 추위에 떨고 있어서 제가 잠깐 매장 안으로 데리고 들어왔거든요. 이거 경찰 부르는 게 맞겠죠?"

"에? 무슨 애들이요? 부모는요?"

"부모가 없는 거 같아서. 많이 어린 애들이라서."

"그럼 당연히 경찰 불러야죠!"

무전기 너머로 영민이 답답하다는 듯이 윤미를 질책했다. 윤미도 경찰을 불러야 한다는 걸 알고는 있었지만 다시 한번 확인차 무전을 보낸 건데 핀잔을 들으니 괜히 머쓱한 기분이 들었다.

어린아이들 관련 신고라서 그런지 경찰은 신고한 지 10분도 채 지나지 않았는데 벌써 매장에 도착했다.

"윤미 씨. 경찰들 왔는데, 애들 어딨어요? 윤미 씨는 어디예요?"

영민으로부터 무전이 도착했을 때, 윤미는 땀을 흘리며 매장 안을 뛰어다니고 있었다. 윤미가 경찰에 신고하기 위해 잠시 자리를 비운 사이에 아이들은 침대에서 나와 어딘가에 숨은 듯했다.

"아니, 애들이 지금 숨기 놀이를 하는 거 같아요. 전 침실 전시 매장에 있어요."

"숨기 놀이요?"

윤미는 랜턴을 켜고 아이들을 찾았지만 머리카락 한 올도 보이지 않았다. 침실부터 거실, 아이들 방 매장까지 혼자 뛰어다니며 아이들을 찾던 윤미는 숨이 턱 끝까지 찼다.

"얘들아! 얘들아, 어디 있어?"

랜턴으로 여기저기를 비추던 윤미의 눈에, 어둠 너머 서 있는 누군가가 보였다. 경찰들과 동료 직원 영민이었다.

"제가 애들 옆에서 경찰에 신고하긴 좀 그래서 잠깐 통화 내용이 안 들릴 만한 곳으로 가서 신고를 했거든요. 근데 다시 돌아오니까 애들이 없어졌어요."

"애들 이름은요?"

"이름은 모르고, 한 일곱 살 정도로 보이는 여자애 한 명이랑

행복을 드립니다

네다섯 살 정도로 보이는 남자애 이렇게 둘인데 얼굴이 닮은 게 남매 같아 보였어요."

그제야 경찰들과 영민이 합세해 아이들을 찾기 시작했다. 넓은 가구 매장은 어두웠고 곳곳에 숨을 곳은 넘쳐 났기에, 경찰관 한 명이 답답하다는 듯 영민에게 요구했다.

"여기 불 못 켜요? 잠깐 좀 켜죠."

"아. 저, 시설 팀이 다 퇴근해서…."

경찰이 황당한 표정을 짓자, 자기도 답답하다는 표정을 짓던 영민이 일단 경찰들을 시설 팀 사무실로 안내했다. 경찰의 요구가 있다면 규율을 어겨도 괜찮을 것 같다는 판단이었다.

깜깜한 매장에 일제히 전기가 들어오고 불이 켜졌다. 밤중이라 그런지 영업시간일 때보다 한층 더 조명이 밝게 느껴졌다. 그 어느 때보다 환한 매장에서 경찰 두 명과 보안 팀 직원 두 명이 달라붙어 30분가량 찾았지만 아이들은 어디에도 보이지 않았다.

"아니, 애들이 이름도 얘기 안 하고 여기 어떻게 왔는지도 얘기 안 했다고요? 이 추위에 티셔츠 한 장만 입고 소각장 앞에 있었어요?"

아이들에 대한 단서를 전혀 찾지 못하자 경찰들은 이제 신고자인 윤미를 의심했다.

"네! 그러니까요. 애들 못 찾으면 큰일 나요. 이 추위에 못 버텨요."

"저기, 그러면 CCTV 좀 다시 보죠. 애들 혹시 보일 수도 있으니까."

윤미는 경찰과 보안실로 향하면서도 계속 뒤돌아 매장을 살폈다. 어딘가에서 아이들이 갑자기 튀어나올지도 모른다고 기대하면서.

　　어두운 CCTV 화면에 비친 소각장 근처에서는 가로등 조명 하나가 입구 쪽을 비추고 있었다. 이윽고 입구를 열고 나오는 윤미가 보였다. 윤미가 향하는 곳은 CCTV가 비추지 않는 장소였다. 이내 다시 CCTV 화각 안으로 들어온 윤미는 입고 있던 점퍼를 벗은 모습이었다. 그 뒤 다시 매장 안으로 들어가는 윤미만이 CCTV에 찍혀 있었다. 윤미가 점퍼를 벗어 줬다는 아이들의 모습은 어디에도 보이지 않았다.

　　"잠깐만요. 다시요. 다시 봐요! 다시!"

　　아무리 돌려 봐도, 윤미 혼자 나가서 윤미 혼자 들어오는 영상만이 녹화되어 있었다.

　　"말도 안 돼. 애들이 쪼그매서 안 찍혔나?"

　　윤미의 말에 CCTV를 플레이하던 영민이 저도 모르게 "풋-" 하고 웃었다. 영민의 웃음에 경찰들은 윤미를 더욱 미덥지 못하다는 시선으로 쳐다봤다.

　　"저희가 신고한 선생님을 의심하는 건 아니고요. 일단 인상착의는 접수했으니 혹시 신고된 아동이 있나 확인은 해 볼게요. 혹시라도 애들 나타나면 그때 다시 연락 주세요."

　　"네. 분명히 있었어요. 제가 애들 찾아서 꼭 다시 연락드릴 거예요."

　　하지만 경찰들은 그런 윤미의 말을 한 귀로 흘려들으며 서로 복귀했다.

　　영민은 다시 시설 팀 사무실에 들어가 매장의 전기를 껐지만,

행복을 드립니다

윤미는 CCTV 조정실을 한동안 떠나지 못하고 있었다. 조명이 꺼져 잘 보이지 않는데도 매장의 CCTV 화면을 계속 쳐다보던 윤미는 다시 랜턴을 들고 매장으로 내려갔다.

가구 전시 매장 앞에 선 윤미는 어둡고 넓은 매장을 가만히 바라봤다. 구석구석을 아주 천천히 그리고 세세히 살피며 아이들을 찾았다.

"얘들아. 어디 있니? 숨바꼭질하고 있니? 어디 어디 숨었니? 못 찾겠다 꾀꼬리. 아줌마가 졌어. 이제 그만 나올래?"

윤미는 아이들이 놀라지 않게 작은 목소리로 말했다. 얼마나 오래 돌아다녔을까? 어디선가 사람들이 흐느끼는 소리가 들려왔다. 윤미는 고개를 절레절레 흔들었다. 이 소리가 환청이라는 걸 알고 있었다. 영혼이 사라진, 죽은 사람의 육신을 둘러싸고 우는 사람들의 모습이 보였다. "아빠, 제 목소리 들려요? 우리 아빠여서 고마워요. 아빠, 사랑해요." 죽은 사람의 귓가에 연신 말을 건네던 가족들의 목소리가 들렸다. 윤미는 이건 실제 상황이 아니란 걸 알고 있었다. 하지만 다음 침대에 누워 있는 젊은 남자를 보자 절로 무릎이 꺾여 주저앉았다.

"여보. 여보. 죽지 마. 좀만 더 참아. 조금만 더 참아 줘. 조금만 더 버텨 보란 말이야!"

침대에 누워 있는 건 윤미의 남편이었다. 윤미는 자기도 모르게 실재하지 않는 세계에 발을 담그고 있었다. 그 와중에 어디선가 들리는 괴상한 소리가 윤미를 계속 현실로 끌어당겼다.

"드륵드륵, 드륵드륵."

나무를 긁는 소리였다. 이 소리를 윤미는 들어 본 적이 있는 것 같았다. 어린 시절 한밤중에 문지방을 연신 이빨로 긁어 대던 쥐들이

내는 소리와 비슷했다.

"드륵드륵, 드륵드륵."

그 소리가 들리는 곳으로 윤미가 시선을 돌렸다. 월넛 컬러의 슈퍼싱글 침대였다. 하지만 침대 위에는 아무도 없었다. 윤미는 왜 CCTV에 아이들이 보이지 않았는지 알 것 같았다. 윤미는 침대 앞에서 몸을 숙이고 침대 아래를 가리고 있는 이불을 들췄다. 그러자 두 아이가 뾰족한 물체로 침대의 나무 프레임에 무언가 열심히 새기고 있는 모습이 보였다. 여자아이 손에는 전시 매장 가구들의 나사가 느슨해지면 조이기 위해 직원들이 곳곳에 두고 사용하는 드라이버가 들려 있었다.

"너네 여기 있었어? 아줌마가 한참을 찾았는데!"

그제야 여자아이가 입을 오물오물하더니 말을 뱉었다.

"우리를 찾았어요? 왜요?"

"당연히 걱정되니까 찾았지! 너네 둘이 가족이니? 누나랑 동생이야?"

여자아이가 고개를 끄덕였다.

"그래. 너 이름이 뭐야?"

"말하면 안 되는데…."

"왜, 아줌마가 너네 가족 찾아 주려고 그러는 건데."

"우리 진짜 가족 찾아 줄 거예요?"

"그럼, 아줌마가 책임지고 찾아 줄게. 이름이 뭐야? 응?"

"저는 채세진이고, 동생은 채세윤."

"최?"

"최가 아니고 채!"

"채새…진? 새? 날아가는 새? '세 명' 할 때 세? 글씨 알아?"

행복을 드립니다

여자아이가 고개를 끄덕이더니 윤미에게 다가와, 들고 있던 드라이버로 힘을 주어 윤미의 팔을 그었다. 순간 윤미가 비명을 지르며 뒤로 물러섰다.

"'세 명' 할 때 세."

윤미의 팔에 숫자 3 모양의 상처가 났고 이내 붉게 부풀어 올랐다. 놀란 윤미는 진정한 뒤, 영민에게 무전을 쳤다.

"영민 씨, 저 애들 찾았어요. 여기 침대 코너요. 경찰에 신고 좀 해 주세요. 제가 애들 데리고 있을게요."

"찾았다고요? 진짜요?"

"네, 침대 코너요. 빨리요."

아이들은 다시 침대 위로 올라가 이불을 덮곤, 주변을 두리번거렸다.

"아줌마. 여긴 진짜 집이 아니에요?"

아이들이 진짜 방이라고 착각할 만하게 전시 공간은 잘 꾸며져 있었다. 가구뿐 아니라 각종 소품과 생활용품들이 놓여 있어 오히려 진짜 집보다 더 진짜처럼 보였다.

"여긴 가짜 집이야."

"가짜?"

아이들은 추운지 몸을 부르르 떨더니 이불을 머리 꼭대기까지 덮었다. 그제야 윤미도 안심하고 침대 옆에 전시된 의자에 앉아 경찰을 기다리기로 했다.

이번에도 경찰들은 10분도 채 지나지 않아 매장에 도착했다. 경찰들이 다가오자 윤미는 이번에는 확실하다는 표정을 지으며, 아이들이 누워 있는 침대를 가리켰다. 하지만 윤미의 기대와는 달리 경찰들이 이불을 걷었는데도 아이들은 나타나지 않았다. 경찰들은 밤중에 두 번이나 같은 이유로 출동하고 허탕을 쳤다는 사실이 황당한지 한숨을 크게 쉬었다.

"저기요. 자꾸 이렇게 장난치시면 허위신고로 처벌받을 수 있는 거 아세요?"

"장난이라뇨? 제가 왜요? 이번엔 애들 이름도 알아냈어요. 채세진! 채세윤! 이것 봐요. 세진이가 제 팔에 이래 놨어요!"

윤미가 답답하다는 듯 팔을 들어 경찰에게 보였다. 분명 윤미의 팔에는 뾰족한 물체로 긁힌 숫자 3 모양의 상처가 나 있었다. 경찰은 침대 위에 덩그러니 놓인 드라이버를 들어 보였다.

"선생님. 괜찮으신 거죠?"

마치 정신이 이상한 사람이라 드라이버로 자해라도 한 것처럼 경찰관이 몰아가자, 윤미는 물러서지 않았다.

"장난 신고로 처벌을 하시고 싶으면 하시고요. 그래도 조회해 주세요. 체세진! 채세윤! 네?"

윤미는 급히 수첩에 볼펜으로 아이들 이름을 적어 경찰에게 건넸다.

– 채세진, 채세윤 –

밤새 두 번이나 경찰이 매장에 왔다 간 일은 경준 팀장의 심기를 불편하게 했다. 대체 근무 다음 날이 휴무였던 윤미는 밀린 집안일을 하던 중, 이 황당한 일에 대해 이해가 되게끔 설명해 보라는 경준 팀장의 전화를 받았다. 윤미는 추위에 떨고 있는 아이들을 봤기에 절차에 맞게 경찰에 신고했음을 강조했다. 팀장의 어투에 윤미의 말을 신뢰하지 않는다는 느낌이 묻어났고, 윤미는 아이들이 진짜

존재했다는 것을 더 명확히 강조하고 강조했다. 그러자 팀장은
아이들을 잘 주시하지도 않았고 찾지도 못한 것을 질책했다. 후에
아이들에게 무슨 일이 일어나 부모가 추궁을 한다면 보안 팀에게
화살이 날아올 것이고, 보안 팀장인 자신은 또 그 책임을 윤미에게
물을 수밖에 없다고 했다.

어스퍼니처는 3월에 일어날 변화를 앞두고 1월부터 대대적인
조정을 꾀하기 시작했다. 곧 대형 매장에서의 마스크 의무 착용
규정이 해제될 예정이었기에, 점점 더 많은 고객이 매장을 찾아
매출이 배로 늘어날 거라는 기대감이 높아지고 있었다. 윤미는
정규직 전환까진 기대하지 않았지만 3월 재계약이 어쩌면 가능하지
않을까 하는 확신 섞인 희망을 품고 있었다. 윤미뿐 아니라 모든
직원이, 코로나 때문에 인원 감축이 있었던 만큼 코로나 유행이
끝나면 다시 증원이 이루어질 것이란 기대를 갖고 있었다. 그리고
새로운 직원을 뽑기에 앞서, 업무에 능숙한 기존 계약직 직원의
계약부터 당연히 연장해 줄 거라 믿었다.
윤미는 오후 근무가 끝나자 서둘러 직원 로커 룸에서 유니폼을
갈아입었다. 오늘은 윤미의 퇴근 시간이 시영이의 하원 시간과
맞아떨어진 흔치 않은 날이었다. 오늘만큼은 시영이를 직접
픽업해서 함께 집에 돌아갈 예정이었다. 빠르게 옷을 갈아입는
윤미의 어깨를 누군가 툭툭 쳤다. 고객지원 팀에서 근무하는
수진이었다.
"저기 밑에 에코 센터 가 보셨어요?"
"에코 센터요?"
윤미가 모른다는 듯 되묻자 수진이 좋은 정보를 알려 줄 수 있어

기쁘다는 듯 활짝 웃었다.

　"전시 가구 지금 판매하는 거 모르세요? 전시장 콘셉트를 새로 바꾸면서 기존에 전시했던 가구를 파는데 50% 할인하거든요. 근데 직원한테는 할인을 더 해 줘서 거의 60% 할인받고 살 수 있어요. 상태 괜찮은 거 엄청 많아요. 구경해 보세요."

　"아, 진짜요? 좋은 건 벌써 다 팔린 거 아니에요?"

　"행사가 오늘부터예요. 그러니까 빨리 가서 먼저 픽하세요. 거의 거저예요. 중고 거래 가격보다도 훨씬 싸잖아요. 고객지원 팀에 이런 정보가 제일 빨리 들어오거든요. 나중에 더 좋은 정보 있으면 알려 드릴게요."

　"고마워요."

　"그리고 그 얘기도 들으셨어요? 이번에 계약직들 대부분 재계약 안 해 준대요. 인원도 안 늘리고. 그러니까 관두기 전에 뽕 뽑을 거 있으면 다 뽑아야 돼요."

　재계약을 안 해 준다는 수진의 말에 윤미는 멈칫했다. 그걸 어떻게 알았는지, 신빙성은 있는 정보인지 묻고 싶었지만 수진은 이미 다른 동료와 이야기 중이었다. 윤미의 마음은 한순간에 착잡하게 가라앉았다. 회사가 그렇게 결정을 했다면 미리 언질을 주지 않는 것은 비도덕적인 처사였다. 새로 직장을 구할 수 있게 최대한 빨리 알려 줘야 한다고 윤미는 생각했다. 자신이 아직 계약 해지에 대한 통보를 받지 않은 건 수진의 말과 다르게 회사가 아직 재계약에 대한 결정을 하지 않았기 때문이라고 믿고 싶어졌다. 로커 룸을 나가려는 윤미에게 수진이 소리치듯 다시 말을 걸었다

　"아 근데, 전시 가구 구매한 건 환불 불가예요!"

　윤미는 수진에게 미소로 화답하고 직원 로커 룸을 나왔다.

행복을 드립니다

윤미가 회사 어린이집에 가기 위해선 매장 입구를 거쳐야 했다. 다른 때와 다르게 유독 인산인해인 코너를 보고 윤미는 그곳이 수진이 말한 에코 센터임을 알아챘다. 한때는 가장 좋은 조명을 받으며 진열되었던 가구들일 텐데 헐값에 팔리는 걸 보니, 자신과 처지가 비슷해 보였다. 누구보다 열심히 열정을 갖고 일해 왔건만 이제는 회사의 한 마디만 떨어지면 순순히 이 회사를 나가야 했다. 불 꺼진 전시장에서 추운 겨울밤을 나는 중고 가구가 된 기분이었다.

2월이 되자 경준 팀장이 윤미를 찾는 일이 부쩍 많아졌다. 이날도 윤미 대신 다른 직원이 순찰을 돌게 하고 팀장은 윤미와의 미팅을 잡았다. 갑작스런 미팅이었기에 윤미는 혹시나 이 자리에서 계약 연장 거부에 대한 이야기를 들을까 노심초사했다. 그런 윤미의 예상과는 달리 미팅실로 올라가자 경준 팀장은 윤미를 환한 미소로 맞이했다.

"윤미 씨는 지난 1년 윤미 씨 근무를 어떻게 평가해요?"

윤미는 어떻게든 계약 연장에 대한 의사를 강하게 피력해야 한다고 느꼈다.

"제 업무에 굉장히 보람을 가지고 열심히 임했던 것 같아요. 급한 일이 생긴 다른 동료 대신 근무하기도 했고, 피치 못할 사정이 가정에 생겼을 때도 저는 최대한 제 업무를 우선시하면서 책임감을 갖고 일을 했던 것 같습니다. 다른 동료들에게 폐를 끼치거나 업무를 방해하는 일 전혀 없어요."

"자기 업무 평가가 굉장히 단호한데 또 추상적이네요. 좀 구체적으로요. 뭘 어떻게 열심히 했다는 건지…."

"지난 연말에도 코로나에 걸린 직원을 대신해서…"

경준 팀장이 윤미의 말을 끊었다.

"그건! 그땐 윤미 씨가 크게 실수한 거구요. 그걸 설마 잘했다고 평가하는 겁니까? 아무 이유 없이 경찰을 두 번이나 매장에 부른 걸요? 게다가 그전에 윤미 씨, 고객한테 과잉 대응해서 폭력을 쓴 적도 있잖아요. 감정 컨트롤을 힘들어한다는 걸 알고는 있었지만…. 그래서 윤미 씨는 본인의 업무 성과를 상중하 중 뭐라고 평가하는데요?"

"제가 감정 컨트롤을 힘들어한다고요? 제가 과잉 대응해서 폭력을 썼다고요?"

윤미는 경준 팀장의 말에 전혀 동의할 수가 없었다.

"워워. 그러니까 다른 직원들에 비해서요. 어쨌든 고객의 얼굴에 손을 댔잖아요."

"팀장님, 그건!"

"그렇죠. 압니다, 알아요. 저는 알고 이해하죠. 근데 업무 평가란 게 상대적인 거잖아요."

더 이상 경준 팀장과 논리로써 대화를 이어 가는 건 무리였다.

"저는 제 업무 성과나 태도가 중상이라고 생각합니다."

"중상? 하…. 미안하지만 나는 잘 줘도 중하고, 하 쪽에 가까운 거 같아요. 그게 윤미 씨는 좀 뭐랄까…. 치열함이 없다고 할까. 일을 잘해서 관리자가 되고 싶어 한다거나 다른 부서의 일에도 관심을 갖는다거나 하는 게 없이 딱 자기 일만 하는 거 같고, 윤미 씨는 너무 일을 취미 삼아 하는 거 같아요."

"취미요? 제가 일을 취미로 한다고요!?"

윤미가 강하게 나오자, 팀장은 당황했다.

"저는 이곳을 평생직장처럼 생각해서 책임감을 가지고…"

"아니, 무슨 평생직장이에요. 윤미 씨! 윤미 씨는 계약직이에요!"

윤미는 말문이 막혔다. 어떤 말을 하든 자신의 간절함이 통할 거 같진 않았다. 경준 팀장은 계약 연장에 대한 의지가 없어 보였다. 그저 자신의 결정을 납득시키기 위한 초석을 마련하고자 윤미의 잘못을 집요하게 물고 늘어지는 느낌이었다.

윤미가 미팅실을 나오자마자 고객지원 팀에서 보낸 콜이 울렸다. 급한 일이 없으면 먼저 그 콜을 받아야 했지만, 윤미는 실망감과 좌절감에 일에 대한 모든 의욕을 잃어버렸다. 잠시 무전기에 정적이 흘렀다.

"윤미 씨. 미팅은 끝났으니까 고객지원 팀 내려가 봐요. 별일 아닐 거야."

미팅실 문이 열리더니 경준 팀장이 윤미에게 업무 지시를 내렸다. 윤미는 한 시간여의 미팅이 방금 끝난 터라 요의를 느꼈지만 강성 고객 대응은 급박한 업무였기에 바로 고객지원 센터로 향할 수밖에 없었다.

매장은 마감을 준비하고 있었고, 다른 보안 직원들은 마감 순찰 중이었다. 윤미는 함께 콜을 받은 진태와 환불 코너로 내려갔다. 꽤나 골치 아픈 강성 고객인 듯 멀리서도 들릴 만큼 크게 소리치는 남자의 목소리가 들렸다. 고객지원 팀 직원은 보안 팀의 윤미와 진태를 보더니 그제야 안심한 표정을 지었다.

"이게 60% 세일 제품이라 환불이 안 되는데 환불에 보상까지 해 달라고 저렇게 소리를 지르세요."

진태가 고객과 직원 사이를 가로막고 서자, 윤미는 고개를 돌려 소리 지르는 남자의 얼굴을 쳐다봤다. 마스크를 쓰지 않은 채로 외치는 남자의 얼굴이 익숙했다.

"환불하라고! 이따위 침대나 팔아 제끼면서. 내가 너희들 다 고소할 거야. 이거 침대 성분 다 분석해서 니들이 어떤 화학제품으로 이 침대를 만드는지, 얼마나 악독한 놈들인지 전부 밝혀낼 거니까 법정까지 가 보자고! 이 사기꾼 새끼들!"

윤미가 좀 더 자세히 고객의 얼굴을 살폈다. 남자는 유리가 깨진 장식장을 환불해 달라며 직원에게 욕을 하고 윤미를 밀친 그 고객이었다.

"진태 씨. 경찰 부르죠. 이 고객, 경찰 안 부르면 해결 못 해요."

"네? 경찰을요?"

진태가 머뭇거리는 사이, 남자는 들고 온 망치를 꺼내더니 침대를 부수기 시작했다. 흉기를 휘두르고 있으니 아무리 보안 팀이라도 섣불리 남자 근처로 다가갈 수 없었다. 윤미는 다른 고객과 직원들이 다칠까 싶어 사람들이 침대를 부수는 남자에게 다가가지 못하게 제지했다. 소란이 컸는지 다른 보안 팀 직원들까지 고객지원 센터로 달려왔다. 남자는 소리를 지르면서 계속 침대를 부수고 있었다.

"이 사기꾼 새끼들! 오로지 돈벌이만 하려는 개새끼들!"

"아니 60% 싼 가격에 전시 제품을 샀으면 감안하고 써야지, 저게 무슨 난리예요?"

고객지원 팀 직원이 황당하다는 듯 한마디 했다. 윤미의 눈에는 남자가 부수는 침대가 어딘가 익숙했다. 월넛 컬러의 슈퍼싱글 침대였다. 가장 심플한 고무나무 원목 침대였고, 프레임에 훼손 흔적이 있어 원래 할인 가격에서 10% 추가 할인을 해, 60%나 할인을 한 제품이라고 했다. 윤미는 곧 알아챘다. 그 침대는 12월 31일 세진이와 세윤이가 숨었던 침대였다.

행복을 드립니다

남자가 침대 프레임을 다 부수고 나서야 경찰이 도착했다. 남자는 경찰을 보더니 자신의 억울함을 토로하기 시작했다.

"저희 애가 이 침대에서 자면서부터 아프기 시작했다고요. 이게 침대를 어떻게 잘못 만들거나 건강에 나쁜 화학물질을 써서 만들었거나 했다는 얘기지, 그러니까 이 새끼들이 이걸 싸게 팔고 우리 애를 아프게 만들고!"

경찰은 결국 중재에 나섰고, 이번에도 회사는 침대 가격 전액을 환불해 주고 상품권 10만 원을 얹어 주는 걸로 남자를 진정시켰다.

"아니, 이렇게 돈을 더 얹어 환불해 주면, 고객들 죄다 망치 들고 와서 가구 부수고 돈 더 받아 가지."

고객지원 팀 직원은 못내 못마땅한 듯 투덜거렸다.

남자가 진정하고 돌아갔을 때는 매장 마감 시간을 훌쩍 넘긴 뒤였고, 이미 밤 10시가 지나 있었다. 야간 근무조인 윤미는 벌써부터 진이 빠지는 기분이 들었다. 그런 윤미를 경찰 한 명이 알아보고 아는 체했다.

"어. 저기, 연말에 여기 계시던 분 아닙니까?"

그제야 윤미도 고개를 들고 경찰을 살폈지만, 당시 경찰들이 마스크를 끼고 있었던 탓에 얼굴을 기억하지는 못했다.

"혹시 31일 밤에 오셨던 분이세요?"

"아 네. 그때 아동 실종 신고 찾아봐 달라고 하셨잖습니까?"

"네! 맞아요. 채세진, 채세윤. 혹시 실종 신고 되어 있던가요?"

"그 애들은 어떻게 아는 애들이세요? 예전에 신문 기사 보고 알게 되신 거예요?"

"네? 무슨 기사요?"

경찰이 핸드폰을 뒤적이며 말을 이어 나갔다.

"채세진, 채세윤 남매가 실종된 문제로 접수된 사건이
있더라고요. 애들 성이 특이한 성이라….”

경찰이 상황을 말하자, 윤미는 자신이 거짓말을 하지 않았다는
게 이제야 증명됐다고 생각했다.

"맞죠? 거봐요. 걔네 그래서 찾았어요? 애들 찾은 거죠?”

경찰이 황당하다는 듯 핸드폰에서 윤미의 얼굴로 시선을
옮겼다.

"걔네 실종 신고 된 게 1998년이에요.”

경찰은 핸드폰에 저장된 오래된 전단 사진을 윤미에게 보여
줬다. 여자아이와 남자아이 사진 밑에 적힌 채세진, 채세윤이라는
이름이 선명했다. 분명 윤미 앞에 나타났던 그 아이들이 맞았다.
경찰이 뒤이어 보여 준 기사 아래에는 실종 당시 세진이가 '빨간
망토 차차' 캐릭터 티셔츠를, 세윤이는 '공룡'이 그려진 티셔츠를
입고 있었다고 적혀 있었다.

"맞아요, 얘네들…. 옷도 이 옷이 맞아….”

"얘네 지금 살아 있으면 서른둘, 서른이에요. 혹시 옛날에 이거
전단 보시고… 꿈꾸셨어요?”

"살아 있으면? 서른둘….”

경찰의 말이 이해가 안 되는지 멍한 상태로 오래된 전단 사진을
보는 윤미를, 옆에 있던 동료 진태가 황당하다는 표정으로 쳐다봤다.

"그리고 실종 신고 접수된 지 두 달 있다가 발견됐고요.”

"발견요?”

"네, 버려진 옷장 안에서요. 동사한 걸로 기록되어 있어요.”

"동사요?”

"네. 발견된 게 12월이었거든요.”

행복을 드립니다

윤미는 그 오래된 전단을 본 기억이 없었다. 설사 오래전에 그 전단을 봤다고 해도 윤미와 대화를 나누고 침대에 숨어들던 그 아이들이 윤미의 환상일 리 없었다. 그냥 기막힌 우연일 거라 생각했다. 자신이 만난 아이들이 과거에 실종됐던 아이들과 어떤 인연이 있어서 같은 이름을 갖게 되고 같은 옷을 입었을지도 모른다고 생각했다. 무엇보다 여자아이가 윤미의 팔에 드라이버로 새긴 '3' 모양의 자국이 아직도 선명히 남아 있었다.

함께 경찰의 설명을 들은 진태가 다른 팀원들에게 꽤나 재미있는 화젯거리라도 된다는 듯이 이 얘기를 옮겼다. 진태의 얘기를 들은 다른 동료들과 경준 팀장은 바로 윤미를 의심했다. 윤미에게 정신적인 문제가 있을지도 모른다고 걱정하는 척했다. 윤미는 자신이 이 일로 신용 없는 직원이 됐다는 사실이 억울했다. 거짓말을 하고 믿지 못할 행동을 하는 직원의 계약을 연장해 줄 리는 없었다. 윤미는 여자아이가 자신의 팔에 남긴 상처를 쳐다보다, 문득 아이들이 침대 아래에서 프레임에 뭔가를 새겼던 것을 떠올렸다. 프레임의 훼손 때문에 60%나 세일했다던 그 진상 고객의 침대에 아이들이 남긴 흔적을 찾아야 했다. 그 흔적은 아이들이 존재한다는 증거이기도 했다.

파손된 가구들은 보통 그날 바로 소각장으로 들어간다. 윤미는 소각장에 쌓여 있는 부서진 가구들을 살피기 시작했다. 매장 마감 바로 직전에 남자가 망치로 부순 덕에 월넛색의 침대 프레임은 가장 눈에 잘 띄는 바깥쪽에 놓여 있었다. 윤미는 부서진 침대 프레임을 샅샅이 확인했다. 그리고 아이들이 거칠게 삐뚤빼뚤 새겨 놓은 흔적을 발견했다.

'채세진, 채세윤.'

아이들은 그날 그 침대 밑에 자신의 이름을 적어 둔 모양이었다.

'이것 봐! 내 말이 맞잖아!'

윤미는 팀장에게 이 프레임을 보여 줄 참이었다. 아이들이 새긴 이 이름이 증거가 되어 줄 거라 생각했다. 윤미는 이름이 새겨진 나뭇조각을 챙겨 일어서다, 소각장 입구에서 익숙한 점퍼를 발견했다. 윤미가 그날 아이들에게 덮어 줬던 직원용 점퍼였다. 점퍼의 먼지를 툭툭 털고 다시 살펴봐도 사이즈나 사용감으로 보건대 분명 윤미의 점퍼가 맞았다.

'그때 아이들 몸에 점퍼를 덮어 줬던 느낌이 지금도 기억나는데….'

작은 두 아이가 내뿜던 냉기가 아직도 생생했다.

야간 근무를 마치고 아침이 되어서야 윤미는 집에 돌아왔다. 친정 엄마와 시영이가 거실에 요를 깔고 자고 있었다. 윤미의 인기척이 들리자 친정 엄마가 먼저 눈을 떴다.

"이제 오니. 시영이가 밤에 보채고 잠을 안 자서 설거지 못 해 놨어."

싱크대에는 사용한 그릇들이 가득 쌓여 있었다.

"괜찮아. 시영이 깨면 내가 할게."

"피곤하지. 그 일도 할 게 못 된다. 병원 일도 그렇고, 사람이 밤에 자야 하는데…."

"걱정 마. 오래 하고 싶어도 못 하니까."

자조 섞인 말을 해 버린 윤미는 순간 자신에게 치미는 짜증을 친정 엄마나 시영이에게 풀지 않겠다고 다짐했다. 남편이 아플 때,

친정 엄마에게 시도 때도 없이 풀었던 스트레스는 어김없이 상처로
돌아오곤 했다.

"내가 시영이 깨워서 어린이집 보내고 집에 갈 테니까 너는
어서 자."

"미안해."

윤미는 작년에 비해 더 노쇠해 보이는 친정 엄마를 보다가
자기도 모르게 감정이 복받쳐 눈물을 흘렸다.

"왜 그래. 피곤하고 힘들어 그래? 어서 한숨 자. 자면 괜찮아져."

도톰한 친정 엄마의 손이 연신 윤미의 등을 쓰다듬었다. 일곱
살의 자신을 재우려는 엄마의 손길에 편안해졌던 그때처럼 윤미는
노곤하고 안전한 기분을 오랜만에 느꼈다.

기절하듯 쓰러져 잠을 잔 지 얼마나 지났을까. 어디선가
아이들의 웃음소리가 들렸다.

"시영이야?"

윤미가 물었지만 어떤 인기척도 대답도 들려오질 않았다.
그제야 눈을 떠서 시계를 확인해 보니 오후 2시밖에 되지 않았다.
어린이집에서 시영이가 돌아올 시간이 아직 안 됐다는 걸 확인한
윤미는 다시 눈을 감았다가 이내 피곤함을 이기고 일어났다. 오늘은
휴무였지만 내일부터는 오전 근무인 탓에 윤미는 일부러 길게 잠을
자지 않았다.

윤미는 시영이가 올 때까지 청소와 설거지를 해 두었고,
시영이가 어린이집에서 돌아온 뒤에는 저녁 내내 아이와 시간을
보냈다. 아이는 해가 지면, 유독 예민해지고 울음이 많아졌다.
아마도 엄마가 또다시 집을 비울지도 모른다는 두려움이 아이를

가장 괴롭히는 것 같았다. 윤미는 아침에 퇴근을 한 이후로 잠시 눈을 붙인 시간을 제외하곤 한시도 쉬질 못했다. 아이가 자지 않겠다고 칭얼대자 유튜브로 아이가 원하는 동영상을 틀어 주곤 그대로 소파에 쓰러졌다. 아이는 연속 두 시간 동안 동영상을 보고 나서야 간신히 잠에 들었다.

얼마나 잤을까? 윤미는 씻지도 않은 채로 침대에 누워 그대로 잠이 들었었다. 아직 2월이라 추위가 매서웠다. 윤미는 한기를 느끼고 이불을 더 끌어당겨 덮었지만 그래도 춥다는 느낌이 가시지 않았다. 실내 온도를 확인하니 23도였다. 이렇게 추위를 느낄 온도는 아니었다. 그때 어디선가 다시 아이들의 웃음소리가 들렸다.

"시영이 아직 안 자?"

윤미는 몸을 일으켜 시영의 방으로 향하던 중, 또 그 소리를 들었다. 여자아이와 남자아이의 웃음소리였다. 윤미가 시영의 방 문을 조심스레 열자, 침대에 누워 여전히 자고 있는 시영이의 모습이 보였다. 이불을 발로 차 버린 시영에게 이불을 덮어 주려는 찰나, 다시 아이들의 웃음소리가 들렸다. 소리가 들려오는 곳을 쳐다봤지만 아무도 보이지 않았다. '환청일까.' 윤미는 누적된 피로 때문이라고 생각했다. 그때 뒤에서 아이의 음성이 들렸다.

"아줌마. 여긴 진짜 집이에요? 아님 가짜 집이에요?"

윤미가 고개를 돌리니, 어둠 속에 아이 둘이 서 있었다. 분명 세진이와 세윤이었다.

꿈이었다. 아침이 되었고, 윤미가 잠에서 깨어나 들어가 본 시영이의 방에는 시영이가 있을 뿐, 다른 사람은 아무도 없었다. 윤미는 시영이를 어린이집에 보내기 위해 깨웠지만 아이는 좀처럼

행복을 드립니다

일어나지 못했다. 식은땀을 흘리고 기침을 심하게 했다. 체온을 재니 37도를 넘어가고 있었다. 아이가 코로나에 걸린 듯싶어 윤미는 그대로 시영이를 안고 병원으로 향했다. 아이의 열이 점점 더 올라 도중에 목적지를 응급실로 바꿨다. 아직 8시였지만 출근 시간인 9시까지 회사에 가는 건 불가능할 것 같았다.

"팀장님, 저 아이가 아파서 병원엘 가야 할 거 같은데 오늘 몇 시간만 좀 늦게 출근할게요."

핸드폰 너머로 가느다란 한숨 소리가 들려왔다. 아이가 아파 지각하는 것이니 무조건 배려받으리라 생각한 윤미는 적잖이 당황했다.

"윤미 씨, 오늘 근무자 적은 거 알잖아요. 미리 얘기를 해 주든가."

팀장의 말에 윤미는 쌓여 있던 화를 표출했다.

"네? 아이가 아픈 건 갑자기 생기는 일인데 어떻게 미리 얘기를 해요!"

전화기 너머로 경준 팀장은 다시 한동안 침묵을 지켰다.

"아…. 참….." 침묵 뒤에 경준 팀장은 황당하다는 듯이 말을 이었다.

"그러니까 아이 핑계 대지 말아요. 윤미 씨 멘탈이 문제예요. 윤미 씨, 본인이 많이 예민한 거 알고 있죠? 다른 핑계 대지 말고 윤미 씨 멘탈 점검부터 좀 해요."

"하. 미쳐 버리겠네."

윤미는 저도 모르게 답답한 마음을 짜증으로 드러냈다. 순간 자신이 실수했다고 느꼈지만, 바로 경준 팀장이 대꾸도 없이 전화를 끊어 버리자 오히려 분노가 배가 됐다.

병원 응급실에 도착해서 시영이 이런저런 검사를 받자 윤미는 저도 모르게 울음이 터져 나왔다.

"윤미야! 무슨 일이야!"

소식을 듣고 달려온 친정 엄마가 윤미의 울음에 아연실색해 아이한테 큰일이라도 난 줄 알고 소리쳤다. 다행히도 시영이는 코로나에 걸리진 않았다. 병상이 없어 입원은 불가능하니 일단은 약 처방을 받고 경과를 보자는 이야기를 듣고 윤미와 시영이는 집으로 돌아왔다. 시영이의 열이 내려 체온이 36도까지 떨어지자, 윤미는 친정 엄마에게 아이를 맡기고 급히 회사로 향했다. 윤미는 다른 동료들이 코로나에 걸려 일주일간 병가를 쓸 때면, 그 빈자리를 채우려 열심히 일했고 코로나에 걸리지 않기 위해 더 철저히 노력했었다. 몸살감기에 심하게 걸렸을 때조차 병가를 쓴 적이 없었다. 그렇기에 아이가 아파서 좀 늦게 출근하겠다고 한 것에 대한 팀장의 반응은 이해할 수 없었다. 팀장도 아이를 키우는 사람이기에 알고 있을 터였다. 혹시라도 말이 씨가 될까 봐 아이가 아프다는 핑계를 대고 지각이나 조퇴를 하는 부모는 없다는 걸. 윤미는 경준 팀장이 자신을 의도적으로 압박하고 있다고 생각했다. 입사 초기에는 좋은 팀장인 양 희망을 주는 이야기를 하며 자신을 격려했지만, 이제는 없는 잘못까지 만들어 윤미 탓을 하고 있었다. 물론 계약직 직원의 계약 기간이 끝나고 나서 연장을 하지 않는 건 자연스러운 수순일 수도 있다. 하지만 그걸 당연시하는 팀장을 다른 동료들이 훌륭한 팀장이라고 여기진 않았다. 팀장은 그 작은 비판을 피하고자 억지로라도 윤미의 잘못을 부풀리고 끄집어내려 했다. 윤미는 계약 연장을 못 할 수밖에 없는 직원이어야만 했다.

행복을 드립니다

윤미가 출근을 한 시각은 10시였다. 윤미는 출근하자마자 자신이 자리를 비운 그 한 시간을 채워 준 동료들에게 고맙다는 인사를 하고, 자신의 순찰 구역을 좀 더 꼼꼼하게 살폈다. 어떤 식으로든 책을 잡히면 안 된다는 생각이 강했다. 하지만 오후에 출근한 경준 팀장은 바로 윤미를 미팅실로 불렀다.

　　"윤미 씨. 그래서 아이는 괜찮아요?"

　　"아, 네. 친정 엄마가 오늘 돌봐 주기로 하셔서요."

　　"아고아고, 참 친정 엄마한테도 못 할 짓이다. 그치? 근데 이런 거 물어보기가 좀 그런데… 회사에서도 물어보지 말라고 그래서 지금까지 안 물어봤는데 내가 윤미 씨를 이해하려면 아는 게 좋을 거 같아서. 남편이랑은 이혼한 거지?"

　　윤미는 입사 당시 자신과 아이만 등재된 가족 관계 증명서를 제출했었다. 남편에 대해 누군가 물어도 그냥 얼버무리는 정도로 대응했다. '사별'이라는 단어가 주는 무게로부터 윤미는 아직 자유롭지 않았다. 게다가 그 단어를 이야기하면서 계속 남편의 죽음을 떠올리기도 싫었고, 동료들이 남편의 죽음에 대해 궁금해하는 것도 싫었다. 차라리 이혼으로 오해하고 있는 편이 더 나았다.

　　"아냐, 아냐. 뭐 그건 중요한 게 아니니까 말 안 해도 돼요."

　　윤미가 대답을 머뭇거리자 경준 팀장이 질문을 거둬들였다.

　　"혼자 애 키우려면 힘들지. 그래도 그게 막 유세 떨고 그럴 건 아니잖아요. 우리 집도 아내랑 나랑 맞벌이하면서 애 둘을 키우는데 우린 부모님 도움 안 받거든. 윤미 씨는 친정 엄마가 도와주니까 우리 집이나 윤미 씨나 알고 보면 상황이 비슷한 거야. 그래도 우린 애 하나 더 낳자, 더 키우자 이런 마음이란 말이야. 우리 와이프나

나나 어쨌든 최선을 다하고 있고 그런 정신을 가지면 육아가 그렇게 힘든 게 아니야. 이 세상 사람들 다 애 낳고 다 키우는데. 안 그래요?"

경준 팀장의 말 한마디 한마디가 윤미의 마음을 아프게 찔렀다. 하지만 윤미는 그저 고개를 끄덕이며 경준 팀장의 말을 들을 뿐이었다. 어떤 식으로든 경준 팀장의 심기를 건드리고 싶지 않았다.

한 시간 지각한 일로 팀장 미팅을 한 건 동료들 눈에도 이상하게 비춰졌다. 다시 업무에 복귀한 윤미에게 이전부터 경준 팀장과 오래 일을 해 온 보람이 다가와 위로를 건넸다.

"언니, 이제 너무 열심히 일하지 말아요. 어차피 어떤 거든 꼬투리 잡아서 계속 뭐라고 할 거예요. 예전부터 하던 짓이에요. 계약 연장 시기가 오면 계약직 직원 책잡아서 내보내는 거. 괜히 계약직 부당하게 쫓아냈니 어쨌니 얘기 듣기 싫으니까 그 직원이 일을 제대로 못 했다고 직원 탓하려고."

윤미도 알고 있었다. 자신이 아무리 열심히 일을 해도 이제 인정해 줄 사람은 아무도 없으리라는 걸. 하지만 그래도, 코로나 사태가 끝나 가니까, 매장의 매출이 계속 늘고 있으니까 자신이 필요하다는 생각을 경준 팀장이 해 주길 간절히 바랐다.

다음 날 시영이의 상태는 더 나빠졌다. 게다가 친정 엄마마저 윤미의 빈자리를 채우기 위해 무리하게 움직인 탓인지 몸살에 걸려 버렸다. 아이의 열이 내리지 않자, 윤미는 급히 입원이 가능한 병원을 찾아 이리 뛰고 저리 뛰었지만 결국 마땅한 병원을 찾지 못했다. 진료 후에 처방전만을 받고 집으로 돌아온 윤미는 내내 옆에서 아이의 상태를 살피며 간호해야 했다. 아이는 밤새 끙끙 앓느라 한숨도 자지 못했고, 윤미도 아이를 돌보느라 잠을 자지 못했다. 아이가 아침에 잠깐 눈을 붙인 사이, 윤미는 경준 팀장에게 전화를 걸었다.

"팀장님. 저희 아이가 많이 아파서, 오늘이랑 내일 가족 돌봄 휴가 좀 쓰면 안 될까요?"

"'쓰면 안 될까요?' 윤미 씨. 이미 쓴다고 결정한 다음에 전화를 하면 어떡합니까. 제가 안 된다고 하면 출근할 겁니까?"

"죄송해요. 저 가족 돌봄 휴가 좀 쓰게 해 주세요."

"그러니까 제가 안 된다고 하면 출근할 거냐고요. 그렇게 자기가 다 미리 결정해 놓고 허락은 왜 구합니까. 과정이 잘못된 거 아닙니까?"

"아니, 그럼 제가 어떻게 얘기를 해야 할까요?"

"어차피 제가 출근하래도 안 할 거 아닙니까. 그러니까 그냥 가족 돌봄 휴가 쓰세요! 쓰시라고요."

"아. 네, 감사합니다."

윤미는 심정이 복잡해 더 이상 경준 팀장과 논쟁을 벌이고 싶지 않았다. 그냥, 경준 팀장이 휴가 사용을 허락한 것에 감사 인사를 전했다. 하지만 그다음 덧붙여진 말은 윤미에게 심한 배신감을 불러일으켰다.

"근데 윤미 씨. 아시다시피 이런 거 굳이 제가 통보 안 해도 되는데, 그래도 윤미 씨에 대한 정이 있으니까 제가 직접 알려 줘야 할 것 같아서요. 윤미 씨 계약 연장 안 됐어요. 2월 말까지만 출근하시면 돼요. 퇴사 절차는 아마 메일로 안내 나갈 거예요."

"네?"

윤미는 당장 아이가 아파 심란한 상황에 직장까지 잃을 생각을 하니 앞이 깜깜해졌다. 예상은 하고 있었지만 안 좋은 예감을 갖는 것과 그 예감이 받아들여야 할 사실이 되는 건 다른 문제였다.

"뭐, 어차피 1년 계약직이니까 준비하셨죠? 아주 갑작스런 일은 아니잖아요. 다음에 와서 동의 사인 하시면 돼요. 동의를 한다는 게 말만 그렇다는 거고 어차피 그냥 절차예요."

"저기요! 팀장님, 제가 드릴 말씀이 있어요!"

"아…. 네. 그건, 출근해서 얘기하세요."

팀장은 더 이상 윤미 이야기를 듣지 않겠다는 듯이 전화를 끊어 버렸다. 윤미는 한동안 멍하니 서 있었다. 어쩌면 팀장의 말이 맞는지도 몰랐다. '미리 다른 직장을 구했어야 했는데….' 이 생각이 윤미의 머릿속을 맴돌았다. 하지만 어린이집이 딸린 회사를 다시 찾을 시간도 또 면접을 보러 다닐 시간도 윤미에게는 없었다. 윤미는 핸드폰을 켜고 날짜를 살폈다. 계약 만기까지 정확히 2주가 남았다. 만약 회사 사정으로 어쩔 수 없이 계약 연장이 안 됐다면 한 달 전에라도 알려 줄 수 있었을 텐데 하는 생각이 계속 윤미를 괴롭혔다. 좀 더 일찍 알았더라면 그렇게 악착같이 대체 근무를 서지 않았을 테고, 아이가 응급실에서 치료받을 때도 엄마에게 아이를 맡기고 그렇게 회사로 뛰어가지 않았을 텐데 싶어 배신감이 올라왔다.

최대한 길게 희망 고문을 하면서 자신의 노동력을 이용하려 했다는 생각이 들자, 윤미는 경준 팀장이 갑질을 했다는 결론에 다다랐고 분노에 휩싸였다. 무턱대고 환불을 해 달라며 욕을 내뱉고 난동을 부린 그 진상 고객과 다를 바가 없었다.

'똑같아.'

고객이라고 갑질을 하는 거나, 상사라고 갑질을 하는 거나 똑같다고 생각했다.

행복을 드립니다

"엄마…. 엄마, 쟤네 좀 돌려보내."

잠에서 깨어난 시영이 무서운지 칭얼거리며 윤미를 찾았다.

"응? 누구?"

"자꾸 쟤네가 내 침대를 뺏으려고 해. 엄마도 뺏을 거래."

"누구? 누구 말하는 거야?"

"엄마가 데리고 왔잖아. 긴 머리 언니랑 남자애…."

순간 윤미는 그 진상 고객이 침대를 망치로 부수면서 했던 말들을 떠올렸다. 남자는 아이가 그 침대에서 자면서부터 아프기 시작했다고 소리쳤다. 생각해 보니 시영이가 아프기 시작했던 시점도 윤미가 그 침대 프레임 조각을 집으로 가져왔을 때부터였다.

윤미는 아이의 방에서, 침대 프레임 조각을 찾았다. 시영이는 그 조각이 그림 놀이를 하기 위해 엄마가 가져온 장난감이라고 생각한 모양이었다. 시영이는 채세진, 채세윤이라는 이름 옆에 꽃과 나무를 그려 놓았다. 직장을 잃은 윤미에게 남은 건 시영이와 이 집뿐이었다. 윤미는 그 침대 프레임 조각을 문밖, 아파트 복도에 내놓았다. 그리고 그 안의 검은 기운이 집으로 침범하지 못하게 현관문을 닫고 걸쇠까지 채웠다. 세진이와 세윤이가 절대 자신의 집으로 들어오지 못하도록.

그날 밤, 윤미는 깊게 잠들지 못했다. 혹시라도 세진이와 세윤이가 또 나타날까 봐 긴장한 탓에 얕은 잠을 자던 윤미를 시영이 흔들어 깨웠다.

"엄마, 엄마. 일어나 봐."

"왜? 시영이 열 나? 아파?"

윤미가 손으로 시영의 이마를 짚었다.

"아니, 엄마. 누가 왔어."

시영의 말에 윤미가 침대에서 벌떡 일어났다. 어두운 집 안, 윤미가 가만히 주변 소리에 귀 기울였다.

"어디? 우리 집에?"

"엄마. 누가 왔어!"

그때 쿵쿵쿵 현관문을 두드리는 소리가 들렸다.

"누구세요?"

윤미의 물음에 아무도 대답하지 않자, 윤미는 거실로 나와 인터폰 카메라로 현관문 밖을 살폈다. 밖에는 방문자도 없었고, 문에 부딪힐 만한 물건도 없었다. 하지만 다시 누군가 쿵쿵쿵 문을 두드렸다. 시영이가 현관 쪽으로 가려고 하자 윤미가 급히 그런 시영을 말렸다.

"가지 마! 문 열지 마!"

윤미가 온 집 안의 불을 다 켰다. 그리고 가만히 시영이를 안고서 바깥에 귀를 기울였다.

"엄마, 엄마, 걔네들이 온 거지?" 시영이가 윤미의 귀에 속삭였다.

그때 다시 쿵쿵쿵 소리와 함께 인터폰 카메라가 켜졌다. 마치 누군가 밖에서 안을 들여다보고 있다는 듯이.

밤새 쿵쿵쿵 소리에 시달린 윤미는 제대로 잠을 자지 못했다. 하지만 시영이의 상태는 꽤 호전되어 있었다. 열이 많이 내린 시영이를 데리고 윤미는 외출 준비를 했다. 친정 엄마에게 시영이를 잠시 맡길 생각이었다. 현관문을 나서니 아파트 복도에 채세진, 채세윤이라는 이름이 적힌 침대 프레임 조각이 윤미가 내놓은 그대로 놓여 있는 것이 보였다. 윤미는 천하의 몹쓸 것이라도 봤다는

행복을 드립니다

듯 그 조각으로부터 물러섰다. 이걸 계속 여기에 두기는 찜찜했다. 윤미는 아파트 복도 창을 열고 조각을 아래로 던져 버렸다. 툭- 하고 아파트 화단으로 침대 프레임 조각이 떨어졌다.

친정에 시영이를 맡기고 윤미는 국립 중앙 도서관으로 향했다. 그리고 그곳에서 1998년 12월의 신문을 살피기 시작했다. 몇 시간이나 사회면을 뒤졌을까. 수많은 아동 실종과 살인 사건 틈새에서 윤미는 익숙한 아이들의 이름을 발견했다. 1998년 12월 27일 기사였다.

아파트 쓰레기장에 입주민이 내놓은 옷장 안에서 남매의 시신이 발견됐다는 기사였다. 한겨울에 얇은 티셔츠만 입은 아이들의 몸에서는 여러 번 폭행을 당한 흔적이 발견되었으나 직접적인 사인은 지나친 추위였다. 부모는 아동학대 정황으로 조사를 받았지만 아이들이 사라졌던 10월 3일에 실종 신고를 바로 한 데다 경찰이 학대를 증명할 증거를 찾지 못해 처벌을 받진 않았다. 아이들이 근 3개월을 길에서 떠돌며 어떻게 지냈는지는 알 길이 없었기에, 폭행의 흔적을 부모가 남긴 것이라고 단정 지을 수 없었다. 입주민이 옷장을 쓰레기장에 내놓은 날짜가 12월 24일인 점으로 보아 아이들은 사망한 지 얼마 안 돼 발견된 걸로 추정된다고 적혀 있었다. 특이한 점은 그 옷장 안쪽에 아이들이 '세진이와 세윤이의 진짜 집'이라는 문구를 반복적으로 새겨 놓았다는 점이었다. 버린 가구에 이곳이 진짜 집이라고 쓴 아이들의 상황이 사람들의 마음을 아프게 했다는 말로 기사가 끝맺음되어 있었다.

'세진이와 세윤이의 진짜 집'이라는 대목을 보자 윤미의 마음에 강한 동요가 일었다. 세진이가 자신에게 계속 '진짜 집'인지

174 175

'가짜 집'인지 물었던 것이 떠올랐다. 겨우 시영이만 한 아이들이 크리스마스를 그 옷장에서 보내며 동사했다는 사실에 분노와 슬픔이 들끓었다. 윤미는 그 옷장이 다른 가구로 재활용됨에 따라 아이들이 계속 가짜 집을 떠돌게 된 거라고 생각했다. 하지만 윤미가 떠도는 그 아이들을 위해 해 줄 수 있는 일은 없었다.

　　윤미는 가족 돌봄 휴가를 3일 쓰고, 다시 어스퍼니처로 출근했다. 이미 계약이 연장되지 않았다는 소문이 퍼졌는지 동료들은 윤미를 안타까운 표정으로 대하며 이별을 준비하는 것처럼 보였다. 윤미는 아무렇지 않은 척 행동하기가 어려웠다. 어차피 계약 만기 퇴사를 해야 하는 상황인데 내일부터 출근을 하지 말까 하는 생각마저 들었다. 함께 순찰을 돌던 보람이 뭔가 고민하다가 윤미에게 말을 꺼냈다.
　　"언니, 진태가 다시 대학원 간다고 여기 관둔대요. 진태는 정규직이니까 정규직 자리가 하나 난 거고, 진태까지 관두면 우리 팀 인원이 진짜 부족해지니까 언니한테도 기회가 생기지 않을까요. 진태는 언니가 재계약될 거라 생각했대요. 좀 일찍 말하지 않은 걸 미안해하더라고요. 자기가 미리 관둔다고 팀장한테 말했으면 언니한테 계약 해지 통보가 안 갔을 수도 있다고 하면서…. 팀장한테 한 번 더 얘기해 보는 건 어때요?"
　　보람의 얘기를 듣던 윤미가 혼자 가만히 생각하더니 팀장의 스케줄을 물었다.
　　"오늘 팀장님 출근 날인가?"
　　"어제 야근하셨으니까 오늘은 집에 계실걸요. 내일 출근하시면 다시 부탁해 봐요. 아무리 회사가 계약직 계약 연장 안 해 준다고

해도 각 부서 상황에 따라서 달라질 수도 있으니까. 그 고객지원 팀
수진 씨 알죠? 수진 씨는 고객지원 팀 팀장이 회사에 엄청 강하게
얘기해서 연장됐을걸요?"

"아, 그래? 잘됐네."

"언니도 그냥 손 놓고 있지 말아요. 할 수 있는 데까지 일단 해
봐요."

동료 보람의 격려에 윤미는 '어쩌면….' 하는 마음이 들기
시작했다. 그때 보람이 어렵사리 운을 뗐다.

"언니 이혼한 거 있잖아요…."

"이혼?"

"아니에요? 팀장님이 어제 그랬거든요. 언니가 아이 혼자
돌보느라 돌봄 휴가 쓴다고. 팀장이 그런 개인 사정을 팀원들한테
공개적으로 얘기해도 되나 싶어서…. 언니가 알려져도 괜찮다고 한
건지 궁금해서요."

윤미의 반응에 보람이 당황하자, 윤미는 오히려 담담하게
대꾸했다.

"아니야. 나 이혼 안 했어."

"근데 팀장은 그런 얘길 왜 한대요?"

"날 위해서 그랬겠지. 날 위하는 척하면서 구경하는 거야. 내가
망가지는 걸."

윤미는 순간, 예전에 고객지원 팀 수진이 진상 고객의 집 주소를
알 수 있다고 했던 말을 떠올렸다. 내일 경준 팀장이 출근하고 나서
이야기를 꺼내면 타이밍이 너무 늦을 것만 같았다.

윤미는 보람과 순찰을 마치고 혼자 고객지원 팀으로 향했다.

오늘은 한가한 고객지원 센터의 수진이 윤미를 보고 미소 지었다. 그런 수진에게 윤미가 다가가 먼저 인사를 건넸다.

"수진 씨, 축하해요. 계약 연장됐다면서요."

"아, 고마워요. 어떻게 그렇게 됐어요. 윤미 씨는요?"

"전 실업 급여 받아야죠."

윤미가 괜찮다는 듯 웃자, 수진도 애써 민망한 마음을 감추며 웃어 보였다.

"저도 뭐 다음 연장은 안 되겠죠. 담에 연장하려면 정규직 시켜 줘야 하는데 회사가 그러겠어요? 그냥 2년 써먹고 버리겠죠, 뭐."

"수진 씨. 저 제품 재고 검색할 게 있어서 그러는데 이거 컴퓨터 좀 잠깐 써도 돼요?"

"아, 제가 검색해서 알려 드릴게요."

"아니에요. 제가 검색해야 확인할 수 있을 거 같아서. 저희도 대충이나마 재고 보는 법은 알아야 하고."

"네? 곧 관둘 분이 뭘 그런 거까지 신경 쓰면서 열심히 일해요?"

수진의 말에 윤미도 자신의 행동이 황당하다는 듯 웃었다. 고객지원 담당 부서의 컴퓨터는 다른 직원들이 사용할 수 없지만, 수진은 윤미에게 기꺼이 컴퓨터를 내주곤 잠시 화장실에 가겠다고 했다.

그사이 윤미는 환불이나 배송을 받은 고객 정보가 있는 내부 사이트에 접속해 민경준 팀장의 이름과 핸드폰 번호를 검색창에 넣었다. 그러자 배송지로 민경준 팀장의 집 주소가 떴다. 그 화면을 윤미는 핸드폰 카메라로 찍었다.

윤미는 백화점에서 고급 샤워 젤과 보디로션을 포장해 와

행복을 드립니다

경준 팀장의 집으로 향했다. 미리 만남을 청하면 거절당할 것 같아 무턱대고 경준 팀장의 집으로 향하는 길을 선택했다. 아내와 아이들이 있는 집에서 윤미가 간곡히 부탁을 하면 경준 팀장도 매몰차게 윤미를 내치진 않을 거라는 기대가 있었다. 윤미가 아파트 입구에서 벨을 누르자, 인터폰 너머로 누구시냐고 묻는 친절한 여자의 목소리가 들렸다.

"안녕하세요. 민경준 팀장님과 같이 일하는 직원인데요. 팀장님 좀 뵈러 왔어요."

여자는 당황했는지 잠시 말이 없었다.

"저희 남편 지금 운동 갔는데, 음…. 어…. 잠시 들어오세요."

출입문이 열렸고, 경준 팀장의 아내는 윤미를 반갑게 맞아 줬다. 아마도 윤미가 자신 또래의 여성이라 큰 의심 없이 집에 들인 것 같았다. 윤미는 어색하게 소파에 앉아 경준 팀장을 기다렸다. 그동안 팀장의 아내는 몇 번이나 핸드폰으로 경준 팀장에게 전화를 걸었다.

경준 팀장의 집은 잘 정돈되어 있었다. 시영이와 비슷한 나이의 아이를 둘이나 키우고 있음에도 주방의 식기는 모두 부엌 장 안에 정리되어 있었고, 거실도 아이 장난감이 일부분을 차지하고 있을 뿐 머리카락이나 먼지 하나 없이 깨끗하고 안락해 보였다. 아마도 경준 팀장의 부인이 열심히 청소하고 관리한 덕분일 거라 윤미는 생각했다. 30분 정도 지났을까, 경준 팀장은 운동복 차림으로 헐레벌떡 돌아왔다. 같이 일하는 직원이 집으로 찾아왔다는 말에 급히 뛰어온 모양이었다.

"아니, 윤미 씨가 우리 집에는 웬일로요?"

윤미는 잠시 고민하다 소파에서 일어나 바닥에 앉아 머리를 조아렸다.

"팀장님, 저 계약 연장 다시 생각 좀 해 주세요. 회사가 안 된다고 해도 부서 차원에서 제안할 수 있는 걸로 알고 왔어요. 그 전권이 팀장님에게 있다는 것도 알고 있고요. 제가 강성 고객의 몸에 손을 대서 불만을 키운 건 규율을 어긴 게 아니라 그 고객이 먼저 저를 밀쳐서 방어를 하려다 그렇게 된 것뿐이에요. 아시잖아요. 그 고객이 다시 와서는 침대를 망치로 부수고 난동을 부렸다는 걸. 그리고 야간 근무 때 경찰을 부른 일도 그 아이들이 갑자기 사라져서 문제였던 거지 제가 장난을 치거나 한 게 아니에요. 전 항상 매뉴얼대로, 팀장님이 시키는 대로, 다른 동료들에게 폐 끼치지 않으려고 제 생활마저 갈아 가며 열심히 했어요. 팀장님이 제가 입사했을 때, 그러셨잖아요. 아이를 키우는 엄마지만 야망을 갖고 도전하고 욕심을 가지라고요. 다시 한번 제 재계약을 긍정적으로 생각해 주세요."

윤미가 간곡히 부탁하자 경준 팀장도, 팀장의 아내도 어쩔 줄 몰라 하며 당황했다.

"미안해요. 그게, 내 차원에서 결정할 수 있는 게 없어요. 알잖아요. 나도 그냥 중간 매니저예요. 회사에서 인원 감축을 얘기하면서 뭐라고 하냐면… 정규직도 나간다고 하면 무조건 내보내라고 그래요. 회사는 그냥 누구든 어서 나가길 바라는 상황이에요."

"팀장님! 진태 씨 퇴사한다면서요. 지금도 일하는 사람 부족한데 저랑 진태 씨까지 퇴사하면 저희 팀 더 힘들어지잖아요."

"지금 회사는 사람이 더 나갔으면 한다고요. 어차피 사람이 나가도 직원들만 힘들지 회사가 힘든 건 아니니까. 남아 있는 사람들끼리 어떻게든 쥐어짜서 일을 하길 바라지 사람을 더 뽑고 싫어 하지 않는다고. 그러니까 윤미 씨. 나한테 부탁해 봤자 아무 소용이 없어요."

난감한 표정으로 최대한 설득하려는 경준 팀장의 말이 윤미에게는 그저 뻔한 변명과 핑계처럼 여겨졌다. 어떤 것도 책임지지 않으려는 팀장에게 윤미는 분노마저 느꼈다.

"저 이혼한 게 아니라, 남편과 사별했어요. 제가 가장이라 저 여기 관두면 진짜 힘들어져요. 이 직장이 저한테는 꼭 필요해요. 저랑 우리 아이한테 필요해요. 팀장님도 애 키우는 부모잖아요. 제가 이러는 거 이해 못하시는 거 아니잖아요. 그러니까 한 번만 더 회사에 얘기 좀 해 주세요."

윤미는 남편과 사별했다는 말을 하자마자 흐르는 눈물을 참지 못했다. 사별이라는 말에 경준의 아내가 동요했다. 하지만 윤미를 안타깝게 쳐다볼 뿐이었고, 경준 팀장은 또다시 회사의 방침이라는 이야기만 되풀이했다. 윤미는 어떤 호소도 팀장에게 더 이상 먹히지 않는다는 걸 깨달았다. 그리고 그제야 자신이 팀장의 집에까지 와서 이렇게 머리를 조아리고 있다는 사실에 수치심을 느꼈다.

"후회 안 하시죠?"

윤미의 말에 경준 팀장은 어이가 없다는 표정을 지었다.

"아니, 윤미 씨. 이건 어쩔 수 없는 일이라니까요. 왜 자꾸 나한테 책임이 있는 것처럼 그래요?"

"후회 안 하시냐고요."

"네. 내가 후회할 게 뭐 있어요!"

그때, 방에서 나온 경준 팀장의 아들들과 윤미의 눈이 마주쳤다.

"정말 단란한 가정이네요."

윤미가 팀장의 아내를 쳐다봤다.

"아이를 더 갖고 싶다고 했다면서요."

"아…. 그게… 제가 아이들을 정말 좋아해서요. 하지만 이제 나이도 있고 쉽지 않죠."

경준의 아내는 괜히 쓸데없는 이야기까지 덧붙이며 윤미의 말에 대꾸했다. 가장 나약한 모습을 보인 윤미에게 아주 쉽고 편한 친절을 베풀고 있을 뿐이었다.

"저 욕실 좀 이용해도 될까요?"

윤미가 눈물을 훔치며 이야기하자 경준의 아내가 흔쾌히 사용을 허락했다. 지금 윤미의 얼굴은 누가 봐도 엉망이었다.

경준 팀장과 아내는 욕실에서 한참 동안 나오지 않는 윤미를 거실에서 전전긍긍하며 기다렸다.

"여보. 어떻게 회사에 다시 말할 수 없어? 저러다 저 여자 자살이라도 하면 괜히 당신한테 불똥이 튈 수도 있잖아. 유서에 당신 이름 적는다고 생각해 봐."

아내가 조용히 자신의 두려움을 말했다.

"재계약이고 뭐고, 어차피 안 돼. 저 여자 이상하단 말이야. 환영 같은 것도 보고 좀 정신적으로 안 좋아서 보안 팀에서 저 여자는 어차피 감당을 못 한다고."

"환영?"

"아무튼 우리가 걱정할 문제가 아니야."

경준 팀장이 일어나더니 욕실 문을 노크했다.

"윤미 씨, 뭐 해요? 괜찮아요?"

"네! 전 괜찮습니다. 잠시만요!"

욕실 안에서 다급한 윤미의 목소리와 수도를 계속 트는 소리가

행복을 드립니다

들렸다. 경준 팀장이 한숨을 쉬더니 욕실 앞을 왔다 갔다 했다. 그렇게 5분이 더 흘러서야 윤미가 욕실에서 문을 열고 나왔다. 욕실에서도 울었는지 아까보다 더 눈이 퉁퉁 부어 있었다. 윤미는 남의 집에서 울어 버린 자신의 행동이 부끄럽다는 양 급히 인사를 하며 경준 팀장의 집을 나서려 했다.

"앞으로 행복하길 바라…"

윤미의 말이 다 끝나기도 전에 경준은 문을 "쾅!" 닫아 버렸다.

"다음에 저 여자 혹시라도 또 오면 그땐 문 열어 주지 말고 바로 경찰에 신고해 버려."

경준 팀장과 아내는 현관의 걸쇠까지 걸고, 창밖으로 윤미가 아파트 단지에서 빠져나가는 걸 확인한 뒤에야 안심했다.

5월이 되었고 여전히 코로나 일일 확진자는 만 명이 넘었지만 이미 엔데믹이 된 듯 상점과 거리는 한층 활기를 띠었다. 윤미는 어스퍼니처에서 퇴사하고 실업 급여를 받는 동안 시영이와 많은 시간을 보냈다. 시영이는 엄마와 함께 지내면서 이전보다 더 건강해졌다. 새 일을 찾아보려 했지만 마흔이 된 윤미가 이력서를 낼 만한 그럴듯한 직장은 별로 없었다. 그렇다고 자신이 떠나온 병원으로 돌아가고 싶지는 않았다. 아픈 사람과 죽어 가는 사람들 틈에 있어야 하는 그 시간을 다시 견뎌 낼 자신이 없었다. 마냥 이대로 주저앉을 수는 없었기에 윤미는 생각을 바꿔 보건소나 한방병원같이 중환자를 맞이하지 않아도 되는 곳으로 구직의 방향을 틀었다. 몇 군데 이력서를 냈지만 면접을 보라고 연락하는 곳은 없었다. 게다가 아직도 시영이가 들어갈 어린이집을 구하지 못했다. 그런데 퇴사 이후 윤미에게는 이상하게 낙관적인 태도가 생겼다.

'될 대로 되라지.'

윤미는 300만 원을 주고 근 10만km를 주행한 중고 경차를 한 대 구입했다. 친정 엄마가 더 이상 도움을 주지 못하게 되면 아이를 이 차에 태우고 배달 일이라도 하며 살면 된다고 생각했다. 뭐든지 남들만큼 하려는 욕심과 의지를 조금 버리면 비틀거릴지언정 어떻게든 살아남을 수 있다고 마음을 다잡았다.

경준 팀장의 집에서 한참을 울며, 자신의 밑바닥을 남에게 보인 뒤로 윤미는 자신의 삶이 하나의 큰 산을 넘어 새로운 국면으로 넘어갔다고 느꼈다. 수치스러운 기억이 이상한 힘을 가져다줬다. 그 경험이 나쁘지만은 않았다.

어스퍼니처에 마지막으로 출근한 날, 윤미의 사정을 알게 된 동료들이 저마다 윤미에게 위로와 축복을 보냈다. 하지만 윤미는 그 위로와 축복의 말들도 폭력이라 여겨 도망치듯 회사를 빠져나왔었다. 이제 생각하니 자신을 걱정하는 동료들의 순수한 마음을 괜한 편견 때문에 오해했다는 생각이 들었다.

윤미는 음료수와 과자 세트를 사서 어스퍼니처의 직원 통로 앞에 다시 섰다. 자신에게 가끔 안부를 묻던 보람에게 전화를 걸자, 포니테일로 머리를 묶은 보람이 좁은 보폭으로 뛰어오는 모습이 보였다. 왜 근무할 때는 보람이 좋은 동료였다는 걸 알지 못했을까, 윤미는 생각했다.

"언니! 웬일이에요."

윤미는 수줍게 음료수와 과자가 가득 담긴 카트를 보람 앞으로 끌어 왔다.

행복을 드립니다

"아니, 퇴사할 때 제대로 인사도 안 하고 나간 게 미안해서 동료들한테 그냥 이거 전해 주려고."

"어머. 제가 이거 사진 찍어서 언니가 사 왔다고 팀 톡방에도 올리고 다른 사람들한테도 다 알릴게요. 그렇잖아도 언니 퇴사하고 나서 언니 걱정하는 사람도 많았고 연락하고 싶어 하는 사람도 많았어요. 근데 다들 언니한테 뭔가 미안한 마음이 있어서 더 연락을 못 하겠다고 하더라고요."

"내가 좀 까칠했지. 그치?"

"아니에요. 언니는 항상 열심이었죠. 항상 바쁘고."

무전이 왔는지 보람이 잠시 인이어에 집중했다.

"일 바쁜데 들어가."

"아니에요. 물류 팀 콜인데 다른 사람이 받아서 내려갔어요."

인사하고 돌아가려는 윤미를 보람이 머뭇거리다가 결국 붙잡았다.

"근데 언니…. 팀장님이요. 경준 팀장님요."

경준 팀장이라는 말에 윤미가 걸음을 멈추고 다시 보람 앞에 섰다.

"소식 못 들었죠? 팀장님 회사 관뒀어요."

"팀장님이? 왜?"

"아니, 갑자기 애들이 아파져 가지고. 근데 병명을 모른대요. 그래서 한참 돌봄 휴가 쓰고 육아휴직도 쓰려고 했는데 위에서 지방 매장으로 발령하려고 하니까 그냥 관둔 거 같아요. 애들이 둘 다 아픈데 지방으로 어떻게 내려가겠어요."

경준 팀장의 소식을 전하던 보람에게 다시 무전이 왔고, 보람은 급히 윤미와 인사한 뒤 매장으로 돌아갔다.

윤미의 차가 어스퍼니처로부터 점점 멀어졌다. 문자 수신음이
들려, 윤미가 핸드폰을 확인하니 한방병원 면접을 보러 오라는
메시지가 도착해 있었다. 환하게 웃던 윤미는 경준 팀장을
떠올리고는 이내 씁쓸한 미소를 지었다. 그리고 인생에서 손꼽을
만큼 수치심을 느꼈던 날의 기억을 떠올렸다.

그날, 윤미는 아파트 화단 앞에 섰다. 자신이 떨어뜨린 침대
프레임 조각을 주워 커다란 쇼퍼 백에 넣었다. 그리고 경준 팀장의
집으로 가 한바탕 읍소를 하고는 욕실에 들어서자마자 세면대의
물을 최대 세기로 틀고 급히 욕조 위로 올라갔다. 천장을 비롯한
여기저기를 빠르게 살피던 윤미의 입가에 미소가 돌았다. 경준
팀장의 욕실 수납장도 월넛색이었다. 윤미는 욕실 수납장 위의 틈을
발견하고 그 틈새에 침대 프레임 조각을 끼워 넣었다. 욕조에서
내려와 수납장을 쳐다보니 알아채기 쉽지는 않았지만 또 아예
눈에 띄지 않는 건 아니었다. 윤미는 갑자기 불안해졌다. 급히 욕실
수납장을 열고 무언가를 찾기 시작했다. 안쪽에 놓인 가위가 윤미의
눈에 들어왔다. 그때 밖에 있는 경준 팀장의 노크 소리가 들렸다.
 "윤미 씨, 뭐 해요? 괜찮아요?"
 "네! 전 괜찮습니다. 잠시만요!"
 윤미는 다급하게 대답하곤 괜히 변기 물을 한 번 내린 뒤, 재차
욕조 위로 올라가 욕실 수납장에 가위로 뭔가를 새기기 시작했다.
드륵드륵 드륵드륵.
 '그래. 이 소리!'
 아이들이 침대 프레임에 자기 이름을 새기던 소리였다. 그리고
문지방을 쥐들이 이로 긁어 대던 소리였다. 윤미는 자신이 마치

행복을 드립니다

쥐라도 된 듯이 입을 오물오물거렸다. 고개를 옆으로 꺾어 욕실 거울로 쥐 흉내를 내는 자신을 보니 윤미의 입에서는 저도 모르게 웃음이 나왔다.

"으히히히히히히히."

윤미는 손을 다시 빠르게 움직이기 시작했다. 드륵드륵 득득득 드륵드륵 득득득.

세진이와 세윤이의 진짜 집

마침내 새겨진 문구를 보며 윤미가 미소를 지었다.

윤미가 욕실 문을 열고 나오자 경준 팀장이 윤미를 노려보고 있었다. 윤미는 꾸벅 인사하고 도망치듯 경준 팀장의 집을 나서려 했다. 그때, 팀장의 뒤로 세진이와 세윤이가 보였다. 세진이가 윤미에게 질문을 하려는 듯 입을 뻥긋 열고 있었다.

"앞으로 행복하길 바라…"

윤미의 말을 제대로 듣지도 않고 경준 팀장은 문을 쾅 닫아 버렸다.

"이제… 너희의 진짜 집이 생겼으니까!"

경준 팀장에게 미안한 마음이 전혀 없는 건 아니었다. 팀장의 집을 나오면서 한 '행복하길 바란다'는 말은 어차피 팀장에게 한 말이 아니니 위선을 떤 것도 아니었다. 그 말은 세진이와 세윤이에게 한 것이었다. 아이들에게는 좋은 집과 좋은 가족이 필요하니까. 윤미는 세진이와 세윤이의 행복을 위한 메신저가 되어 줬을 뿐이다. 자신의 이해와 두 아이들의 행복만을 생각했지, 경준 팀장과 그

가족의 행복 따위는 관심의 대상이 아니었다. 팀장도 윤미의 사정을 무시하고 윤미의 행복에 관심 갖지 않았던 것처럼.

오래된 중고차를 타고 고가를 넘는 윤미의 뒤로 '행복을 드리는 어스퍼니처'라고 적힌 거대 간판이 보였다. 그리고 라디오에선 어스퍼니처의 흥겨운 로고 송이 흘러나왔다. 몇 달 전만 해도 출근하면 매일 듣던 그 로고 송이었다. 윤미는 아주 조용히 그 노래를 흥얼거렸다.

"모두의 꿈을 키우는 어스퍼니처~
행복한 가구가 행복한 기운을~
어스퍼니처는 행복을 드립니다~"

행복을 드립니다

오피스 파파

김혜영

아, 여보세요? 들리시나요? 다행이다. 퇴근 시간에 연락드려서 정말 죄송해요. 하지만 이건 진짜 심각한 문제라서요. 혹시 짐작… 가시나요? 네. 사실 민폐 끼치고 싶지 않아서 112랑 119에 먼저 전화하긴 했어요. 하지만 이곳은 못 찾더군요. 맞아요. 여긴 쓰레기통이니까요.

네, 저도 알아요. 평범한 사람이라면 쓰레기통에 들어가지도 않고, 아니 그 전에 들어갈 수도 없겠죠. 저처럼 이 안에 갇히는 일은 상상도 못 할 거예요. 하지만, 아시잖아요. 이건 특별하다는 거. 어떻게 이 안에 오게 되었느냐고요? 하하. 좀 긴데. 결론부터 말하자면 강성필 팀장님 때문이죠.

강 팀장님과는 사실 안 지 얼마 안 됐어요. 이제 2년 정도? 제가 ▲웍스에 입사해 마케팅 팀에 들어가면서 만난 사이죠. 강성필 팀장님은 제 상사이자 사수였어요. 팀장님급이나 되는 분이 사수라니. 그간 드라마에서 봤던 회사 생활과는 달라서 저도 처음엔 조금 놀랐답니다. 하지만 손바닥만 한 사무실 안에 직원이라고

해 봤자 스무 명 정도뿐인 회사였으니까요. 중간 직급 없는 작은 기업이니 별수 없죠. 또 저랑 강 팀장님을 제외하고는 모두 디자이너나, 회계 담당자나, 개발자분들이셨으니 제가 일을 배울 수 있는 사람은 오직 강 팀장님뿐이었답니다.

참, 제가 무슨 일 하는지 정확히 말씀드린 적은 없었죠? 처음 메일로 인사 나눌 때 그냥 마케팅 팀이라고 설명했지만 저는 사실 아무것도 아니면서 모든 것을 하는 잡무 사원이에요. 광고 카피 문구랑 보도기사형 광고문도 쓰고요, 광고 기획에도 참여하고, 홍보 블로그 관리, 사이트 관리, 데이터베이스(DB) 관리, 영업까지 되는대로 하고 있죠. 정석대로라면 사무직과 영업직을 따로 둬야 하는데, 강 팀장님이 영업도 뛰고 글도 쓰시며 일해 왔으니까 대표 생각엔 신입도 가르치면 마땅히 잘하리라 생각했던 거죠.

배우면 된다. 할 수 있다. 적응하면 아무것도 아니다. 이 세 문장을 늘 주문처럼 외우며 출근했습니다. 일은 어렵고 버거웠어요. 쓸데없는 게 많고 번잡스러워서 뭐 하나 제대로 집중한 것도 없고 성취감도 없는데 그저 바쁘기만 했으니까요. 시간이 해결해 준다는 말은 한 달이 지나고 두 달이 지나고 반년이 지나도 위로가 되지 않았죠. 하지만 그만둘 순 없었어요. 저는 이 회사 아니면 아무 데도 갈 곳이 없었거든요.

집이요? 집이라는 게 뭘 말하는 걸까요. 단순히 당장에 제 몸을 눕힐 만한 곳을 말한다면 회사에서 도보 10분 거리에 있는 여성 전용 고시텔 '드림아트빌'이 저의 집이에요. 돈이 없어 외창이 있는 방은 꿈도 못 꿨고, 복도를 향한 조그마한 내창 하나가 있는 싱글 침대 크기만 한 방을 구했죠. 옆방 여자가 발톱 깎는 소리까지 들리지만, 밥과 김치와 라면을 무상 제공받으면서 보증금 없이 월세만 내면 되니 무일푼으로 시작한 사람에게는 이보다 좋은 곳이 어딨겠어요.

아, 부모님이요? 엄마는 바람나서 도망갔고요, 아빠는 글쎄요. 딸보단 본인 챙기기 바쁠 텐데요. 저흰 딱 그 정도 관계예요. 아빠는 제 얼굴이 바람난 년 얼굴을 닮아서 싫어했고, 저는 아빠가 절 때리니까 싫어했죠. 자길 때리는 사람을 누가 좋아하겠어요.

혹시 이런 생각 해 보신 적 있으세요? 내 인생 최초의 기억이 무엇인지요. 갓난아기 시절까지 떠올리긴 힘들겠지만, 내 삶을 돌이켜 봤을 때 내가 인지하고 있는 제일 제일 어렸을 때의 기억. 생의 첫 번째 기억. 담당자님은 어떤 거예요? 예전에 궁금해서 인터넷 커뮤니티에 글을 올려 봤는데 다들 재미난 기억이 많더라구요. 대부분 최초의 기억은 그렇게 특별하진 않았던 거 같아요. 길가에 떨어진 개똥을 처음 봤을 때가 인생 최초의 기억이란 사람도 있었고, 부모님 앞에서 춤추던 게 최초라던 사람도 있었죠. 제 경우엔 맞는 거였어요. 제 삶은 아빠의 주먹질과 함께 시작된 거죠. 어릴 때 그렇게 맞으면 죽기도 한다던데. 아빠가 절 조금은 사랑했던 걸까요. 고시텔로 뛰쳐나올 때까지 전 살아 있었답니다.

그때 저는 스무 살이었어요. 물론 이전에 가출을 시도해 보지 않은 건 아니었어요. 하지만 미성년자인 채로 밖에 나가 봤자 어떻게든 저를 꼬셔서 섹스하고 싶은 남자들만 마주치게 되더라고요. 맞는 게 나을까. 자는 게 나을까. 학생 때 제 마음은 후자로 기울었어요. 아빠한테 맞는 건 아프기만 한데, 아빠 같은 사람과 자는 건 조금만 참으면 보상이 따라오는 일이었으니까요. 바로 돈이요. 돈이 있으면 수학여행 전날에 쇼핑을 가자는 친구 무리에 붙어 놀 수도 있고, 술 취한 아빠가 인사불성으로 집에 들어가는 걸 봤을 때 걸음을 돌려 찜질방이나 싸구려 모텔에서 편안한 잠을 잘 수도 있잖아요. 신앙도 없으면서 주말마다 아침 일찍 교회에 가서 공짜 밥을 얻어먹고 오지 않아도 되고 패스트푸드점에 가서 라지 세트를 당당히 시켜 먹을 수도 있으니까. 핸드폰에 만남 어플을 깔고, 최대한 어른스럽게 립스틱을 바르고 아이라인을 그려 셀카를 찍으며 지금 이 순간을 어떻게든 살아남고 싶어서 바둥거리는 날들을 보내고 있었는데…. 어느 날 거리에서 만난 또래 여자애가 그런 얘길 해 주더라구요. 자기, 얻어맞으면서 강간당한 적이 있었다고. 그날은 공쳐 버려서 한 끼도 먹지 못했다구요. 그 말을 듣고 저는 집으로 돌아왔어요.

스무 살까지만 채우고 나오자. 아빠에게 맞을 때마다 그 말을 주문처럼 되뇌었죠. 그때 저에게 성인이 된다는 건요, 누구에게도 맞지 않고 강간당하지 않을 수 있는 마법의 자격을 부여받는 거였어요. 성인이 되기만 하면 부모에게 허락받지 않고도 일을 할 수 있고, 온전히 내 손에 돈이 들어오고, 오직 나 혼자만을 위한 공간을 살 수 있고, 그러면 바라던 평범함을 누릴 수 있을 테니까.

12월 31일. 또래 친구들이 스무 살을 기다리며 카운트다운을 하던 날 밤. 저는 집을 나왔답니다. 수중에는 아빠 몰래 알바하며 모은 돈 150만 원이 있었죠. 고시텔 방을 구하고 나니 120만 원이 되었어요. 아.

일을 구해야 했어요. 물론 자신 있었죠. 어른이 됐으니까. 알바 사이트만 접속해 봐도 구인 공고는 수백 개나 있었으니까요.

그런데 문득, 알바하는 곳에 혹시라도 아빠가 찾아오면 어쩌나 싶더라고요. 우리 아빠요, 흥신소 직원 하면 진짜 잘했을 것 같은 사람이었거든요. 사람을 찾는 데에 재능이 있었어요. 바람났던 엄마도 아빠 손에 세 번이나 머리채를 잡혀 끌려왔었죠. 네 번째에는 못 찾게 되었지만. 아무튼 저는 아무도 저를 추적할 수 없는 안전한 곳에서 일하고 싶었어요. 아빠 머리로 생각했을 때 내가 절대 갔을 리 없다고 판단할 만한 곳. 네. 정답은 회사원이 되는 거였습니다.

생활은 해야 하니까, 틈틈이 결혼식장 서빙 알바 같은 걸 하면서 면접을 보러 다녔어요. 인서울은커녕 4년제도 전문대도 특성화고도 나오지 않은 '그냥 고졸'인 제가 회사원이 된다는 건 쉽지 않은 일이었죠. 그래서 ▲웍스에 지원하면서도 제가 붙을 거란 생각은 안 해 봤어요.

그런데 면접이 잡혔더라구요. 어떻게 서류 통과가 되었는지 어리둥절했어요. 그래서 작은 회의실 테이블에 앉아 대표님과 강성필 팀장님을 마주했을 때도 그저 얼어붙어 있었죠. 대표님은 눈동자만 데굴데굴 굴리고 있는 제가 안쓰러웠는지 겁먹지 않아도 된다며 미소 지으셨어요. 저는 애써 웃으며, 제가 할 수 있는 말을 했어요. 무엇이든 맡겨만 주시면 열심히 하겠다고요. 나오는 게 뻔한 말밖에 없더라구요. 강성필 팀장님은 한쪽 눈썹을 치켜올리더니 말씀하셨어요.

"남들과 다른 민정 씨만의 장점이 뭐예요?"

그때 망했다, 라는 생각이 들더라구요. 저는 제 장점이 뭔지 모르는 사람이었거든요. 당연히 면접에서 물어볼 만한 질문인데 미리 준비할 생각을 못 한 제 잘못이었죠. 뭐라도 말해야 할 것 같았어요. 빠르게 제 인생을 되새김질하다 보니 딱 하나, 장점이 있더라구요.

"맷집이 셉니다."

"단점은요?"

"싸움은 못합니다."

하하하. 뭐가 웃겼는진 모르겠는데 강성필 팀장님이 빵 터지셨어요. 눈치 보다 저도 따라 웃었던 것 같아요. 왜인지는 모르겠지만, 그렇게 합격했습니다. 대표님은 반대했지만 강 팀장님이 마음에 들어 하셨다네요. 얼떨결에 첫 사회생활을 시작했답니다.

아이고. 말하다 보니. 별로 안 친한 사이에 너무 깊은 이야기를 드렸죠. 제가 참 이래요. 사람이 사람을 만날 땐 서로 좋은 점을 보고 친해지고 싶어 하는 건데. 저는 꼭 제 상처를 드러내지 못해 안달이거든요. 나중에 실망하고 떠나는 꼴 보기 전에 그냥 미리 솔직하게 오픈해 버리고 갈 사람은 가라, 남을 사람은 남아라, 하는 거죠. 영리하지 못하긴 한데, 제가 생각하기에는 이게 절 지킬 수 있는 최선의 방법이었거든요.

그래서 종종 강성필 팀장님이 제 사생활을 물어보실 때에도 가감 없이 솔직하게 말씀드리곤 했죠. 강 팀장님은 제 얘길 가만 듣고는 고생을 많이 했다며 직장 상사도 아버지 같은 존재이니 자기를 잘 따라오면서 배워 보라고 격려해 주셨어요. 저만 한 딸이 있는데 딸 생각이 난다면서요.

전 그동안 이런 어른을 만난 적이 없었답니다. 제가 만난 어른들은 때리거나, 자려 하거나, 외면하거나, 셋 중 하나뿐이었으니까요. 강 팀장님의 말씀을 듣고 있으면 제게도 딛고 설 수 있는 자그마한 바닥이 생긴 것 같았죠. 그래서 마음속으로 다짐했어요. 저분께 충성을 다하자고요.

수습 기간 동안 강성필 팀장님은 제게 정말 잘해 주셔서, 남몰래 다짐한 마음에 보답이라도 받는 것 같았습니다. 강 팀장님은 어딜 가든 늘 저를 키 링처럼 달고 다니셨어요. 커피나 디저트는 물론 값비싼 저녁밥도 사 주셨고 아무것도 모르는 제게 많은 것을 알려 주셨습니다. 엑셀은 어떻게 사용하는지, 광고 DB는 어떻게 관리하는지. 글은 어떻게 써야 하고, PPT는 어떻게 만들어야 하는지. 저는 늘 펜과 노트를 들고 다니면서 강 팀장님이 하신 말씀을 기록했어요. 한시라도 더 빨리 쓸모 있는 인력이 되기 위해 퇴근 시간이 지나서도 홀로 남아 연습했죠. 인정받고 싶다고 생각했던 것 같아요. 제 주제는 잘 알고 있었으니까 특별히 잘나거나 유능해지길 바랐던 건 아니고요, 그냥 이곳의 아주 작고 작은 나사 하나라도 좋으니까 기능하는 인간으로서 취급받고 싶었어요

그게 불가능하다면 최소한 귀염받는 부하 직원이라도 되고 싶다고 생각했죠. 하지만 누군가의 환심을 사는 것도 제게는 낯설고 어려운 일이었어요. 그건 아무도 가르쳐 준 적이 없었으니까요. 아, 아닌가. 타고난 사람도 분명 있으니까…. 저는 인간관계에서 그냥 모자란 애였어요. 늘 잘 안되더라구요. 그래도 노력하는 걸 포기하고 싶진 않았어요. 그래서 같은 팀원분들께 강 팀장님에게 잘 보이는 법 따위를 물어봤죠. 하지만 답변이 제게 도움 되진 않았어요. 아무래도 저랑 업무 영역이 다르다 보니 놓이는 상황도 다르고, 대처 방식도 다르더라구요. 같은 업무를 하는 사수가 있으면 좋았을 텐데, 강 팀장님의 직속 부하는 오직 저 하나뿐이었으니까 별 소득이 없었죠. 그런데 문득 왜 저뿐인가 싶더라구요. 강성필 팀장님은 좋은 상사였고, 업무를 팀장님과 저, 둘이서만 하기엔 좀 빠듯했거든요. 또, 채용 공고가 빈번히 올라왔던 곳이기도 했어요. 지난 기록을 살펴보니 3개월, 한 달, 반년, 일주일 정도의 비교적 짧은 간격으로 사람을 구하고 있었죠. 1년을 넘긴 사람이 없던 걸까. 의문이 들기

시작했답니다.

　　넌지시 동료분들에게 그 이유를 물어봤지만 명확한
답은 듣지 못했죠. 그저 "직원이 되면 수습 때랑은 하는 일이
달라지니까."라든가, "민정 씨, 내일 채움 돈은 2년 채워야 나오는 거
알아?"라는 얘기를 들었을 뿐이었어요. 동료분들이 어쩐지 미묘하게
말을 돌린다는 생각이 쌓여 가던 어느 날, 수습 기간이 끝나 갈
무렵에서야 저는 동료들이 말해 주지 않았던 강 팀장님의 모습을
만나게 되었답니다.

　　"야!"

　　생각지도 못한 고함이 들렸거든요. 저를 향한 말이었죠. 저는
죄인처럼 강성필 팀장님 앞에 섰답니다. 뭔가 굉장히 마음에 들지
않아서 욱하신 모양이었는데, 제 얼굴을 가만 바라보더니 후,
한숨을 내쉬곤 자리로 돌아가라 하시더군요. 쭈뼛거리며 걸음을
옮기는 제 뒤통수에 대고 "일 좆같이 하네."라는 혼잣말을 하시긴
했지만… 제 앞에서 한 건 아니었으니까요. 참은 거잖아요. 저는
그게 감사하기까지 했어요. 예전에는 늘 참지 않는 사람과 함께
살아왔거든요. 그에 비해서 강성필 팀장님은 천사 그 자체였죠. 설마
이전 퇴사자들이 고작 이런 거 때문에 나갔던 걸까 싶더라고요.
그렇다면 제가 바로 이곳의 적임자라는 생각이 들었죠. 네, 아주
자신만만했답니다.

　　하지만 수습사원에서 계약직으로 호칭이 바뀌고, 월급이
최저임금을 벗어난 뒤부터 제 생각은 점점 바뀌기 시작했습니다.
시간이 지날수록 "야!" 뒤에 이어지는 말들은 점점 길어졌거든요.

　　야, 너 왜 이걸 이렇게 해? 귀 없냐? 진심으로 궁금해서 물어보는
거야? 고졸이라 일 좆같이 하는 거야? 그냥 다 하지 마, 시발. 참는

오피스 파파

데도 한계가 있지. 말귀를 못 알아 처먹어? 모르면 처묻고 보고할
것이지 왜 네 맘대로 일을 벌여. 니가 이러니까 처맞고 산 거야.

이런 식으로요. 들고 있던 종이 뭉치나 펜을 집어 던지는 일도
부지기수였죠. 제 앞에서 소리치고 나서도 분이 다 안 풀리면 회사
메신저로 찾아와서까지, 하고 싶은 말은 전부 뱉어 내곤 했답니다.
단 하루도 무사한 날이 없었어요.

처음엔 실수라고 생각했습니다. 저도 실수를 하듯이, 강성필
팀장님도 그런 잘못을 자기도 모르게 저지르게 되는 것이라구요.
저는 더 노력했어요. 좋았던 분이 저렇게 점점 변해 가는 게 제 탓인
것만 같아서요. 강성필 팀장님이 시키는 일이면 어떤 자질구레한
일이라도 도맡았죠. 편의점 담배 심부름부터, 회식 때 술 취한 강
팀장님을 택시에 태워 집까지 모시는 일, 술 취한 몸뚱이를 낑낑대며
부축해 와 현관문 비밀번호를 직접 쳐 가면서 현관 안까지 데려다
드리는 일, 드라이 맡긴 옷을 찾아오는 일이나, 식사 시간 20분 전에
미리 나가 맛집으로 소문난 식당에 가서 줄 서 있기 같은 일들이요.

"딸 같아서 알려 주는 거야. 나중에 센스 있단 소리 들을걸?"

센스는 대체 언제 생기는 걸까요? 일머리는 언제 잡히고요? 학교
시험처럼 눈으로 확인할 수 있는 지표가 있는 것도 아녀서 저는 늘
혼란스러웠어요. 강성필 팀장님 앞에 서서 보고를 올려야 되는 날이
오면 저는 늘 퀴즈 쇼 출연자가 된 기분이었답니다. 처음부터 정답을
알려 주시면 좋을 텐데, 제가 꼭 맞혀야 하는 순간이 있었거든요.

"이게 맞다고 생각해?"

강성필 팀장님이 물어보실 때마다 저는 늘 틀렸습니다.
이상하죠. 모든 문제의 답을 찍더라도 보통 하나는 맞힐 텐데
말이에요. 나중엔 제가 생각하는 대로 말하는 대신에 강성필

팀장님이 원하시는 대답을 유추해서 답하곤 했어요. 그래도 늘 오답이더군요. 강 팀장님 앞에서 저는 늘 확신을 가질 수 없었습니다. 근데 이게 꼭 강 팀장님 때문이라고 말할 순 없어요. 저는 늘 모든 것에 확신이 없는 사람이었거든요.

원래 이런 성격으로 태어난 줄 알고 살았는데 이게 아버지의 유산이라는 걸 깨닫는 데에는 오랜 시간이 걸리지 않았답니다. 예측할 수 없는 부모. 답이 없는 문제. 어디서 네, 라고 말하고 어디서 아니오, 라고 말해야 할지 알 수 없는. 끝없이 잘못했다고 빌어야 하는 상황. 그 잘못했다는 말도 몇 번까지 허용되는지 알 수 없는. 오늘은 잘못했다는 말을 세 번밖에 안 했다고 뺨을 맞고, 다음 날은 세 번 넘게 했다고 복부를 걷어차이는 날들. 알 수 없는 생각. 파악할 수 없는 기분. 짐작할 수 없는 분위기. 불을 켜 놔서 맞고, 리모컨을 제자리에 안 뒀다고 맞고, 샴푸를 제자리에 안 뒀다고 맞고. 그렇다고 불을 꼭 꺼야 되는 것도 아니고 리모컨이나 샴푸의 위치가 정해진 것도 아닌, 그저 분풀이를 위한 꼬투리 잡기를 감내하는 날들. 아빠와 함께한 모든 날 모든 시간 동안 눈치를 보았지만 전 단 한 번도 아빠의 비위를 맞춘 적이 없었어요. 이렇게 살아온 사람이 어떻게 자신의 생각, 자신의 말에 확신을 가질 수 있겠어요. 그건 틀려도 박수받아 본 사람들이나 가질 수 있는 우아한 재능이죠. 저는 줏대란 게 없는 사람이었어요. 볼펜을 두고 누가 갑자기 그건 볼펜이 아니라 책상이야, 라고 말하면 냉큼 책상이라고 고쳐 말하는 사람이었죠. 왜겠어요. 그렇게 말하면 한 대라도 덜 맞을 줄 알았던 거죠.

강성필 팀장님을 대할 때도 똑같았습니다. 팀장님이 맞다고 하면 저도 맞다고 대답했고, 틀렸다고 하면 저도 다시 생각해 보니

틀린 것 같다고 대답했죠. 그럼 좀 덜 혼날 줄 알았는데. 어떤 땐 이 방법이 최선이었지만 어떤 땐 끔찍한 오답이었어요. 그럼 어김없이 "야!" 하는 소리가 사무실 안에 울려 퍼졌죠.

한참 동안 욕설을 쏟아 내고 나면 강 팀장님은 제 옆자리 정 대리님께 카드를 한 장 쥐여 주셨어요. 절 데리고 스타벅스에 가서 가장 맛있고 달콤한 디저트를 사 오라는 심부름을 시키셨죠.

달달한 음료를 마시고, 동료들 몫의 커피를 사서 사무실로 들어가면 강 팀장님이 보낸 메시지가 도착해 있었어요.

"딸 같아서 그래. 다 너 잘되라고 한 소린 거 알지?"

제가 그 말에 얼마 동안 속았을 거 같으세요? 저는 이미 이런 류의 말에 20년 동안 속아 온 경력직이었답니다. 저희 아빠가 그랬거든요. 술 먹고 절 때린 다음 날이면 꼭 제가 좋아하는 과자나 음료수나 가끔은 치킨을 사 오셨어요. 폭력의 값치고는 참 싸구려였죠. 이걸 먹는다는 건, 아빠의 사과를 받는다는 것. 멍 자국 하나에 닭 다리 한 조각. 저는 기꺼이 기름진 살에 이빨을 박아 넣었습니다. 아빠의 죄책감을 덜어 주기 위한 행동이라는 걸 알면서도요. 언젠가는 늘 용서해 주는 딸이 가여워 때리지 않을지도 모르니까. 흔쾌히도 싸구려 사과를 받았어요. 그편이 더 행복했거든요.

그래서 이곳에서도 그 행복을 지키기로 했답니다. 강성필 팀장님이 가끔 나쁜 말을 하긴 했지만 맛있는 밥도 사 줬고, 비싼 음료도 사 줬고, 분명 잘해 준 기억도 있었으니까. 또 아주 가끔씩은 칭찬도 해 주셨으니까요. 그 기억의 조각들을 모아 힘들 때마다 꺼내 보면서, 내가 좀 더 노력한다면 인정받을 수 있을 거라고 믿었습니다. 고졸 주제에 뽑혔으면 열심히 경력을 쌓아야지 고작

1년도 못 버텨 놓고 포기할 순 없다고 생각했어요. 저는 이미 도망자로 이곳에 온 사람이었으니까 또 도망치고 싶지 않았답니다. 남들 같은 평범한 회사원이고 싶었죠. 그렇다면 버텨야 했어요. 그렇게 1년이 지났어요. 하지만 저는 여전히 모자라고 멍청한 직원이었답니다.

"민정 씨. 저번 작업 되게 좋더라. 영상 콘텐츠 기획도 한번 해 볼래?

그런 제게 영상광고 팀의 이 팀장님께서 업무 요청을 해 오셨어요. 당혹스러웠죠. 저는 강 팀장님 밑에서 신문 기사형 바이럴광고를 담당하고 있었기 때문에 업무 내용도 달랐고, 무엇보다 아직까지도 강성필 팀장님 성에 차지 않는 직원이었으니까요. 왜 갑자기 이런 제안을 주시느냐고 물으니, 네가 하면 잘할 것 같아서, 라는 말만 돌아왔어요. 강 팀장님께 허락을 맡아야 할 것 같다고 조심히 답변드리니, 이미 허락은 받았다며 제 의사를 물어보셨습니다. 저는 모든 게 결정된 이런 상황에서조차 어떻게 해야 할지 몰라 강 팀장님께 요청을 수락해도 될지를 물어보았어요.

왜냐면 그때 저랑 강 팀장님은 광고 채널에 새 광고주를 모셔 와야 해서 영업을 뛰던 중이었거든요. 영 이상한 업체들만 만나고 있던 터라 강 팀장님의 기분이 매우 안 좋은 상태였죠. 이런 와중에 다른 팀 업무를 맡아도 되나 싶어 여쭤본 건데…. 강성필 팀장님은 이미 윗선에서 이야기가 다 끝난 걸 왜 자기에게 다시 물어보냐며 화를 내셨어요. 저는 죄송하다고 연신 사과드린 뒤 엉겁결에 이 팀장님의 업무를 받게 되었답니다.

처음으로 강 팀장님 밑에서 벗어나 일을 하게 된 순간이었어요. 이 팀장님은 강 팀장님과 나이대가 같았지만 전혀 다른 성격을 가진 분이셨죠. 질문하는 걸 반기셨고, 친절하셨어요. 말도 함부로 하시지 않았죠. 이 팀장님 밑에서 일하는 건 편하고 즐거웠지만 동시에 어색하고 불안했어요. 어떻게 설명해야 할지 모르겠는데… 이질감에 가까운 감정이었던 것 같아요. 제게 맞지 않는 옷을 입고 있다는 느낌이었죠. 동시에 강성필 팀장님이 한창 바쁜 시기에 저를 다른 팀의 보충 인력으로 보냈다는 게 이상하게 느껴졌답니다. 저 하나 빠져도 별 영향 없을 만큼 팀 내에서 제 존재감이 없었다는 뜻 같아서요.

저는 불안해졌습니다. 강성필 팀장님 밑에서도 능력을 증명하지 못했는데, 이 팀장님 밑에서도 그저 그런 능력을 보여 주면 해고당할 것 같았거든요. 전 일개 계약직 직원이었으니까요.

잘하지 않으면 안 돼. 다짐에 또 다짐을 하며 제 모든 시간과 노력을 갈아 넣어 기획안을 만드는 데 전념했어요. 먼저 맡게 된 일을 분석하는 데 집중했죠.

이 팀장님의 업무 분야는 영상광고다 보니 타깃층이 젊은 편이었어요. 반면 강 팀장님의 업무 분야는 인터넷 신문 홈페이지 하단에 뜨는 기사형 광고였기 때문에 타깃층이 50대 이상이었죠. 이 팀장님이 그간 만드신 작업물을 살펴보니 친근하면서 유머러스한 느낌인 경우가 많았어요. 강 팀장님 밑에선 좀 더 딱딱하고, 숫자나 통계를 이용해서 글의 설득력을 높이는 데 주력한 느낌의 작업을 할 때가 많았죠. 이 팀장님이 주로 맡는 광고 제품은 식품이나 화장품, 세련된 디자인이 들어간 생활용품들이었고, 강 팀장님이 맡는 건 렌터카 대여나 창업 같은 종류의 서비스였어요. 누가 봐도 완벽히 다른 노선임이 분명했습니다. 강성필 팀장님이 제게 강조하셨던 것을 모조리 반대로 적용해야 된다는 생각이 들 정도로요.

하지만 강성필 팀장님의 마음에 들지 않을 만한 기획서를 만드는 건 제게 너무 어려운 일이었어요. 결정권자는 이 팀장님인데도 불구하고 강 팀장님의 눈치가 보였죠. 왜 그랬는지는 모르겠어요. 그분이 하신 말씀과 강조하셨던 내용을 반대로 쓰는 것조차 두려웠어요. 아, 제 생각이 맞는지 확신할 수가 없었던 게 큰 이유였던 것 같기도 해요. 전 이곳에서 강성필 팀장님의 가르침만 따라 왔는데, 그 지침을 벗어나 다른 방향으로 간다는 건 모험이었으니까요. 잘 이해 안 되시죠? 저도 그래서 뭐라 더 설명드려야 할지 모르겠네요. 정말 그냥, 그저 느낌적으로 강성필 팀장님이 하라는 대로 하지 않으면 안 될 것 같았어요. 결국 계속 강성필 팀장님이 보신다면, 이런 가정들이 머릿속을 빼곡히 채워 이도 저도 아닌 결과물이 나오게 되었죠. 이 팀장님은 아쉽다는 듯이 말씀하셨어요.

"수고했어요."

제가 만든 기획서는 파쇄기에 들어갔답니다. 그 뒤 영상 팀은 신입 사원을 채용했어요. 저는 다시 강성필 팀장님의 업무를 돕게 되었답니다. 새 직원이 이 팀장님 밑에서 살뜰히 일을 돕는 걸 보고 나서야 저는 제가 이 팀장님 쪽에서 일하고 싶어 했다는 걸 깨달았어요. 하지만 기회는 떠났고 모두 다 제가 자초한 일이었어요. 강성필 팀장님 말처럼 제가 멍청했기 때문에.

"야!"

혹시, 장기가 떨리는 걸 느껴 본 적이 있으신가요? 오장육부, 그중에 무엇 하나를 콕 집어 말할 순 없지만 근육이며, 위장이며,

대장이며, 콩팥, 간 따위들이 모조리 심장이라도 된 듯 두근두근 요동치는 것 같은 느낌을요. 입사한 지 1년 반이 지나고 나니까, 강성필 팀장님의 호통 소리만 들어도 스위치가 눌린 듯 제 뱃가죽 안쪽에 자리한 내장들이 벌벌 떨려 오기 시작했답니다. 몸속 깊숙한 곳에서부터 시작된 진동은 곧 손끝과 발끝까지도 퍼져 나가 양손을 서로 꼭 움켜쥔 채 양발을 모으고 있지 않으면 파들거리는 모양새가 남들 눈에도 보일 정도가 되었어요. 학력도 낮고 일도 못 하는데 정신병까지 있는 애로 보이고 싶지 않아서 늘 온몸에 힘을 바짝 주고 참았습니다.

훕.

때때로 참을 수 없는 순간이 오면 비상계단으로 도망갔어요. 제대로 환기가 되지 않아 공기는 탁하고, 발소리는 머리끝까지 울려 대고, 조명은 칙칙했지만, 잠깐이나마 도망쳐 머물 수 있는 완벽한 공간이었거든요. 그곳에서 핸드폰 타이머로 10분을 맞춰 두고 떨림이 멈출 때까지 숨죽여 울곤 했어요. 보통 6분 42초가 지났을 때쯤엔 울음이 멈추더라구요. 그렇게 몇 번 반복하다 보니, 5층 사무실에서 일하던 사람과 자주 마주치게 되었답니다. 그분은 흡연 구역에 가는 게 귀찮아서 몰래 비상계단에서 전자 담배를 피우던 분이었는데, 어느 날 제가 늘 앉아서 울던 자리에 방석 하나를 두고 도망치듯 사라지시더라고요. 거기엔 작은 쪽지도 하나 있었습니다. 병원의 도움을 받아 보는 건 어떻겠냐는 거였어요. 저는 결국 신경정신과를 찾아갔답니다.

"불안장애입니다."

진단을 받았어요. 약도 받았구요, 저 같은 직장인들이 생각보다 흔하다는 이야기를 들었어요. 20년 근속 중인데도 프레젠테이션 발표 날이면 두드러기가 올라온다는 사람도 있었고요, 회사에만 오면 다리를 떨게 된다는 사람도 있었죠. 퇴직 후 히키코모리가 된 사람도 있었고, 질 나쁜 루머 때문에 호흡곤란이 오게 된 사람도 있었어요. 세상에 이렇게나 많은 직장인이 정신병을 앓고 있다니. 저 따윈 아무것도 아니란 생각이 들더라고요.

　　게다가 약을 먹으니 떨림도 줄어들고, 비상계단을 이용하는 횟수도 현저히 줄어들었어요. 조금 졸린 게 단점이었지만 제 상태를 남들에게 들키지 않을 수 있다는 것만으로도 좋았거든요. 음. 그러니까, 창피했어요. 직장 상사 때문에 정신과 약을 먹는다는 게. 남들은 잘 버티는데 저만 모자란 거 같아서. 더 노력해야 하는데. 그래야 평범하고 정상적인 삶을 살 수 있을 텐데. 힘내야 하는데. 그런 생각들을 의사에게 말하니까 이런 얘기를 하더라구요?

　　"민정 씨, 왜 힘을 내세요? 힘 빼세요."

　　의사는 제가 굳이 그곳에서 강성필 팀장을 극복해야 할 이유가 전혀 없다고 말했어요. 그러니 관계를 놓아 버리라고 하더군요. 제가 지나치게 아빠와 강 팀장님을 겹쳐 보고 있다는 게 그 이유였어요. 전 그 말을 이해할 수가 없었어요. 그럼 그다음엔요? 저는 평생 아빠 닮은 사람을 피해 다니며 살아야 하는 건가요? 그때마다 이 모든 건 부모 탓이라며 원망하며 사는 삶을, 전 원하지 않았어요. 부모 탓을 하고 있으면요, 스스로가 너무 초라해서 견딜 수가 없거든요. 살고 싶기보다 죽고 싶었던, 벌레처럼 밟혔던 날의 기억이 흐려지긴커녕 선명해지기만 하거든요. 저는요, 새 인생을 살고 싶었어요. 그러려면 사회생활 첫 단추 끼우기부터 포기하면 안 되는 거잖아요. 다들 견디며 산다면서요. 제가 항의하자 의사가 그러더군요. 계속 피해도 되고 계속 도망쳐도 괜찮으니까, 다른 새로운 관계를 경험해 보았으면 한다구요.

흡.

의사의 말을 들음과 동시에 내장이 바들바들 떨려 왔습니다. 아빠에게서 도망쳤던 그 밤이 떠올랐거든요. 쫓아올까 봐, 붙잡힐까 봐, 엄마처럼 될까 봐 헐떡이며 달려 나갔던 그 밤. 그 끔찍한 도피를 평생 해도 괜찮다니요? 속이 안 좋아져서 상담을 도중에 중단했어요. 집으로 돌아오는 내내 주먹 쥔 손에서 힘이 풀리지 않았죠. 전 이겨 내고 싶었답니다. 이제 성인이었으니까요. 아빠든 강성필 팀장이든 간에 쓰레기 같은 사람들을 만났을 때 피하지 않고 아무렇지 않게 대처할 수 있는 그런 의연함. 미칠 듯한 질투심을 일으켰던 다른 이들의 평범함. 진심으로 그런 것들을 갖고 싶었어요. 전 병원을 옮겼고, 새로운 의사 앞에서는 말을 아끼고 약만 받았죠. 합리적인 선택을 했다고 생각했어요.

하지만 다시 흡.

장기가 떨려 오더라구요. 시간이 지날수록 약은 듣질 않았어요. 강성필 팀장님은 늘 발발 떨고 있는 저를 못마땅해하셨어요. 자기 앞에서 정신병 티 내지 말라면서, 이 정도로 멘탈이 무너진다고 치면 세상 사람들은 이미 다 자살했을 거래요.

아. 그쯤 되니 눈물도 말라 버리더라고요. 그즈음을 기점으로 제 머릿속은 온통 강성필 팀장에 대한 저주로 가득 찼어요. 죽어 버렸으면 좋겠다. 스테이플러로 입술을 찍고 싶다. 커터 칼로 눈알을 파고 싶다. 출근하다 화물트럭에 싹 밀렸으면 좋겠다. 회식 때 술 존나 처먹으니까 췌장암으로 뒈졌으면 좋겠다. 뺨과 콧등과 눈썹 위에 난 세 개의 점에다가 못을 박아 버리고 싶다. 그 수많은 저주를 되뇌면서 제가 했던 게 뭔지 아세요?

아무것도 안 했어요.

신고요? 전 경찰을 믿지 않아요. 어릴 때 112에 많이 전화해 봤었거든요. 어린애 온몸에 멍이 들어 있어도 훈육이라고 하면 지나치는 경찰이었는데, 직장 일이라고 뭐 다를까요. 회사요? 인사 팀도 없는 이 작은 사무실 어디에다 신고하죠? 그럼 고용노동부? 세상에…. 전 재판을 견딜 만큼의 돈이 없었답니다. 어떤 경우엔 신고도 사치니까요.

그저 견디고 버티는 게 답이었어요. 퇴근하면 곧장 고시텔에 와선 하릴없이 핸드폰으로 유튜브 영상을 보고 낄낄거리다 잠들었어요. 가끔은 밤새워 울었고, 가끔은 약을 먹었죠. 어떨 땐 술도 먹었어요. 그렇게 하다 보면 시간은 지나가긴 했어요. 저는 진심으로 기도했답니다. 모든 것에 무뎌지기를. 익숙해지기를. 맞는 것도 아닌데 아파하는 게 이상하다고 생각했죠. 누가 제 머리채를 잡은 채로 끌고 다니고 발로 갈비뼈를 찬 것도 아니니까. 등을 밟고 토하게 만든 것도, 탈진할 때까지 뺨을 때린 것도 아니니까. 그러니까.

"야!"

그런데도 죽고 싶더라구요. 지금까지는 아빠한테 맞았던 게 마냥 억울하기만 했는데, 사회에서도 비슷한 취급을 받는 걸 보니 아빠가 그다지 틀렸던 게 아니었던 것 같기도 했고요. 그냥 이게 내 팔자구나 싶었어요. 거의 포기했었는데…. 우연히, 아주 신기하게도 제 운명을 바꿀 만한 일을 만나게 된 거예요. 이상한 업체로 미팅을 가게 되었거든요. 어머, 말하고 보니…. 담당자님께 죄송하네요. 그곳이 바로 담당자님이 계시는 회사 ███이었어요.

오피스 파파

어… 민망하니까 변명을 해 보자면, 보통의 광고주분들은 간략한 회사 소개를 해 주시면서 광고 기간과 비용에 대한 문의를 주시고 미팅 일정을 잡거든요. 그런데 담당자님 회사는 딱히 소개도 없고 뭘 판매하는 곳인지 정보도 주지 않으시면서 무조건 대면 미팅을 원한다고 하셔서요. 계약 가능성이 낮아 보이는 이상한 업체라고 판단하셨는지 강 팀장님은 제게 외근을 맡기셨어요.

그날은 연차였답니다. 연말 전에 휴가 날짜를 다 소진해야 한다고 강성필 팀장님이 강제로 정해 준 날이었죠. 저는 외근 일정을 다른 날로 옮기고 싶었지만 강 팀장님은 가족도 친구도 없으면서 쉬는 날 외근 한 번 다녀오는 게 뭐가 힘드냐고 하시더라구요. 슬프게도 반박할 말이 없어서 다녀오겠다 대답했어요. 연차 쓰는 게 쉬운 일도 아니고 어차피 출근하진 않아도 되니 그렇게 나쁜 상황은 아니라고 생각하기로 했답니다.

근데 ■■■이 있는 곳은 굉장히 멀더라고요? 빨간 버스를 타고 서울 밖으로 나가면서 대체 어떤 곳일까 싶어 걱정했어요. 다행히 허허벌판에 덜렁 세워진 공장 같은 건 아니었고 번듯한 10층짜리 건물이어서 안심하고 들어갈 수 있었어요.

다만 이상했던 건, 그 정도 건물이면 1층 로비에 경비원이 있을 법도 한데 그렇지도 않았을뿐더러, 건물 전체를 모두 한 회사가 쓰고 있다는 점이었어요. 아, 물론 그럴 수도 있는데… 저희 광고 회사는 메이저급 회사가 아니라서 보통 이런 건물에 세 들어 있는 작은 회사들이 주 고객이었거든요. 이 정도로 규모 있는 업체는 처음이었죠. 크기만으로 압도되어서, 지금이라도 강 팀장님께 연락을 드린 다음 어떻게 해야 할지 여쭤봐야 하나 잠깐 고민했어요. 하지만 돌아올 말들이 무서워 핸드폰 통화 버튼 대신 엘리베이터 버튼을 눌렀답니다. 괜히 긁어 부스럼 만들지 말자고 생각했어요. 엄밀히 말하자면 오늘은 제 연차이기도 했으니까, 강 팀장님 목소리를 듣지 않을 권리가 있다고도 생각했죠. 미팅 장소는 제일 꼭대기 층인 10층이었고, 중간에 타고 내린 사람이 없어 금방 도착했어요.

어. 엘리베이터에서 내렸을 때 얼마나 당황했는지. 보안 같은 건 신경도 안 쓴다는 느낌으로 엘리베이터 문 앞에 바로 사무실 공간이 펼쳐져 있어서 놀랐어요. 근데 천장이나 벽이나 조명 등의 생김새만 사무실을 닮아 있고, 정작 놓인 가구는 사무실용 의자 두 개랑 은색 쓰레기통 하나뿐이었으니…. 제가 잘못 찾아왔나 싶었죠. 하지만 그 앞에 서 있던 대표님만큼은 너무나도 정상적인 사람처럼 보였어요. 활짝 웃으며 저를 맞이해 주셨죠. 제가 주위를 살피고 있자, 하필 오늘 일이 있어서 다른 직원은 다른 곳에서 일하고 있다는 말씀도 해 주셨구요. 그 말을 바로 믿은 건 아니었어요. 그나마 대표님이 선한 인상의 여성분이었기에 망정이죠. 아니었다면 무서워서 도망갔을 거예요.

조금 경계심을 내려놓은 뒤, 저는 평소 영업할 때처럼 저희 회사에 대한 간단한 소개 말씀을 드리고서 어떤 광고를 원하시냐고 물어보았어요. 전 내심 대부 업체 광고일까 싶었어요. 그래서 몰래 속으로 거절의 말을 고민하고 있었죠. 저희 ▲웍스 대표님이랑 강 팀장님은 대출 광고는 절대 하기 싫어하셨거든요. 이유는 알 수 없지만 그냥 그분들의 신념 같은 거랬어요. 어디서 대출받다가 된통 사기라도 당한 쓰라린 기억 같은 게 있었나 보죠, 뭐. 그런데 이곳은 제가 상상한 그 어떤 업체도 아니었어요. 아니, 제 상상을 훌쩍 뛰어넘는 곳이었죠.

오피스 파파

"저희는 쓰레기통을 판매해요."

대표님이 말씀하셨어요. 저도 모르게 옆에 놓인 은색 쓰레기통을 한 번 쳐다보다 대표님과 눈이 마주쳤답니다. 배시시 웃으며 고개를 끄덕이는 모습을 보며 저는 무척이나 당황했어요. 앞에서 말씀드렸다시피 제가 강 팀장님 밑에서 하는 일은 신문 기사형 광고 제작이었으니까요. 창업, 렌터카, 보험, 상조처럼 다루는 금액이 크거나 신뢰성이 크게 필요한 업종들이 주력이었고 그만큼 단가도 셌거든요. 쓰레기통 같은 일상용품은 오히려 영상광고 팀인 이 팀장님 쪽에 걸맞았죠. 저는 정말로 신문 기사형 광고를 의뢰하고 싶으신 게 맞냐고 되물었어요. 다른 광고 유형에 대한 설명도 같이 드리면서요. 저희 회사야 돈만 받으면 그만이지만… 아무래도 이건 좀 양심에 많이 찔리더라구요.

하지만 대표님은 확고한 태도를 보이셨어요. 꼭 신문 기사형 광고로 홍보해야 한다면서 말이죠. 왜냐면 다이소에서도 팔 것 같은 흔해 빠진 그 은색 쓰레기통의 가격이 무려 5000만 원이었으니까요.

제가 그때 무슨 표정을 지었는지 모르겠어요. 아마 별로 좋진 않았을 것 같은데 대표님은 아랑곳하지 않으시고 신나게 쓰레기통에 대해 말씀하시더라고요.

"이건 정말 최고의 발명품이에요. 민정 씨는 회사마다 쓰레기통 문화가 다른 거 아세요? 1인 1 휴지통이 제공되지 않는 회사에서는 개인 휴지통이 늘 애매한 위치에 걸쳐 있잖아요. 그럼 옆자리 쓰레기통을 써야 하나, 뒷자리 걸 써야 하나. 내가 쓰던 쓰레기통은 또 어디 갔는가. 엄청 혼돈스럽거든요. 아시죠?"

"아 네. 그런 곳도 있다고는 들었습니다."

"근데 전 인간적으로 1인 1 휴지통에는 반대예요. 새벽 일찍 건물 청소원들 오시는데 바닥에 있는 휴지통은 다 비워야 하니까 하나하나 휴지통에 있는 거 다 털어놔야 하잖아요. 두셋이 하나 쓰면 그분들 허리 한 번만 굽혀도 되는데, 1인 1통이면 여러 번 굽혀야 하잖아요. 이게 갑질이 아니면 뭐란 말인지."

"아 네. 그런 시선도 있죠."

"게다가 싱크대가 없는 사무실에서 배달 음식 시켜 먹으면, 커다란 건더기는 변기에다 대충 버리고 나머지는 포장 용기 통째로 휴지통에 구겨 넣잖아요? 월, 화, 수, 목까지는 그렇게 버려도 청소원들이 처리해 주신다고 쳐요. 하지만 금요일 날 야근에 야식을 세트로 해 버리면 다음 주 월요일에는 사무실 문 열 때 공기부터가 다르잖아요. 여름이면 그 안에서 얼마나 썩겠어요? 금세 날파리도 꼬인다구요?"

"아 네. 맞습니다."

"이게 또 작은 사무실이면 문제가 더 심각해요. 청소 인력을 따로 둘 형편이 안 되면 그거 다 막내 일이 되는데 쓰레기나 치우려고 열심히 공부해서 취직한 게 아니잖아요. 귀한 인력을 그런 데다 쓴다는 게 너무 비효율적이란 말이죠."

대표님이 하는 말은 굉장히 두서없으면서도 디테일해서 저도 모르게 귀를 기울이게 되는 묘한 힘이 있었어요. 듣다 보니 궁금증이 더 생기기도 했죠. 그럼 저 5000만 원짜리 쓰레기통은 그 모든 단점을 완벽히 보완했다는 뜻인가? 도대체 어떻게? 저는 대표님의 말씀에 점점 빠져들고 있었어요.

이어 대표님은, 현대사회에는 쓸모없는 것들이 너무 많고, 또 그것들을 버리기 위해 너무 많은 자원이 낭비되고 있다고 하셨죠. 이로 인한 지구 환경문제도 문제지만 개인의 시간과 노력이라는 한정된 자원까지 소모하면서 쓰레기를 눈앞에서 치워야 한다는 게 가장 심각한 문제라고 하셨어요. '버린다'는 행동을 한 것만으로 버리는 행위가 완결되어야 하는데 너무 많은 프로세스가 그 안에 자리 잡고 있다는 이야기였죠. 어떻게 들으면 이상한 환경 단체의 주장 같기도 하고, 어떻게 들으면 그런가 싶기도 한 요상한 말들 끝에, 대표님은 야심 차게 말씀하셨습니다. 자신의 회사 ▇▇에서 만든 쓰레기통은 사용자가 쓰레기로 인식한 것들을 모두 버려 준다구요. 어디로? 우리가 인식할 수 없는 이면의 공간으로. 어떻게? 그건 영업비밀.

"그럼 어떤 걸 쓰레기로 인식하나요?"

"사용자에게 달렸죠. 체험해 보시겠어요?"

후후, 웃는 대표님을 바라보며 저는 홀린 듯 그러겠다고 대답했답니다.

그 순간은 정말 제가 최면에라도 걸렸다고밖엔 설명할 수가 없어요. 언변이 좋으신 것도 대표님만의 영업비밀인지 궁금하네요. 저는 사용자 등록을 위해서 제 무릎 정도 높이의 은색 쓰레기통을 품에 안고 일어섰어요. 대표님은 손가락으로 사무실 한편의 텅 빈 공간을 가리키며 저 가운데에 서 보라고 말씀하셨죠.

"바닥의 가루는 밟지 마시고."

그제야 새하얀 바닥에 새하얀 가루가 어떤 특정한 문양의 형태로 뿌려져 있다는 걸 발견했어요. 죄송한 얘기지만, 신종 사이비 같다는 생각이 지워지지 않았답니다. 진돗개를 모시는 진돗개교도 있었다는데 쓰레기통을 모시는 쓰레기통교도 있을 법하단 생각이 들어서요. 하지만 이 상황까지 와서 "이건 쫌⋯." 하고 뛰쳐나가기도 뭣해서 열심히 은색 쓰레기통을 들고 대표님의 지시에 따라

이리저리 뱅글뱅글 돌며 '의식'을 치렀습니다. 다 끝나고 나니 대표님 관자놀이에 땀이 송골송골 맺혀 있더라고요. 저로선 알 수 없는 어떤 힘이 필요했던 걸까요. 대표님이셔서 더 열성적이신가 보다, 그땐 그렇게 생각했어요.

"체험 기간은 한 달이에요. 한 달 뒤엔 반드시 돌아오셔야 해요."

저는 그렇게 그 쓰레기통을 들고 돌아왔답니다.

쓰레기통을 가져간 첫날이요? 의식을 치러서인 건지 ███이 너무 먼 지역에 있었던 탓인지 일단은 집에 오자마자 지쳐서 곯아떨어졌어요. 다음 날 아침엔 강성필 팀장님에게 대체 뭐라고 보고할지만 신경 쓰이더라구요. 일단 좁다란 고시텔에 쓰레기통을 두기는 좀 그래서 사무실로 가져갔어요.

제가 원래 쓰던 쓰레기통은 뚜껑 없는 연두색 플라스틱 통이었어요. 반면 ███에서 받은 쓰레기통은 은색으로 빛나는 매끈한 재질에 쓰레기통치곤 육중했죠. 일반 플라스틱 통보다 고급져 보이긴 했지만 그래도 쓰레기통은 쓰레기통이라 별 눈길 안 끌 거라 생각했는데, 사무실이라는 게 재미라곤 하나도 없는 곳이다 보니까 이런 작은 변화도 화젯거리가 되더라고요. 특히나 강성필 팀장님께서 뭘 혼자 요란하게 쓰레기통을 바꿨냐고 눈치를 주셨죠. 저는 사실대로 ███으로부터 체험용으로 물건을 받아 왔다고 말했어요. 강 팀장님은 눈썹을 찌푸리며 계약할 것도 아니면서 이런 거 받아 오지 말라고 말씀하셨죠. 한 달 뒤에 업체에게 거절 의사를 밝히고, 물건을 돌려줄 때의 배송비는 제가 부담하라고 하셨어요. 저는 알겠다고 대답했답니다.

그리고 평소와 같은 오전 업무가 이어졌어요. 바빴기 때문에

딱히 쓰레기통에 신경 쓸 겨를이 없었죠. 점심시간이 되고
나서야 문득 궁금해지더라고요. 정말로 쓰레기를 버리면 뿅 하고
이공간으로 사라지는 건가 싶었어요. 그래서 실험해 볼 겸 사무실에
흔하게 굴러다니는 이면지 하나를 동그랗게 구긴 뒤에 쓰레기통에
넣어 봤습니다. 하지만 툭, 하고 바닥에 떨어질 뿐이더라구요.
하하하. 웃음이 났어요. 제대로 속았다, 란 생각이 들었답니다.
하지만 이상했어요. 보통 사기를 치는 이유는 돈 때문이잖아요?
하지만 전 계약서를 쓰지도 않은 터라 사실상 별 볼 일 없는
쓰레기통의 한 달 이용권을 받은 셈이었어요. 공짜엔 의도가 있기
마련인데 속내를 알 수 없어 영 찝찝하기만 했어요. 이런 방법으로
누군가를 낚는 건 비효율적인 데다 설득력도 떨어지고요.

　의문이 도무지 풀리지 않던 그때, 담당자님께서 메일을 주셨죠.
쓰레기통의 사용법과 주의 사항이 함께 담긴 브로슈어를 첨부해
주셔서 많은 도움을 받았어요. 그때 메일에 전화번호를 적어 주셔서,
제가 이렇게 연락 남길 수 있는 거기도 하구요. 아, 제가 모든 거래처
번호는 무조건 저장해 놓거든요. 하하. 사용법을 대강 훑어보니 결국
중요한 건 이거 하나더라구요.

　사용자가 쓰레기라고 생각하는 것이 쓰레기통 바닥에 닿아야
'소실'된다는 것.

　구겨진 이면지가 사라지지 않은 건 어쩌면 제가 그걸
쓰레기라고 생각하지 않기 때문일지도 모르겠다는 생각이
들었어요. 그건 쓰레기를 만들어 내려고 일부러 구긴 거니까 가짜
쓰레기였던 거죠. 그러고 보니 쓰레기라는 게 엄청나게 주관적인
개념이더라구요. 그 좀 옛날 프로인데〈세상에 이런 일이〉같은
거 본 적 있으세요? 가끔 유튜브에 편집 영상 올라오는데…. 뭐,

별건 아니고 놀라운 능력을 가진 사람이나 동물이나 사연 등등을 이야기하는 프로그램인데요, 가끔 이런 류의 사람이 나와요. 누군가에게는 쓰레기에 불과한 나무젓가락을 가지고 대형 군함을 만든다든가, 버려진 고철 더미로 거대 공룡이나 강아지를 만든다든가 하는 유형이요. 그 사람들 눈엔 나무젓가락이랑 고철 더미가 쓰레기가 아니었기 때문에 작품의 재료로 삼은 거잖아요? 어떻게 인식하느냐가 대단히 많은 것을 바꾸는 모양이더라고요.

그래서 저는 일부러 만들어 낸 가짜 쓰레기 말고 진짜 쓰레기를 넣어 보기로 했어요. 제가 정말로 쓰레기라고 생각하는 것들이요. 코 푼 휴지, 믹스커피를 타 먹고 버려진 종이컵, 떨어진 머리카락, 다 쓴 일회용 인공 눈물, 이미 사용된 스테이플러 심, 과자 비닐, 커피 테이크아웃 컵, 빨대 껍질, 이제 필요 없어진 메모가 적힌 포스트잇, 책상 먼지를 훑어 낸 물티슈 등등.

사무실에서 나올 수 있는 쓰레기란 쓰레기는 모두 싹싹 긁어모아 책상 위에 올려놓고, 먼저 그중에 하나를 쓰레기통에 집어넣었습니다. 그리고 잠시 눈을 감았죠. 사용법에 따르면 사용자가 '보고 있는 동안'은 쓰레기가 소실되지 않는다고 했거든요. 3. 2. 1. 3초 뒤에 눈을 떴더니 쓰레기통 안에는 정말 아무것도 없더라구요. 와. 제 눈은 마술 쇼를 코앞에서 본 사람처럼 휘둥그레졌어요. 진짜 사라졌는지 검증하려고 쓰레기통을 잡고 그 안에 손을 넣어 아무것도 잡히지 않는지 확인해 봤죠. 네, 정말 없었어요. 이윽고 저는 다른 쓰레기들도 실험해 봤어요. 한 개를 넣든, 두 개를 넣든, 여러 개를 넣든 간에 눈만 잠시 감았다 뜨면 모두 뿅 사라져 있었죠. 신기했어요. 제가 환각을 보나 싶을 정도로. 대체 무슨 원리인가 싶어 쓰레기통을 부여잡은 채로 관찰하고

오피스 파파

있으려니까 옆자리에 앉은 정 대리님께서는 새 쓰레기통이 그렇게 좋냐고 물어보셨죠.

"근데 거기에 아무것도 버리질 않네."

어. 저는 뭔가 이상하다고 느꼈습니다. 제가 일사불란하게 쓰레기들을 긁어모아 쓰레기통에 하나하나 넣고 있었던 걸 정 대리님이 못 봤을 리가 없다고 생각했거든요. 하지만 그저 하하 웃고 넘겼어요. 정 대리님이 봤을 거란 확신은 또 없었으니까요. 곧이어 점심시간이 끝나 오후 업무가 시작되었고 하루는 쉴 새 없이 지나갔죠. 저는 평소와 똑같이 퇴근하고 집으로 돌아가 핸드폰을 만지작대다 잠이 들었답니다.

그렇게 다음 날, 또 다음 날이 찾아왔습니다. 새 프로젝트를 해결해야 해서 잠시 정신이 없었어요. 당연히 신기한 쓰레기통에 관한 관심은 뒷전이 되었죠.

다시금 호기심을 갖게 되었을 땐 2주가 지나 있었어요. ███ 대표님께서 한 달 뒤에 돌려달라 하셨으니까 기한이 딱 절반 남은 시점이었죠. 그제야 어떤 핑계로 이 건을 처리할지 고민되기 시작했답니다.

솔직히 말씀드리자면요. 쓰레기를 넣으면 알아서 비워지는 쓰레기통은 신기했고 대체 어떤 원리로 움직이는지 궁금하기도 했지만, 5000만 원이라는 금액은 여전히 납득할 수 없는 가격이라는 생각이 들었어요. 예상외로 금액에 비해 기능이 시시했달까요. 그 돈이면 집 보증금에 보태거나 차를 사는 게 더 합리적이라고 봤죠. 확장성을 생각해 봐도 그래요. 큰 기업에서 사용한다고 했을 때, 그 많은 사용자가 매번 의식을 치르느니 청소 인력을 고용하는 게 회사 차원에서 덜 번거롭지 않겠어요?

그렇다고 작은 기업에 이게 필요한가 하면 또 아니에요. 저희처럼 작은 회사에는 청소 인력이 따로 없어서 사무실 사람들이 매일 쓰레기를 모아 따로 쓰레기 분리수거장에 내놓곤 하거든요. 매주 당번을 정해 돌아가며 쓰레기통을 비우는데, 이렇게 하면 사장 입장에선 따로 돈을 쓰지 않고도 해결되니까 쓰레기통에 5000만 원이나 쓸 필요가 없는 거죠.

　　그럼 누구한테 이 쓰레기통이 필요할까.

　　불현듯 아이디어가 떠올랐어요. 정부에 판매하면 좋겠다는. 관리자만 잘 뽑는다면 쓰레기 매립지가 필요 없는 세상이 오지 않을까 싶기도 했고요. 공장폐수나, 기타 산업폐기물 같은 것도 여기다 버리면 환경오염까지 짠 해결되는 게 아닐까 싶었어요. 그런 규모의 문제를 처리할 수 있다면 5000만 원쯤은 우습고, 오히려 가격을 더 높여서 팔 수도 있을 것 같았죠. 거기까지 상상하니까 이 쓰레기통은 상업적 가치가 굉장한 물건이란 생각이 들더라고요. 이 정도면 나 정말 제대로 된 일을 한 건 해내는 거 아닌가? 그런 마음에… 제가 그때 좀 흥분했을 거예요. 그래서 이 생각이 달아나기 전에 빨리 기록하려고 컴퓨터 마우스를 마구 움직이다가 툭. 테이크아웃으로 사 온 아메리카노를 팔꿈치로 쳤고, 황급히 고개를 돌리고 손을 뻗었지만 놓쳤고, 그만 골인하듯 쓰레기통 안으로 커피가 쏙 들어가 버린 거예요. 진짜 웃기지도 않은 일이죠. 일단 바닥에 흘린 커피부터 닦으려고 잠시 티슈를 가지러 다녀왔는데, 그새 커피는 통째로 사라져 있었답니다.

　　어. 이게 무슨 일인가 싶었죠. 이제 겨우 세 모금 마신 커피였거든요. 회사 근처에 새로 생긴 개인 커피집 〈라비타〉에서 아메리카노 1000원 판매 이벤트를 한다길래 점심시간에 직장

동료들과 도란도란 수다 떨면서 사 온 커피. 수혈하듯 한 모금 쭉
빨자마자 다 같이 '으잉?' 하고 너무 맛이 없다며 실망했던 커피.
원두가 오래된 건지 뭔지 산미가 돋는 게 아니라 쉰내가 나서 구정물
같다고 생각했던 그 커피가 없어졌더라구요? 네, 맞아요. 제가 그
커피를 쓰레기라고 생각하고 있었던 거예요. 스스로 인식하지는
못했지만 말이에요. 하하. 이거 웃기더라고요? 쓰레기통 앞에서 실실
웃는 제가 이상해 보였는지 옆자리의 정 대리님이 무슨 일이냐고
물었어요. 저는 오늘 같이 사 온 커피가 정말 쓰레기였다는 생각을
하고 있다고 말했죠. 근데 정 대리님이 그러시더라구요.

    "어떤 커피요?"

    분명 우리는 같이 커피를 샀는데. 정 대리님 자리엔 커피가
없어요. 제가 세 모금 마실 동안 원샷하셨을 리가 없는데. 저는
정 대리님 자리를 계속 살펴보며 말을 이어 나갔어요. 우리 함께
점심을 먹고 라비타라는 카페에서 가서 1000원짜리 아메리카노를
사 오지 않았느냐고. 다 같이 아메리카노를 손에 들고 너무 맛없다고
웃지 않았었냐고. 정 대리님은 제 말을 가만 듣더니 어쩐지
혼란스러워지신 모양이었어요.

    "그런 커피집이 있었던가? 그랬던 거 같기도 하고."

    "기억 안 나세요?"

    "모르겠네요. 박 책임님. 우리 커피 먹었던가요?"

    "아니? 나 지금 믹스 타려고."

    정 대리님의 부름에 탕비실 앞에 잠시 멈춰 섰던 박 책임님을
비롯하여 함께 커피집을 갔던 모든 직원에게 닦달하듯 물어봐도
그 커피집을 기억하는 사람은 아무도 없었어요. 저는 퇴근하자마자
당장 그 커피집이 있는 위치로 달려갔답니다. 하지만 라비타 카페가

있던 자리엔 아무것도 없었어요. 대신 '점포 구함'이라는 글씨가 적힌 종이 한 장만이 유리창에 떡하니 붙어 있었죠. 카페 따윈 처음부터 존재한 적 없었던 것처럼. 멍하니 바라보고 있으려니 라비타 카페의 사장님이셨던 남자분이 제 옆에 저와 같은 표정으로 서 계셨어요. 어. 저는 두려워졌습니다. 죄책감이었는지도 몰라요. 하지만 커피를 쓰레기통에 버렸다고 해서 카페의 존재까지 사라질 거라고 대체 누가 생각할 수 있을까요. 그러니까, 저는 제가 미쳤다는 생각이 들었어요. 미친 게 아니고서야 이런 일을 겪을 리 없다는 생각이 들었죠. 라비타 사장님은 제게 뭔가 물어보고 싶은 듯 말을 걸었고, 저는 도망치듯 그 거리를 빠져나왔답니다.

집으로 돌아와선 정신없이 핸드폰을 부여잡고 검색했어요. 제가 신경정신과에서 탄 약 이름들을 하나하나 쳐 보면서, 그 부작용 중에 환각이나 착시, 환청 같은 증상이 있지는 않은지를요. 불행인지 다행인지 제가 먹는 약의 부작용 가운데 그런 것들은 없었어요. 모든 현실적인 가능성을 배제하고 나서야, 저는 쓰레기통 생각을 할 수 있었답니다. 곧바로 담당자님이 보내 주셨던 메일을 다시 열어 보았죠.

사용자가 쓰레기라고 생각하는 것이 쓰레기통 바닥에 닿으면 '소실'된다.

다시 확인한 그 문장은 이제 제게 다른 의미로 다가왔어요. 처리된다는 것도 아니고 어디로 이동된다는 것도 아니고 '소실'된다뇨. 게다가 쓰레기 하나만 없어지는 게 아니라, 쓰레기를 사용하거나 쓰레기와 접촉했던 사람들의 기억까지 완전히 사라져 버린다니요. 저는 두려워졌습니다. 한 달 체험을 하고 있을 게 아니라 당장에라도 그 쓰레기통을 돌려줘야겠다는

오피스 파파

생각이 들었어요. 하지만 막상 다음 날 출근해서 쓰레기통을 보자 두려움보다 호기심이 먼저 샘솟았죠.

어떤 것까지 버릴 수 있을까.

며칠간 이것저것 실험해 보았습니다. 처음엔 쓰레기가 아닌 물건, 팔찌 같은 액세서리, 신용카드, 지폐 따위를 가져와서 스스로에게 세뇌하듯 '이건 쓰레기다.' 하고 되뇌며 넣어 보기도 했어요. 하지만 무의식의 영역에서까지 쓰레기라고 인정하지 않으면 버려지지 않는 것 같더라구요.

전 누가 봐도 쓰레기인 것들 말고, '제가' 쓰레기라고 생각하는 것들을 찾아보기로 했어요. 기왕이면 커피집처럼 제가 두 눈으로 확인할 수 있으면서 일반적으로 버릴 만한 대상이 아닌 거라면 더 좋을 것 같았죠. 다른 사람은 쓰레기라고 생각하지 않지만 저만은 쓰레기라고 생각하는 대상. 그건 바로 강성필 팀장님이었어요. 그래서 강성필 팀장님의 펜, 기획서, 비염 스프레이, 달력 등등, 그분이 손댄 것들을 찔끔찔끔 가져와 쓰레기통에 버려 보았죠. 훔쳐서 곤란해지는 일은 없었어요. 눈 깜짝할 사이 물건들은 사라졌고, 강성필 팀장님은 무엇이 사라졌는지 기억하지 못했으니까요.

강성필 팀장님 손에 닿기만 한 물건들도 효과적으로 사라지는데, 본인 그 자체를 넣는다면 어떻게 될까. 저는 사람도 사라질 수 있을지 궁금했어요. 마침 좋은 기회가 찾아왔죠. 다음 주에 사무실 쓰레기통을 버리는 당번은 강성필 팀장님이셨거든요.

저는 밤이 오길 기다렸다가, 몰래 사무실을 찾아갔답니다. 출퇴근용 지문인식기에 지문을 대고 유리문을 열기까지 얼마나 가슴이 떨렸는지 몰라요. 쿵쿵 뛰는 심장 소리가 낯설게 느껴졌어요.

다른 장기가 심장처럼 뛸 땐 죽을 것 같더니, 심장만 뛸 때는 살아 있다는 기분이 들더라구요. 텅 빈 밤의 사무실을 보니 익숙하면서도 이질적인 느낌이 들었답니다. 제 자리의 은색 쓰레기통은 창문 너머로 비친 달빛을 받아 어둠 속에서도 차갑게 빛이 나는 것 같았죠. 저는 미리 준비한 5만 원권 지폐를 꺼내 쓰레기통 밑바닥에 딱풀로 붙였어요. 쉽게 들어 올릴 수 있을 것처럼 보이도록 네 귀퉁이 부분은 살짝 떼고요. 그리고 곧장 사무실 밖으로 나왔습니다. 전 회사 사람 중 그 누구도 마주치지 않은 채로 집에 돌아왔어요. 정말 이대로 끝일까? 미심쩍을 정도였죠.

다음 날, 강성필 팀장님은 사라졌습니다.

지각해서 혼날 것을 각오하고 일부러 좀 늦게 회사로 출근했어요. 사무실 사람들에게 돌아가며 꾸벅 인사를 드리고 자리에 앉았는데, 주변이 조용하더라구요. 보통 이때쯤이면 호통 소리가 들려왔어야 하는데 말이죠. 아니나 다를까 강성필 팀장님은 사무실에 계시지 않았고, 메신저 친구 목록에도 없더군요. 강성필 팀장님 자리마저, 원래부터 빈자리였던 것처럼 깨끗해졌죠. 진짜 사라진 게 맞나 싶어서 옆자리 정 대리님에게 물어봤더니, "그런 사람이 있었나?" 정도로 대꾸하시더라구요.

하하하. 그때 너무 웃었어요. 강성필 팀장님이 저한테는 코 푼 휴지, 다 쓴 종이컵, 머리카락, 스테이플러 심, 과자 비닐, 테이크아웃 컵, 빨대 껍질, 물티슈 따위랑 동급이었다는 거잖아요. 그 맛없는 커피까지 포함해서요. 킥킥 웃음을 참으며 쓰레기통 바닥을 쳐다봤어요. 제가 붙여 놨던 5만 원짜리 지폐가 한 귀퉁이만 쭉 찢어진 채 그대로 있더라구요. 하하하. 저는 쓰레기통 안에 물을 붓고 딱풀을 녹여 지폐를 살살 떼어 냈어요. 그 돈으론 그날 저녁

족발집에 가서 거하게 식사를 했죠. 한입 가득 고기를 욱여넣고
부추무침과 겉절이로 기름기를 잡아 준 다음 미리 말아 놓은
소맥으로 입가심까지. 그 집이 특별한 맛집도 아니었는데 그날만큼
맛있는 음식을 먹어 본 적은 없는 것 같았어요. 집으로 돌아오며
전 생각했죠. 이 쓰레기통은 정부 사업 같은 시시한 데에 쓰는
물건 따위가 아니라고. 이건 한 사람의 인생을 깨끗하게 청소할
수 있는 구원의 통이라구요. 저는 재빨리 달력을 확인했습니다.
어느새 돌려드리기로 한 날까지 열흘밖에 안 남았더라구요.
제 인생엔 처리해야 할 쓰레기가 하나 더 있었어요. 긴 휴가가
필요하다고 생각했답니다. 그동안 제대로 된 휴가는 꿈도 못 꿨고
연차 강제 소진만 해 왔으니까요. 저는 강성필이 아닌 다른 상사를
찾아갔습니다. 바로 이 팀장님이었어요.

　강성필 팀장님 밑에서 일하던 저희 팀원들은 팀장님이 사라진
뒤로 자연스레 결재 건을 이 팀장님께 보고했죠. 강성필 팀장님을
기억하는 사람은 아무도 없었고, 다들 '그런 사람이 있었던가?',
'예전에 근무했었다고 들었던 것 같은데?' 정도로만 생각했어요.
이 팀장님은 자신이 영상광고뿐만 아니라 보도기사 광고도 같이
이끌고 있었다는 것에 대해 스스로 의아해하고 있었죠. 약간의
혼돈이 생긴 회사 사정이야 아무래도 좋았어요. 저는 이 팀장님께
급한 집안 사정이 생겼다며 연차 결재를 부탁드렸습니다. 이
팀장님은 알겠다고 답하셨습니다. 그게 끝이었어요. "야!" 소리를
안 듣게 되니 어색하더라구요. 그렇게 주말을 포함해서 총 4일간의
휴가를 받아 냈답니다.

　휴가를 받아 제일 먼저 한 일은 강성필의 집에 찾아가는
것이었어요. 아무래도 사람을 버린 건 처음이니까 정말로

'소실'되었는지 제 두 눈으로 확인하고 싶었죠. 확신이 필요했던 것 같아요. 집 주소는 어떻게 알았냐구요? 회식 때마다 술 취한 강성필을 집에 넣어 주었기 때문에 알고 있었어요. 현관문 비밀번호도요. 0616. 매번 제게 말하던 딸의 생일이었죠. 문득 이 딸은 어떻게 되었을지 궁금해지더라구요. 강성필 같은 아버지를 둔 자식이라면 오히려 지금 행복을 만끽하는 중일지도 모르겠다고 생각했어요. 그는 쓰레기였으니까요.

　　강성필의 아파트에 도착해, 공동 현관문을 열고 들어가, 1204호에 도착하기까지 모든 과정은 아주 손쉬웠어요. 혹시 몰라 초인종을 눌러 보았지만, 답은 없었죠. 저는 비밀번호를 누르고 문을 열었어요.

　　"강성필 팀장님?"

　　괜히 한번 불러 봤어요. 마지막 부름이길 바라면서요. 아무런 대꾸도 없는 걸 확인하고 저는 신발도 벗지 않은 채 집 안으로 성큼성큼 들어갔죠. 거실은 깨끗했어요. 가구가 몇 남지 않은 상태였죠. 강성필은 정말로 사라진 거예요. 이 세상에서요. 하하하. 저는 웃음이 났어요. 살면서 제일 많이 웃었던 것 같아요. 저는 집 안 곳곳을 구경했어요. 강성필의 존재는 찾아볼 수 없었지만 강성필 딸이 남긴 듯한 흔적은 그대로 있더라구요. 강성필 딸만 홀로 찍힌 사진이나, 강성필과 함께 쓴 걸로 추정되는 그릇과 수저, 카네이션 조화, 몇몇 소형 가전에다 미처 가져가지 못한 것 같은 옷 박스 등등…. 하하하. 저는 만족스럽게 집 밖으로 나왔답니다.

　　그 뒤 제 행보는 거침없었죠. 전 제 삶에서 가장 고약한 냄새를 풍기던 쓰레기를 정리했어요. 생각보다 어렵진 않았죠. 그 인간은 낮이든 밤이든 늘 술에 절어 있었거든요. 뭐 약간의 실랑이가 좀 있었고, 그 과정에서 소주병을 머리에 맞고 피가 나긴 했지만. 아빠는 잘 처리되었고, 제 피가 묻은 소주병 조각도 모두 쓰레기통 속으로 사라졌어요. 모든 걸 깨끗하게 처리하고 나선 주민 센터에 가서 가족 관계 증명서를 떼어 봤어요. 그 종이 하나에 제 이름만 덜렁 있는 걸 봤을 때 얼마나 기쁘던지. 호적에서 파이는 게 불가능한 이 나라에서는 죽을 때까지, 아니 죽어서도 가족이란 족쇄를 달고 있어야 하니까요. 자발적 고아가 될 수 있어서 무척 기뻤어요.

정신과에 가서도 싱글벙글 웃고 있었죠. 전 아주 자신만만하게 의사에게 단약을 하고 싶다고 선언했어요. 의사는 제 얼굴을 가만 바라보더니 의외로 선선히 약을 끊어 보라고 했답니다. 오히려 제가 정말 괜찮겠냐고 한 번 더 물어봤어요. 저는 무척 설렜답니다. 네, 라는 대답이 나온다면 제가 정상인이 되었다고 인정받은 느낌이 들 것 같아서요.

"네, 민정 씨. 약은 안경 같은 거라고 생각하세요. 일상이 불편해졌을 때 다시 쓰면 됩니다."

뭐랄까. 의사는 제 호전을 전혀 믿지 않는 눈치였어요. 의사가 맘에 안 들어 병원까지 바꾼 환자였으니까, 해 보고 싶은 게 있으면 어디 한번 해 봐라, 존중해 주겠다, 정도의 바이브였죠. 약간 김샌 기분이 들었지만, 의사에게 쓰레기통 이야기를 구구절절 설명할 수도 없는 노릇이었으니까요. 전 실실 웃으면서 마지막 인사를 남기고 병원을 나왔습니다.

깨끗해진 기분. 맑은 정신. 쓰레기가 사라진 세상의 공기는 맛부터 다르더군요. 저는 참 행복했어요. 사용 기한이 다 된 쓰레기통을 반납하기 전까지는 말이죠.

"뭘 버리셨나요?"

쓰레기통을 건네자마자 받은 질문이었어요. ▉▉▉ 사무실엔 역시나 다른 가구 없이 의자 두 개만 덜렁 놓여 있었죠. 저는 다 쓰레기들이라 잘 기억나지 않는다고 말했어요. 대표님은 제 대답이 탐탁잖은 눈치였죠. 저는 재빨리 화제를 돌리기 위해 광고 진행과 관련된 이야기를 꺼냈어요. 그럴듯한 말로 포장을 하긴 했지만 결론은 저희 쪽에서는 광고 진행이 어려울 것 같다는 거절의 말이었죠. 대표님은 역시 이런 물건의 광고는 제작이 잘 안되는 것 같다며 푸념을 늘어놓으셨어요. 저희 말고도 다른 광고업체들과 많이 컨택해 보셨는데 결과가 다 좋지 않았다고요. 그래도 이곳에 와서 의식을 치르고 쓰레기통을 사용한 사람은 저 한 명뿐이었다며 고맙다고 하셨죠. 하하하. 별말씀을요, 하고 웃어넘기려 하는데… 또 한 번 물어보시더라구요.

"근데 정말로 뭘 버리셨나요?"

제가 약간 눈치를 보는 것 같았는지 대표님은 빠르게 뒷말을 덧붙이셨어요.

"전부 말씀하실 필욘 없구요, 대충요. 민정 씨는 이 쓰레기통의 효과를 맛보기로 체험하신 거잖아요. 그래서 '임시 사용자 등록'만 한 상태거든요. 이걸 구매하고 사용자로서 이름을 올리지 않으면, 여기에 버렸던 것들이 다시 튀어나오게 되어 있어요. 어차피 쓰레기들이니까 쓰레기봉투에 버리면 되는 거라서 저희가 특별히 번거로울 건 없구요. 다만 어느 정도의 양이었는지 말씀해 주시면 저희가 그에 맞는 쓰레기봉투를 마련할 수 있으니까요."

어. 그때 제가 얼마나 당황했는지 짐작되시나요? 큰소리를 들은 것도 아닌데 온몸의 내장이 떨려 오기 시작했어요. 저는 사용법이

적혀 있던 메일을 언급하며, 분명 '소실'된다고 하지 않았냐고
물어보았죠. 대표님은 '소실'은 '소멸'이 아니기 때문에 되찾을 수
있다는 개념이라고 하시더라구요. 그러곤 잔뜩 긴장한 제 어깨를
가볍게 툭 치며 말씀하셨어요. 부끄러운 거라도 버렸냐구요.
우리는 그런 건 신경 쓰지 않는다면서 후후 웃으셨죠. 친근하고
다정한 행동과 말투였음에도 저는 떨려 오는 장기들을 주체할 수가
없었답니다. 저는 대표님께 한 달 동안 이 쓰레기통을 유용하게
사용했기 때문에 제가 구입하고 싶다고 말씀드렸어요. 대표님은
그런 미사여구는 붙이지 않아도 괜찮다며, 사회 초년생으로 보이는
제가 내기엔 부담스러운 금액일 거라고 하셨죠. 저는 상관없다고
했어요. 돈은 어떻게든 마련할 테니, 여기 버린 쓰레기들이 다시는
밖에 나오지 않게 해 달라고 했죠. 대표님은 잠시 저를 빤히
쳐다보다가 이내 배시시 미소를 지으며 알겠다고 답변하셨어요.

　"그럼 돈은 바로 주셔야 하는데."

　네, 저는 그 당시 돈이 없었답니다. 1년 반이 넘는 근무 기간
동안 악착같이 모았는데도 불구하고 통장엔 고작 980만 원이
있었고, 쓰레기통의 가격은 5000만 원이었으니까요. 저는 당장
제가 가진 돈 980만 원을 모두 드릴 테니 일주일만 시간을 달라고
부탁했어요. 감사하게도 대표님께서는 제 부탁을 들어주셨답니다.
저는 그날 쓰레기통의 완벽한 주인이 되는 의식을 치렀어요. 어떻게
치렀는지는 지금도 기억이 안 나네요. 대표님께서 다른 직원분들을
보여 주신다며 저를 데리고 아래층으로 내려갔는데, 엘리베이터
문이 열리자마자 정신이 무너져 내렸던 것만 떠올라요. 정신을
차렸을 땐 은색 쓰레기통을 품에 꼭 안은 채 건물 밖에 서 있었죠.

　"일주일이에요."

저는 반드시 4020만 원을 마련해야 했어요. 하지만 그런 돈은 모아 본 적도, 아니 본 적조차 없어서 되게 현실성이 없게 느껴지더라구요. 반면 제 양손에 느껴지는 스테인리스 쓰레기통의 차가운 감촉만큼은 너무도 선명한 현실이었죠. 절대로 쓰레기들을 다시 세상 밖에 내놓을 순 없었어요. 맛없는 커피를 만든 카페 정도는 용서해 주고 싶긴 했지만, 아무튼 저는 이 안에 사람을 버렸으니까요.

사람을 쓰레기통에 버렸으니 저는 살인자인 걸까요? 하지만 그저 사람이 마법처럼 없어져 버린 것이다 보니 제가 사람을 죽였다는 생각은 들지 않았어요. 그럼 납치와 감금에 가깝다고 해야 하는 걸까요. 결코 들키지 않을 범죄를 저지른 대가로서의 5000만 원은 저렴한 가격일 수도 있지만 그런 쓰레기들을 위해 제 돈을 써야 한다니 너무 아까웠답니다.

그래도 별수 있나요. 제 마음이 어떻든 간에 눈앞의 불은 꺼야 했고, 제가 선택할 수 있는 건 제3금융권의 무담보대출밖에 없었어요. 한 군데서 깔끔하게 4000만 원가량을 다 빌릴 순 없었답니다. 여기서 찔끔 저기서 찔끔. 결국, 세 군데에서 나누어 대출받아 간신히 금액을 맞출 수 있었어요.

"축하합니다."

금액을 모두 지불한 날에는 담당자님이 축하 메시지와 함께 사용법과 주의 사항이 상세히 적힌 책자를 택배로 보내 주셨죠. 커다란 꽃다발도 주시고요. 하지만 저는 기뻐할 수가 없더라구요. 다음 달부터 내야 하는 이자가 끔찍했거든요. 3년간 연 39.9%. 한 달에 내야 하는 이자가 133만 원이었답니다. 제가 받는 월급이 175만 원인데, 이자를 내고 나면 42만 원이 남거든요. 고시텔

오피스 파파

비용으로 30만 원을 내고 나면 12만 원이 저의 여윳돈이었어요.
원금 상환을 할 수 있을 리가 없었죠. 12만 원에서 핸드폰 요금이랑
교통비를 빼면 뭐가 남죠. 제 연봉이 여기서 올라 봤자 얼마나 더
오를 수 있을까요? 이제 날 찾으러 올 아빠는 사라졌으니 공장 같은
데라도 들어가서 뛰어야 하지 않을까. 흠. 숫자들이 제 머릿속을
어지럽혀 숨 쉬기가 힘들어졌어요. 하지만 정신과에 가는 것은 이제
선택이 아닌 사치였으니까요.

그렇게 출근을 하고 퇴근을 했고, 한 달, 두 달이 순식간에
지나갔어요. 여윳돈 12만 원으로 할 수 있는 건 아무것도
없었죠. 고시텔에서 무료로 제공하는 밥과 라면과 김치가 저의
주식이었답니다. 하지만 그렇게 해서라도 회사에 남아 있고
싶었어요. 하다 보니 광고 일이 적성에 잘 맞았던 것도 이유였지만,
강성필 팀장님이 사라지고 나니 회사는 제게 몹시도 일하고 싶은
공간이 되었거든요.

너무너무 미운 단 한 사람. 그 사람이 사라지는 것만으로도
직장은 천국이 되었습니다. 애초에 강성필 팀장이 있을 때도 제가
동료들한테까지 미움을 받았던 건 아니었거든요. 회사 분들은
오히려 욕받이 무녀로 매일매일 대활약을 펼치는 제게 잘해 주려고
하셨죠. 강성필이 사라지자, 제게 왜 잘해 주고 싶어지는지 영문을
몰랐던 동료들은 마음속으로 그저 제가 좋은 사람이라서 그런
거라고 이유를 만들어 붙였던 것 같아요. 매일매일 일하는 게 너무
행복했답니다. 이제 견뎌야 할 것도 버텨야 할 것도 없어진 곳에서
마음 편히 커리어를 쌓으며 발전해 보고 싶었어요. 난생처음 갖게 된
꿈이었죠. 하지만 팍팍한 생활을 버텨 내기엔 힘이 들었고⋯ 저는
그럴 때마다 강성필 팀장의 집을 찾아갔답니다.

뜬금없이 거긴 왜 갔느냐고요? 강성필의 집에는 주인 잃은 물건들이 많았으니까요. 아내가 썼던 것인지 아닌지 모를 명품 백이나 금붙이들도 있었고요, 강성필 딸이 썼던 것으로 추정되는 스탠드도 있었고, 낡은 노트북도 있었죠. 청소기와 헤어드라이어, 밥통 같은 가전제품까지 남아 있었기 때문에 '중고나라'에 글을 올려 팔면 쏠쏠한 벌이가 됐어요. 처음부터 물건들을 다 팔아 버릴 생각은 아니었고… 제 생활고는 따지자면 강성필 때문이니까…. 정신적 피해 보상금이라고 생각하겠다며 팔기 시작한 건데, 팔다 보니 쏠쏠해서 중독되어 버린 거죠.

집이 텅텅 빌 때까지 다 팔 수 있을 거라고 생각했어요. 이게 오만이었다는 건 강성필 집에 여덟 번째 방문했을 때 깨닫게 됐죠. 그날도 여느 때와 다름없이 현관문 비밀번호를 누른 다음 문을 열고, 집 안으로 성큼성큼 다섯 걸음 정도 걸어 들어갔습니다. 한데 그 이상은 갈 수 없었어요.

집 안에 사람이 있었거든요.

강성필과 똑같이 볼과 콧등과 눈썹 위에 점이 있는 제 또래의 여자가 거실 한가운데에 민소매 원피스 차림을 하고선 시체처럼 앉아 있었어요. 피부는 창백했고, 머리는 길고 새까맸는데 그보다 더 진한 검은색으로 그녀의 몸엔 온통 글씨가 새겨져 있었죠. 멀리서도 알아볼 수 있을 만큼 낙인처럼 굵고 짙게. 저는 손쉽게 그녀의 양팔과 다리에 적힌 문장을 읽을 수 있었답니다.

나는 강성필의 딸이다.

강성필은 5월 3일 사라졌다.
나는 아빠를 찾아야 한다.

오피스 파파

그녀는 고개를 들어 저를 쳐다봤어요. 눈이 마주쳤고, 저는 미친 듯이 도망쳤죠.

살면서 그렇게 뛰어 본 적은 처음이었어요. 아빠가 절 때리다 못해 죽이겠노라고 식칼을 들고 쫓아왔을 때도 이토록 심장이 터지도록 뛰진 않았던 것 같죠. 계단을 통해 12층부터 1층까지 단숨에 내려왔어요. 헉헉대는 숨을 삼키며 공동 현관문 밖으로 나가려고 하니, 땡, 소리가 들리더라구요. 엘리베이터가 멈추는 소리였어요. 뒤를 돌아보자 열린 문 사이로 거짓말처럼 그 여자가 나타났죠. 저는 그녀에게 잡히지 않기 위해 사력을 다해 뛰었어요. 아파트 단지를 벗어나 도로변으로 나서니, 운 좋게도 택시가 오고 있는 게 보였고 재빨리 탑승했죠. 푹신한 검은 좌석에 쓰러지듯 엎어지고 나서야 저는 뒤를 돌아볼 수 있었답니다. 그 여자가 공동 현관문 밖으로 나와 절 쫓아왔는지 어쨌는지까진 알 수 없었어요. 그저 창밖에 여자의 모습이 보이지 않는 것에 안도했죠. 그래도 혹시 몰라 택시 기사님께 제 회사 근처 주소를 불러 주었고, 거기서 내려 고시텔까지 걸어갔어요.

집에 도착한 저는 혼란에 빠졌답니다. 온몸에 문신을 새긴 그 여자는 강성필의 딸인 게 분명했어요. 모두가 다 잊었는데 어째서 그 딸은 강성필을 기억했을까요. 불현듯 강성필의 집이 남아 있는 이유에 대해서 단 한 번도 의심한 적이 없었다는 걸 깨달았어요. 제 아빠는… 다 사라졌거든요. 호적에서도, 등기부 등본에서도. 하지만 강성필은 달랐죠. 집에 다시 찾아갈 수 있었고… 거기에 아내와 딸의 흔적이 남아 있었으니까…. 아. 좋을 대로 생각하고 싶어서 어물쩍 넘겨 버렸던 부분들이 떠올랐어요. 사라진 점포 앞에서 공허한 얼굴로 서 있던 라비타 카페 사장님의 모습이요. 그는 자신이 무얼 잃어버렸는지 알고 있는 표정이었어요. 전 그때 도망칠 게 아니라 그 사장님을 붙잡고 물어봤어야 했어요. 어디까지 기억하고 있냐구요. 소실된다는 거요, 한 번에 완벽하게 지워지지 않는 게 분명했어요. 소실된 것과 깊은 관련이 있는 자들의 기억은 그게 어떤 것이든 적어도 서서히 사라지는 것 같았죠. 서서히 사라진다고 짐작한 이유는 강서우의 몸에 깊게 새겨진 문신 때문이었어요. 잊지 않기 위해서 필사적으로 발버둥 친 그 문장들. 그 애정과 집착.

대체 왜.

제일 먼저 그런 생각이 들었어요. 강성필 같은 사람이 아빠였다면, 그 딸은 저와 똑같은 입장이어야 하지 않나요. 쓰레기 같은 사람이니까 잊히고 희미해질수록 좋은 존재라고 생각했는데 왜 그 딸은 기억하지 못해서 안달인 걸까요. 도저히 납득할 수 없었지만… 곧 제가 신경을 쓸 필요가 있나 싶어졌어요. 여덟 번째 방문이었고, 돈 될 만한 것들은 이미 많이 팔아넘긴 상태였거든요. 전혀 아쉽지 않다면 거짓말이겠지만, 이쯤에서 멈춰도 될 것 같았죠. 그러니까, 그저 강성필의 살림살이를 파는 꼼수 말고 다른 방법을 선택하기만 하면 되는 문제였어요. 야간 알바나 주말 알바를 따로 구해 투잡을 뛰는 거죠. 그럼 제 일상은 제자리를 되찾게 될 거라고 생각했어요. 하지만 다음 날 퇴근길에 회사 건물 앞에서 저는 그 여자를 만났습니다.

"제 이름은 강서우예요. 커피 한잔하시죠!"

온몸에 커다란 글씨를 새긴 걸 신경 쓰지 않는 듯 나시에 숏 팬츠 차림을 한 강성필의 딸. 그녀의 이름이 강서우라는 건 그날 처음 알았어요. 저는 꼿꼿하게 서 있는 강서우를 지나쳤습니다.

변명을 붙이는 건 좀 아닌 것 같아 대답도 하지 않았어요. 강성필이
사라졌을 때 직장 동료들이 보인 태도처럼 기억이 안 난다는
티를 내는 게 맞겠다 싶었죠. 하지만 강서우는 저를 집요하게
쫓아왔답니다. 이대로는 집 앞까지 따라올 기세였어요. 어느새 10분
가까이 우린 거리를 같이 걸었고, 두 블록 앞에 제가 사는 고시텔이
보였죠. 저는 방향을 꺾어 다른 곳을 향해 걸어가기 시작했습니다.
여차하면 버스나 지하철을 타고 전혀 모르는 동네에라도 내릴
작정이었어요. 그때 강서우가 말했습니다.

"집 지나쳤는데요."

강서우는 천연덕스럽게 웃으며 손가락으로 눈앞의 건물을
가리켰어요. 여성 전용 고시텔 드림아트빌. 저는 소름이 돋았답니다.
도대체 어떻게 그 한 번의 만남만으로 제가 다니는 회사와 제가
머무는 곳까지 모두 다 알아낸 걸까요. 실은 그때 제 뒤를 밟았던
걸까요? 거주지야 고시텔이니 언제든 바꿀 수 있겠지만… 이렇게
따라오고 있는 이상 계속 무시할 수는 없는 노릇이었어요. 저는 결국
강서우와 대화를 하기 위해 근처 카페로 자리를 옮겼죠.

"우리 아빠랑 무슨 사이예요?"

주문한 음료가 나오기 전 진동 벨이 울릴 때까지 기다리던
그 시간도 아깝다는 듯 강서우가 물었어요. 단도직입적인 질문에
잠시 할 말을 잃었죠. 저는 누굴 얘기하는 거냐 되물었어요. 그러자
강서우는 커피 테이블 앞에 주사위 크기만 한 작고 네모난 검은
물체를 하나 내려놓더라구요. 이게 뭐냐는 듯 바라보니, 강아지
캠이래요. 너비 2cm짜리 초소형 카메라인데, 집에 있던 물건이
사라지기 시작해서 카메라를 설치했었다고. 자기가 그걸로 뭘
찍었을 것 같냐고. 제가 무어라 대답하기도 전에 지잉, 진동 벨이

울렸죠. 강서우는 자기가 가져오겠다며 일어서더니 이내 픽업 대에서 아메리카노 두 잔을 받아 들고 왔어요. 그리고 친절하게 제 앞에 커피를 놓아 주면서 말했죠.

"아빠 애인?"

강서우는 씨익 미소 지으며 저를 내려다보았어요. 광기에 가까운 듯한 커다란 문신에 비해 여유롭고 밝은 강서우의 태도가 이질적으로 느껴졌죠. 저는 무슨 말을 하는지 잘 모르겠다고 답했어요. 강서우는 그런 답변에 만족하지 않았죠. 캠을 제 손에 쥐여 주면서 아직도 모르겠냐고 저를 떠보듯 말했어요.

그 메모리 카드에 제가 이 집을 드나드는 장면이 찍혀 있다고 하더군요. 그것도 세 번이나요. 물건 사진을 찍고 핸드폰을 만지작거리고, 이내 그 물건을 들고 나가 문 앞에서 거래하는 모습.

능숙하게 물건을 처리하는 꼴이 뻔뻔하고 당당해서 우연히 이 집에 들어온 잡범은 아니라는 확신이 들었다고 말했어요. 강서우는 저와 마주치길 기다렸다고 해요. 강성필을 기억하는 사람이 점점 사라지고 있어서, 제 기억도 사라지기 전에 만나고 싶었다고. 짐작대로 강서우는 강성필에 대한 기억을 다른 사람들보다 더 오래 가지고 있었던 것 같았지만… 점점 사라진다는 표현이 마음에 걸렸어요. 저는 그게 무슨 뜻이냐고 물어봤죠.

"말 그대로. 우리 아빠랑 인연이 약하면 머릿속에서 기억이 싹 지워지고, 인연이 깊으면 서서히 사라지는 것 같더라구요. 그쪽은 도둑년처럼 우리 아빠 집에 와서 물건까지 팔아넘길 만큼의 기억이 있는 거 보니까, 인연이 깊은 거 같은데. 정체가 뭐예요?"

오피스 파파.

머릿속에 그 단어가 떠올랐어요. 떠오르는 대로 이야기를

늘어놓았죠. 오피스 와이프, 오피스 허즈번드처럼, 강성필 팀장님은
제게 직장에서의 아버지 같은 존재였다고요. 제 또래 딸이 있어 절
보면 딸이 생각난다고 자주 말씀하셨고 저를 딸처럼 챙겨 주셨다고.
광고 회사에서 열심히 일한 덕분이었을까요. 저도 모르게 거짓말이
술술 나왔어요. 하지만 회사에서 유사 부녀 관계였다는 설명만으로
집에 무단침입해서 살림을 팔아먹고 있었다는 걸 변명할 순 없었죠.
뭔가 더 큰 거짓말이 필요했어요.

"저도 강 팀장님을 찾고 있었어요."

제 대답에 강서우의 눈이 동그랗게 커졌어요. 저는 이어 말했죠.
강 팀장님이 사라졌고 그 존재를 다른 회사 사람은 아무도 떠올리지
못하는 가운데 내가 기억하는 건 회식 때 강 팀장님을 바래다주며
알게 된 집 주소였다고. 비밀번호는 딸의 생일이라고 들어서 손쉽게
안에 들어갈 수 있었지만, 대부분의 물건이 이미 사라져 버린
뒤였다고. 거기서 누군가 오길 기다리다가, 강성필 팀장님에 대한
기억을 갖고 있는 사람을 만나게 될지도 모른다는 생각에 물건들을
내다 팔기 시작했다고요. 그 말을 마치고 저는 조심스레 강서우의
눈치를 살폈어요. 방금 전까지 저를 꿰뚫듯 쳐다보던 강서우의 두
눈이 촉촉해졌더라고요. 네, 그녀는 울기 시작했어요. 다행이라고,
드디어 만났다고. 강서우는 제 두 손을 꼭 잡으며 말했어요. 아빠를
아무도 기억하지 못하길래 자기가 미쳐 버린 줄 알았다고. 같이 힘을
내서 아빠가 왜 사라졌는지 꼭 찾아내자구요. 우리는 핸드폰 번호를
교환했어요. 밤이 늦었으니 오늘은 들어가고 조만간 다시 만나서
정보를 나눠 보기로 했죠. 저는 그렇게 강서우와 헤어져 집으로
돌아갔어요.

하. 고시텔 방문 안으로 들어가자마자 온몸에 힘이 빠지는

기분이었어요. 하지만 이대로 가만히 있을 순 없어서 가방만 던져두고 곧바로 피시방으로 향했습니다. 일단 인터넷에서 사직서 양식을 내려받았어요. 일신상의 이유로 퇴직을 희망합니다. 여기에 더 적을 문장은 없었죠. 인수인계 기간까지 생각하면 보름 이내로 정리할 수 있을 것 같았어요. 빚을 갚아야 하니까 그나마 남은 월급이라도 받으려면 무단으로 튈 수는 없었죠. 그다음엔 집으로 돌아가 짐을 정리했습니다. 꼭 필요한 것만 캐리어 가방에 넣고, 자질구레한 것들은 몽땅 다 버렸어요. 그러던 와중 담당자님께서 보내 주신 쓰레기통 사용법 책자를 발견했지 뭐예요. 홀린 듯이 페이지를 넘기다 보니 이런 내용이 있더군요.

[소실된 쓰레기를 되찾는 방법]
등록된 사용자의 사망이나, 쓰레기통의 훼손으로는 버린 쓰레기를 꺼낼 수 없다. 유일한 방법은 사용자가 자신이 버린 쓰레기는 쓰레기가 아니었다고 재인식하는 것뿐이다.

하하하. 영원히 강성필이 나올 일은 없을 것 같더라구요. 강서우가 이 책자만큼은 발견해선 안 된다 싶어 저는 옥상에 가서 책자를 불태워 버렸습니다. 죄송해요. 기껏 보내 주셨는데. 하지만 쓰레기통에 대해서는 저만 알고 있었으면 했거든요. 팩트를 적당히 숨기고 적당히 과장할 것. 이게 제가 광고 회사에서 배운 유일한 무기였으니까요.

다음 날 저는 계획대로 사직서를 제출했답니다. 이 팀장님께서는 아쉬움을 표하셨어요. 업무가 과중했던 건 알지만… 내일이면 보도기사 쪽 기획 업무를 맡을 새 팀장이 출근하게 될 텐데 좀 더 다닐 생각은 없겠냐구요. 저는 개인 사정이 급해 속히 퇴사를 원한다고 강경히 말씀드렸답니다. 이 팀장님은 대표님께 내용을 전달하겠다고 말씀 주셨어요. 참, 제가 대표님 이야기는 해 드린 적이 없었죠? 대표님은 기분파에 불같은 분이시거든요? 그분 밑에 강 팀장님과 이 팀장님이 있었는데, 강 팀장님은 대표님과 성격이 비슷한 사람이었고, 이 팀장님은 대표님 성격을 좀 보완해 주는 사람이었죠. 그러니까 대표는 리틀 강 팀장 같은 사람이긴 했어요. 워낙 회사에 얼굴을 비추지 않아서 영향력은 적었지만요. 이 팀장님이 제 퇴사 의사를 전달했더니 대표님은 자기 회사에 애정 없는 사람이 계속 나오는 게 싫다고 3일 안에 정리해서 나가라고 했다네요? 저야 땡큐였죠. 기대하지도 않았는데 실업 급여까지 받을 수 있을 테니까요.

　3일은 빠르게 지나갔답니다. 그때까지 따로 강서우에게 온 연락이 없어서 불안하면서도 약간은 안심되었어요. 마지막 날엔 이 팀장님을 비롯하여 정 대리님, 박 책임님 등 회사 동료들과 함께 소소한 퇴직 기념 회식도 즐겼어요. 이 팀장님은 다른 곳에서도 잘할 거라고 덕담해 주셨고, 정 대리님은 정들었는데 아쉽다며 작별 선물로 스티커 한 장을 주셨어요. 정 대리님이 키우는 강아지를 모델로 한 개인 굿즈더라구요. '어디다 쓰지?' 싶었지만 디자이너다운 덕질이라고 생각해서 웃으며 받았죠. 박 책임님은 요즘 떠오르는 주식이 하나 있다며 저한테만 몰래 알려 준다고 하셨고, 이 과장님은 저런 얘기 듣고 돈 날리지 말라고 충고해 주셨어요. 화기애애했어요. 떠나고 싶지 않을 정도로요. 기분 좋은 취기가 오를 정도로 적당히 소맥을 마시곤 안녕을 고했죠. 안녕. 모두 안녕. 다시 인생의 새로운 막을 열겠다는 포부를 품으니 마음속이 깨끗해졌어요. 이제 다 끝났단 생각이 들었죠.

어.

그것은 오만이었습니다.

고시텔 앞 골목. 순식간에 저는 바닥으로 쓰러졌습니다. 목뒤가 따끔했고, 강력한 전류가 제 온몸을 타고 흘러내리는 것 같은 기분이 들었어요. 사지가 저항할 수 없을 정도로 바들바들 떨렸죠. 눈물과 콧물이 동시에 흐르고, 아래쪽에 힘이 풀려 오줌이 질질 새어 나왔어요. 비명도 지를 수 없고 몸도 움직일 수 없는데, 시야는 또렷했어요. 강서우가 전기충격기를 들고 제 앞에 서 있었어요. 그 뒤엔 검은색 승용차가 주차되어 있었죠. 강서우는 미리 계획한 듯 저를 질질 끌고 가 뒷좌석에 실었어요. 그리 늦은 시간은 아니었는데 골목을 지나다니는 사람이 아무도 없었어요. '납치가 이렇게 쉬운가?'라는 생각마저 들더라구요.

뒷좌석에 저를 무사히 옮긴 강서우는 미리 준비해 둔 듯한 케이블 타이로 제 손목과 발목을 묶었어요. 꼼꼼한 성격인지 밧줄로도 한 번 더 온몸을 칭칭 감더라구요. 저는 파들파들 온 근육을 떨어 대며 저를 속박하는 강서우를 바라볼 수밖에 없었어요. 소리를 쳐 보려고 해도 끙끙대는 신음만 나왔는데⋯ 강서우는 제 입에 천을 쑤셔 넣고는 청 테이프를 꾹꾹 붙여 두었답니다. 그리고 잠시 멈춰 절 바라봤어요.

"냄새는 예상 못 했는데."

그러곤 전기충격기를 또 한 번 제 목에 들이댔답니다. 오래도록.

다시 정신을 차렸을 땐 강성필의 아파트 안이었어요. 벽에는 방음을 위해서인지 골판지와 신문지가 다닥다닥 붙어 있었죠. 버스킹 공연하는 사람들 구경할 때나 봤던 커다란 앰프가 제 양옆에

있었고, 신나는 힙합 음악이 흘러나왔어요. 강서우는 제 입을
막았던 청 테이프를 뜯어냈죠. 테이프에 들러붙어 있던 바싹 마른
입술 각질이 뜯겨 나감과 동시에 입술에서 피가 철철 흘렀습니다.
강서우가 입 속에 구겨 넣었던 천을 퉤 뱉어 낸 뒤 으윽 신음을
터트리자 타닥타닥, 강서우는 제 눈앞에 새파란 스파크가 튀는
전기충격기를 들이댔어요.

"소리치면 눈깔 지진다?"

저는 입술에서 피를 뚝뚝 흘리며 강서우를 쳐다보았죠. 내
거짓말에 속아 넘어간 게 아니었나. 혼돈을 느낄 틈도 안 주겠다는
듯 강서우가 물었어요.

"우리 아빠 어딨어, 이 개년아."

제가 부주의했다고 생각해요. 강서우는 엄청난 집착을
가지고 강성필을 찾던 사람인데, 3일 동안 연락이 없다는 건 말이
안 되는 일이었던 거죠. 강아지 캠을 설치하고도 제가 세 번이나
물건을 더 훔칠 때까지 심사숙고했던 사람이니까. 카페에서 대화한
뒤 돌아갔다고 확신해선 안 되는 거였어요. 그날 강서우는 절 떠볼
생각이었던 거예요. 제가 범인인지 아닌지. 어딘가 떳떳하지 못한
구석이 있다면 거짓말을 늘어놓고 도주 계획을 세울 테니까. 믿는
척 연기를 하면서 절 관찰했던 거죠. 헤어진 후에도 쭉. 가까이서
한 번도 떠나지 않고요. 눈을 굴려 주위를 살펴보니 바닥에는 제가
고시텔 방을 정리하면서 버린 쓰레기들이 모여 있었어요. 밖에
내놨던 쓰레기봉투들을 전부 다 가져와 하나하나 뜯어서 무엇이
들었는지 확인한 것 같았죠. 다행히, 제가 불태워 버린 책자는
잿더미로만 남아 있어서 내용을 파악할 수 없는 모양이었어요. 저는
강성필이 어디 있는지 모르겠다고 시치미를 뗐죠.

"알게 될 거야."

동시에 위이잉 하는 진동 소리가 들렸어요. 강서우의 손에
문신사들이 가지고 있을 법한 문신 기계가 들려 있었죠. 펜처럼
길쭉한 기계 끝에서는 작은 바늘 여러 개가 움직이고 있었어요.
강서우는 자기 직업이 타투이스트라고 했어요. 그래서 어디가
아픈 부윈지 잘 알고 있다고 하더군요. 그리고 제 목을 가리켰어요.
성대가 있는 앞 목. 이쪽이 피부가 얇아 생각보다 아프다고 했어요.
또 사람들 눈에 잘 보이는 부위기도 했구요. 게다가 문신 새길
때보다 힘을 많이 주면 바늘이 성대까지 파고들 수도 있으니까 더
짜릿하지 않겠냐고 묻더군요. 제가 무어라 대답하기도 전에 잉크를
품은 바늘이 제 목에 들어왔습니다. 제가 아무리 아빠한테 맞고
살았다고 해도, 바늘로 목을 찔려 본 적은 없었거든요. 난생처음
느낀 생경한 고통에 저도 모르게 몸부림치게 되더라고요. 강서우는
제가 너무 크게 소리치면 시끄럽다며 전기충격기로 지져 댔어요.
충격으로 마비된 성대는 껵껵대고, 관자놀이와 이마엔 땀이 흐르고,
물기 어린 피부 위로 강서우의 숨결이 훅 지나가고, 바늘이 살갗을
쑤시고, 싸한 알코올이 그 위를 스쳐 가는 사이에 완성된 LIAR.
강서우는 제게 거울을 보여 주곤 목에 새겨진 문신이 아주 잘 나오지
않았냐며 웃었어요.

"내가 궁서체를 잘 새겨. 마빡에 쓰레기라고 적히는 게 싫음, 입
열어."

저는 대답하지 않았어요. 타투 머신은 다시 가동되있죠. 있는
힘껏 발버둥 쳤지만 그럴 때마다 전기충격기가 제 몸에 닿았어요.
이마에 문신이 새겨지는 건 목에 비해 아프진 않았지만, 바늘이
살갗을 뚫고 들어오는 순간마다 제 사회적인 무언가가 끝장나

버리는 것 같았죠. 강서우는 제게 새길 말이 아주 많다고 했어요. 이마 다음엔 옆구리, 그다음엔 가슴과 젖꼭지, 마지막엔 성기 위에다 친히 글씨를 새겨 준다 했죠. 진심으로 제 몸에 바늘을 쑤셔 넣고 있는 강서우가 소름 끼치도록 끔찍했어요. 참아 보려 했지만 강서우가 가위로 제 상의를 잘라 내고 왼쪽 젖꼭지에 직선 하나를 그었을 때, 저는 비명 대신 다른 말을 쏟아 냈습니다.

"쓰레기통에 있어."

사실이었죠. 강서우는 비웃더군요. 쓰레기장도 아니고 쓰레기통에 사람을 버렸는데 어떻게 들키지 않았느냐고요. 저는 되물었죠. 내가 강성필을 평범한 방법으로 처리했을 거 같냐고. 단순 실종이었다면 강서우가 온몸에 문신을 새길 필요는 없었을 테니까요. 저는 아까 퇴근할 때 사무실에서 가지고 나온 은색 쓰레기통이 특별한 쓰레기통이라고, 내 업무 메일 아이디와 비번을 알려 줄 테니 ■■에서 보낸 메일을 확인해 보라고 했답니다. 죄송해요. 업무상 연락 내용은 비밀인데. 그 당시엔 고통받고 싶지 않은 마음이 더 컸어요. 강서우는 핸드폰으로 메일을 확인하더니만 저를 전기충격기로 여러 번 지지고는 밖으로 나갔어요. 근데 전기충격도 여러 번 받다 보면 내성이 생기는 걸까요? 저는 강서우의 예상보다 일찍 정신을 차렸어요. 강서우가 아직 집에 돌아오지 않은 그때가 유일한 기회라고 생각했답니다.

이 장소에서 밧줄과 케이블 타이를 끊을 수 있는 유일한 도구는, 문신 기계였어요. 그쪽으로 쓰러지기만 하면 반은 해결될 것 같았죠. 의자에 묶여 있던 저는 있는 힘을 다해 몸을 흔들어 댔고, 바닥에 쿵 머리를 박으며 옆으로 쓰러졌어요. 충격을 덜어 줄 그 무엇도 없이 바로 바닥에 어깨와 머리를 부딪치니 고통이 상당하더라구요.

하지만 아파할 시간은 없었죠. 고통 속에서도 쉬지 않고 꿈틀거리며 몸을 움직여서 겨우 문신 기계를 손에 잡았어요.

근데 그거 아세요? 문신 기계의 작동 버튼은 펜대처럼 생긴 그곳에 있는 게 아니더라구요. 풋 페달을 밟아야 작동하는 거래요. 이 사실은 은색 쓰레기통을 품에 안은 채 집에 돌아온 강서우가 말해주었답니다.

"한번 작동시켜 봐."

강서우는 의자에 묶인 상태로 쓰러져 있던 제 배를 발로 뻥 차며 말했어요. 헛기침과 함께 구역질이 났죠. 두 번, 세 번, 네 번을 더 맞고는 결국 회식 때 먹었던 음식을 토해 냈어요. 강서우는 씩씩거리다 저를 다시 일으켜 세웠어요. 그리고 쓰레기통을 제 앞에 놓았죠. 실험을 하고 싶은 모양이었어요. 강서우는 제 앞에서 그 은색 쓰레기통에 제 토사물을 닦아 낸 물티슈를 집어넣어 보았죠. 그리고 자기 손으로 제 눈을 가렸어요. 검은 시야 너머로 강서우의 나지막한 목소리가 들렸죠.

"시발, 저게 뭐야."

강서우의 손이 힘없이 툭 떨어졌어요. 네. 토사물이 묻은 물티슈는 사라졌답니다. 저는 늘 눈을 가리느라 어떻게 사라지는지 보질 못하는데, 강서우는 그 모습을 똑똑히 본 모양이더라구요. 여유 있고 자신만만했던 두 눈이 이전과 다르게 심하게 떨려 왔어요. 그리고 강서우는 혐오와 분노가 가득 찬 표정으로 절 바라보며 소리쳤어요.

"우리 아빠가 왜 쓰레긴데!"

하하하. 왜 그때 웃음이 나왔는지는 모르겠어요. 강서우의 목소리에서 두 눈에서 미묘한 얼굴 근육의 떨림에서 그녀가 아빠를 진심으로 사랑하고 있다는 게 느껴져서였을까요. 아니면 자기가 기억하지 못하는 아빠의 모습에 대해 불안을 느끼고 있다는 게 느껴져서였을까요. 저는 자꾸 터지려는 웃음을 꾹꾹 눌러 참으며 말했어요.

"너 니 아빠 잘 모르지?"

저는 쏟아 냈어요. 강성필이 얼마나 쓰레기인지를. 그 새끼 밑에서 일한 사람들이 정수기 필터마냥 몇 달 만에 갈려 나간 이유가 뭘 것 같은지. 어떤 식으로 사람한테 모욕을 주고 어떤 식으로 정신을 짓밟았는지. 회사에서 그 지랄 염병을 떤 새끼가 집에서는 잘했을 것 같은지. 몇 번이나 강성필의 집에 찾아가 술 취한 그놈을 엎어치기 하듯 내려놓고 갔는데 우리가 한 번도 마주친 적 없는 이유가 뭔 거 같은지. 그 집에 아내가 없고, 이제 막 스물 넘긴 딸이 자취하는 이유야 뻔하지 않겠어요? 지 가족한테도 쓰레기 그 자체였으니까 그랬겠죠. 저는 강서우에게 우리가 이렇게 척질 필요가 없다고 말했어요. 이렇게 만나지 않았다면 동병상련의 정을 나누는 사이가 됐을 거라고도 이야기했죠. 아빠를 찾으려는 모습이 너무 기이하고 기괴하다고요. 하. 강서우의 눈빛이 원래대로 돌아오더군요. 하하하. 이번엔 그녀가 웃었어요.

"니 애비 개차반이구나? 야. 평범한 사람은 가족이 실종되면 눈이 돌아, 병신아."

강서우는 자신이 자취하게 된 건 순전히 대학 때문이며, 자취하는 오피스텔은 고급이고, 지금껏 살면서 단 한 번도 아르바이트를 해 본 적이 없다고 말했어요. 자기가 썼던 일기에는 아빠를 가리키는 명칭만 지워졌을 뿐 아빠가 보내 준 사랑이 가득했으며 이 집의 비밀번호가 자기 생일일 정도로 아빠는 자기를

아꼈다고. 이런 애정을 받으며 살아 본 적이 있느냐고. 아빠의
사랑이 뭔지도 모르는 년 주제에, 일도 존나 못하고 머리도 못나서
욕 들어 처먹은 주제에 남 탓만 하는 찐따 년이라고.

"닥쳐!"

소리친 대가는 전기충격이었습니다. 강서우는 저와 더 이상
말싸움하기 싫다고 하더군요. ██에 찾아가 강성필을 꺼낼 방법을
찾겠다고 했어요. 저는 비웃었어요. 강성필을 꺼낼 수 있는 방법은
그저 제가 강성필은 쓰레기가 아니라고 생각하는 것뿐이라고요.

"잘 생각해 봐. 내 앞에서 죄송하다고 개처럼 빌면, 내 맘이
바뀔지도 모르잖아."

강서우는 제 얼굴에 침을 뱉은 뒤 타투 기계에 꽂혀 있던 바늘만
빼내 들고 밖으로 나갔답니다.

밤이 찾아왔어요. 온 창문을 골판지와 신문으로 막아 놨기
때문에, 집 안에는 빛 한 점 들지 않았죠. 제가 알고 있는 건 제 앞에
쓰레기통이 있다는 것 정도였어요. 여기서 나가야 하는데, 밧줄을
끊을 수 있을 만한 물건은 근처에 없었죠. 날카롭고 뾰족한 게
필요했어요. 유리 조각처럼요. 아빠를 쓰레기통 안에 집어넣으려
실랑이를 벌였을 때 내 머리로 날아들었던 그 초록색 소주병 같은.

아.

저는 은색 쓰레기통이 있는 곳을 노려봤어요. 그때 깨진 그 병
조각은 이제 제게는 쓰레기가 아니게 된 거죠. 무엇보다도 필요한
도구가 되었어요. 그러니까 돌아와. 지금 이 순간 다시 이 자리로.
저는 눈을 감았다 떴어요.

그리고 온 힘을 다해 제 몸을 흔들어 대며 그 반동을 이용해서
쓰레기통이 있는 곳으로 다가갔죠. 무언가에 가까워졌다는 게

느껴졌을 무렵, 발끝을 움직여 앞쪽을 툭 차 보았습니다. 그러자 무언가가 발끝에 닿았고,

짤그락.

유리 부딪치는 소리가 났어요. 소주병 조각이 돌아온 거예요. 하, 아빠. 제가 살면서 아빠에게 감사했던 순간이 있다면 바로 그 순간이었어요. 그때도 똑같이 술을 처먹고 있어 준 덕분에. 그 병으로 아무런 망설임도 없이 내 머리를 내리치고 내 피가 묻은 소주병 조각을 만들어 주었기 때문에 제가 그 병 조각들을 기꺼이 이곳에 넣었고 이렇게 다시 꺼낼 수 있게 된 것이었으니까요.

저는 쓰레기통을 엎어트린 뒤에, 그 위로 쓰러졌어요. 익숙해졌는지 두 번째 추락은 그렇게 아프지 않았답니다. 어둠 속에서 낑낑거리며 몸을 굴려 대면서, 유리 조각을 찾았어요. 어설프게 몸을 움직이는 동안 자잘한 유리 파편들이 팔뚝과 뺨에 박혔고, 손에 쥔 유리 조각을 움직여서 케이블 타이를 끊어 내기까지 꽤 오랜 시간이 걸렸어요. 유리 조각을 쥔 손가락이 이리저리 베여서 피가 나고 미끈거렸죠. 밧줄은 어찌나 꽁꽁 묶었는지 손목 결박을 풀었는데도 밧줄에서 한쪽 팔을 꺼내기까지 한참이 걸렸어요. 하지만 탈출 가능성이 열린 순간이었던 만큼 밧줄이 살에 쓸리는 아픔 따위는 아무것도 아니었답니다.

그 뒤로 얼마나 시간이 지났는지 모르겠어요. 방 안의 어둠이 조금 밝아진 듯한 느낌이 들었죠. 새벽이었으려나요. 그때쯤 전 모든 속박에서 벗어났어요. 쓰레기통 안에는 소주병 주둥이 부분이 마치 손잡이처럼 보이는 커다란 흉기가 마련되어 있었죠. 저는 깨진 소주병을 집어 들었어요. 왜 도망가지 않았냐구요? 또 언제 잡힐지 모른다는 두려움 속에서 살 순 없었어요. 저희 아빠가

홍신소 뺨치게 사람 잘 찾는 분이셨다고 말씀드린 적이 있죠? 근데 왜 네 번째로 도망친 엄마를 더 이상 찾지 않게 되셨는지 아세요? 자살하셨으니까. 죽음만이 엄마의 유일한 도피처였던 거예요. 이 상황도 마찬가지예요. 누구 하나가 죽기 전까진 벗어날 수 없는 거 아니겠어요? 저는 평범하게 살고 싶었어요. 누구한테도 쫓기지 않고 평범한 직장 생활을 하며, 평범하게 웃고, 평범하게 친구도 사귀고, 평범하게 연애도 하는 그런 삶을요. 제가 그런 걸 원하는 게 그토록 잘못된 건가요? 제가 잘못해서 쓰레기들을 만나게 된 건가요? 모든 잘못은 그들이 먼저 했잖아요. 그러니까, 이건 정당방위라고 생각했답니다. 저는 현관문 근처에 몸을 숨겼어요. 강서우는 다시 돌아올 테니까요. 바로 여기로.

달칵.

기다림 끝에 현관문이 열렸습니다. 저는 현관 바로 옆방에 숨어 있었어요. 살짝 열린 문 틈새로 텅 빈 거실을 향해 걸어가는 강서우의 뒷모습이 보였죠. 흥분한 듯 마구 외치고 있었어요.

"이 쌍년이 날 속여? 야! 아무것도 없잖아!"

그 뒤로도 강서우는 어떤 말을 쉼 없이 내뱉었는데… 잠도 제대로 못 자고 정신이 극한까지 몰렸던 탓에 무슨 말을 하는 건지 잘 이해가 되지 않더라구요. 그 순간 제가 붙들고 있었던 건 오직 깨진 소주병뿐이었어요. 이내, 강서우는 제가 없어진 거실을 발견했죠. 저는 뒤쪽으로 다가가 소주병을 강서우 목에 꽂았어요.

"커헉."

피가 뿜어져 나왔어요. 강서우는 곧장 저를 발로 찼죠. 저는 바닥에 엎어졌어요. 강서우는 자기 목을 움켜잡고는, 꽂혀 있던 소주병을 뽑아 제게 던졌어요. 제가 그걸 맞았을 것 같나요? 네. 피할

기력은 없었거든요. 하지만 전 그런 폭력을 어떻게 하면 가장 대미지 없이 맞을 수 있는지 잘 알고 있는 사람이었어요. 즉시 양팔로 얼굴과 머리를 보호했고, 제 팔꿈치에 부딪힌 소주병은 산산조각 나 바닥에 떨어졌죠. 그렇게 몸싸움이 시작됐어요. 강서우가 위에서 저를 걷어찼고, 저는 일방적으로 맞는 포지션이었는데요, 발길질이 점점 약해지는 게 느껴졌어요. 강서우의 피가 계속 제 얼굴 위로 후두두둑 떨어지고 있었거든요. 이대로라면 곧 끝나겠구나, 싶었어요. 강서우는 비틀거리기 시작했어요. 결국 얼마 지나지 않아 쿵, 하고 쓰러지고 말았답니다.

그제야 저는 자리에서 일어날 수 있었어요. 양손으로 목을 움켜쥐며 저를 노려보는 강서우가 무어라 말을 하는 것 같았죠. 저는 귀를 가져다 댔어요. 궁금했거든요. 하지만 알아듣기 힘들었어요. 아파, 라고 말하는 건지 아빠, 라고 말하는 것인지.

"꺼내 줘."

마지막 그 말만큼은 또렷하게 남기고 강서우는 죽었어요. 기분이 이상했어요. 강성필이 뭔데 이렇게까지 하는지 이해할 수 없었어요. 원래 다들 이 정도로 부모를 사랑하나요? 좀 과하지 않아요? 인터넷 커뮤니티들을 보면 저희 아빠 같은 사람이 더 흔해 빠졌던데. 적당한 진실과 적당한 과장. 다 자신의 불행을 광고하고 싶은 사람들이 만들어 낸 허구였던 걸까요. 흡. 거기까지 생각이 미치자 몸속 장기들이 파르르 떨려 오는 게 느껴졌어요. 쉬고 싶었어요. 아니 쉬어야만 했죠. 저는 죽은 강서우 옆에 쓰러지듯 누워 잠이 들었답니다.

다시 눈을 떴을 때 저는 강렬한 피비린내 속에 있었어요. 숨 쉬기가 어려울 정도였죠. 창문이라도 열어 볼까 싶어 창가로 몸을 돌렸어요. 신문지와 골판지로 꽁꽁 막아 둔 그 창에 손을 가져다 대니 따뜻하더라구요. 이 너머에 볕이 있구나. 저는 피가 말라붙은 두 손을 씻기도 전에 베란다 창을 가리는 신문지 몇 장을 뜯어냈죠. 따뜻하고 눈부신 햇살이 쏟아졌어요. 저를 세상이 축복해 주는 것 같았죠. 고생했다고, 이제 다 끝났다고요. 그러니 강서우의 마지막 말을 제가 더 이상 신경 쓸 필요는 없다구요.

하지만 빛을 받은 강서우의 시체는 너무나 끔찍했어요.

명백한 살인이었습니다. 분명히. 제게는 도망간다는 선택지도 있었는데. 그제야 현실감이 밀물처럼 밀려오더군요. 이런 결과를 바란 건 아니었는데. 감정이 터져 나오듯 눈물이 났어요. 위가 꿀렁거리고, 먹은 것도 없는데 구역감이 일었죠. 저는 화장실로 달려가 토했습니다. 게울 것이 없어 그저 허공에 웩웩거리곤 세면대 물을 틀어 입을 헹궈 냈어요. 거울에 제 모습이 비쳐 보였습니다. 이마에 선명히 새겨진 '쓰레기'가 제일 먼저 눈에 들어왔죠. 누가 진짜 쓰레기인데. 엉망이 된 제 모습을 가만 응시하고 있으려니, 제가 뭘 해야 할지 알겠더라구요.

저는 강서우의 시체를 욕실로 옮겨 왔답니다. 제일 먼저 옷을 벗겼어요. 제 옷은 망가졌고, 갈아입을 만한 다른 옷은 없었으니까요. 사후경직이 진행된 상태라 그 뻣뻣한 팔다리를 움직이는 게 버겁고 힘들었어요. 피비린내에다 하의에 묻은 배설물 냄새가 더해져 아주 역겨웠죠. 하지만 어느 시점이 지나자 후각이 적응했는지 견딜 만해지더라고요. 샤워를 하며 옷을 빨았어요. 그나마 깨끗해진 옷들을 베란다 창 앞에 널어 두곤 쓰레기통을 가지고 욕실로 돌아왔죠. 전 곧바로 강서우의 차가운 손목을 잡고 그대로 쓰레기통 깊숙이 집어넣었어요. 툭, 하고 쓰레기통 바닥에 강서우의 손끝이 닿았다는 게 느껴졌죠. 저는 눈을 감았어요. 3. 2. 1. 눈을 뜨자 두 눈동자가 넘어가면서 드러난 강서우의 흰자위가 보이더군요. 다시 눈을 감았어요. 3. 2. 1. 몇 번을 반복해도, 강서우는 사라지지 않았어요.

이게 말이 되나요? 절 납치해서 고문한 사람을… 제가 쓰레기로 생각하지 않는다뇨? 무언가 잘못되었다는 생각이 들었고… 그제야 강서우가 ▇▇에 다녀왔었다는 게 떠올랐어요. 그나저나… 저더러 거짓말쟁이라고 했던 거 같은데. 아무것도 없다는 건 대체 무슨 말인지. 얼마나 혼란스러웠는지 몰라요. 일단 강서우의 핸드폰을 찾아냈어요. 잠금을 푸는 건 쉬웠죠. 욕실로 걸어가 강서우 얼굴 앞에 핸드폰을 들이미는 걸로 끝이었거든요. 시체라도 페이스 아이디 인식이 되더라구요.

강서우의 핸드폰엔 ▇▇의 전화번호가 저장되어 있었어요. 하지만 어딘가 이상했죠. 이 번호로 통화 시도를 여러 번 한 흔적이 있었지만 연결이 된 적은 한 번도 없었거든요. 왜지. 이해할 수가 없었어요. 저는 덜덜 떨리는 손으로 ▇▇에 전화를 걸었답니다. 신호음이 몇 번 가기도 전에, 대표님 목소리가 들려왔죠.

"네, 전화 받았습니다. ▇▇입니다."

보통 회사로 오는 전화를 대표가 바로 받나요? 담당자님은 그때 어디 계셨던 건가요? 의아한 부분이 한두 군데가 아니었어요. 저는 떨리는 목소리로 정말 ▇▇이 맞는지 물어봤죠.

"그럼요, 민정 씨."

후후, 웃으며 대표님이 대답했어요. 어떻게, 단 한마디만 듣고 저라는 걸 바로 알아채신 걸까요. 모든 게 다 거짓말 같았어요.

솔직히 말해서, 애초에 사람도 버릴 수 있는 쓰레기통이 존재한다는
게 말이 되는 일이었던가요. 하지만 이 부분을 의심하기 시작하면
감당할 수 없는 결말을 만나게 될 것만 같았어요. 핸드폰을 켠 손에
힘이 꽉 들어갔어요. 금방이라도 정신이 나가 버릴 듯했죠. 저는 한
번 더 ▓▓이 실제로 존재하냐고 물어봤어요.

"지금 그게 중요해요?"

대표님은 다정하게 절 다독이며 제가 원래 하려던 말을 해
보라고 말씀하셨어요. 저는 절박하게 입을 열었어요. 쓰레기가
버려지지 않는다구요. 잠깐의 침묵이 지나갔고, 이내 밝은 목소리가
들려왔어요.

"그건 민정 씨에게 달렸어요. 민정 씨가 쓰레기라고
생각해야지만 사라지게 되어 있거든요. 우린 그런 계약을 했어요.
기억 안 나세요?"

저는 계약이니 의식이니 이름 붙여진 것들을 했던 기억이라곤
눈곱만치도 남아 있지 않다고, 모르겠다고 대답했죠. 저한테 중요한
건 그게 아니었어요. 제가 버리려는 게 왜 쓰레기가 아닌지, 그에
대한 답을 얻어야만 했죠. 절박하게 따져 묻자 대표님은 자애롭고도
나긋나긋한 목소리로 제게 방법을 알려 주겠다고 했어요.

"우리, 거짓말을 해 볼까요? 위장을 하는 거예요. 생각해 봐요.
쓰레기는 주관적인 거랍니다. 산 것이 죽어도 쓰레기가 되고요,
맛 좋은 음식이 썩어도 쓰레기가 되고요, 더러운 오물이 묻어도
쓰레기가 되고요, 형체를 알아볼 수 없을 정도로 조각나도 쓰레기가
되잖아요. 사람은요, 생각보다 손쉽게 스스로를 속일 수 있어요.
평생 자신을 속여야 살 수 있는 사람도 있거든요."

대표님은 제게 필요한 말을 해 주셨어요. 전 감사 인사를 드리고

오피스 파파

나서 전화를 끊었죠. 이제부터 해야 할 일이 무척이나 많아졌거든요.

제일 먼저 저는 깨진 유리 조각으로 앞머리를 만들었답니다. 이마를 가리고 나갈 준비를 했어요. 일단 가까운 동네 옷 가게에서 번듯한 옷을 샀어요. 돈은 문제가 되지 않았죠. 강서우의 지갑엔 신용카드가 있었으니까요. 인터넷 주문을 하거나 돈을 인출하려고 하지 않는 이상 신용카드야 비밀번호를 몰라도 사용이 가능하잖아요. 나중에 추적당할까 봐 걱정할 필요는 없었죠. 당사자는 죽었고, 또 세상 사람들의 기억 속에서 소실될 텐데 카드 도용을 누가 알아차리겠어요?

더러운 옷들은 헌 옷 수거함에 넣어 버리고는 값비싼 식사를 하러 갔답니다. 이름하여 미슐랭 쓰리 스타 레스토랑 풀코스. 앞으로 힘이 많이 드는 일을 할 예정이었으니까요. 체력 보충을 위해서이기도 했고요, 잠시 제가 놓인 위치에서 벗어나 보고 싶기도 했어요.

욕실에 시체를 방치한 사람치곤 느긋한 식사를 했답니다. 평일 낮에 가니 사람이 없어 예약 절차 없이도 창가 자리에 앉을 수 있었는데, 고층 빌딩의 유리창 너머로 내려다보이는 도시의 모습이 참 아름답더라구요. 웨이터의 설명이 한 아름씩 곁들여진 다양한 이름의 음식들을 한 점 한 점 소중히 맛보면서, 앞으론 이렇게 멋진 것들만 경험하며 살겠노라고 다짐했어요.

레스토랑에서 나온 뒤 저는 백화점으로 향했답니다. 강서우의 카드로 얼마까지 긁을 수 있을지 궁금했어요. 그 여잔 제 생각보다 돈이 많았던 것 같아요. 총 1800만 원 정도는 긁히더군요. 구입한 명품 백들은 모조리 제가 머물던 고시텔 방에 두었어요. 이게 다 무슨 짓이냐고요? 피해 보상금이요. 저한테는 빚이 있잖아요. 모조리

되팔아서 빚을 줄여야죠.

즐거운 시간을 모두 끝낸 뒤엔 공구점에 갔어요. 톱과 칼, 망치와 같은 공구를 잔뜩 구입했답니다. 짐작되시죠? 강서우를 쓰레기로 만들기 위해 제가 선택한 방법은 온몸을 조각조각 토막 내는 것이었답니다. 저는 준비물을 잔뜩 챙겨서 강성필의 아파트로 돌아왔죠.

네. 중노동이 이어졌어요. 사람을 토막 낸다는 게요, 정말 힘들더라구요. 뉴스에 가끔 사이코패스가 시체를 유기하려고 토막 살인을 벌였다, 이런 말 나오잖아요. 실제로 해 보니까 진짜 들키기 싫었구나, 하고 단박에 이해가 되더라구요. 이건 끈기가 없으면 절대로 할 수 없는 일이에요. 멘탈도 강해야 하구요. 몇 번이나 정신을 놓았는지 모르겠어요. 피가 사방에 튀는 일이라 홀딱 벗고 작업을 하고 있었는데, 살을 자르다 보면 내 살을 자르는지 남의 살을 자르는지 헷갈릴 지경이었죠. 톱질하다 톱날이 뼈에 걸리면 망치로 내려치면서 부러뜨리는 작업을 했어요. 팔 한쪽 떼어 내기까지가 얼마나 힘들었는지 몰라요. 두근거리는 마음으로 '나는 강성필의 딸이다.'가 적힌 팔을 쓰레기통에 넣어 보았죠. 3. 2. 1. 다행히 성공이었어요. 팔이 사라졌거든요. 나머지 팔도, 다리도, 몸통도 이제 쓰레기통 입구에 들어갈 만큼 잘게 잘게 잘 자르기만 하면 됐어요.

모든 부위를 해체해서 버리기까지 하루가 꼬박 걸린 것 같아요. 다행히 어디에도 신고당하지 않았고 누구에게도 의심받지 않았죠. 이제 마지막으로 남은 머리통만 쓰레기통에 집어넣으면 증거 인멸 완료였어요. 몸을 씻고 새 옷을 입고, 새로 산 핸드폰을 들고 나가면 끝이었죠. 근데 웃긴 게 뭔지 아세요? 강서우의 머리통이 너무 큰 거예요. 쓰레기통에 안 들어가더라고요.

　머리를 반으로 잘라야 하나.

　하지만 그건 정말 하기 힘든 일이었어요. 몸은요, 내장들을 봤을 때 좀 끔찍하기도 했지만, 이건 고기다, 생각하면 그냥 고기처럼 보였거든요. 그런데 머리통에는 얼굴이 있잖아요. 사람이란 존재는 지나가다가 얼굴 비슷한 무늬만 봐도 눈, 코, 입을 다 만들어서 상상해 버리곤 하는데, 실제 얼굴은 어떻겠어요. 하지만 제겐 다른 방법은 없었답니다. 처음엔 일단 귀나 코 같이 튀어나온 부위를 잘라내서 버렸어요. 조금이라도 모난 곳이 사라지면 더 잘 들어갈까 싶어서요. 그래도 중간 부분에서 턱, 걸려 버리더라구요. 왜 바닥에 닿아야만 사라지는 것인지. 쓰레기통의 사용법이 원망스러울 정도였어요. 저는 결국 망치로 쓰레기통 중간에 낀 강서우의 머리통을 내리쳤습니다. 사라져. 사라져. 사라져. 으드득 소리를 내며 뼈가 으스러지는 것 같았고, 저는 체중을 실어 머리통을 눌렀습니다. 쭈욱, 아래로 내려가는 느낌이 들었죠. 눈을 감고 있었는데요. 손이 생각보다 더 많이 더 밑으로, 질척한 곳으로 내려가는 것 같았어요. 3. 2. 1. 눈을 떠 보니 저는 전혀 다른 공간에 있었어요.

　네, 지금 바로 여기요. 처음엔 제가 꿈을 꾸나 싶었어요. 예전에 일했던 사무실이랑 똑같이 생긴 공간에 떨어졌거든요. 천장엔 지렁이가 꿈틀거리는 듯한 검은 무늬의 마감재가 붙어 있고 불안하게 깜빡이는 형광등이 있었구요, 주변엔 회색 파티션으로 나뉜 자리들과, 의자와 컴퓨터들이 있었죠. 바닥은 누런 기가 도는 아이보리색의 큼지막한 타일로 덮여 있었고요. 새하얀 벽에는 블라인드가 쳐진 창문들이 늘어서 있었지만, 빛은 조금도 들어오지 않았어요. 여기가 어디지. 저는 창문을 열어 밖을 확인하려고 했답니다. 하지만 창문은 그저 장식인 것 같더라고요. 아무리 힘을 써도 열리지 않았어요. 저는 출구를 찾으려고 복도를 향해 나갔답니다.

이 기이한 공간은 크기를 가늠할 수 없을 만큼 넓었어요. 터무니없을 정도로요. 복도를 아무리 걸어도, 막다른 곳에 다다르질 않더라고요. 끝없는 미궁 속에 갇힌 기분이었어요. 그것도 사무실 모습을 흉내 낸 끔찍한 미궁이요. 그렇게 한참을 헤매고 헤매다가 제가 발견한 게 뭔지 아세요? 사무실 책상 한편에 놓인 라비타 커피였어요.

흡.

숨을 쉬기가 힘들어졌어요. 불안이 뒷덜미를 스멀스멀 기어오르는 것 같았죠. 온몸에 오소소 소름이 돋았어요. 강서우의 머리통을 버리다가 함께 쓰레기통 안으로 휘말렸다는 생각이 들었어요. 믿고 싶지 않은 진실에 쐐기를 박듯, 저 멀리서 한 남자가 뛰어오는 게 보였죠.

"야!"

아빠였어요. 어찌나 크게 소리를 질렀는지 온 사방에 아빠의 목소리가 메아리치듯 울려 퍼졌어요.

"이 씨발년, 죽여 버릴 거야. 죽여 버릴 거야."

저는 도망치기 시작했어요. 달리고 또 달렸죠. 너무 흥분한 나머지 욕설조차도 제대로 된 언어로 뱉지 못하는 아빠의 괴성을 뒤통수에 달고 도망치면서 전 끔찍한 두려움과 남모를 희열을 동시에 느꼈어요. 아빠가 이 쓰레기통 안에서 불쌍하고 가련하게

널브러져 제게 용서를 구했다면 후회했을지도 모른다는 생각이
들었거든요. 끝까지 혐오할 수 있게 해 줘서 고맙기까지 했어요.
끝까지. 저는 아빠한테 기회를 주고 싶어 했어요. 정작 아빠는
기회를 달라고 한 적이 없는데. 저는 왜 답지 않게 자비를 내리고
용서를 하려 했던 걸까요? 심지어 용서를 함으로써 느끼게 될
죄책감마저 갖고 싶어 했어요! 쓰레기통까지 와서! 이게 다
누구 탓인데! 멍청한 나. 멍청한 김민정. '그래도 아빤데. 그래도
가족인데.'라는 세상에서 제일 혐오하는 그 말을 스스로에게
하고 있었다는 게, 단 한 순간이라도 그런 맘을 가졌다는 것이
역겨워서 미쳐 버릴 지경이었어요. 좆 같은 순종. 쥐어짜 내서라도
받길 원했던 애정. 이런 나를 죽이고 싶었어요. 도무지 용서할
수 없었어요. 쉼 없이 욕설을 퍼부으며 저는 달리기에 박차를
가했어요. 숨을 내쉬는지 들이쉬는지도 인식 못 할 만큼 헐떡거리며
앞으로 나아갔죠. 막다른 길이 없으니 정말 끝도 없이 도망칠 수
있더라구요. 아빠를 혼선에 빠뜨리기 위해서 이리저리 몇 번이나
코너를 돌고 또 꺾기를 반복했어요. 하지만 어딜 가도 똑같은 벽,
똑같은 조명, 똑같은 사물들이 반복적으로 배치되어 있어서 제가
제대로 된 방향으로 잘 도망치고 있는 건지 모르겠더라구요. 쉼 없이
뛰어간 끝에 결국 더 이상 아빠의 목소리도 발소리도 들리지 않는
곳에 도달했어요. 문을 하나 열고 나갔을 뿐인데, 그 문 너머 공간은
회의실이더라구요.
　　회의실 문을 열고 나가면 맞은편에 데칼코마니처럼 똑같은
문이 또 나오고, 그 안으로 들어가면 또 회의실이 나오고… 그런
공간이었어요. 어떤 기준으로 공간이 나뉘는지, 왜 이 모든 공간이
제가 일했던 사무실과 똑 닮아 있는지는 알 수 없었어요. 그

순간 제게 중요했던 건 아빠를 발견한 공간과 최대한 멀어지는
것뿐이었죠. 저는 회의실 문을 열고 열어 계속 앞으로 나아갔어요.
수없이 많은 문을 열고 나가다 보니 또 다른 사람이 나타나더군요.

강성필이었어요.

여기는 쓰레기통, 제가 버린 끔찍한 쓰레기들만 있는 곳. 이곳에
들어온 순간 제가 버린 인물들을 만나는 건 어쩌면 필연이었을지도
모르죠. 게다가 강성필은 강서우의 팔을 들고 있더라구요. '나는
강성필의 딸이다.'라고 적혀 있는 그 팔. 그걸 부여잡은 채로 서럽게
울고 있었어요.

"서우야."

몇 번이고 제 자식의 이름을 목 놓아 부르면서. 강성필이
고통스러워하는 걸 보고 싶다고 생각했는데 직접 두 눈으로
목격하니 참을 수 없이 불쾌해졌던 건 왜일까요. 쓰레기면서.
쓰레기 주제에. 쓰레기 새끼가. 저는 한 사람이 누군가에겐 역겹다
못해 끔찍한 존재지만 동시에 누군가에게는 처절할 정도로
소중한 존재일 수 있다는 게 도무지 믿기지 않았어요. 제가 아는
건 오직 이쪽과 저쪽, 쓰레기거나 아니거나 둘 중 하나뿐인
세상이었으니까요. 그러니까.

"꺼내 줘."

순간, 누군가가 제 귓가에 속삭이는 듯한 소리를 들었어요.
목에서 피를 철철 흘리며, 마지막 힘을 쥐어짜 내뱉었던 세 글자.
저는 뒤를 돌아봤어요. 저 멀리 바닥에 코와 귀가 잘린, 강서우의
머리통이 굴러다니고 있었죠. 강서우는 일그러진 얼굴로 제게 다시
말했어요.

"꺼내 줘."

오피스 파파

저는 비명을 지를 수밖에 없었죠. 그 소리에 강성필이 저를 발견했어요. 믿을 수 없다는 듯이 제 얼굴을 바라봤죠. 그리고 한 손에 강서우의 팔을 꼭 쥔 채 제게 다가오기 시작했어요. 저는 소리쳤어요. 다 꺼지라고. 다 꺼져 버리라고. 하지만 강성필은 제게 계속 다가왔고 저는 또 도망쳤어요. 계속. 끝나지 않는 복도를 계속해서. 달리고, 달리고, 또 달리고, 달려서, 심장이, 폐가, 콩팥이, 간이, 위장이, 대장이, 온몸에 퍼져 있는 핏줄이, 근육이 미친 듯이 뜀박질할 때까지.

꺼내 줘. 꺼내 줘.

담당자님, 이곳은 너무 끔찍해요. 더러운 쓰레기와 피하고 싶은 인간들만 있어요. 제발 절 꺼내 주세요. 정녕 다른 방법은 없나요? 뭔가 실수나 오류가 있었던 건 아닌가요? 제가 저를 쓰레기라고 인식했기 때문에 여기에 온 건가요? 그렇담 더더욱 도움이 필요해요. 제가 저를 쓰레기라고 생각하지 않도록 도와주세요. 저는 스스로 확신할 수가 없어서요. 담당자님이 생각하기에 저는 쓰레기인가요? 대답해 주세요. 저는 정말로 영원히 이곳에 처박힐 만큼 역겨운 쓰레기인가요?

컨베이어 리바이어던

전혜진

딜리원을 모르는 대한민국 사람은 없다. 14시 전까지 주문하면 당일 출고되는 것은 기본이요, 출고가 되면 익일 배송이 기본, 여기에 더해 수도권에는 당일 배송, 그 외 지역에는 익일 배송 정도도 크게 남다를 것이 없고, 밤 11시 전에 주문하면 다음 날 아침 7시 전에 도착하는 정도는 되어야 빠르다는 소리를 듣는 이 정신 나간 속도의 세계에서, 후발 주자인 딜리원은 타 쇼핑몰의 서비스를 한 차원 더 넘어선 '광속 배송'을 비장한 출사표처럼 들고나왔다.

신속, 신뢰, 안전, 청결.
딜리원 광속 배송의 약속입니다.

아침 6시부터 자정까지는 모든 품목을 주문 완료 시점으로부터 두 시간 안에, 자정 이후에는 새벽 2시까지 주문하면 아침 6시까지, 아침 6시까지 주문하면 아침 8시까지 배송 완료하겠다는 말에, 사람들은 열광하면서도 우려했다. 서울역에서 인천국제공항까지 가는 퀵을 받아도 두 시간은 잡아야 한다. 이 술이 식기 전에 적의 목을 베어 오겠다던 관운장도 아니고, 사람 목숨이 달린 일도 아닌데, 모든 물건을 퀵 배송 속도로 받을 필요는 없다는 이야기가 당연히 나왔다. 하지만 그렇게 말했던 이들도, 통계적으로 딱 두 번만 딜리원을 이용해 보고 나면 충성도 높은 고객으로 돌아서곤 했다.

소민에게 아이패드가 생긴 날도 그랬다. 소민의 대학 입학식을 앞두고 합격을 축하한다며 집에 놀러 오신 막냇삼촌은, 소민이 아직까지 태블릿을 안 샀다는 말을 듣고 입학 축하 선물이라며 딜리원으로 바로 주문해 주었다. 그렇게 비싼 걸 어떻게 받느냐고, 엄마와 막냇삼촌이 실랑이를 벌이는 중에 배송 완료 문자가 왔다. 그야말로 '광속 배송', 그 자체였다.

"… 역시 딜리원밖에 없나."

그리고 캠퍼스 입구에서 서성거리던 소민은, 교문 앞에 멈춰 서 있는 딜리원의 45인승 버스를 바라보며 문득 중얼거렸다. 학교에서 고속도로 나들목까지는 멀지 않았고, 딱 나들목 입구 앞에 이 지역의 딜리원 물류 센터가 자리 잡고 있었다.

지난번에 어떤 선배가, 시험기간이라 일손이 모자란다며 같이 가 볼 사람을 모집하길래, 장난삼아 한 번 다녀온 적이 있었다. 친구들과 우르르 몰려갔더니 두 시간 동안 교육을 했고, 인적 사항을 적고 신분증을 스캔하자 주머니가 달려 있지 않은, 전신을 뒤덮는 흰색 작업복과 장화, 실리콘 장갑, 그리고 스마트 팔찌를 하나씩 주었다. 초보자들이라고, 아예 한 개씩 포장되어 있는 리필 세제 상자에 송장을 하나씩 출력해 붙이는 라인에 배치되었다. 세제 상자는 컨베이어벨트를 따라 하나씩 나왔다. 상자가 움직이는 속도가 꽤 빨랐기 때문에 정신없이 일하긴 했지만, 그래도 재미있었다.

컨베이어 리바이어던

이렇게 작업복을 입고, 장갑까지 끼고 일한다니 무척
청결하다는 생각이 들었다. 고작 하루 일한 것뿐인데, 딜리원에 대한
신뢰도가 더 높아지는 것 같았다.

하루 일을 마치고 라인 밖으로 나와서 스마트 팔찌를
반납하자, 그날 일한 시간이 분 단위까지 화면에 찍혔다. 체크하고
돌아서자마자 스마트폰에 띠링, 하고 입금 확인 메시지가 떴다.
과연, 광속 배송의 딜리원이라더니 시스템도 현대적이었다. 알바
열심히 하고 돈 떼어먹힌 이야기들이 수도 없이 들려오는 세상에서,
딜리원 정도면 합리적이지 않나 싶었다.

"여기서 하루 일하고 학교 앞에 가서 술 마시고 놀러 가면 딱
좋겠다."

그때 누군가가 말했다. 다들 동감하는 눈치였다. 이 학교 학생
중에는 저녁때나 주말에 딜리원에서 알바를 하는 사람이 은근히
많다는 이야기도 들었다. 수업 끝나고 부지런히 벌면 등록금이며
생활비 마련쯤은 문제없는 데다, 일 끝나면 바로 입금해 주니
어지간한 알바보다 돈 문제에 깔끔해서 좋다고. 그래서 그런지, 일반
수업과 보강수업까지 다 끝나는 저녁 예닐곱 시쯤이면 학교 정문
앞에 딜리원 로고로 뒤덮인 45인승 버스가 와 있곤 했다.

그래, 이런 문제에는 역시 딜리원이지.

어제 눈 깜짝할 사이에 감쪽같이 사라진 아이패드를 생각하며
소민은 주먹을 불끈 쥐었다. 막냇삼촌이 사 준, 제일 비싼 기종의
신제품인 데다 펜슬과 정품 케이스까지 딸린, 아직 보호 필름도 다
벗기지 못한 새 아이패드가 사라진 것이 바로 어제의 일이었다.
수업 자료며 필기한 내용까지 다 들어 있는 아이패드가 사라진
것도 큰일이었지만, 사실은 엄마에게 들키는 것이 더 무서웠다.

방학 내내 일해서 등록금을 벌 수 있다면, 한 달만 열심히 일해도
아이패드 풀 세트 정도는 다시 살 수 있을 거라는 게 무엇보다도
중요했다. 소민은 딜리원 알바 신청하는 법을 검색하고는 우선
딜리원 앱부터 깔았다. 선착순이 아니라서 줄 서서 기다릴 필요는
없었고 앱으로 전날 미리 신청한 사람 중에 조건이 맞는 순서대로
뽑아서, 자정 땡 치자마자 선발 결과가 나온다고 한다. 역시 이런
부분까지 스마트하구나 싶어 더 마음에 들었다. 본인 인증을 하고
신청서가 접수된 것을 확인하고, 소민은 고개를 들어 딜리원 버스를
바라보았다. 벌써부터 잃어버린 아이패드가 다시 돌아온 것 같은
기분이었다.

*

　이상한 일이었다.
　대학 입시를 다시 보는 것도, 로또 당첨을 기다리는 것도 아니다.
그냥 물류 센터에 가서 다 포장되어 있는 상자에 택배 송장을 붙이는
단순 작업 아르바이트를 하려는 것뿐이었는데. 기말고사 기간이
끝나기도 전부터 매일매일 딜리원 앱을 켜고 알바에 지원했는데도,
2주가 넘도록 한 번도 합격이 되지 않았다. 지난번에는 분명히, 선배
따라서 어중이떠중이 다 몰려갔어도 받아 줬으면서.

　선배: 그거야 그때는 학기 중이었고.

　고민 끝에 지난번에 딜리원으로 데려가 주었던 과 선배에게
카톡을 보냈다. 예닐곱 시간쯤 읽지를 않고 감감무소식이더니

컨베이어 리바이어던

한밤중이 다 되어서야 답장이 왔다.

소민: 지금은 사람 안 구해요?
선배: 아니, 요즘도 많이 구하지.
선배: 하지만 방학 때는 워낙 하겠다는 애들이 많으니까.
선배: 요즘은 경기도 어렵고.

그러니까 선배 말로는, 일자리는 한정되어 있는데 사람이
너무 많이 몰려서 그렇다고 한다. 회사 입장에서는 지원자가 워낙
많으니까, 입맛에 따라 가려 뽑는 거라고. 하지만 딜리원에서 하루에
일하는 사람이 몇 명인데, 아무리 하겠다는 사람이 많아도 열네
번이나 지원하는 동안 한 번도 뽑히지 않는 건 아무래도 이상했다.
그런 데다 선배는 시험도 끝난 요즘은 거의 딜리원의 정직원인 양,
매일 아침 9시까지 출근해서 밤 10시까지 일하고 돌아온다고 했다.
뭔가 심하게 수상하고 불공평하다는 느낌을 지울 수가 없었다.

소민: 대체 거기, 무슨 기준으로 사람을 뽑는 거예요?
선배: 회사 입장에서 생각해 보면 간단해. 일을 잘할 사람,
그리고 추가 비용이 들지 않는 사람.
소민: 추가 비용요?
선배: 너희 지난번에 왔을 때 안전 교육 한 시간 받았잖아. 회사
입장에선 그게 비용이지.

딜리원에서는 한 달 동안 일하러 오지 않은 사람은 처음 온
사람으로 간주하고 다시 안전 교육을 받게 했다. 안전 교육을 받은

시간도 일한 시간에 포함되는 만큼, 초보자나 드문드문 오는 사람이 늘어나는 것은 회사에 손해가 된다. 그러니 가급적이면 꾸준히 일할 수 있는 사람을 원한다는 게 선배의 설명이었다.

소민: 전 한번 시작하면 한 달 내내 갈 건데요?
선배: 이거 계속하면 은근히 힘들어. 처음에는 재미있어 보이지만.
선배: 대부분 일주일 못 넘기고 그만둬. 평균적으로 사흘?

나는 아니라고, 사흘 만에 그만두는 일은 없을 거라고, 열심히 할 거라고 말했지만, 어차피 선발 주체는 선배가 아니라 딜리원이다. 게다가 사람이 아니라 알고리즘이 1차로 다 걸러 낸다고 하니 더 뚫고 들어갈 자리가 없을 것 같았다. 소민은 속이 상해서 눈물이 다 날 지경이었다.

소민: 무슨 알바 자리에서까지 경력자를 찾는대요. 너무하네.
선배: 너 같아도 똑같은 돈 주고 사람 쓸 것 같으면, 일 잘하는 사람 쓰고 싶을 거 아냐.
소민: 그럼 처음 하는 사람은 대체 어디서 경력을 만들어서 일을 해요.
선배: 그건 그렇지만 말야. 아무리 단순 알바라도 일에 얼마나 익숙해졌는지에 따라서 불량률이 확실하게 차이가 난다? 그러니까 꾸준히, 성실하게 자주 왔던 경력자를 선호하는 건 당연한 거지.

그래도 선배는 좋은 사람이었다. 밤이 늦었는데도 나름 성의

있게 딜리원에서 어떻게 사람을 뽑는지 알려 주었다. 선배의
말로는 하루 나와서 일한 뒤 며칠씩 코빼기도 안 보이는 사람
말고 직장 다니듯이 성실하게 비슷한 패턴으로 나올 수 있는, 예측
가능하고 꾸준한 사람이야말로 딜리원의 알바 채용 알고리즘이
가장 선호하는 사람이라고 했다. 평소에 한가하고 사람 모자랄 때
꾸준히 오던 사람이 제일 좋다고. 그런 사람들은 신청만 해도 거의
바로 통과라고 했다. 선배는 그런 점에서 딜리원은 의리가 있다고
말했지만, 소민에게는 대책이 없는 상황이었다.

　　소민: 이제 와서 어떻게 꾸준히 일했던 경력자가 돼요. 다른
방법은 없어요?
　　선배: 그럼 팀을 짜야지.
　　소민: 팀요?
　　선배: 물류 센터 생겼을 때부터 일하던 형들이 팀을 짰거든.
나도 형들이 그 팀에 끼워 줘서 맨날 일하는 거야, 지금.

　　딜리원에서는 언제나 늘, 꾸준히 와 주는 사람들을 원한다. 특정
파트를 계속 작업해서, 눈 감고도 일할 수 있는 알바들을 원한다.
그런 사람들이 서로 성격도 맞고 손발도 척척 맞으면 더 좋다.
그래서 어떤 사람들은 팀을 짜서 움직이곤 했다. 딜리원 물류 센터가
여기 들어오면서부터 일했던 초창기 멤버들은 반쯤은 정규직이
출근하듯이 일했다. 이런 사람들이 친구나 가족으로 팀을 짜서 고정
인원을 데리고 다니면 더 환영받았다. 관리하기에도 편하고, 손발이
척척 맞는 사람들끼리 꾸준히 일할 수 있어서 좋다고.
　　하지만 조건이 있었다. 이 팀이라는 것에, 가급적 변동이 없어야

했다. 회사 입장에서는 으레 저 팀은 여섯 명이라고 생각했는데, 어떤 날은 네 명 오고, 어떤 날은 다섯 명 오면 골치 아파진다는 이야기다. 무슨 일로 한두 명 빠지더라도 확실하게 대체인력을 구해 와야 했다. 꾸준히 변동 없이 예측 가능하게 품질을 유지해 주는 것, 그것이 딜리원에서 가늘고 길게 오래오래 일하는 비결이라고 했다.

소민: 그럼 팀에는 어떻게 들어가요?

선배: 빈자리를 찾아봐야지.

소민: 선배네 팀에는 사람 안 부족해요?

선배: 우리 팀은 남자만 뽑아. 힘 쓰는 일만 하고.

선배: 하지만 식품 코너 쪽은 여자들을 많이 뽑으니까, 찾아보면 어디 있을 거야.

선배: 학교 게시판 같은 데서 알아보면 어때?

그래도 방법이 있다는 건 알았으니 다행이다. 소민은 학교 게시판을 잠시 뒤지다가, 인근 지역 기반의 중고 거래 앱을 켰다. 딜리원 팀에 빈자리가 있으면 들어가고 싶다고, 대학생이고 이제 방학이라서 두 달 동안 빼먹지 않고 꾸준히 일할 수 있다고, 성실한 것 하나는 자신 있다고 글을 올렸다.

백윤주라는 사람에게서 다이렉트 메시지가 온 것은, 다음 날 새벽 5시 무렵의 일이었다.

*

"성실하다고 해서 믿고 연락한 거니까, 절대 늦으면 안 돼요.

컨베이어 리바이어던

오늘은 첫날이니까 다음 차 탄 거지만, 내일부터는 매일 아침 7시까지 오늘처럼 여기로 오시면 되고."

아침 8시, 지하철역 앞에서 만난 윤주는 지치고 푸석해 보이는 얼굴을 하고 깐깐하게 시간 엄수의 중요성이나, 딜리원 알바 팀은 인원 변동이 없이 쭉 가야 한다는 이야기를 떠들기 시작했다. 대부분은 어제 선배에게서 들은 이야기였지만, 윤주는 기괴할 정도로 심각하게 7시 버스를 놓치면 무슨 일이 일어나는지를 두 번 세 번씩 강조했다. 소민은 지하철 1호선에서 흔히 만나는 미친 사람을 보는 듯한 기분으로 윤주를 바라보다가, 멍한 얼굴로 고개를 끄덕였다. 윤주는 소민을 위아래로 빤히 훑어보고, 불만스러운 듯이 중얼거렸다.

"… 잠이 덜 깼나 보네."

뭐라 말하려는데, 딜리원 버스가 역 앞에 멈추어 섰다. 이미 사람이 그득그득 타고 있었다. 소민이 한순간 머뭇거렸다. 윤주는 소민을 버스 안으로 밀어 넣고, 자신도 뒤따라 탔다. 여름이라 그런지, 아직 이른 아침인데도 퀴퀴한 사람 땀내가 그득했다. 토할 것 같았다.

생각해 보면 이 고생을 하게 된 것도 전부 엄마 때문이었다.

지난 2월, 입학 준비를 하다 말고 태블릿도 필요하다, 가급적이면 아이패드로 사고 싶다고 했을 때, 엄마는 문자 그대로 기겁을 했다.

"태블릿은 너 인강 듣던 것 있잖아."

"그런 손바닥만 한 거 말고. 교과서 넣고 다니고 필기할 수 있는 것 말이야. 아 참, 요즘은 폰하고 노트북하고 태블릿을 같은 회사 것으로 사서 서로 싱크해서 쓴대. 따로따로 써도 좋지만 그렇게 같이 쓰면 시너지가 아주 좋다고."

"… 너희 막내 이모 결혼할 때 보니까 웨딩 업체에서 무슨 예단 삼총사인가 해서 이것도 저것도 요것도 다 해야 한다고 패키지로 떠안기던데. 요즘은 대학 가는 사람들한테도 그 짓을 한다니?"

"엄마도, 그런 게 아니라니까."

"아니긴 뭐가 아니야."

"요즘은 교과서랑 유인물이랑 다 태블릿으로 본대. PDF 파일로 받아서 거기다 필기한다고. 남들은 태블릿에다가 펜슬로 그림 그리고 그래프 그리면서 필기하는데, 나 혼자 키보드로 두드리다가 수업 못 따라가면 어떡하라고?"

"그러면 노트북은 안 사도 되는 거야? 너 입학하니까 노트북이랑 폰 바꿔 줘야겠다고 보고 있었는데."

"노트북은 리포트 쓸 때 필요한 거고!"

똑같은 설명을 스무 번도 넘게 했지만, 엄마는 선뜻 지갑을 열지 않았다. 오히려 바꿔 준다던 폰과 노트북도 바꿔 줄 생각을 하지 않고 버티기만 했다. 언제 사 줄 거냐고 물어보면, 2월에 전자 마트 새 학기 페스티벌 할 때 사 줄 거라더니, 정작 2월이 되어서도 차일피일 미루기만 했다. 아니, 미루기만 하면 차라리 낫다. 입학식이 다가오자, 엄마는 심심하면 괜히 남의 집 애들이 자기 엄마한테 뭐 사 달라고 조르고 드러누운 이야기를 하면서 소민을 달달 볶았다.

"정숙이네 아들은 그 무슨 금칠한 패딩인지 뭔지를 사 달랬다더구만, 지 엄마는 그런 비싼 건 평생 입어 보지도 못했는데 말이야. 자식새끼 키워 봐야 다 소용이 없어."

"아니, 그 패딩 내가 사 달랬어? 나는 입어 보지도 못한 패딩을 지금 몇 번째 이야기하는 거야?"

"그놈이나 저놈이나, 요즘 애들은 무슨 겉멋이 그렇게 들어서는."

"아니, 수업 듣는 데 필요하다니까?"

"옛날에는 책 살 돈이 모자라서 학교 가는 10리 길을 걸어 다니고 했었는데. 요즘 애들은 대학에 가려는 건지, 컴퓨터 회사를 차리려는 건지. 무슨 놈의 노트북에 태블릿에 세트로 딸린 펜슬까지 전부 다 따로 사라는 거야? 남들이 다 그런다니, 다른 애들이 다들 죽으면 너도 죽을래? 야, 요즘 같은 세상에도 어렵게 공부하는 애들이 한둘이 아닌데, 너는 복에 겨워서는 아주….."

엄마는 2월 내내 소민을 괴롭혔다. 정작 필요하다는 물건은 사 주지도 않을 거면서, 자기가 아는 모든 아줌마들의 일화를 똘똘 뭉쳐 소민에게 하루걸러 한 번씩 화풀이를 해 댔다. 자식이 돈 문제로 엄마를 서럽게 했거나, 원하는 걸 사 주지 않았다고 엄마에게 크고 작은 원한을 품었단 이야기를 하면서, 부모 거덜 내는 데 환장한 놈들이라며 비난하기 바빴다. 막냇삼촌이 입학 선물로 최신 기종의 아이패드를 사 주지 않았다면, 요즘 대학에서 수업 듣는 데 필수품인 태블릿도 장만하지 못할 뻔했다.

대학 입학해서 공부하는 데 태블릿이 필요하다고 그렇게 설명을 해도 두 달 가까이 사람을 달달 볶았는데, 학교에서 왔다 갔다 하다가 잃어버렸다는 말을 했다간 정말 큰일이 나겠지. 그 생각을 하면 숨이 탁탁 막혔다. 엄마가 눈치채기 전에, 어떻게든 똑같은 태블릿을 구해 놓아야 했다.

그 생각만으로 딜리원에서 알바를 하기로 하고, 중고 거래 앱에서 팀을 구하고, 낯선 사람을 따라 여기까지 왔지만.

"거기, 안쪽으로 더 바싹 붙어 봐."

딜리원으로 가는 길은 소민이 꿈꾸던 해결책이라기보다는, 불쾌하고 눅눅한 만원 버스 같았다. 마침내 딜리원 앞에 도착했을 때는 소민도 땀에 푹 젖어, 다른 사람들과 비슷한 냄새를 풍기고 있었다는 것까지도.

"괜찮았어요?"

"… 아, 예."

"지금 탄 게 제일 붐비는 차라서 그래. 7시 차 타면 운 좋을 땐 앉을 자리도 있고…. 이쪽으로 와요."

윤주는 소민을 잡아끌었다. 잠시 후 매니저 직원이 나오더니, 소민을 비롯해서 오늘 처음 왔거나, 마지막으로 온 지 한 달이 지난 사람들을 교육장으로 데려갔다. 지난번과 마찬가지로 한 시간 동안 교육을 받고, 갈아입을 작업복과 스마트 팔찌도 받았다. 매니저 직원은 소민이 잃어버린 것과 같은 기종의 아이패드를 들고 다니며 사람들이 작업복으로 갈아입은 것을 확인하고, 태블릿에 서명을 받았다.

"백윤주 씨네 일행이네요?"

"아, 예."

"백윤주 씨네 팀이면, 방학 내내 꾸준히 나오는 거죠?"

"아, 거의… 그럴…."

"그러면 일단 8월 20일까지… 백윤주 씨랑 똑같이 근무 넣을게요."

"잠깐만요, 주말에는? 일요일에는요? 여름휴가는?"

"우린 스케줄 잡는 게 그날그날 당일 계약하는 식으로 진행되어서, 휴무 없이 진행할 수 있어요. 빠질 날짜 있으면 지금 체크해요."

그래도 되는 건가? 주휴수당 같은 건 따로 나오는 거고?

"그런데 백윤주 씨네 팀, 넷이 같이 움직이는 거라서 웬만하면 안 빠지는 게 좋을 텐데."

딜리원은 변동이 없는 것을 좋아한다. 일단 오겠다고 한 이상, 소민이 빠질 날짜를 정하면 윤주는 그 날짜만큼 일할 사람을 새로 구해야 했다. 여기까지 온 것도 윤주가 팀에 넣어 줬기 때문인데, 공연히 긁어 부스럼 만들고 싶지 않았다.

"아, 잠깐만요. 그러면 일단 오늘부터 딱 한 달만 쉬지 않고 일해 보고, 그때 다시 말씀드려도 돼요?"

"일주일 전까지, 우리하고 백윤주 씨에게 미리 말해야 해요. 괜히 힘들다고 중간에 도망가지 말고. 팀 구성원 중에 한 사람이라도 자꾸 빠지거나 불성실하게 굴면, 백윤주 씨네 팀 전체가 다음 스케줄이 안 잡히니까."

"… 백윤주 씨는, 여름인데 하루도 안 쉬고 일만 해요?"

"백윤주 씨 팀은 보통 달에 하루 이틀 쉬어요. 요즘은 한 명 빠졌으니까 아마 그만큼 더 일할 생각인 것 같던데. 혹시 오늘 일해 보고 정 안 되겠다 싶으면 이따가 나와서 휴일 하루 이틀 넣는 걸로 스케줄 조정하고요. 못 올 것 같으면 미리 말해야 하고. 어서 들어가요."

매니저 직원이 말을 마치고 돌아섰다. 소민은 매니저의 어깨 너머, 작은 도시 하나를 그대로 위로 쌓아 올린 듯한 딜리원의 거대한 물류 센터가 바삐 돌아가는 모습을 잠시 바라보았다. 그리고 주먹을 꽉 쥔 채 안으로 걸어 들어갔다. 스마트 팔찌가 깜빡거리며 소민이 가야 할 구역을 알려 주었다.

반나절 동안 기계처럼 일하던 윤주는, 스마트 팔찌에서 점심시간을 알리는 벨 소리가 울리자 자리에서 일어나 허리를 폈다. 언제쯤 쉴 수 있나, 이제나저제나 눈치만 보던 소민도 얼른 뒤따라 자리에서 일어났다. 계속 몸을 숙인 채 일을 해서였을까, 등허리에서 우드득, 하는 소리가 났다. 팔도 욱신거렸다.

지난번에 선배를 따라 여기 왔을 때는, 미리 포장된 단품들의 상자 위에 택배 송장을 끝없이 출력해 붙이는 일을 했다. 한자리에 꼬박 앉아 있어야 할 뿐, 요령이 필요하거나 힘이 많이 드는 일은 아니었고, 헬멧 대신 마스크만 써도 되는 곳이었다. 이미 상품은 포장이 끝난 상태이니, 머리카락이 들어갈 일이 없기 때문이었다. 하지만 윤주가 맡은 곳은, 과일이나 고기, 채소를 포장해서 보낼 때 쓰는 보냉 백을 세척하는 라인이었다. 이 라인에서 일하는 사람들은 우주복처럼 전신을 감싸는 새하얀 작업복을 입는 것은 물론이고, 장화를 신고, 장갑을 끼고, 머리카락은 물론 사람의 숨결조차 제품에 닿지 않도록 머리와 얼굴 전체를 뒤덮는 헬멧까지 썼다. 뒤통수 쪽에 난 숨 구멍을 제외하면, 바깥으로 노출된 부분은 한 곳도 없다고 해도 과언이 아니었다.

배달 팀이 수거해 온 보냉 백들은 대체로 매우 더러웠다. 보통은 보냉 백에 주문품을 넣어 일단 배송하고 다음번 배송 때 보냉 백을 수거하게 되어 있는데, 며칠씩 집 앞에 있으니 먼지가 끼는 것은 예사요, 비를 맞고 땡볕에 바래기도 했고, 때로는 죽은 쥐나 바퀴벌레가 그 안에 들어가 있는 경우도 있었다. 그 더러운 보냉 백들을 빗자루로 대충 털어 세척기에 넣고, 소독하고, 손상이 있는지

확인한 뒤 손으로 하나하나 물기를 닦았다. 보냉 백은 가볍기는
했지만 생각보다 크기가 컸고, 뚜껑이 훤히 열린 상태의 보냉 백을
집어서 안쪽까지 물기를 닦는 것은 꽤나 요령이 필요한 일이었다.
물기를 다 닦고 나면 다시 소독약을 뿌리고, UV 소독기 쪽으로
올린다. 그러면 보냉 백들은 컨베이어를 타고 그대로, 신선식품 포장
코너 쪽으로 실려 간다.

　사람들의 집 앞에서 뒹굴다가 실려 온 보냉 백들이 그렇게
청결하고 말끔하고 뽀송뽀송한 상태로 거듭나는 사이, 라인에서
일하는 사람들은 땀에 젖어 엉망이 되어 있었다. 소민이 식당
앞까지 가서 헬멧을 벗자, 자신의 땀 냄새가 훅 올라왔다. 소민은
낯을 찌푸리며 손바닥으로 부채질을 하다가, 윤주가 태연히 옆으로
다가오자 깜짝 놀라 어깨를 움츠렸다. 윤주에게서도 비린 땀 냄새가
올라왔다.

　"숨 막혀 죽는 줄 알았어요. 아니, 안에다가 에어컨도 잘 틀어
놓았으면서, 어떻게 사람을 이렇게 숨도 못 쉴 정도로 꽁꽁 싸 놓는
거예요."

　"… 뭐, 됐어. 그만큼 돈 잘 주니까."

　"돈이 문제가 아니라."

　윤주는 헬멧을 컨베이어벨트 위에 올려놓았다. 소민도 얼른
똑같이 했다. 두 번째 컨베이어벨트 앞에서는 장갑을 벗었다. 헬멧과
장갑들은 소독액에 담겼다가 UV 소독기에 넣는다고 했다. 식당
앞 리더기에 스마트 팔찌를 찍고, 주방과 연결된 컨베이어에서
식판에 실려 나오는 음식을 받아 자리로 향했다. 이곳은 모든 것들이
컨베이어로 연결된 세상 같았다.

　"꽁꽁 싸맬 수밖에 없지. 우리가 닦는 보냉 백들은 신선식품에

바로 닿는 거잖아. 세척하고 말려서 바로 내보내야 하는데, 이상한 것 묻거나 들어가면 안 되잖아."

"이상한 것…."

"이상하다고 말하니까 좀 이상한 기분이 들긴 하지만, 사람이 제일 더럽긴 하지. 우리가 한여름에 땀내 풀풀 풍기면서 이거 포장하고 있으면, 사람들이 딜리원을 좋아하겠어? 머리카락 한 가닥, 땀 한 방울 들어갈 일이 없다, 우리가 이렇게 위생적이다, 해야 그 돈을 내고 딜리원을 쓰지."

그건 맞는 말 같기는 했다. 특히 먹는 음식과 관련된 쪽이라면. 소민은 먼지 한 톨 날리지 않을 것 같은, 보냉 백을 씻는 게 아니라 아예 반도체를 만들어도 될 것 같은 작업장의 삭막한 풍경을 떠올리며 고개를 끄덕였다.

일당에는 식비가 포함되어 있었다. 아까 교육을 받을 때, 매니저가 말하기로는 네 시간 이상 일하면 한 끼, 여덟 시간 일하면 두 끼가 나온다고 했다. 공짜 밥이라서 크게 기대하지 않았는데, 식사의 품질은 의외로 괜찮았다. 학교 식당 밥보다 나은 것 같았다.

"밥 맛있네요. 채소도 싱싱하고."

"포장하다가 남거나 흠이 생기거나 하는 식자재들이 식당으로 들어온다고 그랬어."

"아, 여기서 파는 물건 중에요? 괜찮은 것 같네요, 환경도 보호하고."

평범하게 감상을 말한 것뿐인데, 윤주는 소민을 물끄러미 바라보다가 히죽 웃었다.

"… 왜요?"

"아니, 확실히 젊은 사람이 생각도 더 깨었지 싶어서. 여기 일하러 오는 어른들 중에는 그런 말 들으면 싫어하는 사람도 있어. 쓰레기 밥이냐고."

쓰레기라는 말을 듣자마자, 놀라울 정도로 밥맛이 딱 떨어졌다. 소민이 낯을 찌푸리자, 윤주는 괜히 히죽히죽 웃으며 보란 듯이 밥을 입에 떠 넣었다.

"신경 쓰지 마, 그런 소리 하는 어른들, 아직 배가 불러서 그런 거니까. 아침에 일해 보니까 어때?"

"저번에 학교 선배 따라와서 일했을 때보다는 힘들긴 한데, 그래도 괜찮은 것 같아요. 아, 컨베이어가 너무 빨리 움직여서 물기 닦을 시간이 좀 모자라던데."

"그럼 네가 컨베이어 속도에 맞춰야지. 너 그거 팔찌에 보냉 백 몇 개 작업했는지 인식되는 거 알아? 너무 느려서 개수 모자라면 페널티 받는다."

"아 참, 여기 주휴수당도 나와요?"

"안 쉬고 일하면."

"하루도 안 쉬고 일만 해요?"

"첫날부터 쉴 궁리를 하는 거야? 안 되겠네."

그새 식사를 마치고, 윤주는 숟가락을 내려놓으며 의자에 등을 기댔다.

"종종 일하는 정도로는 여기서 팀 못 짜. 정직원보다 더 잘해야 팀도 짜고 하는 거지."

문득 이상한 기분이 들었다. 정직원보다 더 잘할 거라면, 팀을 짤 게 아니라 딜리원의 정직원이 되는 게 더 나은 길이 아닌가? 하루도 쉬지 않고 일을 하고, 네 명이 한 팀이 되어 한 명도 빠지는 일 없이 일사불란하게 움직이는 것보다는, 딜리원의 정직원으로 일하는 편이 훨씬 쉬울지도 모르는데.

물어보고 싶었다. 딜리원 물류 센터에서 일하는 쪽이 더 나은 선택인지를. 하지만 윤주는 뭔가 더 물어볼 틈도 주지 않고 식판을 들더니 자리에서 일어났다. 소민은 한 숟갈 남은 밥을 입에 꾸역꾸역 밀어 넣고 얼른 뒤따라 일어섰다. 식기를 비우고, 식판을 컨베이어벨트에 얹었다. 줄을 서서 나간 뒤 수돗가에서 손을 씻었다. 사실은 밥을 먹었으니 양치질도 하고 싶었다. 가방에 칫솔 치약 세트를 늘 넣고 다녔지만, 작업복으로 갈아입으면서 옷과 가방을 모두 탈의실에 두고 왔으니 지금은 가져올 방법이 없었다. 수돗물로 입을 대충 헹구고, 소민은 윤주의 뒤통수를 졸졸 따라갔다. 작업복 안은 땀으로 눅눅했고, 입에서는 반찬 냄새가 올라왔다. 그리고 컨베이어벨트를 타고 되돌아온 헬멧에서는, 누군가의 땀 냄새와 소독약 냄새가 뒤섞인 냄새가 코를 찔렀다.

아이패드 때문에 이런 짓까지 해야 하는 걸까.

눈물이 찔끔 나왔다.

*

첫날 일을 마치고 나올 때는 죽을 것 같았다. 소민은 작업복을 벗다가, 제 몸에서 풍기는 퀴퀴한 땀 냄새에 놀라서 주저앉을 뻔했다. 속이 메슥거렸다. 다른 사람도 아니고 자기 몸에서 나는 냄새가 역겨워서 토할 뻔하다니. 탈의실 옆에 샤워실이 있었지만, 아무리 씻어도 이 구질구질한 냄새가 사라지지 않을 것 같았다. 윤주는 파랗게 질린 소민을 보더니, 그저 쌀쌀맞게 물었다.

"내일 나올 거지?"

컨베이어 리바이어던

"예…?"

"나와야 해. 너 안 나오면 우리 팀 전체 페널티야. 못 나오겠다 싶어도 다른 사람 구할 때까지는 나와 줘."

소민은 정말 다 때려치우고 싶었다. 차라리 아이패드를 잃어버렸다고 엄마한테 이실직고를 한 뒤 죽도록 혼나는 게 낫지, 이런 일을 어떻게 한 달 내내 하나 싶었다. 하지만.

"언니도 등록금 때문에 온 거예요?"

누군가는 여기서 방학 내내 일해 등록금을 벌어 간다고 했다. 그런데 등록금만 벌 거라면 국가장학금 신청하면 되지 않나? 꼭 이렇게 일을 해야 해? 생활비 때문인가?

"넌 등록금 때문에 온 거니?"

"… 아이패드 때문에요."

"팔자 좋네."

윤주가 웃었다. 조금은 소민을 비웃는 것 같기도 했고, 부러워하는 것 같기도 했다. 둘 중 어느 쪽이라도, 소민이 곱게 자랐다고 얕잡아 보는 것 같아서.

"… 저도 급한 사정이 있다고요. 내일 꼭 나올 테니 걱정 마세요."

호기 좋게, 허세라도 부리지 않으면 안 될 것 같은 그런 얼굴이었다.

"아, 그래."

하나도 기대하지 않는다는 듯이, 윤주는 고개를 돌렸다.

"그러면 다행이고."

윤주의 우려와 달리, 소민은 그다음 날 아침 7시에 딜리원 버스를 탔다. 그다음 날에도, 또 그다음 날에도 마찬가지였다. 윤주의 말대로 7시 버스에는 조금 여유가 있었고, 사람이 적은 만큼 땀 냄새도 덜 했다.

첫날에는 멋모르고 아무 준비도 없이 딜리원에 갔다가 퇴근 버스에 타기 민망할 만큼 땀에 푹 젖은 채 돌아왔지만, 이틀째부터 소민은 자기 나름대로 필요해 보이는 물건들을 챙겼다. 갈아입을 속옷과 수건을 따로 챙겨 오고, 하루 종일 땀에 찌드는 머리를 씻어 줄 강력한 민트 향 샴푸와 향이 좋은 보디 클렌저도 가져왔다.

일할 때 입은 속옷은, 매일 일 끝나고 나올 때 버렸다. 사실 윤주네 팀원으로 딜리원에서 일한 첫날, 소민은 집에 돌아가는 버스에서 딜리원 앱을 켜고 '일회용 속옷'을 검색해서 30장짜리 한 묶음을 샀다. 그리고 집에 거의 다 왔을 때, 아파트 단지 안으로 딜리원 배달 탑차가 들어가는 걸 봤다. 배송원이 탑차의 문을 열었고, 안에는 소민이 주문한 속옷이 들어 있는 것을 비롯한 여러 개의 잿빛 포장 비닐들과 택배 상자들, 그리고 여러 개의 보냉 백이 쌓여 있었다. 소민은 공연히 단지 안을 한 바퀴 빙 돌고는, 집에 들어가면서 문 앞에 놓인 속옷 봉투를 가방에 숨겼다. 왜 이렇게 꼬질꼬질하냐는 엄마의 말에, 학교 에어컨에서 바람이 잘 안 나왔다고, 어딘가 고장이 난 모양이라고 어설프게 둘러대고, 방으로 들어가 서랍 안에 그 일회용 속옷들을 밀어 넣었다. 누군가는 남들이 퇴근하던 시각에 이걸 포장하고 있었겠지, 하는 생각이 잠시 들었다.

어쨌든 하루 입고 버릴 수 있는 속옷을 한 달 치 사 놓은 이상, 물러설 곳은 없었다. 서랍 맨 아래 칸, 생리대 뒤쪽에 줄 맞춰서 넣어 둔 일회용 속옷들은, 이걸 다 입고 갖다 버릴 때까지는 딜리원 일을 해야겠다는 배수의 진처럼 느껴졌다. 소민은 매일 출근용으로 이 얇은 속옷을 입었고, 평소 입는 속옷은 씻고 나서 갈아입기 위해 따로 가방에 넣었다.

일하러 들어갈 때는 핸드폰과 가방, 옷과 신발과 액세서리를 포함한 모든 짐을 사물함에 넣어야 했다. 사물함은 스마트 팔찌로 잠겼다. 작업복에는 주머니 하나 달려 있지 않았다. 포장 과정에서 이물질이 들어갈 가능성을 완벽하게 차단하기 위한 조치라고 했다. 어쩐지, 첫날 교육 시간에 본 짧은 영상에서 딜리원 CEO가 "우리의 경쟁 상대는 삼성 반도체"라는 소리를 하고 있더라니.

하지만 딜리원이 관심을 갖는 부분은 어디까지나 제품의 위생이었다. 제품에 닿는 부분의 위생을 이렇게까지 꼼꼼하게 신경 쓰는 것치고는, 여기서 일하는 사람들의 위생에 대해서는 기묘할 정도로 무관심한 것 같았다. 사람들이 밥을 먹는 동안 헬멧들은 소독약을 뒤집어쓰고, UV 소독기에 들어갔다 나왔지만, 정작 사람들이 흘린 땀의 흔적은 얼룩과 냄새와 함께 남아 있었다. 물에 씻는 것도, 보냉 백처럼 세척기에 넣는 것도 아니니 당연했다. 매일 아침 소민은 어제 누가 입었는지 모를 작업복과, 누가 신었는지 모를 장화와, 누가 썼을지 모를 헬멧을 받았다. 다행히 실리콘 장갑은 일회용이었고, 매번 새것이 나왔다.

이곳에서 제일 중요한 것은 스마트 팔찌였다. 스마트 팔찌는 이 사람이 지금 어디에 있는지를 확인하는 위치추적 장치이자, 신분증이고, 식권이었으며, 일을 마치고 나올 때 옷과 짐을 찾기 위한 열쇠였다. 무엇보다도 이 스마트 팔찌는 누가 얼마나 일했는지를 확인하는 도구였다. 딜리원 안에서의 노동 시간은, 출근 시 배정받은 구역 안에 이 스마트 팔찌가 얼마나 머물러 있었느냐로 계산됐다.

"다시 말해서, 저는 이 자리에 없더라도 스마트 팔찌만 이 구역에 있으면 일당은 나온다는 거네요?"

문제는 딜리원 물류 센터가 거의 작은 도시만큼 크고
복잡하다는 데 있었다. 안에서는 지게차 정도가 아니라 아예
트럭이 돌아다녔고, 사람들을 일하는 구역으로 실어 나르기 위한
무빙워크가 설치된 데다, 작은 승합차도 마을버스처럼 오가고
있었다. 그러다 보니, 일하러 온 사람이 이 안에서 길을 잃는 바람에
하루 일당을 고스란히 날리는 경우도 있다고 했다. 그래서였을까,
윤주는 정색을 하고 꾸짖었다.

　　"그런 짓을 할 생각은 꿈도 꾸지 말아. 여기서 스마트 팔찌
잃어버리면 아무것도 못 해. 집에도 못 가."

　　"안 해요, 그런 짓."

　　"전에도 말했잖아. 시간뿐 아니라 작업한 개수도 측정된다고."

　　"아, 맞다…."

　　"성실하게 일해. 윤서 네가 일 대충 하면 우리 팀 신용도도
깎이니까."

　　모든 일에 깐깐하게 구는 윤주가, 계속 틀리는 것이 하나 있었다.

　　"저 윤서 아니라니까요."

　　"아, 미안."

　　윤주는 때때로 소민을 윤서라고 불렀다. 처음 하루 이틀은 안
그러더니, 소민이 일에 익숙해질수록 자꾸만 그런 실수를 했다.
아무래도 작업복으로 전신을 가리고, 헬멧까지 쓰고 있어서 얼굴이
제대로 보이지 않으니까, 부지런히 보냉 백의 물기를 닦다 보면 얘가
개 같고 개가 얘 같고 그렇겠지.

　　"윤서가 누구예요? 바로 전에 일했던 사람?"

　　"… 내 동생."

　　처음에는 몰랐지만, 소민은 슬슬 눈치로 알게 되었다. 윤주네

컨베이어 리바이어던

가족은 4인 가족이라는 것, 윤주뿐 아니라 아예 온 가족이 이곳 딜리원 물류 센터에서 일하고 있다는 것. 그래서 윤주의 부모님과 동생인 윤서까지 네 명을, 이곳에서는 팀으로 생각하고 있다는 것도.

"그나저나 아이패드는 어쩌다가 잃어버린 거야?"

"학교에 카페가 있는데요. 카페 앞에 등나무 벤치가 있단 말이에요. 전 당연히 거기도 카페 공간인 줄 알고 가방을 놔뒀는데, 커피 들고 오니까 사라졌어요."

"… 한심해서 뭐라고 말을 할 수가 없네."

팀이라지만, 네 사람이 같은 파트에서 함께 일하는 것은 아니라고 했다. 윤주와 윤서는 여기, 보냉 백 세척 라인, 어머니는 신선식품, 아버지는 가구 쪽 라인에서 일하신다고. 물론 그때그때, 딜리원의 사정에 따라 일하는 라인은 바뀌지만 대체로 그렇다고 했다.

"아, 저도 제가 바보 같은 짓 한 건 알아요. 그치만 정말 코앞이었다고요. 카페 진동 벨이 울릴 정도의 거리였는데!"

"카페 진동 벨 의외로 멀리 있어도 울려. 한 100m까지는 울릴걸?"

"그런 걸 누가 알아요."

"카페에서 알바 해 보면 알지. 넌 대체 카페 알바도 안 해 보고 뭘 한 거야?"

"저 이제 1학년이라고요! 작년까지는 공부만 했는데 어떻게 알아요."

"정말 내 동생 또래였네. 우리 윤서보다 철딱서니는 좀 없는 것 같지만."

윤주의 동생인 윤서는 소민보다 한 살 위인 2학년이라고 했다.

낮에는 학교에 가고 주로 밤에만 일했는데, 이번 방학 때는 일을
할 수 없는 상황이라는 모양이었다. 실습이나 시험 때문에 사나흘
빠지는 거라면 모를까, 한 달 넘게 일을 할 수가 없어서 소민을 팀에
넣었다니, 윤서는 소민 또래이긴 해도 4년제 대학이 아니라 요 근처
전문대에 다니는 것 같았다. 전문대는 졸업이 빠르니까, 어쩌면
자격증을 따거나 취업을 준비하는 것인지도 모른다.

　"그러는 언니는 알바 많이 해 봤어요?"

　"학교 다니는 동안에는. 지금은 졸업하고 거의 딜리원에만 오고
있으니까."

　"취업은 안 하고요?"

　"… 넌 알바 별로 안 해 봤지?"

　"아직 1학년이니까요."

　"어쩐지, 몸 쓰는 일에 요령이 좀 없더라."

　"에이, 평생 딜리원 일만 할 것도 아닌데요."

　윤서가 허리를 펴며, 한숨을 쉬듯이 중얼거렸다.

　"… 아직 모르지. 평생 딜리원 일을 할지 안 할지는."

　그때 소민의 가슴 깊숙한 곳에서 기묘한 느낌이 들었다. 그것은
어디다 말할 수 없는, 생각하기조차 부끄러운 감정이었다. 내가
이 사람보다 낫다는, 이 사람보다는 잘 살고 있는 것 같다는 작은
우월감. 별 볼 일 없는 것 같은 우리 가족도, 이 사람의 가족들보다는
잘 지내고 있는 것 같다는 그런 생각.

　알고 있었다. 썩 떳떳하지 못한 생각이라는 것을. 하지만 마음
한편에서 누군가 속삭이는 것 같았다. 사실이잖아, 저 사람들 좀
이상하잖아, 하고.

　온 가족이 다 딜리원 물류 센터에 다닌다는 것부터가 어쩐지

보통 사람들 같진 않았다. 윤주는 소민이 아는 학교 선배들보다 그렇게 나이가 많아 보이지 않았고, 윤주의 동생인 윤서가 소민 또래라면, 윤주의 부모님 역시 소민의 부모님보다 그렇게 연세가 많진 않을 것 같았다. 무슨 일을 하시든, 아직 한참 현역으로 계실 나이다. 회사에 다니거나, 자기 사업을 하거나. 그런데 직업 없이 매일 물류 센터에 다닌다니, 그것도 모자라 두 딸들까지 매일 물류 센터행이라니, 아무리 생각해도 보편적인 사고방식 같지 않았다.

'사이비 종교 집단이나… 그런 건 아니겠지?'

소민은 윤주의 눈치를 보며 문득 생각했다. 하지만 윤주는 이곳에서 하루에 열네 시간을 일하고 있다. 사이비 종교를 믿는 사람들은 걸핏하면 전도하러 다니고, 걸핏하면 예배 본다고 모이던데, 그렇게 오래 일하고 집에 가면 씻고 잠자는 것 말고 다른 일을 할 시간이 없을 것 같았다.

설령 위험한 사람들이 아니라 해도, 이상한 것은 사실이었다. 윤주의 동생인 윤서라는 사람이야 또 모르겠지만, 윤주는 아예 취직할 생각이 없는 것처럼 보였다. 비싼 등록금 내고 대학까지 나왔다면서.

소민이 아는 많은 사람들은, 대학에 입학하자마자 학점 관리를 하고, 영어 공부를 하고, 또 2~3학년이 되면 취업 스터디 그룹에 들어간다. 소민도, 아이패드가 그렇게 사라지지만 않았다면 방학 내내 오전에는 학교에서 진행하는 영어 회화 수업을 듣고, 낮에는 도서관에 있거나 짬을 내어 학교 알바를 하고, 저녁때는 집 근처에서 과외 자리나 편의점 알바를 구해 일했을 것이다. 사실은 가족들에게도 방학 때 그렇게 지낼 거라고 말해 놓았었다. 소민이 아는 사람들도 대개 비슷하게 방학을 보내기로 계획을 세운 상태였다.

　　반면 윤주는 멀쩡한 직장에 들어간다는 선택지에는 아예
흥미가 없는 듯했다. 학교를 졸업하고도 변변한 데 취직하지 못한
채, 딜리원 물류 센터에서 일하고 있다는 것에 필요 이상의 자부심을
갖고 있는 사람 같았다. 정직원 이상으로 일하고 있다면서도 정작
정직원은 되지 못하고, 팀을 꾸릴 수 있다는 것에 만족하면서.

　　'이런 사람이랑 어울려도 괜찮은 걸까?'

　　엄마는 늘 말씀하셨다. 뱀의 머리보다는 용의 꼬리가 되라고.
지방대에 1등으로 장학금 받고 가는 것보다 서울대에 꼴찌로 문
닫고 들어가는 게 훨씬 인생에 득이 된다고. 나보다 뭐라도 나은
친구를 사귀라고. 지금 다니는 대학에 합격했을 때에도, 엄마는
소민에게 신신당부하셨다. 지금 들어간 대학에서 남자 친구 사귈
생각 하지 말라고, 더 괜찮은 대학 다니는 친구에게 소개받아서
만나거나, 아예 편입을 해서 더 나은 학교에 들어간 다음에 사람을
만나라고, 인서울도 못 들어간 남자애랑 사귀고 시시덕거리는 것
아니라고. 그런 일이 소민이라는 인간의 가치를 뚝뚝 떨어뜨리는
일이라도 되는 것처럼 귀에 못이 박히도록 말했다. 요즘은 그런 세상
아니라고, 엄마가 늘 대단하게 생각하는 막냇삼촌도 서울대 나온 건
아니지 않느냐고 했지만, 엄마는 늘 완강했다. 그런 엄마가, 소민이
학교에서 공부한다고 속이고 딜리원 물류 센터에서 일하는 것을
아시면? 그 딜리원 물류 센터에 들어가려고 팀을 짜느라, 윤주네
가족 같은 사람들과 어울려 다닌다는 것을 아신다면, 대체 뭐라고
하실까. 소민은 눈을 감았다. 그때 윤주가 소민의 등짝을 철썩
때렸다.

　　"졸지 마, 일해."

아, 그렇지. 일하던 중이었다.

"… 졸던 거 아니에요."

"그럼 뭐야. 손이 쉬고 있던데."

"잠깐 팔 아파서."

"보냉 백이 순식간에 키 높이만큼 쌓이는 걸 보면서도 팔 아프다는 생각이 먼저 들 정도면, 병원에 가야지."

"그런 건 아니고요."

"다 졸았으면 얼른 일이나 더 해."

"정말 졸던 것 아닌데…."

아무래도 역시 평생 할 일은 아니었다.

딜리원에서 팀을 꾸린 것이 무슨 대단한 일이라도 되는 양 자부심을 갖고 있는 윤주는 어떻게 생각할지 몰라도, 소민에게 있어 딜리원 물류 센터와의 인연은, 아이패드를 풀 세트로 다시 살 만큼의 돈을 벌 때까지만 이어지는 것이다. 아니, 경우에 따라서는 나중에 취업 준비할 때, 자소서에 이 이야기를 쓸 수 있을지도 모른다. 아이패드 때문이라는 말은 쏙 빼고, 성인이 되었으니까 자기 학비를 스스로 벌어 보려고 노력했고, 딜리원 물류 센터에서 일하며 직접 돈을 번다는 것이 어떤 것인지 알게 되었다고, 그런 갸륵한 스토리를 만들어서. 그때쯤이면 지금의 이 고생은, 사람들이 흔히 말하는 '이 또한 지나가리라'스러운 추억으로 남을 것이다.

그런 생각을 하며 내심 안심하려는데, 무언가가 눈앞을 스쳐 갔다.

처음에는 잘못 본 줄 알았다. 사람들에게 전부 작업복을 입히고 헬멧을 씌워 놓은, 반도체 공장이 경쟁 상대라며 머리카락 한 올, 먼지 한 톨 멋대로 굴러다니게 놓아두지 않는 이곳에, 곤충 같은 게 날아다니고 있을 리 없다고 생각했으니까.

　　하지만 그건 분명히 나비였다. 작고 하얀 나비 한 마리가, 마치 곧 깨게 될 꿈처럼 가냘픈 날갯짓을 하며 날아가고 있었다. 그것은 하얀 건물 벽을 따라 날아오르다, 어느 순간 소민의 시야에서 아주 사라지고 말았다. 저거 봤느냐고, 윤주에게 말할 겨를도 없이.

*

　　딜리원 물류 센터에서 일한 지 일주일째 되던 날, 소민이 탄 딜리원 출근 버스가 물류 센터로 들어서려는 순간, 평소에는 보이지 않던 것이 소민의 눈에 들어왔다.

　　[내 딸을 찾습니다]
　　[도와주세요]

　　물류 센터 입구에, 웬 중년 여성이 커다란 팻말을 들고 서 있었다. 버스가 좌회전 신호를 기다리는 사이, 소민은 눈살을 찌푸리며 팻말을 노려보았다. 팻말에는 대학생인 딸이 딜리원 물류 센터에 일하러 간다고 나갔다가 사라졌다, 마지막으로 핸드폰 신호가 잡힌 곳이 딜리원 물류 센터였다는 이야기가 적혀 있었다.
　　어떻게 된 일일까. 젊은 여자가 사라졌다니, 신경이 쓰이지 않을 수 없었다. 그런데 딜리원 매니저들이 얼른 달려 나오더니, 신호가 바뀌는 짧은 시간 동안 그 중년 여성을 신속하게 끌어냈다. 물류 센터 앞은 다시 조용해졌다. 시끄럽게 구는 사람 없이, 깨끗하고 안전해졌다고도 할 수 있을 것이다. 소민은 멍한 얼굴로, 중년

컨베이어 리바이어던

여성이 서 있던 자리를 바라보았다. 그 바로 뒤쪽에 있는 전광판에, 보냉 백마다 찍혀 있는 딜리원의 모토가 깜빡이고 있었다.

신속, 신뢰, 안전, 청결.
딜리원 광속 배송의 약속입니다.

*

아침에 보았던 일에 계속 마음이 쓰여서, 소민은 바쁘게 손을 놀리다가 문득 윤주에게 물었다.

"언니도 아침에 그 일 봤어요?"

"… 다음 달부터는 보냉제로 그냥 물을 넣는다는데, 들었어?"

윤주는 자기가 하던 이야기만 했다.

"가방에 이렇게 눌어붙은 접착제 같은 거, 이거 고분자화합물 냉매잖아."

"아이스팩에 든 거요?"

"응, 그게 잘못 터져서, 햇볕 아래에서 눌어붙으면 이렇게 된다나 봐. 보냉제로 물을 쓰면 들러붙는 일은 없겠다. 그치?"

"그러게요, 환경에도 그쪽이 더 낫겠네요."

소민은 적당히 대꾸하며 고개를 돌렸다. 윤주와의 대화는 이렇게, 서로 자기 하고 싶은 말만 하는 식으로 이어졌다. 이 거대한 공간에서 소민이 아는 사람이라고는 이 사람뿐인데, 지금 당장 손을 뻗으면 닿을 거리에서 함께 일하고 있는데도, 제대로 된 대화가 거의 이루어지지 않았다. 이곳 딜리원에 대한 이야기나, 드문드문 가족 이야기가 나올 때 외에는.

무난하게 아이돌 가수며 TV 드라마 이야기, 넷플릭스 신작 이야기, 소민이 좋아하는 따뜻한 느낌의 SF 소설 이야기 같은 것도, 몇 번인가 꺼내 보았지만 대화가 잘 이어지지 않았다. 일이 고되어서 집에 가도 TV를 켜지 못하기 때문인 걸까, 늘 피곤해 보이는 사람이니 지금 일에 집중하는 것만으로도 힘들어서 다른 이야기가 귀에 들어가지 않는 걸까 생각하기도 했지만, 그 이전에 윤주는 딜리원과 가족 외의 관심사가 존재하지 않는 사람인 것 같기도 했다.

어떻게 그렇게 살 수가 있지.

이곳의 일은, 일단 손에 익고 나면 복잡할 게 없었다. 소민은 매일 같은 시각에 출근하고, 같은 동선을 오가며 윤주와 함께 일을 했다. 거의 매일 보냉 백 세척 일을 했지만, 중간에 두어 번은 청과물 세척하는 데 가서, 세척기에서 나오는 수박들의 물기를 닦고 바코드를 붙인 뒤 수박망에 넣는 일도 했다. 작은 도시 같은 이 물류 센터에서 모든 일은 분업화되어 있었고, 사람들은 자기 앞에 놓인, 한두 가지의 단순한 업무로 이루어진 공정을 끝없이 처리하느라 바빴다.

"근데, 윤서야."

그리고 오늘도, 윤주는 소민을 윤서라고 불렀다. 소민은 이번에야말로 못 들은 체하며 고개를 숙였다.

동생으로 착각하는 것도 하루 이틀이지.

아무리 헬멧과 작업복으로 전신을 가리고 있다고 해도, 하루 종일 함께 일하는 사람인데. 맨날 잘못 부르는 것이 기분 나쁘고 불쾌했다. 처음에는 무신경한 것도 정도가 있지, 이름을 그렇게까지 못 외우는 건 좀 너무하지 않나 생각했다. 하지만 이제는 안다. 윤주는 정말로 소민을 윤서로 착각할 때가 있었다. 그럴 때는 유난히 말투가 다정해서 바로 알아들을 수 있었다. 바로 지금처럼.

으스스하고 소름 돋았다. 일하다가 돌아보면, 바로 옆에 윤주의 동생 윤서가 얼굴을 들이밀고 있을 것 같은 느낌마저 들었다. 문득 머릿속에 의문이 떠올랐다. 윤주는 자기 가족들로 팀을 짰다고 했는데, 그 가족들은 다 어디 있는 걸까.

물론 듣기는 했다. 윤주의 어머니는 밤 9시에 딜리원에 출근해 새벽 배송으로 나갈 채소들과 샐러드를 손질하고, 아침에 집에 돌아와 눈을 붙였다가 집안일을 하신다. 윤주의 아버지는 매일 아침 5시에 딜리원 버스를 탄다. 대개 가구 쪽 라인에 계시고, 드물게는 자동차용품 쪽에 계신다. 그들은 윤주 못지않게 오래 일한다고 했다. 일하는 구역도, 시간대도 다르니 잠시 팀의 결원을 채우기 위해 와 있는 소민이 굳이 찾아가서 인사드릴 필요는 없었다. 하지만 그래도 가족인 윤서 대신 일하는 사람인데, 일부러 서먹하게 거리를 두는 것이 아닌 이상에야 어떤 식으로든 잠깐 인사할 수 있는 게 아닐까. 점심시간에라도, 하다못해 전화로라도. 이 사람에게 정말로 가족이라는 사람들이 있긴 있는 걸까.

오싹한 기분이 들었다. 이 사람은 정말로 백윤주라는 사람이 맞나? 나이는 스물대여섯 살, 대학 졸업하고 딜리원 물류 센터에서 일하는 중. 그게 전부인 것 같은 사람이 맞는 걸까? 문득 수업 시간에 들었던 이야기가 떠올랐다. 괴물을 죽이고 아테네에 귀환한 영웅 테세우스의 배를 사람들이 오랫동안 보존했는데, 배의 판자가 썩으면 그 판자를 떼어 버리고 새 판자로 바꾸었다. 그렇게 계속 판자를 바꾸어 가며 수리한 끝에 원래의 배를 이루고 있던 판자가 하나도 남지 않게 되면, 이 배는 테세우스의 배가 맞을까? 만약에 이 팀도 그런 상황인 거라면, 원래는 백윤주와 그 가족들 네 명으로 구성된 팀이었지만, 지금은 윤주도, 윤서도, 그 부모님도 없어 그들을 대체하는 다른 사람들로만 채워져 있는 거라면? 그런 생각을 하면서도, 손만은 계속 부지런히 움직이는 소민의 눈앞에, 그 팔랑거리는 작은 나비 한 마리가 다시 스쳐 지나간 것 같았다.

*

열흘째 되던 날에, 그 아주머니는 또 딜리원 앞에 나타났다. 매니저들은 '신속'하게 나타나 이번에도 아주머니를 끌고 어딘가로 사라졌다. 그것이 딜리원을 더 '청결'하게 만들기라도 하는 것처럼.

딜리원에 무슨 일이 있었길래 저러는 걸까. 오늘에야말로 윤주에게 물어봐야겠다고 생각했는데, 작업복을 다 갈아입고 보니 옆에 있던 윤주가 보이지 않았다. 늘 가던 보냉 백 파트로 가면 되니까 혼자라도 상관없었지만, 그래도 윤주와 손발을 맞춰 가며 일해야 하는데. 같이 이동하려고 잠시 기다리다가, 주변을 슬슬 돌아보니 복도 구석에서 작업복을 입은 윤주가 매니저와 입씨름을 하고 있었다.

"나도 정말 모른다고요, 어떻게 된 일인지 내가 무슨 수로 알아요!"

이상한 일이었다. 평소의 윤주라면 매니저에게 감히 대들지 못할 텐데. 지금 윤주는 일할 때 쓰는 헬멧도 쓰지 않은 채, 격앙된 태도로 매니저에게 소리치고 있었다.

"그냥 중고 거래 앱 통해서 만난 것뿐이라고요! 윤서 일도 있고, 사람은 급하게 구해야 하고. 내가 달리 어디서 사람을 구해 와요. 딱 반나절 같이 일한 것뿐인데 내가 걔에 대해 뭘 알겠냐고요!"

컨베이어 리바이어던

중고 거래 앱이라니, 나에 대한 이야기인가.

소민은 어깨를 움츠렸다. 특별히 매니저가 지적할 만한 잘못을
한 것 같진 않았지만, 또 모를 일이었다. 아이패드 살 만큼 돈을
모으려면 아직 좀 더 일해야 했다. 대처를 하든, 반성을 하든, 뭐라도
하려면 저 사람들이 무슨 일로 싸우는지 들어는 봐야 한다. 소민은
이야기를 제대로 듣기 위해 살그머니 헬멧을 벗었다.

"그걸 왜 나한테 물어봐요. 난 그냥 우리 팀 유지하려고, 같이
일할 만한 사람, 비슷한 스펙으로 찾아서 데리고 온 것뿐인데.
팔찌로 인식해서 찾는 게 매니저들 일이잖아요."

"데리고 들어간 사람이 백윤주 씨잖아. 마지막으로 같이 있었던
게 백윤주 씨니까 계속 물어보는 거지. 우리가 뭐 백윤주 씨를
어떻게 하려고 이러겠어?"

"여기 복잡하니까 내 뒤만 졸졸 잘 따라오라고 했다고요. 옆에서
일하던 애가 없어졌길래 화장실 갔나 보다 한 거라고. 한두 시간
지나도 안 돌아오길래, 이번 애는 텄구나, 어떻게 하루도 못 채우고
도망가나 한 거라고요. 내가 그날 다 말했잖아요! 그날도, 그다음
날도, 그리고 아줌마 시위하러 올 때마다 매번 매번!"

"백윤주 씨."

매니저가 이런 태도는 곤란하다는 듯한 표정으로 어깨를
으쓱거렸다.

"이 일이 자꾸 문제가 되면, 백윤주 씨 팀도 받아 줄 수 없을 것
같아서 그래. 문제 생기면 안 되는 거잖아."

"지금 협박하는 거예요? 그런 거 관리하는 게 매니저님
일이잖아요!"

윤주가 언성을 높였다. 덤벼드는 윤주를 밀어내다가, 매니저는

달래듯 윤주의 어깨를 토닥거렸다.

"큰소리 내지 말고. 사람들이 듣잖아."

"… 하지만."

"알아, 너한테 이 일이 얼마나 절실한지. 나도 아니까 내 선에서 커버 치려고 이러는 거잖아."

"…."

"윤서는, 좀 차도가 있고?"

윤서라는 이름을 듣자, 윤주는 고개를 떨구었다.

그날은 오전 내내 실수가 많았다. 소민보다는 주로 윤주의 실수였다. 그답지 않은 일이었다. 그날 점심때, 소민은 밥을 먹다 말고 윤주에게 물었다.

"동생분이 혹시, 아픈 거예요?"

윤주는 머뭇거렸다. 소민은 윤주의 눈치를 살피다가, 한숨을 쉬며 말했다.

"아까 복도에서 대충 들었어요."

"남의 말 엿들으면 안 되는 거 몰라?"

"중고 거래 앱에서 만났다고 해서 내 이야기인 줄 알았다고요."

"…."

"그 도망갔다는 애가 누구예요? 설마, 아침에 앞에서 시위하던 그 일이에요?"

"…."

"나도 좀 알아야 할 거 아니에요. 팀 깨지면 나도 일 못 하는데."

팀 이야기를 하자, 윤주는 숨이 막힌다는 듯한 표정으로 입을 열었다.

"팀 깨지면 안 돼. 이대로 일을 계속해야 해. 안 그러면 우리 윤서 죽어."

　　윤주의 동생인 윤서는, 소민보다 한 살 많았고, 소민이 짐작한
대로 전문대에 다니고 있었다. 이 근처의, 소민도 이름을 들어
본 전문대학의 2학년 학생이고, 다음 학기만 마치면 졸업을 할
예정이었다. 원래대로라면.

　　"윤서는 정말 착한 애야. 학교 다니면서도, 또 실습 나가면서도,
가족을 돕는다고 밤에는 딜리원 와서 일했으니까. 사실 윤서가
그렇게 같이 일하지 않았으면, 우리 집은 빚도 많으니까 윤서가 학교
다니긴 정말 힘들었을 거야."

　　"국가장학금 신청할 수 있잖아요. 그렇게 형편이 안 좋으면 거의
다 나오지 않아요?"

　　"형편이 안 좋으면 지원이 다 나온다고? 야, 그런 거 아니야.
너 정말 아무것도 모르는구나? 얼마나 촘촘하게 거르는데….
하긴, 아이패드 사고 싶어서 일하러 왔다고 비장하게 말할 때부터
알아봤지만."

　　"아이패드는 게임기가 아니거든요? 수업 들으려면 필요해서
사려는 거라고요!"

　　윤주는 일을 할수록 가난해지는 사람들이 있다고 했다.
조금이라도 더 낫게 살아 보려고 열심히 일하지만, 입에 겨우 풀칠할
만큼이라도 소득이 생기면 그동안 받았던 지원들이 바로 끊기기
때문에 더 지독한 가난으로 빠지고 만다고도 했다. 그래도 일을 안
할 수는 없었다. 무엇이라도 하지 않으면 결국, 이 가난한 삶을 계속
물려줄 수밖에 없으니까. 누구 한 사람이라도 대학을 나오고, 취직을
하고, 번듯하게 자리를 잡을 때까지는 온 가족이 합심해서 일하는
수밖에 없다고 생각했다.

가족은 어떻게든 살아 보기 위해 몸을 아끼지 않고 일했다. 윤주는 중학교에 다닐 때부터 전단지 돌리는 알바를 했고, 고등학생 때는 카페와 햄버거 가게에서 일했다. 대학에 들어가서도 잠잘 시간을 아껴 가며 일했다. 그렇게 해서 겨우 좀 살 만해지나 싶었는데, 전 세계적으로 전염병이 유행하면서 수많은 사람의 삶이 휘청거리게 되었다. 자영업자들은 빚에 몰려 사업을 접었다. 작은 공장이나 사무실들은 문을 닫았다. 사람들이 밖에 나가 장을 보지 못하고, 실내에서 몸을 사리던 시기, 할 수 있는 것은 집에서 가까운 곳에 새로 생기는 물류 센터에서 일하는 것뿐이었다.

부모님과 윤주는 딜리원에서 일하기 시작했다. 가족 중 가장 어린 윤서도 고등학교 때까지는 학교 근처 햄버거 가게에서 일하다가, 수능이 끝나자마자 딜리원에서 일하기 시작했다. 대학에 들어간 윤서는 낭만 비슷한 것을 느낄 겨를도 없이, 수업을 마치면 버스를 타고 딜리원에 와서 밤늦게까지 일했다.

가족 모두가, 어디에 내놓아도 부끄럽지 않을 만큼 열심히 살았다.

착하게, 부지런히, 남에게 해 끼치지 않고. 그렇게 산다고 복을 받는 것은 아닐지 몰라도, 그렇게 살면 적어도 더 나쁜 일은 일어나지 않을 거라고 믿었다.

"오늘로 딱 2주 되었네…."

하지만 현실은 그렇지 않았다.

"그날도 나는 먼저 출근해서 일하고 있었어. 우리 윤서도 으레 학교 끝나고 딜리원에 왔겠거니 하고 있었지. 그런데 퇴근할 때까지 윤서가 안 오는 거야. 늘 여기서 보냉 백 세척만 하는 것은 아니니까, 그날따라 다른 조에 배치되었겠거니 생각하고 있었어."

컨베이어 리바이어던

"그런데요…?"

"옷 갈아입고 보니까, 전화가 수십 통이 와 있었어."

전화를 한 것은 경찰이었다. 처음에는 스팸인 줄 알고 끊어 버렸다. 하지만 경찰뿐만이 아니라, 병원에서도, 엄마도 전화를 했다. 정신없이 병원에 달려가 보니 윤서는 수술실에 들어가 있었다. 수업 끝나자마자 시간 맞춰 딜리원에 간다고 서두르다가, 급하게 튀어나오던 피자 배달 오토바이에 치였다고 했다.

"얼마나 급하게 몰았는지, 애를 치어 놓고도 다시 앞바퀴 뒷바퀴로 몸을 다 타 넘고서야 멈췄다고 그래."

두 번 다시 그놈의 피자는 못 먹을 거야. 윤주가 중얼거렸다.

"그럼 동생분은 지금…."

"아직도 중환자실에 있어. 목숨이 붙어 있는 게 기적이라고 그러더라. 다발성 뭐라고 했는데, 내장이 다 터졌다고. 새벽까지 수술을 했어."

하지만 그 사고를 책임질 수 있는 사람은 없었다. 피자를 배달하던 사람은 이제 겨우 고등학생이었다. 오토바이가 윤서를 치던 순간에 그 학생은 공중으로 튀어 올랐다가 땅에 떨어졌고, 현장에서 목이 부러져 즉사하고 말았다. 어디서든 이 학생을 책임지고 고용했다면 업체에 항의라도 할 수 있었겠지만, 그건 불가능했다. 그 학생은 아는 동네 형에게 오토바이를 빌려, 음식을 비롯한 근거리 퀵 물품 배달을 위해 딜리원이 만든 앱, '딜리원 노드'를 통해 일하던 공유 라이더였다. 원동기면허는 있었지만, 운전자보험이나 책임보험 같은 것에는 당연히 가입되어 있지 않았다. 수술비며 중환자실 비용은 고스란히 가족의 몫이 되었다.

"아이패드 산다고 여기서 일하는 너는 이해가 안 가겠지. 동생이 그렇게 아픈데, 그다음 날 엄마도 아빠도 나도 딜리원에 왔다고 하면. 동생이 아직 수술 중인데, 바로 동생 대신 같이 일할 사람을 찾고 있었다면. 근데 말이야, 우리 윤서가 산소 호흡기 쓰고 숨 한 번 쉴 때마다 빚이 생긴다고 생각하면… 딜리원에서 일하지 않으면 우린 끝장이라고 생각하면 말야, 이렇게라도 나와서 일하지 않을 수가 없어. 그렇지 않아?"

절박하게, 새빨개진 눈을 하고 중얼거리는 윤주 앞에서 대체 무슨 말을 할 수 있을까. 소민은 어쩔 줄 몰라 하며 입술만 달싹였다. 그러다가 겨우 마음을 가라앉히고 다시 물었다.

"그럼… 저 앞에서 시위하는 그건 뭐예요."

"나도 몰라."

"시위하러 올 때마다 매번 했던 말 또 한다고 매니저한테 그랬잖아요. 대체 뭔데요!"

윤주는 절망처럼 눈물이 어린 눈으로 소민을 노려보았다. 그러다가 한숨을 쉬며 두 손으로 얼굴을 가렸다. 그의 어깨가 한두 번 떨렸다. 그리고 그는 고개를 푹 숙인 채 대답했다.

"… 너 일하기 전에 여기 왔던 애 이야기야."

그렇구나, 하고 고개를 끄덕이다가, 소민은 기가 차서 입을 딱 벌렸다.

"동생…분이 사고당한 게 14일 전이라면서요."

"응."

"잠깐, 내가 여기서 일한 게 오늘로 열흘째인데."

"그렇네."

"그사이에 누가 더 있었다고!"

"하루 나왔어."

컨베이어 리바이어던

하루 나온 게 문제가 아니다. 사람이 없어진 게 진짜 문제였다. 오늘도 그 사람 어머니가 딜리원 물류 센터에 찾아와 시위를 했는데.

"들어온 기록이야 당연히 있지. 나랑 같이 팀 짜서 왔으니까. 그런데 중간에 사라졌어. 스마트 팔찌를 반납한 기록도 없고."

"그럼 이 건물 안에 있는 거잖아요."

"스마트 팔찌 위치도 잡히질 않는대. 말했잖아. 여긴 어지간한 도시만 하다고. 이런 데서 없어지면 무슨 수로 찾아."

"찾아야죠!"

소민은 소리를 질렀다. 윤주가 천천히 고개를 들었다. 그는 힘없이 웃으며 고개를 가로저었다.

"대체 어떻게? 어디 있는지 어떻게 알고."

"데려왔잖아요!"

"난 걔가 누군지도 몰라. 걔는 너처럼 일자리 필요하다고 하고, 나는 팀원이 필요하고, 그래서 데려왔는데 혼자 여기저기 쑤시고 다니다가 없어졌길래, 그냥 힘드니까 바로 도망갔나 했지. 거기서 무슨 생각을 더 해?"

"아는 사람이 없어졌다며, 걱정도 안 돼요?"

"너 말을 좀 이상하게 한다? 너랑 나랑 아는 사이니?"

소민은 눈을 깜빡거렸다. 아는 사이다. 열흘 동안 매일, 아침부터 밤까지 하루에 열네 시간을 함께 일했고, 매일 점심과 저녁 식사를 함께 했다. 하지만 그것뿐이다. 서로의 이름과 나이 정도야 알지만, 어느 학교에 다니는지, 무엇을 좋아하는지, 개인적인 부분은 거의 알지 못한다. 전화번호도 모른다. 중고 거래 앱으로만 연락을 주고받았을 따름이다. 그나마 소민은 자신이 백윤주라는 사람과 일하고 있다는 생각이라도 하고 있었지, 윤주는 때때로 소민의 이름조차 잊어버린 듯, 별생각 없이 윤서라고 부르곤 했다. 그에게는 정말로, 옆 사람이 누구든 상관없었다. 팀 인원을 채울 수만 있다면, 그게 누구라도 신경 쓰지 않았을 것이다. 그런 관계는 아는 사이라고 하지 않는다. 그런 관계는.

"… 나는, 그 애가 그냥 집에 가 버린 줄 알았어. 그런 애들 많으니까. 하루 일하고서 도망가는 애들 정말로 많으니까. 얘는 좀 심하네, 반나절도 못 채웠잖아. 그러고 말았어. 그뿐이었어. 그런데 매니저가 다음 날 그러는 거야. 우리 팀으로 왔던 아이가 팔찌를 반납 안 했다고. 그거 못 찾으면 변상해야 한대서, 나는 걔 모른다, 윤서 대타로 구한 애라고 설명했었어. 그게 다란 말이야."

하지만 소민은 안다. 백윤주는 어쨌든, 자신이 할 수 있는 최선을 다했을 것이다. 보냉 백을 닦는 일조차도 물기 한 방울 남기지 않고 꼼꼼하게 하려는 사람인데, 사람 한 명이 사라진 일을 정말 아무 신경도 쓰지 않고 대수롭지 않게 넘겼을 리 없다.

"그날 무슨 일이 있었을까. 계속 생각을 했어. 입구에서 여기까지 오는 동안에 길을 잃어버릴 만한 데가 있나, 화장실 가다가 방향을 잘못 잡으면 어디로 가나. 근데… 기웃거리는 게 고작이지. 팔찌랑 같이 사라졌으면 매니저가 찾아야지. 업무 구역을 벗어나면 그 시간만큼 일당에서 빠지는데, 화장실 갔다 오는 시간까지 다 빠지는데, 내가 어떻게 그 이상을 할 수가 있어. 지금도, 내 동생이 병원에 누워 있고, 동생이 숨만 쉬어도 빚이 계속 늘어나는데."

윤주는 할 수 있는 일을 했다. 화장실에 덜 가려고 점심시간에 물도 제대로 마시지 않는 그가, 화장실에 한 번 갈 때마다 유난히 시간을 쓴다 싶더니 그 문제 때문이었다. 하지만 할 수 있는 일이, 그에게는 얼마 없었다. 그는 매니저도 아니고, 업무 중에 화장실에 가거나 점심을 먹고 오는 시간도 근무시간으로 인정받는 정직원도 아니었다. 그저 그날 배정된 작업장 안에 머물러 있는 동안만큼만 시급을 받는 알바생에 불과했다.

하지만 이건 말이 되지 않는다. 사람이 이곳에서 쓰러지든 없어지든 무슨 일이 생겼으면 조사를 해야 한다. 같이 일하던 사람이 사라졌는데 비슷한 또래의 다른 알바생들이 이렇게 조용하다는 것이, 매니저들이 그 어머니를 신속하게 쫓아내는 것이, 다들 그저 쉬쉬할 뿐, 없어진 사람을 찾으려 애쓰는 모습을 보이지 않는다는 것이 이상했다. 아니, 그 이전에 일하는 동안 자기 핸드폰에 손도 댈 수 없다는 것부터가 이상했다. 가족이 사고를 당해도 연락을 받을 수 없고, 이 안에서 일하다 누군가가 심장발작을 일으킨다 해도 매니저를 통하지 않고는 119에 신고조차 할 수 없는, 그런 업무 환경이 정상적인 것일 리 없었다.

"하지만 이 일… 신고해야 하지 않아요?"

"신고를 하면, 우리 가족은 여기서 일 못 해."

"아무리 목구멍이 포도청이라도, 사람이 없어졌잖아요!"

"네 눈엔 내가 이상하지?"

소민은 대답하지 못했다. 새빨갛게 충혈된 윤주의 눈이 번들거리고 있었다.

"나도 이상하고, 우리 집이 이상하지? 어떻게 엄마, 아빠, 언니, 동생이 다 이런 데서 일하나, 이런 건 대학생 때 알바로나 하는 일이 아닌가, 그런 생각 하지? 알아, 나도 여기 처음 올 때 그랬으니까. 우리 집도, 계속 어려웠던 건 아니야. 겨우 모은 돈으로 재래시장 근처에 가게 차린 뒤로는 괜찮게 살았어. 코로나 때문에 휘청거리다, 잠깐 반짝하더니, 경제위기가 와서 완전히 박살 났지. 손님이 아무도 안 오는데 어떻게든 먹고 살아야 하니까, 아빠가 먼저 여기 와서 일했어. 그다음에는 내가 왔고, 가게가 문 닫은 다음에는 엄마도 여기에 왔고. 빚 갚아야지. 동생 학교도 보내야 하고. 그리고 또…”

“그럴수록, 여기 있으면 안 되는 거잖아요.”

무서웠다. 하지만 소민은 힘주어 말했다. 여기 계속 있다간, 잡아먹히고 말 것 같았다. 여기에, 딜리원에, 한국에서 가장 빠르다 못해, 매사 빨리빨리를 외치는 한국 사람들조차도 혀를 내두르는 속도를 자랑하는, 이 미친 서비스에. 그 서비스를 만들어 내기 위한, 어지간한 도시를 방불케 하는 거대한 시스템에.

“경찰에 신고해요. 그리고 언니는, 여기 물류 센터 일 말고 뭐라도 다른 걸 해야죠. 취직을 하고 경력을 쌓아야 다른 일도 할 수 있는 거잖아요. 평생 딜리원에서 일할 거 아니잖아요.”

그 말에 윤주는 울었다. 소민의 말에 뭔가 깨달은 게 있어서 우는 게 아니었다. 슬퍼서 우는 거였다. 답답해서 우는 거였다. 이런 상황에 이런 어처구니없는 소리까지 들어 줘야 한다는 것이 너무 절망스러워서 우는 거였다. 울다가 미친 사람처럼 웃고, 다시 흐느껴 울다가 윤주는 말했다.

“있잖아, 나도 예전에는, 우리한테 가능성이라는 게 되게 많은 줄 알았어.”

“… 노력했어요?”

“뭐?”

“노력, 했냐고요.”

소민의 말에 윤주는 입을 벌렸다. 두 뺨에 눈물을 줄줄 흘리다 말고, 그는 실없는 웃음소리를 내며 고개를 저었다.

컨베이어 리바이어던

"네가 노력이 뭔지는 알고?"

소민은 머뭇거렸다. 지금까지 계속, 노력해 왔다. 대학에 가려고 노력하고, 엄마를 실망시키지 않으려고 노력하고, 남들보다 못할 것 없이 살아 보려고 열심히 노력했다. 하지만 정말 그것으로 다 된다고 할 수 있을까. 노력만 하면, 무엇이든 다 이룰 수 있는 것일까.

그게 아닌데, 그럴 리가 없는데. 타고난 게 다르고, 노력할 수 있는 범위도 다르고, 똑같이 노력해도 그 결과는 천차만별인데. 하지만 바뀌려고 노력하지 않으면, 아무 일도 일어나지 않는 것은 사실이 아닌가? 한편으로는, 잘못했다는 생각이 들었다. 이런 상황에서는 그런 말을 하지 말았어야 했다는 생각이 들었다. 소민은 어쩔 줄 몰라 하다가, 자신이 내뱉었던 말을 어떻게 주워 담아야 하나 싶어 입만 달싹였다. 그때 윤주가 눈물을 닦았다.

"하긴, 노력했겠지. 노력했으니까 좋은 대학도 갔고, 언젠가는 딜리원 말고 다른 번듯한 곳에 취직해서, 경력 쌓을 생각도 하는 거겠지. 근데 말이야, 당장 가진 게 빚밖에 없고, 집에 쌀이 한 톨도 없고, 세금 낼 돈이 없어서 또 빚을 져야 하나 걱정하는 사람한테는, 그런 거 없어. 정말이야. 다른 길 같은 게 아예 없어. 꿈을 꿀 수조차도 없어. 그런 것 알아? 동생이 다 죽어 가는데, 엄마든 누구든 그 옆에 계속 있어야 하는데, 우리 가족은 이 순간에도 하루 종일 딜리원에 붙어 있어. 그나마 여기에라도 젖은 낙엽처럼 달라붙어 있어야, 우리 가족 어떻게든 먹고살고, 빚진 거 이자라도 쳐 낼 수 있으니까. 그런 생활이 어떤 건지, 네가 알기는 알아?"

그때였다. 나비 한 마리가 윤주의 머리 위로 춤추듯 날고 있었다. 소민은 눈을 깜빡이다, 천천히 자리에서 일어났다. 소민이 손을 내밀자, 나비는 소민의 손끝으로 날아와 원을 그리며 한 바퀴

돌았다.

"… 저기, 이 나비 보여요?"

윤주는 눈만 끔뻑거렸다. 그러다가 문득 웃었다.

"무슨 헛소리야. 눈곱만한 날파리 한 마리 없는 딜리원에 나비는 무슨….."

순간 나비가 날아올랐다. 소민은 나비를 따라 천천히 걸었다. 소민이 따라오는 것을 확인했는지, 나비는 커다랗게 동그라미를 두 번 그리더니 어디론가 날아가기 시작했다. 소민은 달렸다. 헬멧을 쓰지 않은 채로 식당을 벗어나자 스마트 팔찌에서 경고음이 울렸다. 지정된 업무 구역으로 가는 길이 아닌, 아주 다른 방향을 향해 달려가니 사방에서 경고음이 더 요란하게 났다. 스마트 팔찌에서 이상 반응이 온 것을 보았는지, 보안 요원과 매니저가 나타나 소민을 뒤쫓았다.

아마도 이렇게 문제를 일으키고 나면, 두 번 다시 여기서 일할 수 없을지도 모르지만.

'… 상관없지 않나?'

여기서 평생 일할 것도 아니다. 여기밖에 없다는 사람이라면, 문제를 일으키는 것이 두렵고 부담스러운 게 당연하다. 하지만 여기가 스쳐 지나가는 곳이라고 생각한다면, 이상한 일은 이상하다고 말하고, 신고해야 할 일은 신고해야 한다고 말해야 하지 않나? 사람이 없어졌는데, 누군가가 간절히 찾고 있는데. 설령 저기 보이는 나비가 무언가를 말하고 싶은 게 아니라, 그저 이 청결 제일주의인 딜리원 물류 센터에 잘못 날아든 불청객이라고 해도, 일단은 쫓아가 보기라도 해야 하는 게 아닐까. 누군가가 있다면, 누군가가 이 안에 남아 있다면.

컨베이어 리바이어던

나비는 생각보다 빠르게 날았고, 운동화가 아닌 작업화는 달리기에는 적당하지 않았다. 그래도 소민은 있는 힘을 다해, 흰색이나 옅은 하늘색으로 칠해진 이곳의 벽들 사이에서 흰나비를 놓치지 않으려 애쓰며, 열심히 따라 달려갔다. 물류 센터 건물의 지하 1층 거의 끝부분, 사용하지 않는 파레트며 골판지로 된 물류 박스들이 잔뜩 쌓여 있는 곳까지. 소민의 뒤를 따라온 매니저와 보안 요원들이 그 구역으로 들어서자마자, CCTV도 없는 사각지대에 쌓여 있던 한 무더기의 종이 상자들이 갑자기 기왓장 무너지듯이 와르르 무너졌다.

*

소민은 갖고 있는 여름옷 중에서 가장 차분하고 단정해 보이는 것을 골라 입고, 딜리원 물류 센터 정문으로 들어섰다. 오늘은 딜리원 버스를 타고 오지 않았다. 딜리원에서 아예 택시를 불러 주었다.

사무실 건물 1층의 매니저는 물류 센터 매니저와는 옷차림부터 달랐다. 그는 소민의 이름을 확인하고, '책임님'의 사무실로 안내해 주었다. 전화로만 목소리를 들었던 책임 매니저가 소민을 기다리고 있었다.

"어서 와요."

"안녕하세요."

소민은 간단히 인사를 하고 자리에 앉았다. 매니저가 결재판과 음료를 들고 들어왔다. 소민은 면접이라도 보는 듯한 기분으로, 허리를 꼿꼿이 편 채 앉아 있었다. 언젠가 대기업에 들어가고, 또

출세를 하게 되면, 이런 방에서 일할 날도 올까. 그는 우아한 태도로 서류를 검토하는 책임 매니저를 흘끔 쳐다보며 문득 생각했다.

하지만 적어도 지금은 출세하고 잘나가는 사람을 동경할 때가 아니었다. 면접을 보러 오거나 견학을 하러 온 것도 아니다. 오늘은, 이곳에 마지막으로 출근했던 지난주의 일에 대한 마무리를 짓기 위해 온 것이다.

일주일 전, 지하 1층의 종이 상자 무더기 사이에서 사람의 시신이 발견되었다.

본래 사람이 죽고, 한여름에 열흘 넘게 내버려 두어 그 시신이 상하면 어떻게든 티가 나기 마련이다. 지독한 냄새가 나고, 사방에서 벌레들이 꼬여 들어서, 숨기려야 숨길 수 없는 상태가 되었어야 한다. 실제로도 그랬다. 아무리 한여름의 열기와 습도에서 벗어난 듯한 이곳, 딜리원 물류 센터라고 해도.

하지만 엉망이 된 그 시신은, 거의 밀폐하는 것에 가깝게 몸을 감싸고 있던 작업복 세트 때문에 거의 외기에 노출되지 않았다. 시신이 수많은 상자들 사이에 끼어 있었던 데다, 성능 좋은 환기장치가 10분 단위로 잡냄새를 빨아내어서, 정말로 거기서 누군가가 숨을 거두었을 것이라고는 그 누구도 상상하지 못했다. 시신이 그 지경이 되도록 발견되지 않았던 것은 그 때문이었다.

그리고 발견된 시신은 바로, 소민이 오기 전에 윤주의 팀에 있었던 사람, 중년의 어머니가 딜리원 앞에서 오매불망 찾던 딸이었다.

"그 사람은… 어쩌다가 그렇게 된 거였어요?"

"사고였어요. 추락했다더군요."

"추락이요?"

컨베이어 리바이어던

"길을 잃고 헤매다가, 어디 계단에서 굴렀나 봐요. 처음 온 사람들은 작업화가 익숙하지 않아서 잘 넘어지니까, 으레 기절했겠거니 하고 누가 구석에 데려다 놓았다고 해요."

"병원에 데려가야죠."

"뭐, 일당 받고 일하는 사람들이 그런 생각을 하나요. 다들 먹고살기 바쁜데. 모두가 소민 학생처럼 책임감이 넘치면 좋겠지만."

책임 매니저는 소민을 추켜세우는 듯, 다른 모두를 책임감 없는 사람으로 만들며 나직하게 웃었다. 사람이 죽었는데, 죽은 뒤 2주가 다 지나서야 발견되었는데 웃음이 나오다니. 소민은 어처구니가 없어서 그의 얼굴을 빤히 쳐다보았다.

사람들이 말하지 못한 이유를, 이제는 짐작할 수 있다. 책임 매니저의 말대로 책임감이 없었을 수도 있고, 정말로 기절한 줄 알아서, 잠깐 눕혀 놓으면 일어나겠거니 하고 안일하게 생각했을 수도 있다. 하지만 그게 전부가 아닐 것이다. 사고가 났고, 사람이 방치된 끝에 죽은 사실이 알려지면 그날 지하 1층에서 물류 박스를 정리했던 사람들 전원이 위태로워지니까. 몇 번이나 앱으로 알바 신청을 했지만 단 한 번도 선택되지 않아, 발을 동동 굴렀던 일이 생각났다. 동생이 중환자실에 입원해 있는데도 동생 곁을 지키지 못하고, 하루에 열네 시간씩 일하던 윤주도 생각났다. 말을 하고 싶어도 말을 할 수 없었다. 일을 해야 하니까. 그 일조차 하지 못하면, 그다음을 기약할 수 없는 사람들이 분명히 있었을 테니까.

"구석에, 빈 상자들 있는 쪽에 끌어다가 눕혀 놨었겠지요. 그 옆으로 상자들 밀어 놓고 쌓고 하니까 어느새 그 사이로 쓸려 들어갔고, 바쁘게 일하다 보니 다들 거기다 누굴 눕혀 놨다는 건

까맣게 잊어버린 거죠. 불행한 사고였고, 해당 파트는 그 일에 대해 책임을 질 거예요. 매니저까지 전부."

그날 이후 한 주 내내, 걸핏하면 뉴스를 검색해 보았다. 물류 센터, 물류 센터 사고, 쇼핑몰 사고, 변사체, 의문사…. 하지만 아무것도 나오지 않았다. 이런 상황에서 '책임을 진다'는 것은 무슨 뜻일까. 그 파트에서 일하던 사람들은 전부 해고하고, 다시는 일하지 못하게 한다는 뜻일까. 그때, 책임 매니저가 서류 두 부와 두툼한 봉투 하나를 내밀었다.

"그럼, 거기 사인하세요."

"무슨 내용인데요?"

"정신적 충격에 대한 보상을 지급하겠다는 거죠. 거기 그 봉투, 소민 씨 거예요. 가져가세요."

소민은 봉투를 내려다보았다. 얼마가 들었는지는 모르지만, 어쩐지 그 봉투를 받으면 안 될 것 같은 기분이 들었다. 소민은 봉투를 밀어 놓고 고개를 저었다. 그러자 책임 매니저는 소민에게 얼굴을 들이밀며 나직하게 속삭였다.

"있잖아요, 소민 씨. 소민 씨는 참 착한 사람이네."

"예?"

"우리가 소민 씨 입을 막으려고 하니까, 그 돈 봉투 안 받겠다는 거잖아요. 그렇죠? 양심적이야. 난 이렇게 양심적인 젊은 학생이 정말 좋더라."

"…."

"너무 걱정 말아요. 우리도 사람 도리는 할 거니까. 이제 소민 씨 돌아가면, 유가족하고 면담하고 충분히 보상해 줄 생각이에요. 근데 소민 씨가 밖에 나가서 혹시라도 이 일에 대해 엉뚱한 소리를 하고 다니면, 무슨 일이 벌어질지 알아요?"

"지금, 제가 밖에서 입을 열면 유가족에게 보상을 안 해
주겠다고 협박하시는 거예요?"

"아뇨. 소민 씨가 이 일에 대해 함부로 말하고 다니면, 소민 씨는
물론, 돌아가신 분 유가족과 백윤주 씨 가족들까지, 고소를 당해서
법원에 불려 다니게 될 거라는 말이에요. 소민 씨. 아직 나이가
어린데, 고소당하는 게 어떤 건지 알아요?"

"…."

"소민 씨, 졸업하고 나면 취직해야지. 보니까 학교도 괜찮은
데 다니고, 이렇게 양심적이고 똑똑한데. 그야말로 앞날이 창창한
사람이잖아요? 여기서 앞날을 망치고 싶지 않지요? 어디 제보할
증거 사진도, 동영상도 없잖아."

"…."

"현명하게 행동해야죠. 안 그래?"

소민은 뭔가 말하려다, 자신이 손을 덜덜 떨고 있다는 것을
깨달았다. 떨리는 두 손을 맞잡은 채 고개를 푹 숙였다. 그리고 겨우
입술만 달싹이듯 움직이며 말했다.

"윤주 언니, 계속 일할 수 있죠?"

"소민 씨가 오늘 여기 사인하고, 이 돈 받아서 만족하고 순순히
나가면."

"…."

"학생은 공부를 해야지. 공부해서 우리 회사 같은 대기업에
제대로 입사한 다음에, 여름에는 에어컨 나오고 겨울에는 따뜻한
데서 일해야지. 물류 센터에서 왜 시간을 버려요, 아깝게. 소민 씨
부모님은 지금, 소민 씨가 이런 일 하는 것 알아요?"

"그건….”

"똑똑하고 착실하고, 어쩐지 꼭 나 어릴 때 같아서 그래. 나중에 자소서에 쓸 만큼 한두 달 경험 쌓는 정도면 족하지, 설마 이런 일 계속하려는 건 아니죠? 오늘 돌아가면, 이제부터는 이런 일 말고 공부를 해요. 여기서 일하는 것보다 공부해서 장학금 받는 게 훨씬 남는 거예요. 알았죠?”

어쩔 수 없었다.

아니, 어쩌면 정말로 어쩔 수 없는 건 아닐지도 몰랐다. 윤주가 걱정된다거나, 돌아가신 분의 유가족이 걱정된다는 것도 어쩌면 핑계일지도 모른다. 사실은 겁이 났다. 대학을 졸업하고, 번듯한 회사에 들어가고, 딜리원에서 겪은 일들은 그저 한때의 추억, 젊어 고생은 사서도 한다는 말에 어울리는 경험담으로 소비하면서, 그렇게 평범하고 멀끔하게 살아갈 미래가, 사실은 무척이나 연약한 껍질에 감싸인, 단 한 번 발을 삐끗하는 것만으로도 허망하게 놓쳐 버릴 수 있는 것이라는 사실이 실감 나서.

딜리원에서 준 돈은 소민이 생각한 것보다 훨씬 많았다. 아이패드 정도는 물론이고, 다음 학기 등록금을 내고도 남을 만큼의 돈이었다. 하지만 아무래도 마음에 걸리는 부분이 있었다. 누군가는 이 돈이 없어서 죽을지도 모르는데, 역시 사람 목숨이 더 급한 거겠지. 소민은 봉투를 들여다보다 가방에 집어넣고 폰을 꺼냈다. 윤주에게 연락을 하려다가, 서로의 전화번호도 모르는 사이였다는 것을 새삼 깨닫고 쓴웃음을 지었다. 소민은 중고 거래 앱을 켜고, 처음 윤주가 자신에게 연락했을 때처럼 다이렉트 메시지를 보냈다.

일하고 있는 줄 알았는데, 답신은 뜻밖에도 즉시 돌아왔다.

"… 설마 저 때문에 잘린 건 아니죠?”

"그런 거 아냐."

늘 딜리원 버스를 함께 기다리던 지하철역 앞의 커피숍에서, 소민은 윤주를 만났다. 한 주 동안 윤주는 살이 더 빠져 있었고, 얼굴은 며칠 밤을 새운 듯 푸석했다. 소민이 커피를 받아 오자, 윤주는 소민이 의자에 올려 둔 가방을 손가락으로 가리키며 웃었다.

"이렇게 두고 다니니까 아이패드를 잃어버리기나 하고."

"어지간해선 카페에서는 남의 것 잘 안 들고 가거든요."

소민이 투덜거리며 자리에 앉는데, 윤주가 고개를 숙이며 말했다.

"한동안 일 못 나갔어. 윤서 때문에."

"동생분은 좀 어떠세요. 저, 그렇지 않아도…."

"월요일에 보냈어."

보냈다, 는 그 참혹하고 담담한 말을, 소민은 처음에는 알아듣지 못했다. 윤주가 쓴웃음을 지으며 머리핀에 감긴 삼베 조각을 가리켰다.

"어제 장례 치렀어."

"아…. 죄송해요. 저는…."

"네가 죄송할 일은 아니지. 회사에서도 알아. 그러니까 갑자기 며칠 쉰다고 해도 이해해 줬지. 부모 형제가 무슨 사고라도 당한 것 아니면, 어지간해선 스케줄 틀어지는 걸 안 봐준다니까, 여기 딜리원은."

"너무하네요…."

"상 당한 건 페널티 없으니까 괜찮아. 그런데도 우리 부모님은 오늘도 일하러 가셨어."

"… 예."

“나는, 아직 서류 처리할 것들이 있어서 다니다가, 좀 전에 정리하고 일단 집에 들어가던 길이고. 그렇게 됐어.”

　“딜리원에… 계속 가실 거죠?”

　“응, 지금은 솔직히 좀 괴롭지만, 어쩔 수 없으니까.”

　윤주가 고개를 들었다. 그는 웃고 있었지만, 그 웃음에 희망이라고는 보이지 않았다. 소민은 회사에서 받은 돈을, 윤서의 병원비에 보태 달라고 건넬 생각이었다. 하지만 윤서가 세상을 떠났다니, 이제 어떻게 해야 하는 걸까. 그때 윤주가 소민의 손등을 툭툭 건드렸다.

　“만난 김에, 같이 밥 먹자. 내가 밥 사 줄게.”

　“예? 아니, 저, 제가 사 드려도….”

　“우리가 언제 또 보겠어. 그렇지? 다시 볼 사이도 아닌데.”

　“말을 너무 서운하게 하잖아요.”

　“왜, 사실이잖아. 처음이자 마지막으로 밥 한 끼 같이 먹는 거, 그래도 언니 소리 들은 내가 사 줘야지.”

　커피를 마신 뒤, 윤주는 소민을 이끌고 역 앞의 분식집에 들어갔다. 콩국수 두 그릇을 주문해서 앞에 놓고, 윤주는 나직하게 말했다.

　“네가 보기에는 이상했겠지만, 그래도 어쩔 수 없는 것들이 있어.”

　“알아요.”

　“다른 길을 찾고 싶지만, 그것도 사실은 돌아갈 곳이 있는 사람한테나 가능한 일이고…. 너하고는 좀 상황이 달라. 변명처럼 들리겠지만, 살아 보니까 그런 것 같더라. 누군가 정말 특출난 사람은 그런 현실도 넘어설 수도 있겠지만… 그게 나는 아니었어.

컨베이어 리바이어던

그런 거야. 너하고는 다른 거지. 응."

정말 다를까요.

소민은 차마 묻지 못한 채, 입술만 달싹거렸다.

"… 뭐, 내 주제에 너한테 뭔가 득이 될 만한 이야기를 해 줄
순 없고. 부모님께 잘해. 넌 그래도 돌아갈 곳이 있잖아. 아이패드
사려고 알바하는 걸 보면, 학비는 부모님이 많이 도와주시지?"

"그건 그렇죠…."

"잘해, 부모님께. 잘해. 응. 우리 집하고는 다르니까."

정말로 다른 걸까요. 언니의 일은 진짜로 그저 남의 일일
뿐일까요. 생각하다가 소민은 고개를 끄덕였다. 다를 것이다.
윤주의 말대로, 소민에게는 돌아갈 곳이 있으니까. 평생을 딜리원
물류 센터에서 허리가 휘도록 일하는 대신, 주문한 물건이 두
시간 안에, 혹은 동트기 전에 도착할 것을 기대하고 딜리원 앱을
켜는. 작업복 안으로 땀을 줄줄 흘리며 숨 막히는 헬멧을 뒤집어쓴
채 손이 부르트도록 일하는 대신, 여름에는 시원하고 겨울에는
따뜻한 곳에서 일하는 미래를 꿈꿀 수 있는. 노력을 하면 언젠가
그리되리라고 기대할 수 있는. 그런 행운을 갖고 태어날 수 있었던
점에서만큼은 윤주와 다를지도 모른다. 윤주의 말대로 소민과
그는 다르고, 같이 얼굴을 마주 보고 이야기를 나누는 것은 아마도
오늘이 마지막일 것이다. 이미 커피는 다 마셨으니, 지금 눈앞에
놓인 콩국수를 다 비우고 나면 두 번 다시 볼 일이 없을 것이다. 그런
생각을 하며 윤주의 시선을 피해 창밖을 내다보는데, 건너편에
낯익은 모습이 보였다.

"…."

평범한 대학생이라고 했다. 소민과 같은.

나이도 비슷했다. 대학교 2학년. 그러니까 윤주의 동생인 윤서와 같은 나이였을 것이다.

짐작해 보건대, 평범하게 돈이 필요했을 테지. 등록금을 마련하려 했을 수도 있고, 해외여행이나 어학연수를 갈 자금을 모으고 있었을지도 모른다. 어쩌면 아이패드나 뭔가 다른 물건이 필요했을지도 모르고. 일을 시작한 이유가 무엇이었든, 소민이 상상 가능한 삶을 살아가는 사람이었을 것이다.

그런데 죽었다.

계단에서 추락하고, 병원에도 가지 못한 채, 상자 더미 사이에서 죽어서는 2주 가까이 방치되어 있었다. 어쩌면 처음에 굴렀을 때는 살아 있었을지도 모르는데. 작업복과 헬멧 너머로 눈만 보이는 사람들의 세상에서, 그는 죽어 간다는 사실을 알리지도 못한 채 죽었다.

과연 그들과 자신은 다른 걸까. 돌아갈 곳이 있다고 해서 정말로 안전한 걸까. 죽은 그 사람에게도, 돌아갈 곳이 있었는데. 어머니가 기다리고 있었는데. 그렇게 애타게 자식을 찾던 어머니는, 찾고 난 지금도 계속 내 딸 살려 내라, 그렇게 적힌 팻말을 들고 사람들에게 이 일을 알리려고 하고 있는데.

불안해졌다. 헬멧과 작업복으로 온몸을 가린 얼굴 없는 사람들이 가득한 딜리원 물류 센터, 사람들을 부품 삼아 돌아가는 그 거대한 컨베이어 시스템에서, 그렇게 길을 잃고, 실종되고, 사라지는 사람은 어쩌면 소민일 수도 있었을까. 멋모르고 딜리원에 일하러 가서는, 단 한 걸음 잘못 삐끗했다가 쥐도 새도 모르게 목숨을 잃고 그 자리에 버려지는 사람은, 바로 자신일 수도 있었던 걸까. 천만다행히도 그 불운이 자신 옆으로 한발 비켜섰을 뿐, 사실은

컨베이어 리바이어던

누구라도 그렇게 될 수 있었다고, 그렇게 생각해야 하는 걸까.

아니다, 아닐 것이다. 그런 사건은 정말로 운이 나쁜 누군가에게

일어나는 드문 일이어야 할 것이다. 소민은 밀려드는 불안과 두려움

속에서 손바닥으로 얼굴을 감싼 채, 콩국수가 미지근해지도록 차마

말을 잇지 못하고 있었다.

　　역 건너편, 그들이 늘 딜리원 버스를 타던 그 자리에서, 소민이

딜리원 물류 센터 정문 앞에서 보았던 중년의 어머니가, "내 딸 살려

내라"라고 쓰인 팻말을 머리 위로 들어 올렸다.

작가의 말

오버타임 크리스마스

범유진

크리스마스이브였습니다. 팀장은 저에게 야근을 시켰고, 퇴근을 하면서 케이크를 가져가라고 했었죠. 손님이 사 와서 사무실 사람들이 나눠 먹고 남긴 케이크. 지금도 그때도 크리스마스에는 별 의미를 두지 않는지라 '크리스마스이브'에 야근을 했다는 건 괜찮았는데, 케이크‼ 저 케이크 때문에 기분이 확 나빠졌더랍니다. 애초에 손님이 홀 케이크를 사 온 게 싫기도 했습니다. 크림이 잔뜩 묻은 칼과 접시를 설거지하고, 남은 케이크를 비닐봉지에 넣어서 음식물 쓰레기로 모아 놨다가 버려야 하는 사람이 저였기 때문입니다. 조각 케이크라는 훌륭한 선택지가 있는데 왜 홀 케이크였던 걸까요…. 회사에 선물을 가져갈 때는 되도록 설거지가 필요 없고 각자 처리 가능한 음식이 좋다는 걸 그때 뼈저리게 깨달았습니다. 같은 이유로 수박과 포도도 싫습니다. 누군가는 치워야 하거든요, 잔여물을. 그리고 그 누군가는 높은 확률로 신입 사원이겠지요. 그런 의미에서, 자기가 먹은 건 자기가 치우는 사내 문화를 가진 회사는 참으로 훌륭하다고 생각합니다.

회사는 기묘한 공간입니다. 층층이 사람을 벽돌처럼 쌓아 올려 성과를 만들어 내지요. 벽돌이 된 사람끼리 손을 맞잡고 힘을 합치는 일은 그다지 일어나지 않습니다. 가깝고도 먼 사이. 그다지 가까워지지 않고 적당히 멀어야 더 좋은 사이. "내 동료가 돼라!"라고 외치는 직장 상사야말로 동료가 되어 주지 않을 거란 의심을 하게 되는 그런 공간.

〈오버타임 크리스마스〉를 통해 회사를 이루는 구성원이 뒤틀린 관계를 맺게 되면 그 공간 자체가 뒤틀릴 수 있다는 것, 누군가는 그 안에서 기지개조차 켜지 못하는 날들을 보낼 수 있다는 것을 드러내고 싶었습니다. 미숙한 글솜씨 때문에 잘 표현되지 못했을 수도 있지만요.

소설 안 설정에 대해 약간의 이야기를 하자면

1) 아웃룩 메일과 관련한 장면이 나옵니다만, 사실 '저 회사에서 아웃룩을 쓸까….' 하는 생각 때문에 많이 고민했습니다. 초반 버전에는 대표가 번듯한 회사 겉모습을 갖추는 데 진심이라 내부 전산망을 따로 구축했다는 설명을 넣었는데, 너무 설명조가 되어서 삭제했습니다. 회사 건물 자체를 좀 더 뒤틀리게 묘사하고 싶었는데 건물과 공간에 집중하다 보니 주인공의 행동을 잘 따라가지 못하게 되어 수정했습니다. 나중에는 공간에 집중한 이야기도 써 보고 싶네요.

2) 글에 등장하는 로드킬 선인장(Road kill Cactus)은 만세 선인장으로도 불립니다. 가시가 없고 납작한 모양새입니다. 제가 유일하게 길렀던 선인장이기도 합니다. 이 아이를 말려 죽인 후 다시는 식물을 함부로 키우지 말자고 다짐을 했습니다.

3) 소설의 모티브는《성냥팔이 소녀》입니다. 어디까지나 모티브만.《성냥팔이 소녀》를 읽고 저와 비슷한 의문을 가진 분이라면 엠마 캐럴의《성냥팔이 소녀의 반격》을 읽어 보시기를 추천합니다. 1888년 영국 런던에서 일어났던 성냥 공장 파업 사건을 배경으로 재탄생한 성냥팔이 소녀 이야기랍니다.

멋진 앤솔로지에 참여하게 해 주신 알렉스 PD님과 안전가옥에 감사합니다. 함께 참여해 주신 작가님들의 글을 두근두근 기대하고 있습니다. 이 글을 읽는 독자분들께는 케이크가 곧 행복이기를 바랍니다.

명주고택
최유안

　　어느 봄, 여행을 갔다가 고택이 모여 있는 마을에 들렀다. 햇살이
따사로웠지만 차디찬 바람이 불규칙적으로 부는, 억세고 모순적인
데가 있는 봄날이었다. 몰아치는 바람을 맞아 가며 경사진 마을 깊은
곳의 언덕에 올라, 고택 건물이 있던 터에 멀뚱히 서 있다가 문득
그런 생각을 했다. 이 고택 터를 소설 안에 들인다면 어떤 모습일까.

　　오피스 공간을 건물 밖으로 데리고 나오면 무언가 재밌는
오피스물을 구상할 수 있지 않을까 생각하던 차였으므로, 나는
고택이 옹기종기 모인 마을을 여러 번 돌며 곳곳에 스며든 기운을
몸 안에 채워 넣었다. 알고 보니 고택 터는 흥미로운 줄거리가
샘솟는 소중한 소재였고, 나는 곧 이야기의 틀을 만들어 기획 회의에
가져갔다.

　　이야기를 쓰며 경상북도에 가지 않을 수 없었는데, 이번에는
마음먹고 안동의 한 고택에 머물렀다. 나무로 지어진 작은 방
안에서 오랜 기간 공간에 묻고 쌓인 사람들의 손길을 상상했다.
겹겹이 채워진 역사는 나를 이상할 정도로 겸손하게 만들었다. 해가

작가의 말

떨어지면 툇마루로 향하는 문을 열고 새까맣게 변한 밤의 정원을 보면서 이야기를 다듬었다. 여름인데도 시린 바람이 팔에 닿으면 소름이 돋았다. 그때의 느낌이 소설 곳곳에 녹아 있다.

무서운 장면을 즐기는 데 영 재주가 없어 공포 영화는 물론이고 괴담도 듣지 못하는 내가 이 이야기를 완성했다는 게 아직도 잘 믿기지는 않는다. 더 무섭게 써 보고 싶기도 했는데, 구슬퍼져서 자꾸 손을 놓았다. 이야기가 무서워질수록 은희도 라이프컴의 대표들도 짠해지곤 한 탓이었다. 그럴 때마다 지금 이 순간에도 자신들의 일터에서 일을 하고 있을 사람들이 생각나 격하게 위로해 주고 싶어졌다.

소설을 쓸 때 낯선 곳을 취재하거나 낯선 세계를 공부하면 모르는 영역으로 한 발 내딛는 것 같아 신이 난다. 〈명주고택〉을 쓰면서 한옥의 생김이나 구조를 많이 배웠다. 이번 계기로 한옥과 전통 음식에 관해 품고 있던 호기심을 조금이나마 해갈했다. 공부하며 읽었던 한 책의 글귀가 잊히지 않는다. 요즘 같은 아파트 시대에 한옥의 구조나 양식을 굳이 알 필요가 있을까 싶지만, 한국인인 우리가 아니면 누가 한옥 관련 명칭을 배우고 익힐까. 방대한 자료 속에 묻혀 있었다 보니 이제는 어떤 책에서 읽었는지도 기억나지 않지만, 이 메시지만큼은 내게 오롯이 새겨졌다. 그 뒤로 한옥에 대한 이해도가 부쩍 높아져 정말 기쁘다.

재밌는 작업을 해 보자고 내게 손을 뻗어 준 신지민 PD를 비롯해 이야기가 거쳐 간 자리마다 애써 준 여러 분들, 안전가옥에 애정을 보낸다. 꼼꼼히 읽어 주신 덕분에 리뷰를 거칠 때마다 이야기가 활력을 얻었다. 이 책을 함께 만들며 기획 회의 때 이런저런 의견을 덧대 준 동료 작가들에게도 감사와 응원을 보내고 싶다.

경북 북부 지역의 사투리는 다른 경북 지역에서 쓰는 것과 또 달라서, 안동 토박이분들의 손을 빌렸다. 건너 건너 도와주실 분들을 찾았는데, 그분들이 아니었더라면 생기 넘치는 사투리를 찾아내느라 무척 애를 먹었을 것이다. 마지막으로 이 소설의 처음과 끝을 함께해 준 사람에게 깊은 애정을 보낸다. 온종일 기꺼이 책상 앞에 있는 나를 데리고 이곳저곳을 다녀 주어, 나의 세계가 조금씩 더 넓어진다.

　　연홍시의 명주고택은 창조된 공간이다. 독자들께서 소설을 읽으시며 고택을 함께 둘러보는 기분을 느끼게 된다면 좋겠다. 그로써 명주고택이 세상에 존재하게 될 것이다.

행복을 드립니다
김진영

코로나19가 매일 기사의 헤드라인을 장식하고, 누가 코로나에
걸렸고 누가 코로나 때문에 어떻게 아파하는지가 항상 대화의
화두가 되던 때, 나 역시도 코로나를 피하지 못했다. 처음엔 100명이
안 되던 일일 확진자 수가 금세 몇만 명으로 늘어나는 걸 보면서
아무리 방어해도 이 전염병을 피할 방법이 없다는 걸 깨달았다. 그저
평범한 일상생활을 지속할 뿐인데도 타인에게서 병이 옮을 수 있고,
내가 그 병을 누군가에게 옮길 수 있다는 사실이, 그리고 그 병이
누군가에게 굉장히 위협적일 수 있다는 사실이 공포인 시기였다.

이제 와 생각하니 발병 시기만 다를 뿐, 내 주변에 한 번도
코로나에 걸리지 않은 사람은 없었다. 굉장히 촘촘하게 연결된
사회에 내가 살고 있다는 걸 코로나 때문에 명확하게 느낄 수
있었다.

'오피스 호러'와 관련된 이야기를 제안받았을 때, '일', '관계',
'코로나'에 관련된 이런저런 단상들이 떠올랐다. 내 주변의

사람들은 코로나에 걸릴지도 모른다는 두려움보다, 그 바이러스가 가져오는 변화에 대한 불안 탓에 더 힘들어했다. 그리고 어쩌면 이 우울한 기운이 바이러스보다 빠르고 강력하게 사회에 퍼지고 있다는 느낌마저 들었다. 내가 오늘 직장에서 마주친 누군가의 불행한 눈빛이 나에게로 전염되고, 나는 다시 그 불행을 또 다른 타인에게 전염시키고야 마는 것이다. 전염된 불행은 그 기원을 알 수 없기에, 도망갈 방법 역시 찾기 힘들다. 그 점이 내게는 코로나바이러스보다 훨씬 큰 공포로 다가왔다.

   '불행은 전염된다. 그리고 완벽한 격리는 불가능하다.'

   그러니까 〈행복을 드립니다〉를 통해 이 공포에 대해 얘기하고 싶었다.

오피스 파파

김혜영

어느 달 13일의 금요일. 어쩐지 호러 이야기를 하기 좋은 날.
안전가옥으로부터 《오피스 괴담》 원고 청탁을 받았다. 각종 미신을
사랑하는 나로서는 이 날짜는 운명이다, 라는 생각이 들기도
했거니와 다른 작가님들과 공통의 소재로 글을 쓸 기회를 놓치고
싶지 않아 흔쾌히 작업에 응했다.

그런데 막상 한글 워드프로세서를 켜 놓고 노동의 기억을
되짚어 보고 있노라니… 이거 '호러'로 만드는 게 가능할까
싶어졌다. 내가 글쓰기가 아닌 다른 일을 하며 느껴 본 감정의 8할은
분노였으며… 나머지는 의문과 체념과 인간 불신, 무력감, 울지 못해
웃은 유머와 전우애, 약간의 죄책감과 어중간한 책임감과 월급이
들어온 순간의 즐거움뿐이었으니까.

오 이런.

영감이 올 때까지 가만히 넋 놓고 있을 순 없어서 여기저기

인터뷰를 하고 다녔다. 공통 질문은 '회사 생활을 하면서 무서웠던 경험이 있나요?'였는데… "화장실 문을 열었더니 변기 뚜껑이 닫혀 있고… 그 위로 누군가 휴지로 X 자 모양을 만들어 주었어." 라든가(무서움보단 누군가의 배려심이 더 크게 느껴졌다.), "정말 중요한 입찰 건에 숫자를 잘못 입력했어."라든가(친구의 회사 생활을 응원한다.), "회사 엘리베이터 문이 안 닫혀서 손으로 닫곤 해."(엘리베이터는 고쳐 줘야지! 위험하잖아!), "우리 회사에 불륜 커플 세 쌍이 있는데…"(동물의 왕국이 따로 없었다.), "노동청에 신고해야 할 일이라고 생각하는데…"(역시 현실이 제일 무섭다.), "아니 글쎄 김 부장이…", "송 과장 그 새끼가…", "입사 동기가…" 등등의 다양한 일화를 들었지만, 대체로 무서움보다는 슬픔과 분노의 감정이 더 앞서는 이야기였던 것 같다. 결국,

    '쓰레기 같은 사람들 왜 이렇게 많아! 다 사라졌으면 좋겠다!'
    라고 허공에 외치게 되었는데… 이것이 〈오피스 파파〉의 시작이 되었다.

    하지만 애석하게도, 〈오피스 파파〉는 사이다를 선물하는 류의 이야기가 아니다. 나는 내적인 성장을 이루고 통쾌한 복수를 하는 인물보다 끝까지 변하지 않고 극복할 수 없는 상황을 마주하는 인물들에게 더욱 마음이 간다. "어째서?"라고 묻는다면 이쪽이 더 현실에 가깝다고 느끼기 때문이다. 이른바 불쾌하고 찝찝한 이야기. 나는 그런 이야기를 만날 때마다 늘 위로를 받았다. 이 감정은 어떻게 설명해야 할까? 방법을 고민하다가 최근에 읽은 《SF는 어떻게 여자들의 놀이터가 되었나》라는 비평집의 문장에서 그 답을 찾았다.

'공포소설은 극단적 상태의 소설입니다. 그리고 공포소설이
전달하고자 하는 메시지는 누군가 여기까지 와 본 적이 있으며, 넌
혼자가 아니라는 것입니다.'

나는 이 이야기가 누군가에게는 재미있고 흥미진진한 글로,
누군가에게는 당신 옆에서 함께하고 있다고 말해 주는 글로
다가가길 바라는 마음으로 썼다. 이것이 내 진심이다.

끝으로 이야기를 완성하기까지 도움을 주신 사랑하는 친구들과
가족들, 인터뷰에 응해 주신 회사원분들, 여러 번 좋은 작업
진행해 주신 이혜정 편집자님과 좋은 의견 주신 신지민 PD님을
비롯한 안전가옥의 많은 분들, 더불어 이곳까지 페이지를 넘겨 준
독자님들에게 감사의 마음을 전한다.

컨베이어 리바이어던
전혜진

서울과 가깝고, 항구와 공항과도 가까운 인천에는 당일
배송 업체의 물류 센터가 여러 곳 있다. 코로나가 유행하던 시기,
사람들이 집 밖으로 외출을 하지 않고, 식당에서 식사를 하는 일이
줄어들었으며, 노약자나 어린이가 있는 집 사람들은 마트에도 자주
가지 않았던 시기, 대부분은 소비의 많은 부분을 당일 배송 업체와
마트의 배송, 음식 배달을 통해 해결했다.

같은 시기, 자영업자들은 특히 많은 어려움을 겪고 있었다. 나의
지인들, 내 아이의 친구 부모님들 중에도 자영업을 하시는 분들은
계셨다. 손님이 끊기다시피 하고 집에 쌀이 떨어진 상황에도 임대료
등 기본적으로 우선 결제해야 하는 지출 항목이 있다. 이때 적지
않은 사람들이, 수입이 없는 상황에서 가게를 지키기 위해 물류
센터에서 일했다. 아내는 물류 센터에서 일하고 남편은 오토바이를
몰고 음식 배달을 다니던 집들도 있다. 그러던 중 바로 그 물류
센터에서 코로나가 확산되면서 또 다른 어려움을 겪기도 했다.

작가의 말

IMF 당시에 그랬고, 서브프라임 사태 때도 그랬고, 코로나 시기에도 그랬듯이, 어떤 사람들은 그런 상황에 별 영향을 받지 않았다는 이유로, 저녁 회식을 하지 못하거나 외국 여행이 어려워지고, 수시로 검사를 해야 하거나 예방접종을 하고 마스크를 써야 한다는 것이 불편하다고 투정을 부린다. 어떤 사람들은 평범하게 일하다가 코로나에 걸려 집 밖에 나가지 못하거나, 근무가 재택으로 전환되면서 한동안 생활에 많은 변화를 겪었지만 회복해 나갔다. 그리고 어떤 사람들은 사회적 변화가 일어날 때 남들보다 더 큰 타격을 입곤 한다. 직장을, 가게를, 집을, 가족을 잃기도 하고, 때로는 스스로 목숨을 끊기도 한다. 살아남은 사람들이 너스레를 떨며 별것 아니었던 인내까지 큰 고난이라도 되는 양 부풀려 말할 때, 회복 불가능한 타격을 입은 사람들은 말을 할 기회조차 얻지 못하고 사라지거나 죽어 간다. 그런 삶은 기록되지 않거나, 시간이 지난 뒤 구술사의 영역으로 넘어갈 것이다.

빵 공장에서 사람이 빵을 만들다가 사고로 죽었는데, 그 회사의 빵을 불매하고 있다는 이야기에 별나다며 웃음을 터뜨리는 사람을 본 적이 있다. 그런 사고가 얼마나 현실감 없게 느껴지면, 그런 이야기를 듣고 남의 일이라는 양 웃을 수 있을까. 올해 초였던가, 회사 근처에서 칼국수를 먹다 보니, 문득 뒤쪽에 앉은 일행이 하던 이야기가 귀에 들어왔다. 그들은 아는 가족이 엄마랑 아빠랑 누나랑 남동생까지 전부 물류 센터에서 일하고 있다면서, 대체 그 집은 왜 그러고 살아, 뭐라도 멀쩡한 일을 해야 할 거 아니야, 하고 낄낄 웃고 있었다. 나는 칼국수가 목에 걸려 넘어가지 않아서 물만 들이켰다. 그 일은 멀쩡하지 않은 일도 아니고, 그 가족이 낄낄거리는 웃음으로 조롱당해야 할 만큼 무능하다고 생각하지 않는다. 다만 힘들고 불안정하며 우리 눈에 잘 보이지 않는 노동을 하고 있을 뿐이다. 그들이 왜 고된 물류 센터 일을, 온 가족이 다 함께 하고 있는지는 알 수 없지만, 우리가 그들보다 아주 조금 운이 좋았을 뿐이라는 것만은 알고 있다. 그들은 어쩌면 나처럼 평범하게 회사에 다니다가 회사의 도산을 겪었거나 직장을 잃었을 수도 있고, 코로나 시대에 나의 지인들, 내 아이의 친구 부모님들, 단골 가게 사장님이 겪었던 고난에 빠졌다가, 아주 조금 더 발이 미끄러졌던 것일지도 모른다. 어쩌면 그들이 그전에 벌었던 돈이, 물류 센터의 일당보다 턱없이 적었던 것일지도 모른다. 어느 쪽이든 그들은 자신의 삶을 지키기 위해 일하고 있을 것이다. 사고로 죽을 확률이 낮은 회사에서 꼬박꼬박 나오는 월급을 받으며 때때로 점심때 칼국수를 먹으러 나올 수 있는 우리들은 부끄럽고 미안할 정도로 운이 좋았다. 그렇지 않은 사람들이 일하다 사고로 죽는 것도, 병에 걸리는 것도, 갑자기 부당하게 직업을 잃는 것도, 가족이 죽어 가는데 병원비를 벌기 위해 물류 센터에서 노동을 계속해야 하는 것도, 다른 세계의 이야기가 아니라 정말 누구라도 겪을 수 있는 일이었다. 나도, 당신도, 그 누구라도.

때때로 떠올린다. 야간에 2인 1조로 일해야 하지만 인력 수급 문제로 홀로 근무하다가 컨베이어벨트 사고로 목숨을 잃은 태안화력발전소의 김용균을. 사발면 한 끼 먹을 시간도 없이 혼자서 구의역 스크린 도어를 정비하다가 열아홉 살 나이로 목숨을 잃은 김 모 군을. SPC의 소스 배합기에 빨려 들어가 목숨을 잃은 20대 청년과, 안전해야만 할 일터에서 추락과 끼임으로 죽고 다치는 사람들을. "오늘도 3명이 퇴근하지 못했다"라는 제목과 함께 《경향신문》한 페이지를 가득 메운, 일터에서 사고로 사망한 사람들의 이름을.

　그리고 또한 생각한다. 땅 위의 스튜어디스라는, 준공무원 대우에 정년 보장이라는 말에 속아 KTX 승무원이 되었다가, 정규직 전환도 되지 않고, 코레일 자회사인 한국철도유통 소속으로 불법파견이 된 것에 항의하며 직접고용을 요구했던 KTX 승무원들을. 그들이 해고는 무효라며 코레일을 상대로 낸 소송에서 패소하고, 1인당 8640만 원을 코레일 측에 반환하게 된 것을. 지급명령일로부터 다 갚는 날까지 발생하는 연 15%의 지연손해금을 합쳐, 한 사람당 1억 원이 넘는 빚을 떠안게 된 것을. 그 대법원 판결을 받아 들고 고통스러워하다 끝내 아파트에서 투신한 젊은 KTX 승무원과, 엄마를 잃은 세 살 난 어린아이를. 이 땅에서, 자신의 삶을 지키기 위해 일을 하다가 사고로 목숨을 잃거나 존엄을 훼손당하고 끝내 목숨을 끊는 수많은 사람들을. 그건 정말로, 있어서는 안 될 일이자, 안정되게 일하고 안전하게 일한 뒤 무사히 집에 돌아가 자신의 삶을 꾸릴 권리를 말하는 것만으로도 눈을 흡뜨고 노려보는 이들이 여전히 득실거리는 이 나라에서, 누구라도 당할 수 있는 이야기였다.

프로듀서의 말

《오피스 괴담》은 안전가옥 인턴 스토리 PD였던 찰리로부터 시작되었습니다. 안전가옥의 스토리 PD들은 일주일에 한 번씩 회의를 하며 각자의 기획안을 공유하는데, 당시 찰리가 냈던 기획안의 제목이 '오피스 빌런'이었어요. 스토리 PD라는 직함을 달고 있지만, 우리 모두 어떤 일터에서 일하는 '노동자 1'로서 이 키워드가 주는 직관적인 매력에 반응할 수밖에 없었습니다. '상사의 머리를 부수고 싶었던' 욕망에서 시작된 아이디어는 수차례의 회의를 거쳐 일터에서 벌어지는 호러 장르의 이야기로, 동시대 작가들의 여러 시선을 만날 수 있는 픽픽 라인업의 책으로 만들어지게 되었습니다.

'오피스'는 많은 이들이 깨어 있는 시간의 대부분을 보내는 곳입니다. 우리는 그 안에서 다양한 경험을 합니다. '회사 사람들'은 따지고 보면 일을 하기 위해 만난 이들일 뿐이지만, 때로는 그들과 마음을 나누는 관계로 발전하기도 하고, '직장 내 괴롭힘'이 왜 고유명사가 되었는지 알게 될 정도로 끔찍하게 곤두박질치는 관계를 맺기도 합니다. 나의 노동이 얼마짜리인지 가늠할 수 있는 곳도 '오피스'입니다. 일을 하는 덕분에 먹고살 수 있지만, 돈으로 치환된 나의 노동력의 '급'에 따라 불안이 따라올 때도 있습니다. 일하면서 보람찬 순간을 맞기도 하고, 커리어를 쌓으며 성장하는 나의 모습에 뿌듯함을 느끼기도 하지만, 일의 실패가 곧 나의 실패처럼 느껴져 좌절하기도 합니다.

《오피스 괴담》은 한국 사회 속 일터의 현실을 직시하면서 그 안에서 벌어지는 기이하고 괴이한 이야기를 장르적으로 풀어 보려

했습니다. 제안에 흔쾌히 응해 주시고, 흥미롭고 '이상한' 이야기로 작품집을 채워 주신 범유진, 최유안, 김진영, 김혜영, 전혜진 작가님께 깊은 감사의 말씀을 드립니다. 제가 겪었거나 들었던 수많은 일터의 이야기들이 호러 장르 안에서 뾰족하게 드러나는 장면들에 몇 번이고 반했습니다.

　　오후 3시쯤 괜히 두 손을 쭉 뻗어 만세를 하고 싶어졌던 〈오버타임 크리스마스〉, 죽어서까지 일을 놓지 못하는 인물에게 괜히 감정이입을 했던 〈명주고택〉, 이제 어디서도 나를 써 주지 않을 것 같다는 과거의 불안감이 떠올랐던 〈행복을 드립니다〉, 회사 건물 계단에서 혼자 울며 곱씹던 마음을 들킨 것 같았던 〈오피스 파파〉, 내가 서 있는 자리는 다를 거라 믿었던 기억에 더 슬펐던 〈컨베이어 리바이어던〉까지 원고가 도착할 때마다 이 글의 첫 독자라는 사실이 몹시 기뻤습니다. 다섯 작가님들과의 협업은 무척 즐거웠고, 작업 과정으로도 작품으로도 많은 걸 배울 수 있는 시간이었습니다.

　　함께 원고를 읽어 주고, 책이 만들어질 수 있도록 도와준 소중한 안전가옥의 동료들과 책을 멋지게 만들어 주신 이혜정 편집자님과 금종각의 디자이너분께도 고마움을 전합니다.

　　작가님들의 개성이 뚜렷이 담긴 다섯 편의 작품들이 지금도 어느 일터에선가 고군분투하고 계실 독자분들께 깊이 다가가기를 바랍니다. 고맙습니다.

안전가옥 스토리 PD

신지민 드림

오피스 괴담

기획　안전가옥
프로듀서　신지민
　　　　　김보희, 이수인, 이은진, 임미나
퍼블리싱　박혜신, 임수빈
편집　이혜정
디자인　금종각
서비스 디자인　김보영
비즈니스　이기훈
경영지원　홍연화

펴낸이　김홍익
펴낸곳　안전가옥
출판등록　제2018-000005호
주소　04779 서울특별시 성동구 뚝섬로1나길 5,
　　　헤이그라운드 성수 시작점 202호
대표전화　(02)461-0601
전자우편　marketing@safehouse.kr
홈페이지　safehouse.kr

ISBN　979-11-93024-40-9 03810
초판 1쇄　2023년 12월 15일 발행
초판 2쇄　2024년 3월 15일 발행
초판 3쇄　2024년 12월 1일 발행